DONGSUH MYSTERY BOOKS 137

THE SINGING BONE
노래하는 백골
리처드 오스틴 프리먼/김종휘 옮김

동서문화사

옮긴이 김종휘(金鍾輝)
서울대학교 문리과대학 영문학과, 동대학원에서 영문학을 전공. 아주공대, 명지대, 대림대학 교수 역임. 역서에 울리치 《상복의 랑데부》 등이 있다.

DONGSUH MYSTERY BOOKS 137
노래하는 백골
리처드 오스틴 프리먼/김종휘 옮김
초판 발행/1977년 12월 1일
중판 1쇄/2004년 5월 1일
중판 5쇄/2006년 4월 1일
발행인 고정일/발행처 동서문화사
창업 1956. 12. 12. 등록 16-345(윤)
서울강남구신사동 540-22 ☎ 546-0331~6 (FAX) 545-0331
www.epascal.co.kr

*

이 책의 출판권은 동서문화사(동판)가 소유합니다.
의장권 제호권 편집권은 저작권 법에 의해 보호를 받는 출판물이므로
무단전재와 무단복제를 금합니다.

편찬·필름·제작 일체 「동판」 자본으로 이루어짐에 따라
출판권 소유권자 「동판」에서 제조출판판매 세무일체를 전담합니다.
사업자등록번호 211-90-02201
ISBN 89-497-0233-9 04800
ISBN 89-497-0081-6 (세트)

노래하는 백골
차례

오스카 브러트스키 사건······ 11
노래하는 백골······ 72
계획된 살인사건······ 120
전과자······ 174
파랑 스팽글······ 217
어느 퇴락한 신사의 로맨스······ 242
모아브어 암호······ 292
버너비 사건······ 329

현실적·과학적 도서미스터리의 창시자 프리먼······ 361

오스카 브러트스키 사건

범죄과정

양심이란 무엇인가에 대해 놀랄 만큼 많은 어이없는 이야기가 놀랄 만큼 퍼져 있다. 어떤 사람들은 '회한'이라 하고(튜튼적인 사고방식에 젖어있는 몇몇 학자들은 '가책'이라고 말하고 싶어할지도 모른다), 어떤 사람들은 '편안한 양심'이라고 한다. '회한'과 '편안한 양심'같은 것들은 사람의 행복을 결정하는 요인으로 받아들여진다. 또는 역으로 행복이 '회환'과 '편안한 양심'을 결정하는 요소라고 생각되기도 한다.

물론 '편안한 양심'이라는 견해에도 일리가 있지만 그러나 이것은 양심이라는 말 자체를 당연한 전제로 삼아 논의된 견해일 뿐이다. 아주 배짱 좋은 사람들의 양심은 몹시 불편한 상황, 즉 마음 약한 사람들이라면 양심의 '가책'으로 고통받을만한 상황 속에서도 여유롭고 편안할 것이다. 그리고 대단히 운이 좋은 몇몇 사람들은 양심이라는 것을 결하고 있는 것으로 보인다. 이 타고난 성질로 말미암아 그들은 보통 사람들이 경험하는 감정의 기복을 겪지 않고 초연할 수 있는 것이다.

 사일러스 히클러가 바로 그런 사람이었다. 그 둥그스름하고 명랑한 얼굴이 온화한 미소로 빛나는 것을 보면 아무도 그를 범죄자로 생각지 않을 것이다. 특히 언제나 상냥한 그의 모습과, 집 가까이에서 들려오는 그의 경쾌한 찬송가 소리와, 기쁜 마음으로 맛있게 먹는 그의 식습관에 익숙한 그의 가정부——그녀는 고교회파 영국국교회 신자였다——는 꿈에도 그런 생각을 하지 못했으리라.

 그러나 히클러는 조촐하게나마 안락한 생활을 해나갈 수 있는 생활비를 풍류적인 밤도둑 기술로 벌어들이고 있었다. 이것은 불안정하고 위험한 직업이긴 했으나 욕심부리지 않고 신중하게 행동하면 그다지 위태롭지 않았다. 그리고 히클러는 굉장히 사려 깊고 분별력이 있는 사람이었다. 그는 늘 혼자 일하고 혼자서 생각했다. 그에게는 위기에 빠졌을 때 불리한 증언을 할 공범도 없었고, 화를 내며 런던 경시청으로 달려갈 동료도 전혀 없었다. 대부분의 범죄자와 달리 그는 욕심이 많지 않았고, 씀씀이가 헤프지도 않았다. '큰벌이'를 하는 경우는 아주 드물었으나 오랜 세월을 두고 신중히 계획하여 감쪽같이 해치웠다. 그리고 그 수입을 현명하게도 '매주 이익을 내는 물건'에 투자했다.

 젊은 시절 다이아몬드 거래에 관계했던 히클러는 지금도 조금씩 부정기적으로 거래를 하고 있었다. 동업자들은 그가 다이아몬드를 부정한 방법으로 사들이고 있다고 생각했으며 어떤 사람은 '장물아비'라는 불쾌한 말까지 했지만, 히클러는 너그러이 미소를 지으며 묵묵히 자기의 길을 걸어갈 뿐이었다. 그는 모든 일을 스스로 다 터득하고 있었고, 네덜란드의 수도 암스테르담에 있는 그의 단골들은 결코 캐묻는 법이 없었다.

 사일러스 히클러는 이런 인물이었다. 10월 어느 날의 해질녘, 자기 집 뜰을 거닐고 있는 그는 전형적인 중류계급의 유복한 사나이처럼 보였다. 그는 유럽 대륙으로 짧은 여행을 떠날 때 즐겨입는 옷을 입고 있었으며, 가방은 잘 꾸려서 거실 소파에 올려놓았다. 작은 다이아몬드 꾸러미——사우샘프턴에서 이것을 살 때 귀찮은 질문을 받긴 했지만, 이것은 그가 돈을 주고 산, 떳떳한 물건이다——는 조끼 안주머니에 들었고, 그보다 더 귀중한 또 하나의 다른 조그마한 꾸러미는 오른쪽 구두 뒤축 속에 들어 있었다. 앞으로 1시간 뒤면 임항열차를 타기 위해 역으로 나가야 한다. 그때까지 점점 어두워져가는 뜰을 거닐며 이번 거래로 얻는 이익금을 어떻게 투자할까 생각하는 일 말고는 아무것도 할 일이 없었다. 가정부는 웰럼으로 1주일 동안 쓸 물건을 사러 갔으므로 11시쯤이나 돼야 돌아올 것이다. 뜰에 혼자 있노라니 조금 지루한 느낌이 들었다.

히클러가 집으로 들어가려고 하는데, 뜰 저쪽의 아직 완성되지 않은 길에서 발소리가 들려왔다. 그는 걸음을 멈추고 귀를 기울였다. 근처에는 사람 사는 집이 없으며, 더욱이 그 길은 집 뒤쪽의 황무지로 뻗어나가 있었다.

'우리집을 찾아온 손님일까? 아니, 그런 것 같지는 않은데.'

히클러의 집에는 방문객이 거의 없었다. 그러나 발소리는 차츰 가까워져 돌이 많이 깔린 오솔길에 점점 크게 울렸다.

히클러는 어슬렁어슬렁 대문 앞까지 갔다. 그리고 대문에 기대서서 얼마쯤 호기심을 느끼며 밖을 내다보았다. 이윽고 파이프를 피워 물었는지 담뱃불이 한 사나이의 얼굴을 비쳤다. 흐릿한 그림자 하나가 사방에 깔린 어둠 속에서 그가 서 있는 쪽으로 다가와 뜰 저쪽에서 우뚝 멈춰 섰다. 사나이는 입에서 담배를 떼고 연기를 구름처럼 내뿜으며 물었다.

"이 길로 가면 배덤에 닿을 수 있습니까?"

"아닙니다. 그러나 좀더 저쪽으로 가면 역으로 이어지는 들길이 있지요."

"들길이라고요?" 상대방은 신음하듯 말했다. "이제 들길이라면 진저리가 납니다. 나는 런던에서 캐틀리까지 와서, 다시 배덤으로 걸어갈 예정이었지요. 그래서 큰길로 접어들었는데, 어떤 바보 같은 녀석이 지름길을 가르쳐주지 않겠습니까? 덕분에 나는 반 시간 동안이나 어둠 속을 헤매다녔답니다. 나는 그다지 눈이 좋지 않거든요."

"몇 시 열차를 타실 작정입니까?" 히클러가 물었다.

"7시 58분에 떠나는 열차입니다." 사나이는 대답했다.

"나도 그 열차를 타러 나갈 겁니다. 앞으로 1시간이나 남았지요. 여기서 역까지는 겨우 1.2킬로미터밖에 안 되니 들어와서 좀 쉬어가시면 어떻습니까? 그러면 나와 함께 갈 수 있고 더 이상 길을 헤맬 걱정도 없을 테니까요."

"친절하시군요. 정말 고맙습니다." 상대방은 안경 너머로 어두운 집 쪽을 바라보며 말했다. "하지만 아무래도……."

히클러는 대문을 열면서 그 특유의 상냥한 어조로 말했다.

"역에서 기다리느니보다 여기 있는 편이 나을 겁니다."

상대방은 한순간 머뭇거리더니 대문으로 들어서며 담배를 버리고 히클러의 뒤를 따라 작은 별장식 집 현관문 앞까지 걸어갔다.

어두운 거실에는 꺼져가는 난롯불빛이 희미하게 비치고 있을 뿐이었다. 히클러는 손님보다 한 걸음 먼저 방으로 들어가 천장에서 늘어져 내려온 램프에 성냥을 그어 불을 켰다. 그 불빛이 작은 방 안을 비추자 두 사나이는 서로 물끄러미 바라보았다.

'아니 브러트스키가 아닌가.' 히클러는 사나이를 보며 마음속으로 생각했다. '분명 나를 못알아보는 모양이군. 물론 알아볼 리가 없지. 벌써 오랜 세월이 흐른데다가 그토록 눈이 나쁘니.'

"좀 앉으십시오. 시간을 보내기 위해 가볍게 한잔하면 어떻겠습니까?" 히클러가 말했다.

브러트스키는 작은 목소리로 멍하니 좋다고 대답했다. 주인이 돌아서서 칸막이장을 열고 마실 것을 준비하는 동안 브러트스키는 딱딱한 회색 펠트 모자를 구석에 있는 의자 위에 놓고 가방을 테이블 끝에 얹은 다음 우산을 그 옆에 기대세운 뒤 작은 팔걸이의자에 앉았다.

"비스킷을 드시겠습니까?"

히클러는 테이블 위에 위스키 병과 별모양이 새겨진 최고급 술잔 두 개와 사이편 병을 늘어놓았다.

"고맙습니다. 먹지요. 기차를 타고 온 데다 굉장히 많이 걸었답니다."

"그러시겠지요." 히클러는 맞장구쳤다. "빈속으로 여행을 해서는 안 됩니다. 딱딱하지만 오트밀 비스킷으로 참아주십시오. 비스킷이라고는 지금 그것밖에 없는 것 같으니까요."

브러트스키가 허둥거리며 말했다.

"나는 오트밀 비스킷을 아주 좋아합니다."

그는 자기의 말을 증명이라도 하듯 직접 독한 술을 한 잔 만들어놓고 비스킷을 아주 맛있게 먹기 시작했다.

브러트스키는 천천히 계속해서 먹는 습관을 지닌 데다 지금은 배가 좀 고픈 모양이었다. 그는 규칙적으로 소리내어 씹고 있어 말을 하기가 좀 곤란한 상태였다. 그리하여 히클러가 주로 말을 하게 되었는데, 이렇게 되자 상냥스러운 이 범죄자도 자신의 역할에 조금 곤혹스러움을 느꼈다. 이런 경우 흔히 어디까지 가느냐, 또는 여행목적이 무엇이냐고 물어야 할 터이지만 히클러는 한사코 그런 질문을 피했기 때문이다. 그는 사나이의 행선지도 가는 목적도 이미 알고 있었으며 자신이 알고 있다는 사실을 본능적으로 가슴속에 묻어두려고 했던 것이다.

브러트스키는 꽤 알려진 다이아몬드 상인으로 장사를 대규모로 하고 있었다. 그는 주로 가공되지 않은 원석을 사들였는데 그것을 감별하는 능력이 참으로 뛰어난 사나이였다. 모양이 좀 이상하거나 크고 가치 있는 원석을 좋아하는 그는 충분한 양을 사들이면 직접 암스테르담으로 가져가서 세공을 지시하는 것으로 알려져 있었다. 그 사실은 히클러도 알고 있으며, 저 조금 낡은 옷 어딘가 깊숙한 곳에 수천 파운드의 값어치가 있는 보석꾸러미가 숨겨져 있으리라는 것도 그는 믿어 의심치 않았다.

브러트스키는 테이블 옆에 앉아 비스킷을 씹으며 단조롭게 입을 움직이고 있을 뿐 거의 말이 없었다. 히클러는 그 맞은편에 앉아 신경질적으로 때로는 미친 듯이 지껄이며 손님을 바라보고 있노라니 차츰 마음이 세차게 흔들렸다. 보석, 특히 다이아몬드는 그의 전문이었다. 금붙이나 은그릇 종류는 전혀 손도 대지 않았다. 부츠 속에 완전히 넣어 나를 수 있고, 절대로 안전하게 처리할 수도 있는 보석이야말로 그가 취급하는 장사의 주요 상품이었다. 그런데 지금 그가 가장 성공한 '큰벌이'의 열두 배만큼이나 큰 꾸러미를 주머니 속에 넣어둔 사나이가 맞은편에 앉아 있다. 그 보석의 값어치는 아마……. 이런 생각을 하다가 그는 문득 자제력을 되찾고 재빨리 지껄이기 시작했으나 그다지 앞뒤가 맞는 말솜씨는 아니었다. 입으로 지껄이고 있는 동안에도 의식 속에서 만들어낸 다른 말이 그 이야기 사이로 슬쩍 비집고 들어와 일련의 상념을 나란히 진전시키고 있었기 때문이다.

"이제 밤이 되면 날씨가 제법 싸늘하던데요." 히클러는 말했다.

"네, 그렇더군요."

브러트스키는 맞장구쳤다. 그는 다시 천천히 비스킷을 씹으며 콧구멍으로 소리를 내어 숨을 쉬었다.

'적어도 5000파운드……' 의식 밑바닥에 있는 상념이 다시 나타났다. '아마 6000이나 7000, 아니, 1만 파운드쯤 될지도 모른다.'

히클러는 의자에 앉아 안절부절못하며 뭔가 흥미 있는 화제에 생각을 집중시키려고 애썼다. 이 이상한 심적 상태가 차츰 불쾌하게 여겨지기 시작했다.

"원예에 흥미가 있으십니까?" 히클러가 물었다.

다이아몬드와 '매주 이익이 오르는 부동산' 다음으로 그가 마음을 쏟고 있는 것은 후크샤(열대 미국 원산으로 빨강, 하양, 보랏빛의 꽃이 피는 관상식물)였다.

브러트스키는 그다지 흥미가 없는 듯 빙긋이 웃었다.

"해튼 가든으로 가는 것이 가장 손쉬운 길이지요."

브러트스키는 문득 말을 끊었다. 잠시 뒤 그는 다시 말했다.

"아무튼 나는 런던 사람이니까요."

그가 갑자기 말을 끊었으므로 히클러의 주의력이 집중되었다. 그 까닭은 두말할 나위도 없다. 거대한 재보를 몸에 지니고 있는 사람은 말을 조심해야 하는 것이다.

히클러는 건성으로 대답했다.

"하기야 원예는 런던 사람의 취미가 될 수 없을 겁니다."

그런 다음 그는 거의 의식적으로 재빨리 계산하기 시작했다. 만일 5000파운드라고 보고, 매주 이익이 오르는 부동산으로 치면 얼마쯤 될까? 저번에 산 몇 채의 집은 한 채에 250파운드였는데, 그것을 1주일에 10실링 6펜스의 세를 받기로 하고 빌려주었다. 그 비율로 따지자면 5000파운드면 스무 채의 집을 살 수 있다. 한 채당 집세가 1주일에 10실링 6펜스…… 그러면 1주일에 10파운드로 보고…… 하루에 1파운드 8실링, 1년이면 520파운드……. 평생 이만한 돈이 들어오게 된다. 상당한 재산이다. 이것을 지금 가지고 있는 것에 더한다면 굉장한 재산이 된다. 이만한 수입이 있다면 장사도구를 강물에 내던져도 앞으로의 생애를 편안하게 살 수 있을 것이다.

그는 테이블 너머로 흘끗 사나이를 훔쳐보았다. 그리고 타고난 어떤 충동이 자기의 마음속에 치솟고 있음을 느끼자 곧 눈을 다른 곳으로 돌렸다. 이런 마음은 없애버려야 한다. 폭력을 휘둘러 사람을 다치게 하는 것을 그는 늘 미친 짓으로 여기고 있었다. 물론 웨이브리지의 경관을 슬쩍 해치운 경험도 있지만, 그것은 미처 생각지 못한 어쩔 수 없는 사정 때문이었다. 결국 그 경관 탓이었던 것이다. 그리고 에프솜 시에서의 늙은 가정부 사건도 있지만, 그것 역시 그 바보같은 노파가 미친 듯이 악을 썼기 때문이었다. 따라서 아주 우연히 일어난 유감스러운 '사고'라고 할 수 있다. 그 사고에 대해 그 자신보다 더 마음 아파하는 자는 없을 것이다. 그러나 계획적인 살인——몸에 지닌 것을 빼앗기 위한 계획적인 살인——이란 정말 미친 짓이다!

물론 그가 그런 종류의 사람이라면 여기 평생에 단 한번밖에 없는 기회가 있다. 수확물은 크고 집에는 아무도 없다. 근처에 사는 사람도 없고, 큰길과 인가로부터 멀리 떨어져 있다. 더욱이 이런 시각, 이런 어둠에……. 물론 시체의 처리 방법을 생각해야 한다. 옛날부터 그 일이 가장 골칫거리이다. 시체를 어떻게 처리하느냐……. 이때 급행열차가 집 뒤쪽 황무지를 달리는 철길의 커브를 돌며 날카롭게 기적 소리를 울렸다. 그 소리에서 새로운 아이디어가 그의 마음에 떠올랐다. 그 생각을 좇으며 히클러의 눈은 아무것도 모른 채 잠자코 앉아 있는 사나이에게 못박혔다. 그러나 히클러는 가까스로 눈길을 돌리고 의자에서 벌떡 일어나 맨틀피스 위의 시계를 쳐다보며 꺼져가는 난롯불을 향해 두 손을 폈다. 기괴한 격정으로 마음이 혼란스러워 집을 나가는 편이 좋겠다고 생각했다. 차가움보다는 뜨거움을 느끼고 있는 자신에 대해 그는 몸서리쳤다. 그는 머리를 돌려 문 쪽을 보았다.

"문틈으로 바람이 많이 들어오는군."

히클러는 다시 몸을 떨며 말을 계속했다.

"문을 제대로 안 닫았나."

히클러는 성큼성큼 방을 가로질러가서 문을 활짝 열고 어두운 뜰을 내다보았다. 갑자기 캄캄한 길로, 차가운 대기 속으로 뛰쳐나가 지금 그의 뇌수를 계속 두드리고 있는 광기를 떨쳐버리고 싶은 격렬한 충동에 사로잡혔다.

그는 별도 없는 어두운 하늘에 동경의 눈길을 보내면서 말했다.

"이제 출발할 시간이 되지 않았을까요."

"그 시계가 맞습니까?"

브러트스키는 문득 생각난 듯 돌아보며 물었다.

히클러는 간신이 맞다고 대답했다.

"역까지는 걸어서 얼마나 걸리지요?" 브러트스키가 물었다.

"25분 내지 30분쯤 걸립니다." 히클러는 자신도 모르게 시간을 더 늘려서 대답했다.

"그래요? 그럼, 아직 1시간도 더 남았군요. 공연히 역에서 어정거리며 기다리느니 여기 있는 편이 좋겠습니다. 너무 일찍 나가봐야 이로울 게 없지요."

"물론 그렇지요." 히클러는 동의했다.

유감스러운 듯한 기분과 우쭐한 마음이 뒤섞인 기묘한 감정이 그의 머릿속을 달렸다. 잠깐 그는 문 앞에 선 채 꿈을 꾸듯 어두운 밤을 내다보고 있었다. 이윽고 그는 조용히 문을 닫았다. 그리고 자물쇠에 꽂힌 열쇠가 소리 없이 돌아갔다.

그는 다시 제자리로 돌아와 잠자코 앉아 있는 브러트스키에게 말을 걸려고 했으나 제대로 목소리가 나오지 않아 토막토막 끊겼다. 점점 더 얼굴이 달아오르고 머리가 터질 듯 긴장되어 두 쪽 귀가 날카롭게 윙윙 울렸다. 소름끼치는 새로운 관심을 가지고 자신이 사나이를 정신없이 지켜보고 있다는 것을 깨달은 그는 얼른 의지력을 집중하여 눈길을 돌렸다. 그러나 잠시 뒤 또다시 그의 눈이 자신도 모르게 한층 더 무서운 기세로 아무것도 모르는 채 앉아 있는 사나이에게 못박힌 것을 알아차렸다. 그리고 마음속에서는 피투성이의 폭력을 좋아하는 사람이 이런 경우 할 것 같은 일들이 계속 무시무시한 행렬처럼 떠올라왔다. 그 무시무시한 상념들이 자잘한 점에서 조금씩 범죄구상의 한 부분을 이루어 적당히 배치되어 나가더니 마침내 조리에 맞는 합리적인 사건을 구성해 갔다.

히클러는 사나이에게 눈길을 못박은 채 초조하게 의자에서 일어섰다. 이미 그는 귀중한 보석꾸러미를 지닌 사나이의 맞은편에 진득이 앉아 있을 수가 없었다. 놀랍게도 그의 충동은 순간순간 억누를 수 없게 되어 갔다. 가만히 있으면 머지않아 그 충동이 그를 압도해버릴 것만 같았다. 그는 그 무시무시한 생각에 소름이 끼쳐 뒷걸음질쳤으나 그의 손가락 끝은 다이아몬드를 만져보고 싶어 근질근질했다. 결국 히클러는 타고난 천성과 습성에 의한 범죄자였다. 맹수였다. 지금까지의 그의 생활비는 일을 하여 얻은 것이 아니라 남몰래, 그리고 필요한 경우에는 폭력을 휘둘러 훔친 것이었다. 그의 본능은 약탈적이었다. 따라서 그는 지금 바로 눈앞의 무방비상태인 보석을 슬쩍 훔치든가 완력으로 빼앗고 싶은 충동을 느꼈던 것이다. 그 다이아몬드를 자기 손이 닿지 않는 곳으로 가게 하고 싶지 않다는 욕구가 갑자기 굉장한 힘으로 부풀어 오르기 시작했다.

그러나 히클러는 다시 한 번 노력하여 이 유혹에서 벗어나려고 했다. 이 집을 나갈 때까지 브러트스키의 옆에서 떨어져 있어야겠다고 생각했다.

"실례입니다만, 저쪽에 가서 좀더 두꺼운 구두로 바꿔 신고 오겠습니다. 이렇게 맑은 날씨가 계속된 뒤라 날씨가 어떻게 변할는지 모를 뿐 아니라, 여행 중에 발이 질척거리면 아주 불쾌하거든요."
"그리고 또 위험하지요." 브러트스키가 말했다.

히클러는 옆 부엌 쪽으로 걸어갔다. 그곳에 켜놓은 작은 램프 불빛으로 언제라도 신을 수 있도록 잘 닦아놓은 튼튼한 시골풍의 부츠를 보아두었으므로 의자에 앉아서 바꿔 신기 시작했다. 물론 그는 이 시골풍의 부츠를 신을 생각이 없었다. 지금 그가 신고 있는 부츠 속에 다이아몬드가 들어 있기 때문이다. 그러나 일단 바꿔 신은 다음 다시 생각해 볼 참이었다. 그렇게 하면 얼마쯤 시간을 보낼 수 있으리라고 생각했던 것이다. 그는 깊이 숨을 들이마셨다. 아무튼 거실에서 빠져나오자 한결 마음이 가벼웠다. 이대로 계속 부엌에 있으면 틀림없이 유혹도 사라질 것이다. 그리하여 브러트스키는 무사히 떠날 것이다. 혼자 갔으면 좋겠다. 그러면 적어도 위험은 사라질 텐데. 그리고 기회가 없어지면…… 다이아몬드는…….

천천히 부츠 끈을 끄르며 그는 눈을 들었다. 그가 있는 곳에서도 부엌 입구 쪽으로 등을 돌리고 테이블 옆에 앉아 있는 브러트스키가 보였다. 이제 먹는 일이 끝난 듯 차분히 앉아서 담배를 말고 있었다. 히클러는 답답한 듯 숨을 몰아쉬며 한쪽 구두를 벗자 잠시 꼼짝도 하지 않고 사나이의 등을 바라보았다. 이윽고 또 한쪽 구두끈을 끄르며 아무것도 모르고 있는 손님을 정신없이 바라보았다. 그는 그대로 구두를 벗어 가만히 내려놓았다.

브러트스키는 조용히 담배를 말더니 그 종이를 바라보다가 담배 케이스를 집어넣었다. 그리고 무릎에 떨어진 담배부스러기를 털어낸 다음 주머니에서 성냥을 찾기 시작했다. 사일러스 히클러는 갑자기 억누를 길 없는 충동에 사로잡혀 자리에서 일어나 살금살금 복도를 지나 거실 쪽으로 다가갔다. 맨발이라 조금도 소리가 나지 않았다. 고양이처럼 소리 없이 발끝으로 걸어가 입술을 벌려 숨소리를 죽여가며 거실문 앞에 섰다. 그의 얼굴은 검붉게 물들었으며, 크게 뜨여진 두 눈이 램프 불빛을 받아 번뜩였다. 피가 굉장한 속도로 몸속을 치달아 귀를 울렸다.

브르트스키는 성냥을 그었다. 히클러는 그 성냥개비가 짧다는 것을 알아차렸다. 브르트스키는 담배에 불을 붙이더니 입으로 성냥을 불어 꺼 난로 속에 던졌다. 그는 성냥갑을 주머니에 넣고 담배를 피우기 시작했다.

히클러는 살금살금 소리도 없이 고양이처럼 한 발 한 발 안으로 들어가 브르트스키가 앉아 있는 의자 바로 뒤에 섰다. 아주 가까이 다가가 있었으므로 사나이의 머리카락이 그의 숨결로 흔들릴까봐 얼굴을 돌려야만 했다. 히클러는 30초쯤 살인을 상징하는 조각처럼 꼼짝도 않고 서 있었다. 이윽고 그는 번뜩이는 무시무시한 눈으로 아무것도 모르는 채 마음 편히 앉아 있는 다이아몬드 상인을 노려보면서, 벌린 입으로 소리 없이 밭은 숨을 내쉬며 거대한 히드라의 섬모처럼 손가락을 꿈틀꿈틀 움직였다. 그러나 마침내 그는 소리 없이 문 쪽으로 뒷걸음질쳐서 재빨리 몸을 돌려 부엌으로 돌아갔다.

그는 숨을 크게 토해냈다. 아슬아슬한 순간이었다. 브르트스키의 목숨은 바로 바람 앞의 등불이었다. 너무도 쉽게 해치울 수 있었던 것이다. 만일 히클러가 상대방 사나이의 의자 뒤에 섰을 때 흉기, 이를테면 망치나 돌멩이라도 가지고 있었다면…….

그는 부엌을 둘러보다 쇠막대기 하나를 발견했다. 새 온실을 만든 일꾼이 두고 간 것으로 칸막이에 쓰는 모가 난 쇠막대기였다. 길이 30센티미터, 두께 2센티미터쯤 되었다. 만일 1분 전에 그가 이 쇠막대기를 들고 있었다면…….

그는 쇠막대기를 집어 들고 이리저리 옮겨 쥐며 머리 위로 휘둘러 보았다. 소리도 나지 않는 무서운 흉기였다. 그가 마음속으로 세운 계획에 꼭 들어맞는 것이었다.

'이게 무슨 짓이람! 이건 버리는 게 좋겠다.'

그러나 그는 버리지 않았다. 부엌 입구 쪽으로 걸어가서 다시 브러트스키를 바라보았다. 사나이는 여전히 부엌 쪽으로 등을 돌리고 앉은 채 생각에 잠긴 모습으로 담배를 피우고 있었다.

갑자기 히클러에게 변화가 일어났다. 얼굴이 벌개졌다. 얼굴을 음침하게 찡그리고 목덜미의 혈관이 툭 불거졌다. 몸시계를 꺼내 격렬한 태도로 들여다보더니 다시 집어넣었다. 그리고 재빨리 성큼성큼 소리도 없이 복도를 지나 거실로 들어갔다.

사나이가 앉아 있는 의자 한 발자국 뒤쯤에 멈춰 서서 그는 조심스럽게 겨냥을 했다. 그리고 재빠르게 쇠막대기를 들어올렸다. 그러나 쇠막대기가 '휙' 허공을 가르는 순간 브러트스키가 재빨리 돌아다보았다. 그가 몸을 움직였을 때 옷 스치는 소리가 들렸다. 그가 몸을 피했으므로 히클러의 겨냥이 빗나가 쇠막대기는 희생자의 머리를 슬쩍 스치며 상처를 조금 냈을 뿐이었다. 떨리는 듯한 무서운 고함소리를 지르며 브러트스키는 벌떡 일어섰다. 그는 기겁을 하여 죽을 힘을 다해서 습격자의 두 팔에 매달렸다.

무서운 격투가 벌어졌다. 필사적으로 엉켜붙은 두 사나이는 전진했다 후퇴했다, 비틀거렸다 밀었다 밀렸다 하면서 무섭게 싸웠다. 의자가 엎어지고 빈 잔이 테이블에서 굴러 떨어지고, 브러트스키의 안경이 발밑에서 짓밟혀 산산조각이 났다. 처절하게 떨리는 무서운 외침소리가 세 번이나 바깥의 어두운 공기를 뚫고 울려 퍼졌다. 상대방을 해치우려고 미친 듯이 덤벼들던 히클러는 지나가던 사람의 귀에 외침소리가 들리지 않았을까 가슴이 철렁했다. 그는 있는 힘을 다해 마지막 안간힘을 쓰는 희생자의 등을 힘껏 테이블로 밀어붙이고 테이블보 한 자락을 잡아당겨 사나이의 얼굴에 둘러씌우며 다시 소리를 지르려고 벌린 입에 그것을 틀어박았다. 그리하여 두 사나이는 꼬박 2분쯤 뭔가 비극적인 우화 속의 전율적인 한 덩어리가 된 듯 거의 꼼짝도 하지 않고 있었다. 이윽고 바르르 떠는 경련이 사라지자 히클러는 잡고 있던 손을 늦추고 축 늘어진 상대방 사나이를 슬그머니 마룻바닥에 쓰러뜨렸다.

일은 끝났다. 좋든 나쁘든 일을 해치운 것이다. 히클러는 가쁘게 숨을 몰아쉬며 일어나 얼굴에 흐른 땀을 닦고 시계를 보았다. 바늘은 7시 1분 전을 가리키고 있었다. 이 모든 일을 해치우는데 3분 남짓밖에 걸리지 않았다. 이제 완전히 뒤처리를 하는 데 1시간쯤 시간이 있다. 그의 계획에 들어 있는 화물열차는 7시 20분에 지나갈 것이다. 그리고 철길까지의 거리는 겨우 300미터밖에 안 되었다. 그러나 역시 시간을 낭비할 수는 없었다. 이제 그는 완전히 침착성을 되찾았다. 다만 브르트스키의 외침소리를 누군가 들었을지도 모르리라는 것이 마음에 걸렸다. 만일 그 소리를 아무도 듣지 못했다면 일은 순조롭게 되어나갈 것이다.

히클러는 몸을 굽혀 죽은 사나이의 입에서 조용히 테이블보 자락을 빼낸 다음 조심스럽게 그의 주머니를 뒤지기 시작했다. 곧 찾고 있던 물건을 발견했다. 그 보석꾸러미를 손에 쥐고 속에 든 작고 단단한 알맹이가 스치는 촉감을 느끼자 횡재했다는 환희로 이번 사건에 대한 조금의 후회도 곧 사라져버렸다.

그는 맨틀피스 위 시계로 조심스럽게 눈길을 보내며 재빠르게 사무적으로 일을 처리해 나갔다. 테이블보에 몇 군데 커다란 핏자국이 묻어 있고, 시체의 머리 옆 카펫에 작은 핏방울이 떨어져 있었다. 히클러는 부엌에서 물과 조그만 솔과 마른 수건을 가져와서 테이블보의 얼룩을 닦아내고, 테이블보 밑의 소나무 테이블 위도 조심스럽게 살펴본 뒤 카펫 위의 핏자국도 깨끗이 닦아냈다. 그리고 젖은 부분을 마른 수건으로 닦아서 말린 다음 시체의 머리 밑에 종이 한 장을 받쳐놓아 더 이상 더러워지지 않도록 했다. 다시 테이블보를 잘 펴서 덮고, 격투 중에 짓밟힌 담배를 집어서 난로 속에 던져 넣었다. 그는 유리 조각을 쓰레받기에 쓸어 모았다. 깨진 술잔과 안경 렌즈 조각이었다. 그것을 한 장의 종이 위에 펴놓고 자세히 살펴가며 안경 렌즈인 듯한 큰 조각을 골라내고 흩어져 있는 자잘한 조각도 주워 모은 다음 다른 종이에 쌌다. 나머지 조각들은 쓰레받기에 담아 서둘러서 신발을 신고 뒤쪽에 있는 쓰레기통으로 가져가 버렸다.

이제 집을 나설 시간이었다. 서둘러 노끈상자 속에서 끈을 꺼내어 끊었다. 그는 무슨 일이든 빈틈없이 하는 사나이로, 사람들이 어중간한 끈으로 적당히 해버리는 것을 경멸하곤 했다. 그리고 그 끈으로 죽은 사나이의 가방과 박쥐우산을 붙들어매어 어깨에 걸쳤다. 그런 다음 유리 조각을 싼 종이를 뭉뚱그려 안경테와 함께 주머니에 넣고 시체를 잡아 일으켜 어깨에 둘러메었다. 브러트스키는 몸집이 자그마하고 가냘퍼 9스톤(57킬로그램)도 안 될 정도였으므로 히클러처럼 골격이 늠름하고 큰 사나이에게는 그다지 무거운 짐이 아니었다.

그날 밤은 칠흑같이 어두웠다. 히클러가 어두운 대문에서 철길로 펼쳐진 황무지를 바라보자 20미터 앞도 잘 보이지 않았다. 조심스럽게 귀를 기울여 아무 소리도 들리지 않는 것을 확인하자 그는 밖으로 나가 살짝 등 뒤의 대문을 닫았다. 그리고 울퉁불퉁한 땅바닥에 신경을 쓰며 꽤 빠른 걸음으로 걷기 시작했다. 그러나 생각한 대로 소리 없이 걸을 수는 없었다. 자갈이 많은 땅을 덮은 빈약한 잔디가 그런대로 발소리를 삼켜버리긴 했으나, 흔들리는 가방과 우산이 초조하게 소리를 냈다. 사실 그의 발걸음은 무거운 시체보다 그 소리 때문에 더 지장을 받았다. 철길까지의 거리는 300미터밖에 안 되었으므로 여느 때라면 3, 4분 안에 충분히 닿을 수 있었을 것이다. 그러나 지금은 무거운 짐을 둘러멘 데다 조심스럽게 걸으며 가끔 멈춰 서서 귀를 기울이곤 했으므로 황무지에서 철길 건너편에 있는 세 개의 가로대가 쳐진 울짱까지 가는데 꼭 7분이 걸렸다. 그는 그곳까지 가자 잠깐 멈춰 서서 다시 한 번 조심스럽게 귀를 기울이고 어둠 속을 둘러보았다. 이 음산한 곳에는 사람 그림자 하나 없었다. 먼 곳에서 날카롭게 울려오는 기적 소리가 그를 재촉하여 서두르게 했다.

시체를 멘 채 힘 안 들이고 울짱을 넘어선 그는 몇 미터 저쪽 철길이 급하게 꼬부라진 곳까지 갔다. 그리고 그곳에서 시체를 내려서 엎어놓고 한쪽 레일 위에 목을 올려놓았다. 그는 작은 칼을 꺼내 가방과 박쥐우산을 붙들어맨 끈을 끝부분에서 끊었다. 그리고 가방과 우산을 철길 시체 옆에 내던지고 조심스럽게 끈을 주머니에 집어넣었으나, 끈을 자를 때 땅바닥에 떨어진 작은 고리는 줍지 않았다.

다가오고 있는 화물열차의 요란한 증기 소리와 금속성의 굉음이 뚜렷이 들려오기 시작했다. 히클러는 재빨리 주머니에서 찌그러진 안경테와 유리 조각을 싼 종이를 꺼냈다. 그리고 안경테를 시체의 머리 한옆에 던지고 손바닥에 유리 조각을 쏟아서 안경 둘레에 뿌렸다.

재빨리 해치웠지만, 결코 빠르다고 할 수는 없었다. 증기기관차의 요란한 소리는 이제 바로 가까이까지 다가와 있었다. 그는 갑자기 그냥 그곳에 선 채 지켜보고 싶은 충동을 느꼈다. 살인을 사고나 자살로 보이도록 하는 마지막 광경을 직접 보고 싶었던 것이다. 그러나 그렇게 하는 것이 과연 안전할까? 자기의 모습이 들키지 않고 이 자리를 떠날 수 없게 될 염려가 있다. 그러므로 되도록 가까이 있지 않는 편이 좋을 것이다. 그는 서둘러 울짱을 넘자 성큼성큼 황무지를 가로질러 그 자리를 떠났다. 그동안 화물열차는 증기 소리와 요란한 굉음을 내며 커브 지점을 향해 달려오고 있었다.

집 뒤에 이르렀을 때 그는 철길에서 들리는 소리에 놀라 우뚝 걸음을 멈췄다. 길게 끄는 기적 소리에 이어 브레이크가 걸리는 소리, 차칸이 서로 맞부딪는 큰 금속성의 울림이 들렸다. 기관차 소리는 멎고 숨차게 뿜어대는 증기 소리가 '쉭' 하고 들려왔다.

화물열차가 멈춰 선 것이다.

한순간 히클러는 숨을 죽이고 돌처럼 굳어져 입을 벌린 채 멍하니 서 있었다. 그러나 재빨리 큰 걸음으로 뒷문을 지나 집으로 들어가 그는 소리 없이 자물쇠에 열쇠를 꽂았다. 그는 분명히 가슴이 철렁 내려앉았다. 대체 철길에서 무슨 일이 일어난 것일까? 시체가 발견된 것만은 분명하다. 무슨 일이 생겼을까? 경찰이 이 집으로 찾아올까? 그는 부엌으로 들어가 다시 우뚝 서서 귀를 기울였다. 지금이라도 누가 찾아와 문을 두드릴지 모른다. 그는 거실로 들어가 사방을 둘러보았다. 모든 것이 잘 정리되어 있는 듯했다. 그러나 드잡이를 하다 떨어뜨린 쇠막대기가 그대로 나뒹굴고 있었다. 그는 쇠막대기를 집어 램프 불에 비춰보았다. 피는 묻지 않았으나 머리카락이 한두 개 달라붙어 있었다. 얼마쯤 얼빠진 듯한 태도로 그는 쇠막대기를 테이블보로 닦아내고는 곧 부엌으로 해서 뒤뜰로 달려나가 담 너머 쐐기풀 덤불 속에 집어던졌다. 그 쇠막대기에 범죄의 증거가 남아 있다고는 생각되지 않았지만, 그것을 흉기로 쓴 그의 눈에는 어쩐지 불길한 그림자가 깃들어 있는 것처럼 보였다.

이제 이만하면 곧 역으로 나가도 될 것 같았다. 아직 시간은 일렀다. 겨우 7시 25분이었다. 그러나 누군가가 찾아왔을 경우 집 안에 있는 것을 보이고 싶지 않았다. 소프트 모자는 가방과 함께 소파 위에 놓여 있었고, 우산도 가죽끈으로 가방에 붙들어매 놓았다. 그는 모자를 쓰고 가방을 들자 문 쪽으로 갔다. 그러나 다시 램프 불 쪽으로 되돌아가 심지를 줄여 어둡게 하려고 했다. 그런데 심지 나사에 손을 댄 순간 문득 어두컴컴한 방구석으로 눈을 돌린 그는 의자 위에 놓인 브러트스키의 회색 펠트 모자를 발견했다. 모자는 죽은 사나이가 이 집에 들어왔을 때 놓아둔 그대로 있었다.

잠깐 돌처럼 굳어져 있던 히클러의 이마에서 공포의 식은땀이 송글송글 솟아나왔다. 하마터면 램프 불만 어둡게 해놓고 그냥 나갈 뻔했다. 만일 그랬더라면……. 그는 성큼성큼 의자 쪽으로 가서 모자를 집어 들고 안쪽을 보았다. 예상했던 대로 브러트스키의 이름이 씌어져 있었다. '오스카 브러트스키'. 만일 이것을 그대로 놓아두고 나갔다가 나중에 발견된다면 틀림없이 그는 파멸될 것이다. 지금이라도 경찰이 이 집에 들이닥친다면 꼼짝없이 교수대로 보내질 것이다. 그렇게 생각하자 오싹 소름이 끼쳐 손발이 떨렸다.

그는 간담이 서늘해지긴 했으나 침착함을 잃지 않았다. 그는 부엌으로 뛰어 들어가 불쏘시개로 쓰는 마른 섶나무 가지를 한줌 가져왔다. 그리고 그것을 거실 난로 속——이미 불이 꺼져 있으나 재는 아직 뜨거웠다——에 넣고, 브러트스키의 머리 밑에 깔았던 종이——거기에 작은 핏자국이 묻어 있는 것을 그는 그때 비로소 알았다——를 구겨서 섶나무 가지 밑에 쑤셔넣은 다음 성냥을 그어 불을 붙였다. 섶나무가지가 타오르자 작은 칼로 모자를 갈기갈기 찢어 불 속에 던져넣었다.

그동안 줄곧 들키지 않을까 하는 공포로 가슴이 마구 두근거리고 두 손이 부들부들 떨렸다. 찢어진 펠트 조각은 잘 타지 않았다. 확 타버려 재가 되지 않고 조금씩 조금씩 연기가 나며 천천히 타서 덩어리를 남겼다. 뿐만 아니라 모피 냄새와 함께 지독한 나무진의 악취가 풍겨 그를 당황하게 만들었다. 그는 그 악취를 없애기 위해 앞문을 열 용기는 없었으므로 부엌 창문을 열어야만 했다. 더욱이 잘게 찢은 천 조각을 불에 태우며 귀를 기울여 섶나무 가지가 타는 소리보다 무서운 발소리──운명의 신의 호출장을 가져다줄 노크 소리──를 들으려고 온 신경을 곤두세우고 있었다.

시간은 빨리 지나갔다. 벌써 8시 21분 전이었다. 이제 곧 집을 나서야 한다. 그렇지 않으면 기차시간을 놓치게 된다. 찢은 모자차양을 타오르는 섶나무가지 위에다 던져놓고 그는 2층으로 뛰어올라가 창문을 하나 열었다. 나가기 전에 부엌 창문을 닫아야 하기 때문이었다. 돌아와보니 모자차양은 이미 검은 덩어리로 오그라들어 기름덩이처럼 지글지글 끓고 쉭쉭 묘한 소리를 내며 맵싸한 연기를 솔솔 굴뚝으로 내보내고 있었다.

8시 19분 전! 이제 나갈 시간이다. 그는 부젓가락을 집어 들고 조심스럽게 타버린 덩어리를 잘게 부수어서 그것을 섶나무가지와 빨갛게 핀 석탄불 속으로 섞어 넣었다. 겉으로 보기에 난로에는 아무 이상도 없었다. 거실 난롯불에 편지나 필요 없는 것들을 태우는 것은 그의 버릇이었다. 그러므로 가정부도 전혀 이상하게 생각지 않을 것이다. 그리고 그녀가 돌아오기 전에 완전히 재가 되어버릴 것이다. 타다 남을 쇠붙이 부속품이 모자에 붙어 있지 않다는 것도 미리 다 확인해 두었다.

그는 다시 가방을 들고 마지막으로 또 한 번 사방을 둘러본 다음 램프 심지를 낮추었다. 그리고 앞문을 열고 잠깐 동안 문손잡이를 잡은 채 서 있었다. 잠시 뒤 그는 밖으로 나가 문을 잠그고 열쇠를 주머니 속에 넣었다. 또 하나의 열쇠는 가정부가 가지고 있었다. 이윽고 시원스러운 발걸음으로 역을 향해 걷기 시작했다.

그는 아주 알맞은 시간에 역에 닿았다. 차표를 사들고 천천히 플랫폼으로 나갔다. 열차 도착신호는 아직 켜지지 않았으나 주위에 이상한 흥분이 감돌고 있었다. 승객들은 플랫폼 한옆에 모여서서 모두들 철길의 한 방향을 바라보고 있었다. 격렬하고 구역질이 날 것 같은 호기심에 끌려 그가 승객들 쪽으로 가까이 갔을 때, 어둠 속에서 두 사나이가 나타나 방수포를 씌운 들것을 들고 플랫폼을 향해 밋밋한 비탈길을 올라오고 있었다. 승객들은 양옆으로 갈라서서 들것을 든 사람들이 지나가도록 했다. 그들은 방수포 밖으로 내다보이는 시체를 호기심에 찬 눈으로 뒤쫓고 있었다. 이윽고 들것이 신호실로 운반되어 가자 손가방과 우산을 들고 들것 뒤를 따라온 짐꾼 쪽으로 사람들의 눈길이 집중되었다.

그 가운데 한 사람이 불쑥 앞으로 나서며 소리쳤다.

"그게 저 사람의 우산인가요?"

"그렇습니다."

짐꾼은 걸음을 멈추고 우산을 그 사람 앞으로 내밀어 보였다.

"아니, 이건!" 그 사람은 큰소리로 외치며 가까이 서 있던 키 큰 사나이 쪽을 보고 흥분한 목소리로 말했다. "이건 브러트스키의 우산입니다. 단언할 수 있습니다. 당신도 브러트스키를 기억하시지요?"

키 큰 사나이가 고개를 끄덕였다. 그러자 그 승객은 다시 짐꾼을 보고 말했다.

"이 우산을 나는 알고 있소. 이것은 브러트스키라는 신사의 것이오. 이 사람의 모자를 보면 그 안쪽에 이름이 씌어 있을 거요. 언제나 모자에 자기 이름을 써두니까요."

"아직 모자는 찾지 못했습니다. 하지만 지금 역장님이 이리로 오고 계시니까……."

짐꾼은 역장이 가까이 오기를 기다리고 있다가 말했다.

"이분이 이 우산을 알아보셨습니다."

"그래요? 당신이 이 우산을 알아보실 수 있다는 말씀이지요? 그럼, 잠깐 신호실로 가서 시체를 확인할 수 있을지 보아주시겠습니까?" 역장이 말했다.

그 사람은 놀란 듯한 표정으로 머뭇거리며 잔뜩 겁먹은 말투로 물었다.

"그럼…… 그 사람은…… 알아볼 수도 없을 정도로 상한 모양이지요?"

"그렇다고 할 수 있지요. 아무튼 기관차와 여섯 량의 화물열차가 그 위를 지난 뒤에야 가까스로 멎었으니까요. 목이 완전히 떨어져나갔답니다." 역장이 대답했다.

"끔찍하게도…… 정말 소름이 끼치는군요!" 그 사람은 숨을 헐떡이며 말했다. "꼭 필요한 일이 아니라면, 나는…… 아무래도 마음이 내키지 않습니다. 박사님, 당신도 꼭 보러가야 한다고 생각지는 않으시겠지요?"

"아니, 필요하다고 생각합니다." 키 큰 사나이가 대답했다. "한시라도 빨리 확인하는 것이 가장 중요한 일일지도 모르니까요."

"그럼, 역시 보지 않을 수 없겠군요."

그러나 그 사람은 몹시 내키지 않는 듯 앞서가는 역장을 따라 신호실로 들어갔다.

그때 벨이 울려 열차가 들어오고 있음을 알렸다. 사일러스 히클러는 호기심 많은 군중들 뒤를 따라 신호실의 닫힌 문 밖에 멈춰 섰다. 이윽고 그 사람이 창백한 얼굴로 덜덜 떨며 뛰어나와 키 큰 사나이 쪽으로 갔다.

"역시 그였습니다! 브러트스키입니다! 가엾은 브러트스키…… 너무도 끔찍한 일입니다! 나와 여기서 만나 함께 암스테르담에 가기로 되어 있었는데……." 그는 숨을 헐떡이며 소리쳤다.

"그는 무슨 상품을 가지고 있었습니까?" 키 큰 사나이가 물었다.

히클러는 그 사람의 대답을 들으려고 귀를 기울였다.

"보석 종류를 가지고 있었던 것만은 확실하지만, 무엇을 가지고 있었는지는 모릅니다. 물론 그의 가게 점원은 알고 있겠지요. 그런데 박사님, 한 가지 부탁이 있습니다. 부디 이 사건을 해결해 주십시오. 정말 사고인지, 아니면…… 어느 쪽인지, 그것만이라도 확인해 주셨으면 합니다. 아무튼 우리는 오랜 친구로 같은 고장에 살았으며, 둘 다 바르샤바 태생이지요. 부디 당신께서 이 사건에 관심을 가져주시기 바랍니다."
"좋습니다. 내가 만족할 만큼 알아보고, 아무 이상이 없다는 것이 확인되면 당신에게 알려드리겠습니다. 그러면 되겠지요?"
키 큰 사나이가 대답했다.
"고맙습니다. 호의에 감사드립니다. 아, 기차가 왔군요. 이곳에 남아 조사를 해달라는 것이 참으로 성가신 부탁인 줄은 압니다만……."
"아니, 결코 그렇지 않습니다. 우리는 내일 오후까지 워밍턴에 도착하면 되니까, 이 일을 충분히 조사하고도 그쪽의 약속을 지킬 수 있을 겁니다."
히클러는 그 키가 크고 늠름한 사나이를 한동안 자세히 살펴보았다. 바야흐로 장기판 앞에 마주앉아 자기의 생명을 건 한판을 두려고 발 벗고 나선 사나이를. 생각이 깊어 보이는 날카로운 얼굴, 침착하고 단호하여 참으로 무서운 적수로 여겨졌다. 히클러는 허둥지둥 열차에 오른 뒤 이 적수를 돌아보며 브러트스키의 모자를 떠올렸다. 몹시 불쾌하게 마음에 걸렸다. 그 밖에 저지른 실수는 없어야 할 텐데 하고 그는 생각했다.

수사과정
── 의학박사 크리스토퍼 저비스의 기록

해튼 가든의 저명한 다이아몬드 상인 오스카 브러트스키의 죽음을 둘러싼 특이한 상황은 손다이크가 주장하는 법의학의 실제면에서 본 한두 가지 중요성이 충분히 이해되지 못했음을 증명해 주었다. 그것이 어떤 점인가는 나의 스승이자 친구인 손다이크에게 적당한 자리에서 설명해 달라기로 하고, 우선 나는 더없이 계발적으로 생각되는 이 사건의 경위를 순서대로 적어보겠다.

10월 저녁 어둠이 깔리기 시작할 무렵 객차 안 끽연실에 있던 손다이크와 나는 열차가 작은 루댐 역에 다가가고 있음을 알았다. 이윽고 열차가 멈춰 서자 플랫폼에서 열차를 기다리는 한 무리의 시골 사람들을 보았다. 갑자기 손다이크가 깜짝 놀란 소리로 소리쳤다.

"아니, 저 사람은 보스코비치 씨 아닌가!"

거의 동시에 민첩해 보이는 몸집이 작은 사나이가 우리 콤파트먼트 (객차내의 화장실이 딸린 개인용 침실) 문 쪽으로 달려와서 구르듯이 뛰어 들어왔다.

"모처럼 두 분이 말씀을 나누고 계신데 방해를 해서 죄송합니다!"

그는 뜨겁게 악수를 나누자 반사적으로 거칠게 여행가방을 그물선반 위로 던져 올렸다.

"하지만 당신들의 얼굴을 창문으로 보았으니, 이처럼 즐거운 분들과 길동무가 될 수 있는 기회를 놓칠 수가 있겠습니까?"

"말솜씨가 대단하시군요, 너무 듣기 좋게 인사를 하시면 이쪽에서 할 말이 없습니다. 아무튼 어떤 운명의 인연으로 이곳——이름이 뭐였지? 그래, 루댐 근처에서 무엇을 하고 있습니까?"

손다이크가 말했다.

"여기서 1.6킬로미터쯤 떨어진 곳에 동생이 조그만 시골집을 가지고 있어서 한 이틀 함께 지냈답니다." 보스코비치는 설명했다. "나는 보댐 역에서 임항열차로 갈아타고 암스테르담에 갈 예정입니다. 그런데 당신들은 어디로 가십니까? 신비스러운 작은 녹색 트렁크가 저기 걸려 있는 것을 보니 뭔가 비밀탐구를 하시는 모양이군요. 그렇지 않습니까? 복잡기괴한 범죄의 수수께끼를 풀어 가시는 거지요?"

"아니오." 손다이크가 대답했다. "아주 평범한 볼일로 워밍턴까지 가는 길입니다. 글리핀 생명보험회사로부터 내일 있을 검시심문법정의 상황을 관찰해 달라는 의뢰를 받았지요. 아무래도 황야횡단여행이 될 것 같아 오늘 밤에 출발한 것입니다."

보스코비치는 흘끗 모자걸이를 올려다보며 물었다.

"그럼, 어째서 저 마술 트렁크를 가지고 가십니까?"

"나는 저 트렁크를 들지 않고 집을 나서는 일이 없답니다." 손다이크가 대답했다. "무슨 일이 일어날는지 모르니까요. 들고 다니기가 조금 성가시긴 하지만, 돌발사건이 일어났을 경우 내 기구를 손 가까이 두고 있다는 마음 든든함에 비하면 아무것도 아니지요."

보스코비치는 눈을 크게 뜨고 즈크 천을 씌운 작고 네모난 트렁크를 올려다보았다.

"그 은행 살인사건에 관련하여 당신이 첼므스포드 시에 계실 무렵, 대체 저 속에 무엇이 들어 있을까 나는 곧잘 머리를 갸우뚱했답니다. 그것은 정말 놀라운 사건이었지요. 결국 당신의 수사방법이 경찰을 깜짝 놀라게 했습니다만."

그가 계속 동경하는 듯한 눈길로 트렁크를 올려다보고 있었으므로 손다이크는 상냥하게 가방을 내려 자물쇠를 열었다. 사실 손다이크는 그 '휴대용 실험실'을 얼마쯤 자랑스럽게 여기고 있었다. 그것은 분명 압축의 극치였다. 가로 세로 30센티미터쯤, 깊이 10센티미터쯤 되는 작은 트렁크 속에는 수사에 필요한 도구며 용품이 완벽하게 갖추어져 있었다.

트렁크가 눈앞에서 열리자 보스코비치는 소리를 지르며 감탄했다.

"아, 정말 훌륭하군요!"

트렁크 속에는 실험약이 든 작은 병과 작은 시험관이 가지런히 들어 있고, 소형 알코올램프, 작은 현미경, 그 밖에 조그마한 각종 기구가 골고루 갖추어져 있었다.

"마치 인형의 집 같은데요. 모든 것이 망원경을 거꾸로 들여다보는 것 같습니다. 하지만 이렇게 작은 것이 실제로 도움이 됩니까? 이 현미경도……."

"배율은 그다지 높지 않지만 완전히 기능을 발휘합니다." 손다이크가 설명했다. "장난감처럼 보이지만, 결코 그렇지 않습니다. 렌즈는 세계에서 가장 우수한 거랍니다. 물론 큰 현미경이 훨씬 편리하긴 하지만, 그러나 큰 것을 가지고 다닐 수는 없으니까 소형 렌즈로 참을 수밖에 없지요. 그래서 이렇게 작은 기구들로 갖춘 것입니다. 아무 기구도 없는 것보다는 훨씬 낫거든요."

보스코비치는 트렁크 속에 든 것을 들여다보고 종기를 건드리듯 기구를 손가락으로 톡톡 치며 계속 그 사용법을 물었다. 30분쯤 지나 그의 호기심이 어느 정도 만족되었을 때 열차가 속력을 늦추기 시작했다. 그는 벌떡 일어나 여행가방을 들었다.

"아니! 벌써 도착했군요. 당신들도 여기서 갈아타시겠지요?"

"그렇습니다. 여기서부터 지선으로 워밍턴까지 갑니다."

손다이크가 대답했다.

플랫폼에 내렸을 때 뭔가 이상한 사건이 일어난 것을, 적어도 일어난 듯한 눈치를 챘다. 거의 모든 승객과 짐꾼과 역직원이 모여 서서 모두 어두운 철길 쪽을 바라보고 있었다.

"무슨 일이 있었습니까?" 보스코비치가 역감독에게 물었다. 그러자 감독이 대답했다.

"그렇습니다. 1.6킬로미터쯤 떨어진 철길에서 화물열차에 사람이 치었습니다. 역장이 들것을 들고 시체를 가지러 갔습니다. 저기 이

쪽으로 오는 각등이 보이지요? 아마 저것이 불빛일 겁니다."

우리는 흔들거리는 각등의 불빛이 잠깐 밝아져서 번쩍이는 레일에 반사하는 것을 바라보고 있었다. 그때 차표 파는 곳에서 한 사나이가 플랫폼으로 나와 구경꾼 사이에 섞여들었다. 그가 나의 주의를 끈 까닭은, 나중에 생각해 보니 두 가지였다. 첫째로 그 명랑해 보이는 둥근 얼굴이 몹시 창백한데다 경련을 일으켜 짐승 같은 표정을 짓고 있었으며, 둘째로 굉장히 호기심에 찬 눈길로 어둠 속을 응시하면서도 아무것도 묻지 않았기 때문이었다.

흔들리고 있는 각등의 빛이 차츰 다가왔다. 갑자기 허름한 천에 덮인 들것을 든 두 사나이가 시야에 들어왔다. 그 허름한 천 위로 사람 모습이 어슴푸레 드러났다. 두 사람은 밋밋한 비탈길을 올라와 들것을 신호실로 날라갔다. 그러자 사람들의 탐색하는 듯한 눈길이 손가방과 우산을 들고 뒤따라온 짐꾼과 맨 나중에 각등을 들고 따라온 역장 쪽으로 옮겨졌다.

짐꾼이 지나쳐가려 할 때 보스코비치가 느닷없이 흥분한 듯한 모습으로 앞으로 나섰다.

"그게 저 사람의 우산인가요?" 그가 물었다.

"그렇습니다."

짐꾼은 걸음을 멈추고 그 우산을 보스코비치 앞으로 내밀어보였다.

"아니, 이건!" 보스코비치는 손다이크 쪽을 보고 흥분한 목소리로 말했다. "이건 브러트스키의 우산입니다. 단언할 수 있습니다. 당신도 브러트스키를 기억하시지요?"

손다이크가 고개를 끄덕였다. 그러자 보스코비치는 다시 짐꾼을 보고 말했다.

"이 우산을 나는 알고 있소. 이것은 브러트스키라는 신사의 것이오. 이 사람의 모자를 보면 그 안쪽에 이름이 쐬어 있을 거요. 언제나 모자에 자기 이름을 써두니까요."
"아직 모자는 찾지 못했습니다. 하지만 지금 역장님이 이리로 오고 계시니까……."
짐꾼은 역장이 가까이 오기를 기다리고 있다가 말했다.
"이분이 이 우산을 알아보셨습니다."
"그래요? 당신이 이 우산을 알아보실 수 있다는 말씀이지요? 그럼 잠깐 신호실로 가서 시체를 확인할 수 있을지 보아주시겠습니까?"
역장이 말했다.
보스코비치는 놀란 표정으로 머뭇거리며 잔뜩 겁먹은 말투로 물었다.
"그럼…… 그 사람은…… 알아볼 수도 없을 정도로 상한 모양이지요?"
"그렇다고 할 수 있지요. 아무튼 기관차와 여섯 량의 화물열차가 그 위를 지난 뒤에야 가까스로 멎었으니까요. 목이 완전히 떨어져나갔답니다." 역장이 대답했다.
"끔찍하게도…… 정말 소름이 끼치는군요!" 보스코비치는 숨을 헐떡이며 말했다. "꼭 필요한 일이 아니라면, 나는 아무래도 마음이 내키지 않습니다. 박사님, 당신도 꼭 보러 가야 한다고 생각지는 않으시겠지요?"
"아니, 필요하다고 생각합니다." 손다이크가 대답했다. "한시라도 빨리 확인하는 것이 가장 중요한 일일지도 모르니까요."
"그럼, 역시 보지 않을 수 없겠군요."
그러나 보스코비치는 몹시 내키지 않는 듯 앞서가는 역장을 따라 신호실로 들어갔다.
그때 벨이 울려 기차가 들어오고 있음을 알았다. 보스코비치의 시체확인은 아주 짧은 시간에 이루어졌다. 이윽고 보스코비치가 창백한 얼굴로 덜덜 떨며 뛰어나와 손다이크 쪽으로 갔다.

"역시 그였습니다! 브러트스키입니다! 가엾은 브러트스키…… 너무도 끔찍한 일입니다! 나와 여기서 만나 함께 암스테르담에 가기로 되어 있었는데……." 그는 숨을 헐떡이며 소리쳤다.

"그는 무슨 상품을 가지고 있었습니까?" 손다이크가 물었다.

그때 아까부터 나의 주의를 끈 사나이가 보스코비치의 대답을 들으려고 바짝 다가왔다.

"보석 종류를 가지고 있었던 것만은 확실하지만, 무엇을 가지고 있었는지는 모릅니다. 물론 그의 가게 점원은 알고 있겠지요. 그런데 박사님, 한 가지 부탁이 있습니다. 부디 이 사건을 해결해 주십시오. 정말 사고인지, 아니면…… 어느 쪽인지, 그것만이라도 확인해 주셨으면 합니다. 아무튼 우리는 오랜 친구로 같은 고장에 살았으며, 둘 다 바르샤바 태생이지요. 부디 당신께서 이 사건에 관심을 가져주시기 바랍니다."

"좋습니다. 내가 만족할 만큼 알아보고, 아무 이상이 없다는 것이 확인되면 당신에게 알려드리겠습니다. 그러면 되겠지요?"

손다이크가 대답했다.

"고맙습니다. 호의에 감사드립니다. 아, 기차가 왔군요. 이곳에 남아 조사를 해달라는 것이 참으로 성가신 부탁인 줄은 압니다만……."

"아니, 결코 그렇지 않습니다. 우리는 내일 오후까지 워밍턴에 도착하면 되니까, 이 일을 충분히 조사하고도 그쪽의 약속을 지킬 수 있을 겁니다."

손다이크가 이야기하고 있는 동안 분명히 우리의 대화를 들으려고 좀더 가까이 다가와 있던 낯선 사나이는 아주 기묘한 눈초리로 손다이크를 한동안 자세히 살펴보았다. 이윽고 열차가 도착하여 플랫폼에 완전히 멎은 다음에야 사나이는 허둥지둥 올라탔다.

열차가 역을 빠져나가자 손다이크는 곧 역장을 찾아가 보스코비치가 의뢰한 사실을 전했다. 그는 마지막으로 덧붙여 말했다.

"경찰이 올 때까지 손을 대면 안 됩니다. 신고는 하셨겠지요?"

"물론입니다. 곧 주 경찰부장에게 알렸습니다. 머지않아 경찰부장이나 경감이 나타날 겁니다. 실은 잠깐 그곳에 가서 확인해 보려던 참입니다." 역장이 대답했다.

분명 역장은 우리에게 허락하기 전에 우선 경감과 은밀히 의논하고 싶은 모양이었다.

역장이 가버리자, 손다이크와 나는 이제 사람 그림자 하나 없는 플랫폼을 왔다갔다하기 시작했다. 새로운 조사에 착수할 때는 언제나 그렇듯이, 나의 친구는 깊이 생각에 잠겨서 사건의 특질을 대강 이야기했다.

"이런 종류의 사건은 가능성 있는 세 가지 해석 중 어느 하나로 결정을 지어야 하네. 사고인가, 자살인가, 타살인가. 그리고 이 결정은 세 가지 사실로 짐작할 수 있는 추리에 의해 정해지지. 첫째, 사건의 일반적인 사실. 둘째, 시체검시에서 얻을 수 있는 특수한 자료적 사실. 셋째, 시체가 발견된 장소를 조사함으로써 얻을 수 있는 특수한 자료적 사실. 그런데 지금 우리가 쥐고 있는 일반적인 사실은 죽은 사나이가 다이아몬드 상인으로 특정한 목적을 띠고 여행하던 중이었으며, 부피가 작지만 굉장히 값나가는 물건을 몸에 지니고 있었으리라는 것뿐일세. 이 사실은 자살설에는 불리하고 타살설에는 유리하지. 사고인가 아닌가에 대해서는 문제의 철길로 통하는 건널목 한쪽에 오솔길이 있느냐 없느냐, 나무문이 달린 울짱, 또는 나무문이 없는 울짱이 있느냐 없느냐, 그 밖에 시체가 발견된 장소로 우연히 그의 발길을 돌리게 할 만한 일 또는 돌리게 하지 않을 일이 있었느냐 없었느냐에 따라 결정되는데, 이런 사실을 아직 파악하지 못했으므로 우리로서는 좀더 조사해야 할 걸세."
"그 가방과 우산을 가지고 온 짐꾼에게 좀더 신중히 물어보는 게 어떻겠나? 지금 그는 개찰계원과 열심히 이야기하고 있네. 자기 이야기를 들어줄 사람을 새로 발견하면 굉장히 기뻐할 걸세."
"좋은 생각이로군, 저비스. 무슨 말을 할는지 들어보세."
우리는 짐꾼 쪽으로 다가갔다. 역시 내가 예상했던 대로 그는 비극적인 이야기를 쏟아놓고 싶어 안절부절못하고 있었다.
손다이크의 질문에 대답하여 짐꾼은 설명을 시작했다.
"네, 사건은 대강 이런 것입니다. 마침 그곳에서 철길이 갑자기 구부러져 있었지요. 그 커브를 화물열차가 막 돌아서려는 순간 기관사가 레일 위에서 무언가를 발견했답니다. 기관차가 커브를 돌아 헤드라이트로 그것을 비췄을 때에야 비로소 그는 사람이라는 것을 알고는 곧 증기를 끄고 기적을 울리며 급브레이크를 걸었지요. 그러나 아시다시피 화물열차는 멈춰서는 데 시간이 조금 걸립니다. 완전히 멈출 때까지 기관차와 여섯 량의 뚜껑 없는 화물차가 그 가엾은 사나이 위를 지나간 것입니다."
"기관사가 그 사람이 어떻게 누워 있었는지 보았단 말이지요?"
손다이크가 물었다.
"네, 분명히 보았답니다. 헤드라이트로 곧장 비추었으니까요. 하행선 왼쪽 레일 위에 목을 올려놓고 엎어져 있었다더군요. 머리는 레일 바깥에, 몸뚱이는 레일 안쪽에 두고 누워 있어 아무래도 일부러 그러고 있는 것처럼 보였답니다."
"그 근처에 건널목은 없소?"
"건널목도 길도 없습니다. 들길도 없고 아무것도 없지요." 짐꾼이

지나치게 강조하여 말투가 거칠게 느껴졌다. "아마 그는 황무지를 가로질러 울짱을 넘어서 철길로 들어섰을 겁니다. 아무래도 무언가 고민하다 자살한 모양입니다."

"왜 그렇게 생각하지요?" 손다이크가 물었다.

"기관사와 조수가 철길에서 시체를 치우고 난 다음 신호소로 가서 전신기로 사고를 알리고 왔는데, 철길을 걸어가는 동안 역장님이 다 이야기해 주셨습니다."

손다이크는 짐꾼에게 고맙다는 말을 하고 신호실 쪽으로 돌아가며 새로 들은 사실이 지닌 뜻을 이야기했다.

"짐꾼의 의견 가운데 꼭 한 가지 맞는 것이 있네. 그러니까 이것은 우연한 사고가 아니라는 점이지. 피해자가 근시이든가 귀머거리든가 백치가 아닌 이상 울짱을 넘어 열차에 치이는 일은 아마 없을걸세. 그런데 철길 위에 누워 있는 모습으로 보아서는 두 가지 가설 가운데 한 가지밖에 성립하지 않네. 짐꾼의 말대로 고민하다 자살한 것이든가 아니면 이미 죽어 있었든가 의식을 잃고 있었을 걸세. 그러나 추리는 이 정도로 해두고, 분명한 일은 시체를 볼 때까지 기다릴 수밖에 없겠군. 그것도 경찰이 우리에게 시체를 보여준다면 말이지만. 아무튼 역장이 경찰과 함께 왔으니 만나보세."

분명 역장과 경감은 외부의 도움을 거절할 생각인 듯했다. 평범한 방법으로 충분히 지식을 얻을 수 있다는 눈치였다. 그러나 손다이크가 명함을 내놓자 사정이 조금 달라졌다. 경감은 명함을 받아들고 "흠, 네……" 하며 애매한 말을 중얼거리더니 이윽고 우리에게 시체를 보여주기로 동의했다. 그리하여 우리는 함께 신호실로 들어갔다. 역장이 먼저 들어가 각등을 밝혔다.

들것은 벽 옆에 놓였으며, 시체는 아직도 허름한 천으로 덮여 있었다. 손가방과 우산은 렌즈가 빠져나간 찌그러진 안경테와 함께 큰 상자 위에 놓여 있었다.

"이 안경을 시체 옆에서 발견하셨습니까?"

손다이크가 역장에게 물었다.

"그렇습니다. 머리 바로 옆에 있었습니다. 렌즈는 자갈 위에 흩어져 있었지요."

손다이크는 수첩에 무언가를 써넣었다. 경감이 덮어 놓은 천을 걷었다. 손다이크는 시체를 내려다보았다. 시체는 축 늘어져 들것에 누워 있었다. 목이 떨어져나가고 손발이 뒤틀려 있어 차마 볼 수 없을 정도로 처참한 모습이었다. 경감의 손에 들린 큰 각등 빛에 비추어진 기분 나쁜 시체를 손다이크는 1분쯤 잠자코 들여다보고 있었다. 잠시 뒤 그는 몸을 쭉 펴며 나에게 조용히 말했다.

"세 가지 가설 가운데 두 가지는 제외시켜도 될 것 같군."

경감이 재빨리 그를 보며 뭔가 물으려고 했으나, 손다이크는 이미 대 위에 놓여진 트렁크에 정신을 빼앗기고 있었다. 그는 트렁크를 열고 해부용 핀셋 2개를 꺼냈다.

"검시해부를 할 권한은 우리에게 없습니다." 경감이 말했다.

"물론 없지요. 나는 다만 입 속을 들여다보려는 것뿐입니다."

손다이크는 핀셋을 하나 집어 들고 입술을 벌려서 입 속을 조사한 다음 이를 자세히 살폈다.

"미안하지만 자네의 렌즈를 좀 빌려주겠나, 저비스?"

나는 접합 렌즈를 펴서 그에게 건네주었다. 경감은 시체의 얼굴에 각등을 가까이 대며 열심히 몸을 앞으로 내밀었다. 손다이크는 여느 때와 같이 조직적인 방법으로 울퉁불퉁하니 날카로운 치열을 렌즈로 죽 훑어본 다음 다시 렌즈를 움직여 위쪽 앞니를 다시 정밀하게 조사했다. 마침내 그는 위쪽 앞니 두 개 사이에서 핀셋으로 뭔가 작은 것을 미묘한 손놀림으로 집어내어 렌즈의 초점에 갖다댔다. 그의 다음 행동을 예상하고 나는 분류표시가 달린 현미경의 유리판을 트렁크에서 꺼내 절개바늘과 함께 그에게 건네주었다. 그가 잇새에서 꺼낸 것을 유리판 위에 옮겨놓고 절개바늘로 조금씩 펼치는 동안, 나는 작은 현미경을 대 위에 올려놓았다.

"접착액 한 방울과 커버 유리를 한 장 부탁하네, 저비스."

내가 병을 건네주자 그는 작은 물건에 접착액을 한 방울 떨어뜨리고 그 위에 커버 유리를 덮은 다음 현미경의 대에 유리판을 얹어놓고 자세히 관찰했다.

문득 경감에게 눈길을 돌린 나는 그의 얼굴에 희미한 미소가 번져 있는 것을 보았다. 경감은 나의 눈길을 의식하자 애써 그 미소를 억누르려고 했다. 그는 변명하듯 말했다.

"나는 지금 이 사람이 저녁에 무엇을 먹었나 알아본다는 것은 수사의 본궤도에서 조금 벗어난 조사가 아닌가 생각하고 있었습니다. 비위생적인 음식을 먹어서 죽은 것은 아닐 테니까요."

손다이크는 빙그레 웃으며 경감을 올려다보았다.

"이런 조사에서는 무슨 일이든 본궤도에서 벗어난 일이라고 속단해선 안 됩니다, 경감님. 어떤 사실이든 사실에는 뭔가 뜻이 담겨 있기 마련이니까요."

"그러나 목이 완전히 떨어져나간 사나이가 먹은 음식에는 전혀 아무런 뜻도 없다고 생각하는데요." 경감이 어깨를 으쓱하며 대답했다.

"그럴까요? 횡사한 사나이가 마지막으로 먹은 식사에 대해 관심을 돌릴 만한 가치가 없을까요? 예를 들어 이 죽은 사나이의 조끼에 떨어져 있는 부스러기, 여기서 아무것도 알아낼 수가 없을까요?" 손다이크가 말했다.

"무엇을 알아낼 수 있다는 건지 나로서는 짐작이 가지 않는군요." 경감은 완강하게 대답했다.

손다이크는 핀셋으로 부스러진 가루들을 하나하나 집어내어 유리판에 놓고 우선 렌즈로 살펴본 다음 다시 현미경으로 조사했다. 이윽고 그가 말했다.

"이것으로 알아낸 바에 의하면 죽기 직전에 이 사나이는 보릿가루로 만든 비스킷——아무래도 오트밀이 섞인 것 같습니다만——을 먹은 모양입니다."

"그야말로 무의미한 일이 아닙니까?" 경감이 다시 말했다. "우리가 해결해야 할 문제는 이 사나이가 어떤 비스킷을 먹었느냐 하는 게 아니라 왜 죽었는가 하는 것입니다. 자살인가, 우연한 사고인가, 아니면 범죄행위로 목숨을 잃었는가?"

손다이크가 말했다.

"실례입니다만, 그보다 먼저 해결해야 할 문제가 있습니다. 그러니까 누가 어떤 동기로 이 사나이를 죽였느냐는 겁니다. 그 밖의 일은 내가 보기에 이미 해답이 나와 있습니다."

경감은 놀란 듯 눈을 크게 떴다. 그는 믿을 수 없다는 듯한 표정을 지었다.

"정말 굉장히 빨리 결론을 얻으셨군요."

"이것은 아주 명백한 살인사건입니다." 손다이크가 다시 설명했다. "동기는 피해자가 다이아몬드 상인으로서 상당한 보석을 몸에 지니고 있었기 때문이라고 추측할 수 있겠지요. 시체를 조사해 보시겠습니까?"

경감은 흥미 없는 듯 말했다.

"그러나 그것은 당신의 억측입니다. 죽은 사나이가 다이아몬드 상인으로, 귀중한 보석을 몸에 지니고 있었기 때문에 살해되었다니!"

그는 몸을 일으켜 세우고 심한 비난이 깃든 눈초리로 손다이크를 쳐다보았다.

"이것은 법률상의 수사로 신문에 잘 나오는 범인 알아맞히기 퀴즈가 아니라는 것을 당신도 알아주셨으면 합니다. 시체 조사는 내가 이곳에 온 가장 큰 목적입니다."

경감은 허풍스럽게 우리들 쪽으로 등을 돌리고 죽은 사나이의 주머니를 일일이 뒤져보기 시작했다. 그는 여러 가지 물건을 꺼내 상자 위의 손가방과 우산 옆에 늘어놓았다.

그동안 손다이크는 시체 전체를 훑어보며, 특히 부츠 바닥에 주의를 기울였다. 경감은 우스워서 못 견디겠다는 듯한 표정이었다.

"그 발은 그냥 눈으로도 충분히 알아볼 수 있을 만큼 큰 것 같은데요. 아마……." 경감은 역장 쪽을 슬쩍 쳐다본 다음 덧붙여 말했다. "당신은 눈이 조금 근시인 모양이군요, 손다이크 박사."

손다이크는 재미있는 듯이 유쾌하게 웃었다. 그는 경감이 시체를 조사하고 있는 동안 상자 위에 늘어놓은 여러 가지 물건을 살펴보았다. 지갑과 수첩을 조사하는 일은 당연히 경감에게 맡겼으나 독서용 확대경, 조그마한 나이프, 명함 케이스, 그 밖의 주머니 속에 든 자잘한 물건을 손다이크는 차근차근 조사했다. 경감은 우스워 못 견디겠다는 듯한 표정으로 흘금흘금 손다이크를 보고 있었다. 손다이크는 독서용 확대경을 불빛에 비춰보며 그 굴절도를 재기도 하고, 담배 케이스 속을 들여다보기도 하고, 한 묶음의 담배말이 종이를 넘겨가며 그 무늬를 조사하기도 하고, 은성냥갑 속에 든 성냥개비를 살펴보기도 했다.

"그 담배 케이스 속에서 무엇을 발견하리라고 예상하셨습니까?"

경감이 시체의 주머니에서 꺼낸 열쇠다발을 상자 위에 올려놓으며 물었다.

"담배입니다." 손다이크가 무게 있게 대답했다. "그러나 잘게 썬 라타키아(터키산 고급담배)가 나오리라고는 생각지 못했습니다. 순수한 라타키아를 궐련으로 말아서 피우는 사람은 아직 본 적이 없으니까요."

"여러 가지 일에 흥미를 가지셨군요."

경감은 멍청히 서 있는 역장을 슬쩍 보며 말했다.

"그렇습니다." 손다이크가 동의했다. "그런데 주머니 속에 다이아몬드가 없었습니까?"

"네, 이 사나이가 다이아몬드를 몸에 지니고 있었는지 어떤지도 우리는 아직 모릅니다. 그러나 여기 금시계와 금시곗줄, 다이아몬드 넥타이핀, 그리고……."

경감은 지갑을 열어 속에 든 것을 손바닥에 쏟았다.

"금화 12파운드가 든 지갑이 있습니다. 이것으로 보아 강도설은 성립되지 않을 것 같군요. 이렇게 되면 타살설도 다시 생각해 보아야 하지 않을까요?"

"내 의견에는 변함이 없습니다." 손다이크는 딱 잘라 말하고 나서 역장 쪽을 보며 물었다. "그런데 시체가 발견된 곳을 조사해 보고 싶군요. 기관차는 점검하셨습니까?"

"거기에 대한 조사는 브래드필드로 전보를 쳐서 부탁했습니다." 역장이 대답했다. "아마 보고가 벌써 와 있을걸요. 현장으로 가기 전에 한번 보아두는 편이 좋을 겁니다."

우리는 신호실에서 나왔다. 마침 역감독이 전보를 들고 기다리고 있었다. 역감독은 전보를 역장에게 건네주었다. 역장은 소리내어 읽었다.

"기관차를 주의 깊게 점검했음. 앞바퀴 가까이에 작은 핏자국이 있고, 제2바퀴에 그보다 작은 핏자국이 보일 뿐 그 밖에는 전혀 핏자국이 없음."

역장은 이상하다는 듯 손다이크를 쳐다보았다. 손다이크는 고개를 끄덕이며 말했다.

"철길이 과연 같은 상황인지 한번 확인해 보는 것도 흥미있는 일이겠지요."

역장은 알 수 없다는 표정으로 설명을 듣고 싶어 했으나, 경감이 죽은 사나이의 소지품을 주머니에 집어넣은 다음 빨리 가자고 재촉했다. 손다이크는 트렁크를 잘 닫고 각등을 들었다. 우리는 철길을 더듬어 걷기 시작했다. 손다이크는 각등을 들고, 나는 우리에게 있어 절대적으로 필요한 그 녹색 트렁크를 들고 있었다.

"이 사건에 도저히 이해가 안 가는 점이 있는데……." 경감과 역장을 앞서 가게 한 다음 목소리가 들리지 않으리라는 것을 확인하자 나는 손다이크에게 말했다. "자네는 굉장히 빨리 결론을 내렸네. 그렇게 빨리 의견을 결정하면서도 자살이 아니라 타살이라고 단정한 것은 무슨 까닭에서인가?"

손다이크가 대답했다.

"사소한 일이긴 하지만, 참으로 결정적인 증거가 있었기 때문일세. 자네도 관자놀이 위 두피에 나 있는 작은 상처를 보았겠지? 그것은 찰과상일세. 기관차도 쉽게 입힐 수 있는 상처이지. 그러나 그 상처에서는 피가 나와 있었네. 꽤 오랫동안 출혈된 것일세. 상처에서 두 줄기의 피가 흘렀는데, 모두 완전히 굳어져 일부분은 말라붙어 있었네. 그러나 피해자는 목이 떨어져나갔으므로 그 상처가 기관차와 부딪쳐 얻은 것이라면 목이 끊어진 뒤에 생겼을 걸세. 기관차가 다가왔을 때, 상처가 나 있는 그 부분은 기관차에서 꽤 떨어진 곳에 있었기 때문일세. 그런데 잘린 목은 결코 출혈하지 않는 법이네. 따라서 그 상처는 목이 잘려나가기 전에 생긴 것일세.

그 상처에서는 두 줄기의 피가 직각으로 흘러내렸네. 그 피의 흐름으로 보아 최초의 한 줄기는 옆얼굴을 통해 칼라로 흘러내렸네.

그리고 또 한 줄기는 상처에서 뒤통수로 흘러내렸네. 그런데 저비스, 자네도 알고 있듯이 인력의 법칙에 예외란 없네. 피가 얼굴을 타고 내려가 턱 쪽으로 흘렀다면, 그때 머리는 똑바로 세운 상태였을 걸세. 또 앞에서 뒤통수로 흘러내렸다면, 그때 머리는 수평이 되고 얼굴은 젖혀져 있었을 걸세. 그런데 기관사가 보았을 때 피해자는 엎어져 있었다고 했네. 그러니까 타살로 추정할 수밖에 더 있나? 즉 상처를 입었을 때 피해자는 자세를 똑바로 하고 서 있었든가 앉아 있었을 걸세. 그런 다음 아직 살아 있을 때 피가 잠시 뒤통수로 흘러내릴 동안 천장을 보고 누워 있었던 걸세."

"듣고 보니 그렇군. 내가 그 정도의 추리를 하지 못했다니 부끄럽기 짝이 없는 일일세."

나는 화가 났다.

"재빠른 관찰과 재빠른 추론은 연습을 통해서만 얻어질 수 있는 걸세. 그런데 자네는 그 얼굴에서 무엇을 알아차렸나?"

손다이크는 말했다.

"질식한 듯한 흔적이 있더군."

"맞았네! 의심할 여지가 없네. 그것은 질식한 사람의 얼굴일세. 또 혀가 눈에 띄게 부어 있었고, 윗입술 안쪽에 잇자국인 듯한 상처가 나 있으며, 입 위를 세게 누르는 바람에 생긴 듯한 몇 군데의 상처도 자네는 알아차렸을 걸세. 이런 사실과 추론이 머리의 상처와 어떻게 결부되는지 생각해 보게. 만일 피해자가 머리를 한 대 맞고 습격자와 격투를 벌이다 질식했다면, 바로 그 시체에서 발견된 것 같은 흔적들이 나타나 있을 걸세."

"그건 그렇고, 피해자의 잇새에서 뭔가 발견한 모양인데, 그게 뭐였나? 나는 현미경을 들여다볼 기회가 없어서……."

"아, 그것 말인가. 나는 그것으로 확증을 얻었을 뿐만 아니라 추론을 한 단계 더 밀고 나갈 수 있었네. 그것은 직물의 작은 섬유조각이었네. 현미경으로 보고 여러 가지 색깔로 물들인 몇 가닥 섬유가 모인 것임을 알았네. 중요한 부분은 붉은색으로 물든 양모섬유인데, 파란 물을 들인 면섬유도 있고 노랗게 물든 황마 같은 섬유도 조금 섞여 있었네. 분명히 얼룩덜룩한 직물로, 여자의 드레스 조각인지도 모르네. 황마가 섞여 있는 것으로 보아 그다지 질이 좋지 못한 커튼이나 깔개 종류를 생각해 볼 수도 있겠지."

"그 중요성은?"

"의류조각이 아니라면 살림가구에서 나온 것인지도 모르네. 그것은 주거를 암시하지."

"그러나 결정적인 증거라고 볼 수는 없지 않나?"

나는 이의를 제기했다.

"맞았네. 그러나 귀중한 확증이 되네."

"무슨 확증인가?"

"피해자의 부츠 바닥에서 알아낸 암시의 확증일세. 나는 부츠를 자세히 조사해 보았는데, 모래와 자갈과 흙의 흔적이 전혀 없었네. 피해자가 발견된 철길까지 가려면 아무래도 황무지를 가로질러갔을 텐데 말일세. 나는 다만 고운 담뱃재와 여송연이나 궐련을 짓밟은 듯한 누른 자국, 그리고 비스킷 가루, 비어져 나온 못 한 개, 카펫의 섬유로 보이는 것을 발견했을 뿐일세. 따라서 피해자는 분명 카펫을 깐 집 안에서 살해되어 철길까지 운반되었다고 추측할 수 있네."

나는 잠시 입을 다물고 있었다. 손다이크에 대해 잘 알고 있는 나였지만, 이때는 완전히 경탄하지 않을 수가 없었다. 이것은 그가 하는 조사의 뒤를 따라다닐 때마다 늘 새로이 맛보는 감동이었다. 언뜻 보기에 하찮은 사실을 종합하여 질서 있는 인과관계를 조정하여 거기에서 일련의 이야기를 만들어내는 그의 능력은 언제나 불가사의하게 생각되었으며, 그 능력이 발휘될 때마다 늘 새로운 놀라움을 느꼈다.

"자네의 추론이 옳다면 사건은 거의 해결되었다고 봐도 되겠군. 그 집 안에 많은 증거가 남아 있을 테니까. 그러나 그것이 어느 집인가 하는 문제가 남아 있는 셈일세."

"맞았네. 문제는 그것일세. 그것은 굉장히 어려운 문제이네. 그 집 내부를 한번 보면 모든 수수께끼가 풀릴 걸세. 그러나 어떻게 그 집 안을 볼 수 있을까? 살인의 증거가 있나 없나 보기 위해 덮어놓고 아무 집에나 들어갈 수도 없고, 지금으로서는 단서가 될 만한 실마리가 완전히 끊어졌네. 그 실마리의 한쪽 가닥이 어딘가 미지의 집 안에 있네. 그것과 여기 있는 실마리를 이을 수가 없다면 이 사건은 미궁에 빠지게 되겠지. 문제는 누가 오스카 브러트스키를 죽였느냐 하는 것이니까."

"그럼, 앞으로 어떻게 할 셈인가?"

"다음 수사단계는 이 범죄와 어떤 특정한 집을 연결시키는 일일세. 그 목표를 향해 온 힘을 다 기울여 입수할 수 있는 사실을 모두 모아 하나하나 사실의 연관관계를 더듬어 고찰할 수밖에 없겠지. 만일 그렇게 결부시킬 수 없다면 이 수사는 실패로 돌아가게 되고, 다시 한 번 처음부터 시작해야 할 걸세. 나의 추정대로 브러트스키가 다이아몬드를 정말로 몸에 지니고 있었다면 우선 암스테르담 근처에서부터 다시 시작해야 되겠지."

시체가 발견된 장소에 닿았으므로 우리의 대화는 거기서 끊겼다. 역장이 멈춰 서서 경감과 함께 불빛으로 왼쪽 레일을 조사하고 있었다.

"정말 피가 조금밖에 없군요. 이런 종류의 사고를 나는 가끔 보아왔지만, 늘 기관차며 철길이 피투성이였지요. 이건 정말 기묘한 일입니다." 역장이 말했다.

손다이크는 레일에 잠깐 주의를 기울였을 뿐이었다. 그는 이제 일에는 관심이 없었다. 그의 손에 들린 각등은 레일 옆의 지면을 비추고 있었다. 레일 옆 백악 조각이 섞인 자갈투성이의 지면을. 이어서 그 각등은 레일 옆에 쭈그리고 앉은 경감의 구두 바닥을 비쳤다.

"자, 알 수 있겠지, 저비스?" 그가 낮은 목소리로 물었다.

나는 고개를 끄덕였다. 경감의 구두 바닥에는 작은 자갈 같은 것이 잔뜩 묻어 있었다.

손다이크는 몸을 굽혀 철길 옆 땅바닥에 떨어져 있던 짧은 끈을 주웠다.

"모자는 찾지 못했습니까?"

"찾지 못했습니다. 그러나 멀리 가지는 않았을 겁니다. 아니, 또 뭔가 단서가 될 만한 것을 발견하셨습니까?"

경감은 흘끗 작은 끈을 쳐다보며 히죽 웃었다.

"아니, 아직은 알 수 없습니다. 녹색 섬유가 섞인 흰 대마끈인데, 어쩌면 나중에 어떤 사실을 증명해 줄지도 모르겠군요. 아무튼 보관해 두기로 하지요."

손다이크는 주머니에서 작은 양철상자를 꺼냈다. 여러 가지 물건과 함께 몇 개의 봉투가 들어 있었는데, 그중 하나에 끈을 넣고 연필로 메모를 써 넣었다. 경감은 아주 너그러워보이는 웃음을 빙긋 지으며 그 모습을 바라보고 있었다. 이윽고 경감은 다시 철길을 조사하기 시작했다. 이번에는 손다이크도 그 조사에 가담했다.

"가엾게도 그 사람은 근시였나 봅니다." 경감은 안경 렌즈 조각을 가리키며 말했다. "그래서 철길에 들어섰는지도 모르겠군요."

손다이크가 대답했다.

"그럴지도 모르지요."

그는 침목 위와 둘레의 자갈에 렌즈 조각이 흩어져 있는 것을 진작부터 알아차렸다. 그는 또 양철상자를 꺼내 그 속에서 봉투를 하나 꺼냈다.

"핀셋을 주겠나, 저비스? 그리고 자네도 핀셋으로 이 렌즈 조각 줍는 일을 도와주게."

내가 그의 부탁을 따라 일을 시작하자 경감이 의아한 듯이 우리를 바라보았다.

"이 안경 렌즈는 죽은 사나이의 것임에 틀림없다고 보는데요. 분명히 그는 안경을 쓰고 있었습니다. 나는 코에 그 자국이 나 있는 것을 보았지요."

"그 사실을 좀 더 정확하게 입증한다 해서 해로울 건 없잖습니까? 눈에 띄는 한 아무리 작은 조각이라도 주워주게, 저비스. 어쩌면 굉장히 중요한 단서가 될지도 모르니까." 손다이크가 말했다.

나는 각등불 밑에서 자갈 사이에 있는 자디잔 유리 조각을 주우며 말했다.

"어째서 이것이 그렇게 중요하다는 건지 나는 잘 모르겠네."

"모르겠나? 이 조각들을 보게. 몇 개는 상당히 큰데, 이 침목 위의 것은 모두 아주 작네. 분명 이 유리의 상태는 주위 상황과 일치하지 않아. 이것은 두꺼운 오목렌즈가 잘게 깨진 것인데, 대체 어떻게 된 걸까? 단순히 떨어져 깨진 게 아니라는 점은 확실하네. 그런데 렌즈가 떨어질 경우 몇 개의 큰 조각으로 부서지는 것이 보통일세. 위로 지나간 기차바퀴에 깔려 깨진 것도 아닐세. 기차바퀴로 깨진 거라면 더 잘게 부서졌을 것이고 또 그 가루가 레일 위에 흩어져 있을 텐데, 실제로는 그렇지가 않거든. 안경테 역시——자네도 기억하고 있겠지만——이상한 점을 보이고 있었네. 떨어져서 깨졌다면 그처럼 심하게 찌그러지고 부서졌을 리가 없네. 기차바퀴가 그 위로 지나갔다면 그보다 더 심하게 망가졌겠지."
"그래, 자네는 어떤 것을 암시하려는 건가?" 나는 물었다.
"내가 보기에 안경은 짓밟혀서 부서진 것 같네. 시체가 이리로 옮겨진 것이라면 안경도 이곳으로 가져오지 않았을까 싶네. 살인범이 이곳으로 가지고 와서 일부러 부순 게 아니라 격투 중에 짓밟힌 것처럼 보이기 때문일세. 그러므로 아무리 작은 조각이라도 다 주워 두는 일이 중요한 걸세."
"하지만 어째서 그게 중요한가?"
사실 나는 조금 어리석은 질문을 했다.
"눈에 띄는 대로 다 주워 모아서 우리가 예상했던 것보다 렌즈 조각이 모자란다면 이 사실은 우리의 가설을 입증해 줄 것이고, 모자라는 부분을 다른 장소에서 발견하게 될지도 모르기 때문일세. 그러나 만일 예상했던 조각들을 다 발견하면 렌즈가 이 자리에서 깨진 것으로 결론 내려야겠지."

우리가 렌즈 조각을 줍고 있는 동안 경감과 역장은 모자를 찾아다니고 있었다. 우리가 마지막 한 조각까지 다 줍고 난 뒤 확대경으로 샅샅이 찾아보아도 전혀 유리 조각이 눈에 띄지 않는 단계에 이르렀을 때, 철길로부터 조금 떨어진 곳에서 도깨비불처럼 움직이고 있는 그들의 각등이 보였다.

손다이크가 흔들리는 각등을 흘끗 바라보며 말했다.
"저 사람들이 돌아오기 전에 우리의 성과를 확인해 두세. 울짱 옆 풀밭 위에 트렁크를 내려놓게, 테이블 대신 쓸 수 있도록."

이르는 대로 트렁크를 내려놓자 손다이크는 주머니에서 편지지를 한 장 꺼내 트렁크 위에 편 다음——그날 밤은 바람도 없이 조용했지만——두 개의 무거운 돌로 눌러놓았다. 그리고 그 종이 위에다 봉투 속에 든 유리 조각을 쏟아 조심스럽게 펼치더니 한동안 잠자코 바라보고 있었다. 그렇게 바라보고 있는 동안 아주 기묘한 표정이 그의 얼굴을 스쳐지나갔다. 그는 갑자기 큰 조각들을 골라 명함 케이스에서 꺼낸 두 장의 명함 위에 열심히 늘어놓기 시작했다. 재빨리 훌륭한 솜씨로 유리 조각을 맞춰나감에 따라 두 장의 명함 위에서 두 개의 렌즈가 차츰 재구성되어 갔다. 나는 점점 더 흥분하며 바라보고 있었다. 친구의 태도에서 무언가 발견에 접근해 가고 있음을 느꼈기 때문이다.

마침내 두 장의 명함 위에 두 개의 타원형 유리판이 생겨 한두 군데 작은 틈을 남기고 완전한 형태를 이루었다. 남은 유리 조각은 아주 작은 것뿐이어서 더 이상 끼워맞출 수가 없었다. 손다이크는 몸을 뒤로 젖히고 조용히 웃었다. 그가 말했다.

"이건 예상 밖의 결과인데."

"무엇이 말인가?" 나는 물었다.

"모르겠나? '유리가 너무 많다'는 말일세. 깨진 렌즈를 거의 완전히 맞추어놓았는데도 남아 있는 유리 조각이 빈틈을 메울 분량보다 훨씬 더 많지 않은가?"

꽤 많은 양의 자잘한 유리 조각을 바라보며 나도 곧 그의 말이 옳다는 것을 알았다. 자잘한 유리 조각이 너무도 많았다.

"정말 이상하군. 대체 어떻게 된 것일까?"

"그 대답은 아마 이 유리 조각들이 말해주리라 생각하네, 논리적으로 묻는다면."

손다이크는 종이와 두 장의 명함을 조심스레 땅바닥에 내려놓고 트렁크를 연 다음 작은 현미경을 꺼냈다. 그리고 배율이 가장 낮은 대물렌즈와 접안렌즈를 끼웠다. 이 두 개의 렌즈에 의한 배율은 열 배에 지나지 않았다. 그런 다음 자잘한 유리 조각을 유리판에 옮기고 각등으로 집광장치처럼 조명을 비출 수 있도록 한 뒤 관찰하기 시작했다. 얼마 안 있어 그는 소리를 질렀다.

"음! 점점 재미있어지는군. 유리가 너무 많으면서도 부족하다네. 즉 이 속에 안경 렌즈 조각은 한두 개밖에 없네. 이것으로는 렌즈를 완벽하게 재구성할 수가 없어. 나머지 조각은 얼룩이 있는 연질의 틀에 넣어 만든 유리 그릇 조각으로서 맑은 경질의 안경 렌즈와는 쉽게 구분이 되네. 이 연질의 유리 조각들은 하나같이 굽어 있군. 아마 원통의 일부분인 것 같네. 술잔이나 컵의 일부분으로 보면 틀림없을 걸세."

손다이크는 유리판을 한두 번 움직여보였다.

"운이 좋군, 저비스. 이 조각에는 두 개의 방사선이 새겨져 있네. 분명 여덟 개의 빛을 내뿜는 별무늬의 일부분일세. 여기 다른 조각에도 세 개의 선이 들어 있군. 이건 세 개의 빛의 끝부분일세. 이 정도만 알면 유리 그릇을 재구성할 수 있지. 빛깔 없는 얇은 술잔, 아마 컵 모양으로 생긴 술잔으로 별무늬가 들어 있을 걸세. 그런 디자인의 유리 그릇은 자네도 얼마든지 알고 있을걸. 가끔 띠무늬가 든 것도 있으나, 대개 별무늬로 꾸며져 있군. 자, 이것을 들여다보게."

내가 현미경을 들여다보고 있을 때 역장과 경감이 돌아왔다. 현미경을 가운데 놓고 땅바닥에 쭈그리고 앉아 있는 우리들의 모습이 근엄한 경감에게 우습게 보였던지 그는 한참 동안이나 커다랗게 웃더니 변명하듯 말했다.

"아, 이거 정말 실례했습니다. 그러나 아무튼 나 같은 구식 사람에게는 아무래도 좀…… 저, 뭐랄까요, 물론 현미경은 흥미 있고 재미있는 물건이지요. 그건 나도 알고 있습니다. 그러나 이런 사건의 경우에 그다지 도움이 되리라고 생각되지는 않는군요."

"그럴지도 모르지요. 그런데 모자는 찾으셨습니까?"

손다이크가 물었다.

"아직 찾지 못했습니다."

"그럼, 우리도 거들기로 하고, 수사를 계속합시다. 잠깐만 기다려 주시면 함께 가겠습니다."

손다이크는 접착용액을 두 장의 명함 위에 몇 방울 떨어뜨려 재구성한 유리판을 그대로 굳힌 다음 현미경과 함께 트렁크 속에 넣었다. 그는 역장에게 물었다.

"그럼, 가봅시다. 그런데 가까운 곳에 마을이 있습니까?"

"가장 가까운 곳은 콘필드입니다. 거기까지 가는 동안에는 마을이 없습니다. 콘필드는 여기서 800미터쯤 떨어져 있지요."

"가장 가까운 길은 어디에 있습니까?"

"여기서 300미터쯤 떨어진 집 옆에 미완성 도로가 나 있습니다. 토지건물회사가 길을 만들다가 그냥 사라져버렸답니다. 거기서 역으로 통하는 들길이 있지요."

"근처에는 그 집 말고 다른 집이 없습니까?"

"그렇습니다. 여기서 사방 800미터 안에는 그 집 한 채뿐입니다. 그리고 이 근처에는 길도 그 길밖에 없습니다."

"그렇다면 죽은 사나이는 그리로 해서 철길로 들어섰겠군요. 시체는 레일의 그쪽에서 발견되었으니까요."

경감도 같은 의견이었으므로 역장을 앞세우고 우리는 길바닥을 조사하며 천천히 그 집 쪽으로 향했다. 우리가 가는 황무지에는 수영과 쇠기풀이 우거져 있어 경감은 각등과 두 다리로 모자를 찾기 위해 일일이 풀숲을 헤치며 걸어갔다. 300미터쯤 가자 뜰로 둘러싸인 낮은 담장이 있는 곳에 이르렀다. 담 안쪽으로 아담한 집이 보였다. 우리가 멈춰서 있는 동안에도 경감은 담 옆 쇠기풀숲으로 들어가 힘껏 그 일대를 발로 헤치고 다녔다. 그때 뜻밖에도 금속성의 소리가 울리며 이어서 욕설을 퍼붓는 경감의 목소리가 들렸다. 조금 뒤 경감이 한쪽 다리를 붙잡은 채 뛰어나와 마구 욕설을 퍼부었다. 그는 아픈 다리를 쓰다듬으며 소리를 질렀다.

"쐐기풀 속에 저런 것을 버려두다니 정말 알다가도 모를 일이군!"

손다이크는 문제의 물건을 풀숲에서 꺼내들고 각등 불빛에 비춰보았다. 길이 30센티미터, 두께 2센티미터쯤 되는 쇠막대기였다.

그는 면밀히 조사하며 말했다.

"그다지 오랫동안 이 풀숲에 있었던 것 같지는 않은데요. 전혀 녹이 슬지 않았군요."

"그러나 적어도 나의 다리와 부딪힐 동안만큼은 그곳에 있었습니다!" 경감이 불만스러운 듯 투덜거렸다. "이런 풀숲에 이런 물건을 던져둔 자의 머리를 이 쇠막대기로 한 대 후려쳐줬으면 좋겠군."

경감의 아픔에는 전혀 관심이 없는 손다이크는 계속 말없이 쇠막대기를 조사했다. 마침내 각등을 담 위에 놓고 작은 렌즈를 꺼내 다시 조사를 시작했다. 그 태도에 화가 났는지 경감은 크게 분개해서 다친 다리를 절룩거리며 저쪽으로 가버렸다. 역장도 그 뒤를 따라갔다. 잠시 뒤 집의 현관문을 두드리는 소리가 들렸다.

"유리판을 한 장 부탁하네, 저비스, 접착액을 한 방울 묻혀서. 이 쇠막대기에 뭔가 섬유가 묻어 있군."

나는 유리판을 갖추어 커버 유리와 핀셋, 절개바늘을 그에게 건네주고 담 위에 현미경을 세워놓았다.

손다이크가 작은 현미경에 눈을 대어 들여다보고 나서 말했다.

"경감에게는 좀 안된 일이지만 저 쇠막대기가 우리에게는 행운의 킥이 된 걸세. 이리 와서 이것을 좀 들여다보게."

나는 현미경을 들여다보고 유리판을 움직여 위에 있는 것을 살펴보며 의견을 말했다.

"빨간 양모섬유와 파란 면섬유, 그리고 노란 황마 비슷한 식물섬유로군."

"맞았네. 피해자의 잇새에서 발견한 섬유조각과 똑같은 것으로 아마 같은 천에서 나온 것들일 걸세. 가엾은 브러트스키를 질식하게 한 커튼이나 깔개 같은 것으로 이 쇠막대기를 닦은 모양이군. 이것은 나중에 대조해 보도록 담 위에 놓아두게나. 우선 어떻게든 이 집 안에 들어가볼 필요가 있네. 이것은 너무도 뚜렷한 단서니까 무시할 수가 없네."

우리는 서둘러 트렁크를 닫고 집 앞으로 갔다. 그러자 경감과 역장의 모습이 만들다 만 채로 내버려져 있는 길에 흐릿하게 보였다.

"집 안에 불은 켜져 있는데 아무도 없습니다. 열 번도 더 두드렸으나 아무 대답이 없습니다. 이런 데서 공연히 시간을 보내봐야 헛일입니다. 모자는 시체가 발견된 근처에 있지 않을까 생각되는군요. 날이 밝으면 찾을 수 있겠지요." 경감이 말했다.

손다이크는 그 말에 아무 대꾸도 하지 않고 마당으로 들어가 조용히 문을 두드린 다음 몸을 굽혀 열쇠구멍에 귀를 대고 조심스럽게 주의를 기울였다.

"집 안에는 정말 아무도 없습니다." 경감이 초조하게 말했다.

그러나 손다이크가 아랑곳하지 않고 계속 귀를 기울이고 있자 경감은 마침내 화가 난 듯 뭐라고 투덜거리며 집 뒤쪽으로 가버렸다. 순간 손다이크는 각등의 불빛으로 대문 위와 문턱과 통로 그리고 작은 화단을 비춰보았다. 이윽고 나는 그가 몸을 굽혀 한쪽 화단에서 무언가 줍는 것을 보았다.

그는 대문 쪽으로 다시 와서 1센티미터가량 피운 담배 꽁초를 보여 주었다.

"아주 암시적인 것이 있네, 저비스."

"어째서 이것이 암시적이란 말인가? 이것으로 대체 무엇을 알 수 있나?"

"많은 것을 알 수 있다네. 이것은 불을 붙여 제대로 피우지도 않고 내던진 것이네. 그러니까 갑자기 생각이 달라졌다는 것을 나타내고 있지. 이것은 현관 앞에서 안으로 들어가려던 누군가가 내던진 게 분명하네. 아마 그는 낯선 사람이었을 걸세. 그렇지 않다면 이것을 문 채 안으로 들어갔을 테니까. 그러나 그 사람은 집 안으로 들어갈 예정이 아니었네. 처음부터 들어갈 작정이었다면 이 담배에 불을 붙이지 않았을 테지. 이런 것은 일반적으로 생각할 수 있는 일이지만, 다음은 특수한 점일세. 이 담배를 만 종이의 상표는 '지그재그'로 아주 뚜렷한 무늬가 들어 있네. 그런데 브러트스키의 담배말이종이도 '지그재그'표였네. 이 종이는 지그재그로 꺼낼 수 있게 되어 있으므로 그런 이름이 붙여진 거라네. 그런데 그게 어떤 담배인지 좀 조사해 보세."

손다이크는 윗옷의 핀을 꺼내어 담뱃불이 붙지 않은 쪽 끝에서 흐린 암갈색의 담배를 조금 뜯어내어 눈앞에 내밀었다.

"잘게 썬 라타키아로군!" 나는 거침없이 말했다.

"맞았네. 이 담배는 브러트스키의 담배 케이스 속에 있던 것과 똑같은 담배를 브러트스키의 담배말이종이와 똑같은 종이로 만 것일세. 삼단논법에 당연한 경의를 표하며 나는 이 담배가 오스카 브러트스키의 손으로 만들어졌다는 것을 보여주는 보충증거를 찾아보겠네."

"그것이 뭔가?"

"자네도 알아차렸겠지만, 브러트스키의 성냥갑에는 길이가 짧고 모나지 않은 성냥이 들어 있었네. 이것도 약간 특이한 점일세. 그는 문에서 그다지 멀지 않은 곳에서 담배에 불을 붙였을 걸세. 그러므로 그 성냥을 찾아낼 수 있으리라고 생각하네. 그가 다가왔을 듯한 쪽의 길을 찾아보기로 하세."

아주 천천히 걸어가며 우리는 각등으로 땅바닥을 살폈다. 그리고 열 발자국도 가기 전에 나는 울퉁불퉁한 길 위에 떨어져 있는 한 개의 성냥개비를 발견하고 놀라움과 기쁨을 느끼며 곧 주워 올렸다. 그것은 길이가 짧고 모나지 않은 성냥개비였다.

손다이크는 그 성냥을 흥미 있게 살펴보고 담배와 함께 양철상자 속에 넣은 다음 다시 집 쪽으로 돌아갔다.

"이로써 브러트스키가 이 집 안에서 살해되었다는 건 이미 의심할 여지가 없는 사실이 되었네. 우리는 마침내 이 범죄와 이 집을 연결시키는데 성공한 것일세. 이제 집 안에 들어가 그 밖의 여러 가지 단서를 연결시켜야 하네."

우리는 빠른 걸음으로 집 뒤쪽으로 돌아갔다. 경감이 그곳에서 무료한 듯 역장과 이야기를 나누고 있었다.

"이제 그만 돌아가는 게 어떻습니까?" 경감이 말을 걸었다. "사실 무엇 때문에 이런 곳에 왔는지 모르겠습니다. 그런데……."

손다이크가 느닷없이 가볍게 몸을 날려 기다란 한쪽 다리를 담 안쪽으로 내려뜨렸다.

"잠깐만 기다리십시오, 그러면 안 됩니다. 개인주택에 허락 없이 들어가는 일은 허용할 수 없습니다!" 경감이 소리쳤다.

그러나 손다이크는 조용히 안쪽으로 내려서더니 몸을 돌려 담 너머로 경감을 마주보며 말했다.

"잘 들으십시오, 경감. 나는 피해자 브러트스키가 이 집에 왔다는 것을 믿기에 충분한 근거를 가지고 있습니다. 나는 그렇게 단언할 용의도 있습니다. 그러나 시간은 귀중합니다. 열기가 사라지기 전에 뒤를 밟아야 합니다. 그리고 나는 막무가내로 안으로 밀고 들어가려는 것은 아닙니다. 다만 쓰레기통을 조사해 보고 싶을 뿐입니다"

"쓰레기통이라고요?" 경감은 숨을 삼키며 말했다. "정말 당신은 색다른 사람이군요. 쓰레기통에서 무엇을 찾을 생각입니까?"

"나는 지금 술잔이나 깨진 유리 그릇 조각을 찾고 있습니다. 팔각형으로 빛이 반사되는 작은 별무늬가 새겨진 얇은 유리 그릇입니다. 그것은 쓰레기통에 있을지도 모르고 집 안 어디에 있을지도 모릅니다."

경감은 잠시 망설였으나 손다이크의 자신만만한 태도에 기가 질린 것 같았다.

"쓰레기통 속에 무엇이 들어 있는지 조사하는 것뿐이라면 지금 곧 살펴봐도 상관없습니다. 그러나 유리 그릇 조각이 이 사건과 어떤 관계가 있는지 나로서는 도무지 알 수가 없군요. 아무튼 들어가 봅시다."

경감은 담을 뛰어넘어 마당에 내려섰다. 역장과 나도 바로 뒤를 따랐다.

경감과 역장이 현관 쪽으로 서둘러 걸어 들어가자 손다이크는 문 옆을 서성거리며 땅바닥을 조사하고 있었다. 그러나 흥미를 끌 만한 것이 보이지 않았으므로 날카롭게 사방을 둘러보며 집 쪽으로 걸어갔다. 우리가 현관 쪽으로 반도 가기 전에 경감이 흥분한 목소리로 소리쳤다.

"여기 있습니다, 이쪽입니다!"

경감이 큰소리로 부르고 있었다. 서둘러 그쪽으로 가보니 경감과 역장이 놀란 표정으로 작은 쓰레기통을 내려다보고 있었다. 두 사람이 들고 있는 각등의 불빛이 쓰레기통에 버려진 별무늬가 든 컵 모양의 얇은 유리 그릇 조각을 비추었다. 그들은 흩어져 있는 유리 조각

오스카 브르트스키 사건

을 손가락질하며 우리 쪽을 보았다.

"유리 조각이 여기 있으리라는 것을 어떻게 아셨는지 도무지 짐작이 안 가는군요." 새로이 싹튼 경의를 담아 경감이 말했다. "그런데 이것을 찾아내어 어떻게 하실 생각입니까?"

"이것은 어떤 증거를 완결시키는 한 고리에 지나지 않습니다."

손다이크는 트렁크에서 핀셋을 꺼낸 다음 쓰레기통 위로 몸을 굽혔다.

"아마 뭔가 다른 것도 발견될 겁니다."

그는 몇 개의 작은 유리 조각을 집어 올려 정성껏 살펴본 다음 다시 떨어뜨렸다. 갑자기 그의 눈이 쓰레기통 밑의 작은 조각을 발견했다. 핀셋으로 그것을 집어 올리자 그는 각등 불빛 속에서 눈 가까이 갖다대고 살펴보았다. 그리고 렌즈를 꺼내 다시 면밀히 조사했다.

"음...... 이것이 바로 내가 찾고 있던 것입니다. 아까 그 두 장의 명함을 꺼내주겠나, 저비스?"

나는 이어 맞춘 렌즈를 접착시킨 두 장의 명함을 꺼내어 트렁크 뚜껑 위에 놓고, 각등의 불빛을 그리로 비추었다. 손다이크는 한동안 그것을 물끄러미 바라보다가 다시 눈길을 돌려 자기가 들고 있는 유리 조각을 보았다. 그는 이윽고 경감을 향해 말했다.

"당신은 내가 이 유리 조각을 주워 모으는 것을 보셨지요?"

"네, 보았습니다." 경감이 대답했다.

"그리고 이 안경 렌즈를 어디서 발견했는지도 보았고, 안경이 누구의 것인지도 알고 계시지요?"

"물론 알고 있습니다. 이것은 죽은 사나이의 안경이며, 이 렌즈는 시체를 발견한 장소에서 주워 모은 것입니다."

"그렇습니다! 그럼, 잘 보십시오."

경감과 역장이 입을 크게 벌린 채 목을 앞으로 내밀자 손다이크는 작은 유리 조각을 한쪽 렌즈 틈으로 집어넣어 가볍게 밀었다. 그러자 유리 조각은 딱 들어맞아 렌즈의 그 부분을 완전한 모양으로 만들었다.

"아니!" 경감이 소리쳤다. "대체 어떻게 이것이 들어맞으리라는 걸 아셨습니까?"

손다이크는 차분히 말했다.

"그 설명은 뒤로 미루기로 하고 우선 집 안을 살펴봅시다. 짓밟힌 담배 한 개비가 발견될 것입니다. 어쩌면 잎담배일지도 모릅니다. 그리고 보릿가루로 만든 비스킷과 한 개의 짧은 성냥개비와 찾지 못한 모자도 발견될지 모릅니다."

'모자'라는 말이 나오자 경감은 기운차게 뒷문 쪽으로 갔으나 굳게 닫혀 있었으므로 손다이크의 의견에 따라 앞문으로 돌아가기로 했다.

"여기도 자물쇠를 채웠군요. 번거로운 일이긴 합니다만, 부수고 들어갈 수밖에 없겠습니다." 경감이 말했다.

"창문 쪽을 좀 살펴보면 어떨까요?" 손다이크가 제안했다.

경감은 작은 나이프로 창문 걸쇠를 벗기려고 했으나 헛수고였다. 그는 앞문 쪽으로 되돌아왔다.

"안되는데요. 아무래도 역시……"

경감은 갑자기 말을 멈추고 깜짝 놀라 눈을 크게 떴다. 문이 열리고 손다이크가 뭔가를 주머니 속에 넣고 있었다.

경감은 손다이크의 뒤를 따라 안으로 들어가며 나에게 말했다.

"당신 친구는 절대로 시간을 낭비하지 않는군요. 자물쇠를 여는 일에 있어서도."

그러나 얼마 안 있어 경감의 그같은 생각도 새로운 놀라움에 압도되고 말았다. 손다이크는 앞장서서 작은 거실로 들어갔다. 천장에서 늘어뜨려진 램프의 심지가 낮추어져 있어 방 안을 흐릿하게 비춰주었다.

 우리가 들어가자 손다이크는 심지를 높여 불을 밝히고 방 안을 둘러보았다. 테이블 위에 위스키 병, 사이펀, 술잔 하나, 그리고 비스킷 상자가 놓여 있었다. 손다이크는 그 상자를 가리키며 경감에게 말했다.

 "그 상자 속을 보십시오."

 경감은 뚜껑을 열고 들여다보았다. 역장도 그의 어깨 너머로 들여다보더니 둘 다 눈이 휘둥그레져서 손다이크를 쳐다보았다.

 "대체 이 집에 보릿가루로 만든 비스킷이 있는 줄을 어떻게 아셨습니까?" 역장이 소리쳤다.

 "이야기하면 실망하실 겁니다. 그러나 이것을 보십시오."

 손다이크는 난로 속을 가리켰다.

 그곳에는 반쯤 피우다 던진 담배가 한 개비 납작하게 밟힌 상태로 있었으며, 짧은 성냥개비 하나가 떨어져 있었다. 경감은 너무도 놀라서 숨을 죽이고 그것을 바라보고 있었다. 역장은 미신적인 두려움이라고 해도 좋을 만한 표정으로 눈을 크게 뜨고 손다이크를 계속 바라보았다.

 "당신은 죽은 사나이의 소지품을 가지고 계셨지요, 경감님?"

 손다이크가 물었다.

 "네, 가지고 있습니다. 안전을 위해 나의 주머니 속에 넣어두었습니다."

 "그럼." 손다이크는 납작해진 담배를 주웠다. "잠깐 담배 케이스를 보여주십시오."

 경감이 주머니에서 담배 케이스를 꺼내 열자 손다이크는 날카롭고 작은 칼로 담배를 잘라서 펼쳤다.

 "자, 그 케이스 속에 무슨 종류의 담배가 들어 있습니까?"

경감은 담배를 한줌 꺼내 살펴보더니 기분 나쁜 듯이 냄새를 맡아 보았다.

"이것은 악취가 나는 담배의 일종으로, 혼합담배 속에 넣는 라타키아가 아닌가 싶습니다."

"그리고 이것은?" 손다이크는 펼쳐놓은 담배를 가리키며 물었다.

"분명히 같은 것입니다!" 경감이 대답했다.

"그럼, 이번에는 담배말이종이를 살펴보십시오."

몇 장의 담배말이종이——저마다 다른 종이로 이루어져 있어 오히려 한 묶음이라고 해야 할지 모르지만——가 경감의 주머니 속에서 나왔다. 경감은 그중 한 장을 견본으로 뽑아냈다. 손다이크는 반쯤 타다 만 담배말이종이를 그 옆에 놓았다. 경감은 두 장의 종이를 비교하려고 불빛에 비춰보았다.

"'지그재그'표의 무늬는 잘못 볼 리가 없습니다. 이 담배는 죽은 사나이의 손으로 말아진 것입니다. 의심할 여지가 없습니다."

경감이 말했다.

이번에는 타다 남은 짧은 성냥개비를 한 개비 테이블 위에 놓으며 손다이크가 말했다.

"피해자의 성냥갑을 가지고 계시지요?"

경감은 작은 은제 성냥갑을 꺼내 연 다음 그 속에 들어 있는 모나지 않고 대가 짧은 성냥개비와 타다 남은 성냥개비를 비교해 보았다. 그리고 그는 성냥갑을 소리 나게 닫았다.

"당신은 철저하게 입증하셨습니다. 모자만 찾으면 이제 범죄 사실을 완전히 증명할 수 있습니다."

"모자가 발견되리라고는 단언할 수가 없습니다. 저 난로 속에다 석탄이 아닌 다른 것을 태웠다는 걸 알아보실 수 있겠지요?"

경감은 힘차게 난로 앞으로 달려가 흥분된 손놀림으로 남아 있는 잿더미를 긁어내기 시작했다.

"타고 남은 재가 아직도 따뜻하군요. 이것은 분명히 석탄재만은 아닙니다. 석탄 위에서 섶나무 가지를 태웠는데, 이 작고 새까만 덩어리는 석탄도 섶나무 가지도 아닙니다. 모자를 태운 재인지도 모르겠군요. 그러나 대체 이런 것까지야 어떻게 알겠습니까? 깨진 안경 렌즈 조각은 주워 모을 수 있지만, 약간의 재로 모자를 만들어내는 일은 아마 아무도 못해낼 것입니다." 경감이 말했다.

경감은 한 줌의 새까만 해면 같은 재를 조금 집어 올리며 슬픈 눈으로 손다이크를 바라보았다. 손다이크는 그 재를 받아서 한 장의 종이 위에 놓았다. 이윽고 그는 고개를 끄덕이며 말했다.

"물론 모자의 모형을 다시 만들어낼 수는 없지요. 그러나 이 재의 근원을 캐낼 수는 있을지도 모릅니다. 어쩌면 모자를 태운 재가 아닌지도 모릅니다."

손다이크는 밀랍 성냥을 켜서 새까만 덩어리 하나에 불꽃을 갖다대었다. 그러자 검은 덩어리는 금방 피식 하는 소리와 함께 녹으며 짙은 연기를 내뿜었다. 눈 깜짝할 사이에 공기는 지독한 나무진 냄새로 가득 차고 동물성 물질이 타는 냄새가 뒤섞였다.

"니스 같은 냄새가 나는군요." 역장이 말했다.

"그렇습니다. 셸락 니스입니다." 손다이크가 말했다. "이것으로 첫번째 테스트는 긍정적인 결과가 나온 셈입니다. 다음 테스트는 좀 시간이 걸릴지도 모릅니다."

그는 녹색 트렁크를 열고 작은 시험관과 안전깔때기, 속이 빈 호스, 접었다폈다할 수 있는 작은 삼각형 대, 알코올램프, 납작하고 평평한 석면 등을 꺼내 비소 실험준비를 갖추었다. 그는 타버린 재 중에서 몇 개의 덩어리를 주의깊게 골라 시험관에 넣은 뒤 알코올을 가득 부었다. 그리고 그것을 석면 위에 놓고 그 석면을 삼각형 대 위에 올려놓았다. 그런 다음 알코올램프에 불을 붙이고 의자에 앉아 알코올이 끓기를 기다렸다.

이윽고 시험관 안에 거품이 일기 시작했을 때 손다이크가 말했다.

"여기서 잠깐 해결해 두는 편이 좋을 듯한 문제가 있습니다. 접착액을 바른 유리판 한 장을 부탁하네, 저비스."

내가 유리판을 준비하는 동안 손다이크는 핀셋으로 테이블보에서 작은 섬유조각을 뽑아냈다.

"이 직물은 지금까지 본 일이 있는 듯한 생각이 듭니다."

손다이크는 작은 섬유조각을 접착액 위에 놓고 유리판을 현미경 대에 올려놓았다. 그는 접안렌즈로 들여다보며 말을 계속했다.

"그렇습니다. 역시 이것은 눈에 익은 직물이었습니다. 빨간 양모의 섬유, 파란 면과 노란 황마의 섬유입니다. 곧 분류표시를 기입해 두어야겠군요. 그렇지 않으면 다른 자료와 섞일지도 모르니까."

"어떤 방법으로 피해자가 살해되었는지에 대해서 설명하실 수 있습니까?" 경감이 물었다.

"글쎄요…… 내가 생각하기에 살인범은 피해자를 이 방으로 끌어들여 간단한 음식을 권한 것 같습니다. 그리고 범인은 지금 당신이 앉아 있는 의자에 앉았고 브르트스키는 그 작은 안락의자에 앉아 있었을 겁니다. 그리고 범인은 우리가 쐐기풀덤불 속에서 찾아낸 쇠막대기로 브르트스키를 습격하여 최초의 일격으로 죽이지 못하자 격투를 벌여 마침내 이 테이블보로 질식시킨 것 같습니다. 말이 나온 김에 한 가지만 더 덧붙여두겠습니다. 당신은 이 끈을 기억하고 계시지요?"

손다이크는 양철상자에서 철길 옆에서 주운 짧은 노끈을 꺼내보였다. 경감은 고개를 끄덕였다.

"뒤돌아보시면 이 끈의 출처를 알 수 있을 겁니다."

경감은 재빨리 돌아다보았다. 그 눈은 맨틀피스 위 노끈상자에 가닿았다. 경감이 그것을 가져오자 손다이크는 그 속에서 녹색이 섞인 흰 노끈을 꺼내 자기가 가지고 있는 짧은 끈과 비교해 보았다.

"녹색이 섞인 것만 보아도 똑같은 것임을 알 수 있습니다. 물론 우산과 손가방을 붙들어매기 위해 사용한 것이지요. 시체를 둘러메고 있었으므로 손으로는 그런 물건들을 들고 갈 수가 없었던 겁니다. 그러면 이제 우리의 증거도 완성되었지요?"

손다이크는 삼각형 대에서 시험관을 집어들어 힘껏 흔들었다. 그는 그 속에 든 것을 렌즈로 조사했다. 알코올은 암갈색으로 변하여 처음보다 훨씬 짙어졌으며, 끈적끈적한 농도로 바뀌었다.

"대강 해본 실험입니다만, 이것으로 충분한 결과를 얻었다고 봅니다."

손다이크는 트렁크에서 작은 호스와 유리판을 꺼냈다. 그는 작은 호스를 시험관에 넣고 바닥에서 몇 방울의 알코올을 빨아올려 유리판 위에 다시 떨어뜨렸다.

그리고 그는 알코올 방울 위에 유리 커버를 씌우고 유리판을 현미경 대 위에 얹어놓더니 자세히 들여다보았다. 우리는 침을 삼키며 말없이 그를 지켜보고 있었다.

마침내 그가 얼굴을 들고 경감에게 물었다.

"펠트 모자가 무엇으로 만들어졌는지 아십니까?"

"글쎄요……." 경감이 애매하게 대답했다.

"고급은 집토끼와 들토끼의 털로 만들어져 있습니다. 보드라운 속털로 말입니다. 그것을 셸락 니스로 굳혀서 만들지요. 그런데 이 타고 남은 찌꺼기에 셸락 니스가 포함되어 있다는 것은 거의 의심할 여지가 없는 사실이며, 또 현미경으로 들여다보면 들토끼의 털이 많이 보입니다. 그러므로 이 타버린 찌꺼기는 딱딱한 펠트 모자가 탄 재라고 단언해도 좋을 것입니다. 그리고 이 털은 염색한 것으로 여겨지지 않으므로 아마 회색 모자였을 겁니다."

이때 누군가가 뜰을 지나 급히 다가오는 발소리가 들렸으므로 이야기가 중단되었다. 우리가 일제히 돌아다보니 꽤 나이들어 보이는 여자가 방으로 뛰어 들어왔다.

그녀는 한순간 너무나 놀라 목소리도 나오지 않는지 멍하니 서서 그 자리에 있는 사람들을 하나씩 둘러보았다. 이윽고 그녀는 격한 어조로 물었다.

"당신들은 누구지요? 대체 여기서 무엇을 하고 있는 거예요?"

경감이 일어섰다.

"나는 경찰입니다. 지금 자세한 이야기는 할 수 없습니다. 실례입니다만, 당신은 누구십니까?"

"나는 히클러 씨의 가정부예요."

"히클러 씨는 곧 돌아올 예정인가요?"

"아니에요." 그녀는 쌀쌀맞게 대답했다. "히클러 씨는 지금 외출하고 안 계십니다. 오늘 밤에 임항열차를 타고 가셨어요."

"암스테르담에 가셨지요?" 손다이크가 물었다.

"그럴 거예요. 그것이 당신과 무슨 관계가 있는지 모르겠지만……."

"그는 아마 다이아몬드 브로커나 상인일 겁니다." 손다이크가 다시 말했다. "그런 사람들은 자주 그 열차를 타지요."

"그래요. 어쨌든 그분은 다이아몬드와 관계 있는 일을 하시는 것 같아요." 가정부가 말했다.

"그래요? 그럼, 우리는 이만 가봐야겠군, 저비스. 이곳 일은 끝났으니까 호텔이나 여관을 찾아봐야지. 경감님, 당신에게 할 이야기가 좀 있습니다만……." 손다이크가 말했다.

경감은 이제 완전히 겸손하고 정중한 태도로 바뀌었다. 그는 우리와 함께 뜰로 나와 손다이크의 충고를 들었다.

"곧 이 집을 지키고 가정부를 내보내는 게 좋을 겁니다. 아무것도 움직여서는 안 됩니다. 그 잿덩이를 보존하고 쓰레기통에도 손대지 못하게 해야 합니다. 특히 방을 쓸지 않도록 주의하십시오. 역장님이나 내가 경찰에 연락하여 당신과 교대할 경관을 보내드리도록 하겠습니다."

"그럼, 가서 편히 쉬십시오!" 경감이 친절한 목소리로 말했다.

우리는 역장의 안내를 받으며 그 집을 나왔다. 그리하여 이 사건과의 관계는 끝났다.

히클러——세례명은 사일러스로 밝혀졌다——는 기선에서 내리자 체포되었고, 몸에 지니고 있던 한 뭉치의 다이아몬드는 나중에 오스카 브러트스키의 것임이 드러났다. 이것은 사실이었지만, 그는 공판에 회부되지 않았다. 귀국 도중 배가 영국의 해안에 다가갔을 때 그는 한순간 호송자들의 눈을 피해 도망쳤다. 사흘 뒤 오포드네스 근처의 외로운 해변가에 수갑을 찬 시체가 떠오를 때까지 당국에서는 사일러스 히클러의 운명을 알 수 없었다.

"특이하면서도 정통적인 사건에 어울리는 극적인 결말이었군." 신문을 내려놓으며 손다이크가 말했다. "이 사건은 자네의 지식을 넓히는데 도움이 되었을 걸세, 저비스. 그리고 자네도 한두 가지쯤 유익한 추론을 할 수 있었으리라고 생각하네."

"그보다도 나는 자네가 법의학의 찬가를 부르는 소리를 듣고 싶구먼."

나는 천하가 다 아는 굼벵이처럼 그를 향해 놀려대듯이 싱긋 웃었다. 그러나 사실 굼벵이는 웃지 않는다.

그는 얼굴을 몹시 찡그려 보이며 받아넘겼다.

"그것은 벌써 알고 있다네. 나는 자네가 솔선하려는 정신이 부족한 것이 유감스럽네. 아무튼 이 사건이 예증하는 점은 이런 것일세. 첫째, 꾸물거리면 위험하다는 것. 즉 덧없이 사라지기 쉬운 단서가 증발해 버리기 전에 곧 행동하는 것이 중요하다는 말이지. 이번 경우에도 몇 시간만 지났으면 거의 아무 증거도 남아 있지 않았을 걸세. 둘째, 아주 보잘것없는 단서라도 철저하게 뒤쫓아야 한다는 것. 예를 들어 그 안경의 경우처럼 말일세. 셋째, 훈련된 과학자가 경찰에 조력하는 일이 시급하다는 것. 그리고 마지막으로……."

그는 빙긋 웃어 보였다.

"더없이 귀중한 녹색 트렁크를 지니지 않고 밖에 나가서는 절대로 안 된다는 걸 절실하게 깨달았네."

노래하는 백골

개들러 등대

일반적으로 어린아이나 하등 동물은 어른의 추리력이 미치지 못하는 어떤 종류의 초자연적인 능력을 지니고 있다고 믿어지고 있다. 그리고 그 능력에 의한 판단은 평범한 경험이 가르쳐주는 것보다 훨씬 뛰어나다고 여겨진다.

이렇게 믿어지고 있는 것이, 일반적인 기설(奇說) 애호 이외의 어떤 까닭 때문인지는 탐색할 필요가 없다. 이것은 아주 폭넓게 사회적으로 높은 지위에 있는 부인들에게까지도 굳게 믿어지고 있는 일이다. 그리고 토머스 솔리 부인은 이것을 생활신조의 하나로 삼아 충실하게 믿고 있었다. 그녀는 곧잘 다음과 같이 말하는 것이었다.

"그래요, 아이들이나 말 못하는 동물들이 얼마나 잘 알고 있는지 정말 놀라울 정도예요. 그들은 알고 있단 말이에요. '그들'을 속이다니, 도저히 할 수 없는 일이에요. 황금과 찌꺼기를 금방 분간할 줄 알고, 사람의 마음을 책처럼 훤히 꿰뚫어 읽어버린다니까요. 나는 정말 이상하다고 생각해요. 그것은 본능이라고나 할까요!"

이와 같이 귀중한 철학적 사상의 진수를 털어놓고 난 뒤 그녀는 거품 이는 빨래통 속에 두 팔을 팔꿈치까지 밀어 넣었다. 그리고 한쪽 무릎에 태어난 지 18개월 된 아기를, 그리고 또 한쪽 무릎에는 멋진 얼룩고양이를 올려놓고 현관 앞에 앉아 있는 하숙인 쪽을 찬탄하는 눈초리로 바라보는 것이었다.

하숙인 제임스 브라운은 나이 지긋한 뱃사람으로 몸집이 작고 여위었으며, 몸놀림이 빈틈없고 얼마쯤 교활해 보이기까지 했다. 그러나 뱃사람답게 아이들과 동물을 좋아했으며, 그들에게 호감을 사는 뱃사람다운 요령을 알고 있었다. 그러므로 그가 아무것도 담지 않은 빈 파이프를 이 없는 잇몸에 물고 흔들어 보이면 아기는 보드라운 미소를 짓고, 고양이는 솜털뭉치같이 동그랗게 몸을 웅크리고 앉아 메리야스 기계처럼 목을 골골거리며 새 장갑을 끼고 잘 맞는지 확인해 보듯 발가락을 이리저리 움직이는 것이었다.

솔리 부인이 다시 말했다.

"저렇게 먼 등대에서 지내면 굉장히 쓸쓸하겠지요? 남자만 세 사람뿐, 이야기를 나눌 이웃도 없으니 말이에요. 게다가 시중들어 주고 집안일을 보살필 여자도 하나 없다니 모든 게 엉망이겠지요. 그러나 브라운 씨, 이처럼 해가 긴 철에는 너무 일을 많이 하면 안 돼요. 밤 9시가 지나도 아직 밝으니 당신 같은 사람들은 무엇을 하며 시간을 보내지요?"

"아, 할 일은 얼마든지 있답니다. 램프나 렌즈를 닦기도 하고, 쇠붙이 물건에 페인트 칠을 하기도 하지요. 그러고 보니 벌써 시간이 다 되었군."

브라운은 벽시계를 돌아다보았다.

"오전 10시 30분이 만조 시간인데, 벌써 8시가 되었는걸."

그 말에 솔리 부인은 세탁한 옷들을 물에서 건져내어 짧은 새끼줄처럼 짜기 시작했다. 그 일을 마치자 앞치마에 손을 닦고 브라운 씨로부터 떼를 쓰는 아기를 받아 안았다.

"당신 방은 내가 잘 준비해 놓겠어요, 브라운 씨. 휴가를 얻어 육지에 올 차례가 되거든 꼭 오세요. 나는 물론이고 톰도 당신이 오시면 기뻐할 거예요."

"고맙소, 솔리 부인." 브라운은 고양이를 살그머니 마룻바닥에 내려놓으며 대답했다. "당신보다 내가 더 기쁘지요."

그는 솔리 부인과 따뜻하게 악수를 나눈 뒤 아기에게 입을 맞추고 고양이의 턱 밑을 가볍게 긁어주었다. 그리고 나서 손잡이 줄을 잡아 작은 옷상자를 들어올려 어깨 위에 메더니 집을 나갔다.

그는 늪지대를 가로질러 앞바다에 뜬 배처럼 육지 끝에 이상한 모습으로 서 있는 리칼버의 쌍둥이탑을 향해 걸어갔다. 푹신한 목초지를 밟고 걸어가니 톰 솔리네 어린 양들이 멍하니 그를 바라보며 이별의 울음소리를 내었다. 제방(堤防)문 앞에 이르자 그는 잠깐 멈춰서서 아름다운 켄트 주의 풍경을 돌아보았다. 웨이드의 세인트 니콜라스 성당에 있는 회색 탑이 나무숲 위로 치솟아 있고, 멀리 새어의 물레방아가 여름 산들바람 속에서 천천히 돌아가고 있었다. 유난히도 파란 많았던 그의 생애에서 짧긴 하지만 조용히 화목하고 가정적인 휴식을 안겨준 톰 솔리의 외딴집을 그는 한참 동안 바라보았다. 얼마 동안 저 집과도 헤어져야 한다고 생각하자 지금 가는 등대의 일이 문득 마음에 떠올랐다. 나직이 한숨을 쉬고 그는 제방문을 지나 리칼버를 향해 걸음을 옮겼다.

관청처럼 검은 굴뚝이 우뚝 솟은 흰 칠을 한 작은 건물 바깥에서 하급관리인 연안경비원이 깃대의 줄을 고치고 있었다. 브라운이 다가가자 그가 명랑하게 말했다.

"아, 왔군. 새로 맞춘 양복까지 입고. 그런데 큰일인걸. 오늘 아침

위츠터블로 보트를 타고 나가야 하기 때문에 자네한테 사람을 하나 붙여줄 수도 없고, 보트를 빌려줄 수도 없단 말일세."

"그럼, 난 헤엄쳐서 건너가야 한단 말인가?" 브라운이 말했다.

경비원은 히죽이 웃었다.

"그 새로 맞춰입은 옷으로야 헤엄쳐 갈 수도 없겠지. 저 윌레트 영감의 보트가 있네. 오늘은 쓰지 않는다더군. 그는 민스터로 딸을 만나러 갈 테니까 아마 보트를 빌려 줄 걸세. 그러나 자네를 따라 갈 사람이 없단 말이야, 곤란하게도, 나는 저 보트에 대해 윌레트에게 책임을 져야 하는데……"

"그런 일이야 문제없지." 원양항로의 뱃사람다운——대부분의 경우 잘못 생각하지만——범선 조종 능력에 대한 자신감을 보이며 브라운이 말했다. "내가 보트를 조종하지 못하는 줄 아나? 10살도 안 되었을 때부터 바다에서 살아온 내가!"

그러자 경비원이 말했다.

"그런 게 아닐세. 대체 누가 보트를 이리로 가지고 오겠나?"

"나와 교대해서 육지에 나오는 사람이 타고 오면 되겠지. 그 사람도 나와 마찬가지로 헤엄쳐서 건너고 싶지는 않을 테니까."

경비원은 지나가는 작은 배 쪽으로 망원경을 돌리며 잠시 생각에 잠겼다.

"그래, 그러면 되겠군." 그는 마침내 결론을 내렸다. "하지만 저쪽에서 관할 배를 보내주지 않는다는 건 좀 너무한데. 그러나 자네가 보트를 돌려보내주는 일을 책임진다면 저것을 쓰도록 하게. 자네도 떠나야 할 시간이니까."

그는 건물 뒤로 가더니 잠시 뒤 두 사람의 동료와 함께 돌아왔다. 네 명의 사나이는 바닷가로 걸어가 수심표 바로 위에 매어져 있는 윌레트의 보트 앞까지 왔다.

에밀리 호라는 그 보트는 이 지방에서 '합승 보트'로 불리고 있는 폭이 넓고 작은 배였다. 참나무로 튼튼하게 만들어진 그 배에는 니스를 칠한 판자를 깔았고, 큰돛대와 뒤돛대에는 세로돛이 달려 있었다. 보트는 네 명의 사나이의 손에 의하여 가까스로 움직여졌다. 그리고 부드러운 백악의 바위 위를 미끄러지며 묘하게 속이 빈 듯한 소리를 냈다. 거기서 경비원들은 바닥에 있는 자갈주머니를 끌어내는 게 좋지 않겠느냐고 논의했다. 그러나 결국 바닥짐을 실은 채 그냥 물가까지 끌어냈다. 브라운이 큰돛대를 세우고 있는 동안 경비원이 주의를 주었다.

"알겠나, 밀물을 이용하는 걸세, 뱃머리를 북동쪽으로 향하고서. 지금 북서풍이 불어오니까 이 바람을 업고 등대까지 가게. 보트를 등대 동쪽에 대는 것은 금물일세. 그렇게 하면 썰물이 될 때 큰일이 날 테니까."

브라운은 이런 충고를 귀담아듣지 않고 가볍게 흘려버렸다. 그는 돛을 올리고 밀려온 바닷물이 물가로 밀려가는 것을 바라보고 있었다. 이윽고 보트가 조용한 물결 위로 올라가자 그는 힘껏 노를 저었다. 보트는 삐걱거리며 바닷가를 떠났다. 그는 뱃머리 쪽에다 키를 꽂고 천천히 큰돛대의 돛줄을 감아 고정시켰다.

"저런 짓을 하다니! 돛줄을 고정시켜 버렸군. 저런 자들이 할 만한 짓이지. (그러나 그 자신도 늘 하는 짓이었다) 저런 짓을 하니까 사고가 생기는 거야. 윌레트 영감이 자기 보트가 무사히 돌아온 걸 볼 수 있으면 좋으련만……." 경비원이 말했다.

매끄러운 수면을 어슷하게 자르고 나가며 점점 작아져가는 보트를 경비원은 한동안 바라보고 있었다. 그러나 마침내 동료들의 뒤를 따라 경비초소로 돌아갔다.

개들러 사주(砂州)의 남서쪽 끄트머리 약 3.6킬로미터 안에 기다란 등대가 마치 붉은 몸체를 지닌 기괴한 물새처럼 가늘고 긴 말뚝을 타고 서 있었다. 벌써 바닷물이 반 가까이나 차서 가장 높은 사주도 이미 물 속에 잠겨버려 등대는 매끄러운 물 위에 외로운 그림자를 던지고 있었다. 대서양 한가운데 '중간항로'에서 바람이 끊겨 꼼짝 못하고 서버린 노예무역선 같았다.

등실(燈室) 바깥쪽 전망대에 두 명의 사나이가 있었다. 이 등대에 근무하는 등대지기로, 그 가운데 한 사람은 힘없이 의자에 앉아서 또 다른 한 개의 의자에 베개를 놓고 그 위에다 왼쪽 발을 올려놓고 있었다. 또 한 사람은 난간 위에 고정시켜 놓은 망원경을 들여다보며 먼 육지의 흐릿한 회색 선과 리칼버의 쌍둥이탑을 가리키는 두 개의 작은 돌기를 바라보고 있었다.

"보트 같은 건 그림자도 안 보이네, 해리."

"자칫하면 밀물 때를 놓쳐버릴 텐데." 해리가 신음하듯 말했다. 그리고 불평을 했다. "그럼, 또 하루를 헛되이 보내야 한단 말인가."

"버팅턴으로 가면 돼. 거기서 기차를 타게나."

다리를 다친 해리는 신음 소리를 내었다.

"기차를 타고 싶지 않네. 보트도 힘들고. 아무 배든 이쪽으로 오는 게 없나, 톰?"

톰은 동쪽으로 얼굴을 돌리고 손을 펴서 눈 위에 댔다.

"북쪽에서 범선 한 척이 바닷물을 가로질러 오는군. 석탄배인 것 같아." 다가오는 배 쪽으로 망원경을 돌리며 그는 덧붙였다. "앞돛대 밑에서 두 번째의 가로돛 양쪽 끝에 두 개의 새로운 돛을 달았는데."

해리는 열심히 몸을 일으켰다.

"작은 세로돛은 어떤가, 톰?"

"잘 보이지 않아." 톰이 대답했다. "응, 보이는군, 갈색일세. 그렇지, 유토피아 호일세, 해리. 내가 아는 한 갈색의 세로돛을 단 것은 그 배밖에 없으니까."

"톰, 유토피아 호라면 우리 고향으로 가는 거니까 난 꼭 타고 말겠네. 모케트 선장은 나를 태워다줄 거야." 해리가 소리쳤다.

"자네와 교대할 사람이 올 때까지는 이곳을 떠나면 안 될 텐데, 해리." 톰은 걱정스러운 듯이 말했다. "맡은 부서를 비워놓고 가버린다는 건 규칙에 어긋나는 일이니까."

"규칙 같은 거야 아무려면 어떤가!" 해리가 소리쳤다. "나는 규칙보다 내 다리가 더 소중하다네. 일생을 절름발이로 살기는 싫으니까. 게다가 나는 여기 있어야 아무 도움도 못 되는데다 새로 오는 브라운이라는 사나이도 머지않아 도착할 게 아닌가! 톰, 친절한 바다의 동료답게 신호를 보내 저 석탄배를 불러주게!"

"이것은 자네 개인의 문제지만, 나도 자네 같은 입장에 있다면 기회가 닿는 대로 빨리 고향으로 돌아가 의사에게 보일 준비를 하겠지."

톰은 어정어정 신호기 격납소로 가서 두 개의 신호기를 골라 천천히 줄에 매었다. 그리고 석탄배가 연락권 안에 들어오자 작게 뭉친 신호기를 깃대 끝에 달아올리고 줄을 움직여서 두 개의 기를 바람에 날려 '도움을 바람'이라는 신호를 보냈다.

곧 석탄배의 큰돛대 꼭대기에 석탄으로 더러워진 응답의 긴 깃발이 펄럭였다. 석탄배는 조금 꾸물대기는 했지만 조류 쪽으로 뱃머리를 돌려 고물을 등대 방향으로 향하고 천천히 다가왔다. 그리고 뱃전에서 바다로 보트 한 척을 내렸다. 두 승무원이 힘차게 노를 저어왔다.

보트가 목소리가 닿을 수 있는 거리까지 오자 승무원 한 사람이 소리쳤다.

"어이, 등대! 대체 왜 그러시오?"

"해리 버네트가 다리를 삐었소!" 톰이 외쳤다. "모케트 선장에게 위츠터블까지 태워다 달라고 부탁하고 싶은데, 선장의 의사를 물어봐 주지 않겠소?"

보트는 석탄배로 되돌아갔다. 그리고 큰 목소리로 잠깐 의논한 다음 다시 등대 쪽으로 노를 저어왔다. 목소리가 들리는 곳까지 오자 승무원이 고함을 질렀다.

"선장이 승낙했소! 그러나 밀물 때를 놓치지 않도록 빨리 서둘러 달라고 하오."

다리를 삔 사나이는 안도의 숨을 쉬었다.

"다행이군. 하지만 어떻게 사다리를 내려가야 할지 엄두도 못 내겠는걸. 어떻게 하면 좋겠나, 톰?"

"내가 도르래로 내려주지. 밧줄 끝에 매달리게. 그리고 끈으로 몸을 밧줄에 붙들어매면 돼."

"그래, 그렇게 하면 되겠군, 톰. 그러나 제발 부탁이니 밧줄을 살살 내려주게."

재빨리 준비가 갖춰졌으므로 보트를 바싹 다가붙였을 때는 모든 준비가 다 되어 있었다. 그리고 1분 뒤 발을 다친 사나이는 활차의 밧줄 끝에 큰 거미처럼 매달려 활차가 삐걱거리는 소리에 따라 계속 뭐라고 투덜거리며 천천히 내려가고 있었다. 그 뒤를 이어 그의 옷상자며 가방이 내려졌다. 그 물건들이 도르래의 갈고리에서 벗겨지자 보트는 곧 석탄배를 향해 노저어갔다. 석탄배는 고물 쪽을 앞으로 하고 천천히 등대의 정면을 지나갔다. 발을 다친 사나이는 뱃전에서 끌어올려졌다. 옷상자와 가방도 운반되었다. 이윽고 석탄배는 켄트 주 앞바다를 지나 남쪽으로 향해 내려갔다.

톰은 전망대에 서서 사라져가는 배를 바라보며 거리가 멀어질수록 차츰 작아지는 승무원의 외침 소리를 듣고 있었다. 시끄럽게 굴던 동료가 떠나가버리자 등대에는 묘한 쓸쓸함이 밀어닥쳤다. 석탄배는 이미 프린시스 물길을 지나가버렸고, 조용한 바다는 끝없이 넓고 막막했다. 거울 같은 해수면에 점점이 떠 있는 부표도, 눈에 보이지 않는 사주에 서 있는 방추형의 표지도 공허한 바다의 적막감을 한층 더해 줄 뿐이었다. 시벌링 사주의 파도에 흔들리는 타종 부표의 소리가 살며시 바람을 타고 와 오싹할 정도로 슬프게 들렸다. 오늘 하루의 일은 이미 끝났다. 렌즈도 닦아놓았고, 램프 손질도 되어 있었다. 무적을 울리는 소형 모터에도 이미 기름을 쳐놓았다. 등대에서 으레 하는 일로, 아직 몇 가지 자질구레한 일이 남아 있지만, 지금 톰은 일할 기분이 들지 않았다. 오늘은 새로운 동료가 그의 인생에 끼어들 예정이었다. 한 달 동안 꼬박 낮이고 밤이고 단둘이서 있어야 할 미지의 상대자, 그의 기질과 취미와 습관에 따라 즐거운 상대자가 될 수도 있고, 끝없이 말다툼만 하는 상대자가 될 수도 있다. 브라운이라는 사나이는 대체 어떤 자일까? 지금까지 무엇을 했을까? 어떤 인물일까? 이런 의문이 톰의 머릿속에 오가고 있어 여느 때의 생각이나 일에서 그의 마음을 빼앗았다.

이윽고 그의 눈은 육지 쪽 수평선 위에서 조그마한 점 같은 것을 포착했다. 망원경을 들고 그는 열심히 살펴보았다. 분명 한 척의 보트였다. 그러나 그가 기다리고 있는 연안경비대의 감시선은 아니었다. 틀림없이 어민의 보트로, 한 사나이가 타고 있었다. 실망한 몸짓으로 톰은 망원경을 내려놓았다. 그는 파이프에 담배를 담으며 난간에 기대서서 꿈꾸는 듯한 눈으로 육지의 흐릿한 회색 선을 바라보았다.

기나긴 3년 동안 그는 이 쓸쓸한 곳에서 지내왔다. 가만히 있지 못하는 행동적인 그의 성격으로는 정말 싫은 곳이었다. 언제 끝날지도 모르는 공허한 3년을 지내고 나서 조금이나마 마음에 남아 있는 것이라고는 끝없이 이어진 잔잔한 여름바다와, 폭풍우 몰아치는 밤과, 겨울의 차가운 안개 정도였다. 그런 때 모습도 안 보이는 기선이 공허한 속에서 기적을 울리면 무적이 쉰 듯한 소리로 경고를 하는 것이었다.

어째서 내가 이처럼 신의 기억에서 사라진 곳으로 왔을까? 넓은 세계가 손짓하고 있는데, 왜 여기에 머물러 있는 것일까? 생각하자 지금까지 흔히 마음의 눈으로 보던 광경이 선명하게 기억 속에서 떠올라와 조용한 바다와 먼 육지의 전망을 막아버렸다. 그것은 강렬한 색채로 칠해진 광경이었다. 구름 한 점 없는 하늘 아래 열대의 짙푸른 바다가 가로놓여 있고, 그 속에서 하얗게 칠한 세 개의 돛대가 달린 범선이 조용하게 굽이치는 큰 파도를 타고 아래위로 움직이고 있었다.

배의 돛은 아무렇게나 아랫자락 한구석을 활대에 끌어올려놓았으며, 도르래는 줄이 늘어져 건들건들 흔들리고, 내던져진 키의 고리는 키가 흔들림에 따라 이리저리 뒹굴고 있었다.

갑판에 10여 명의 선원들이 있는 것으로 보아 낡아서 처분된 배는 아닌 모양이다. 그러나 선원들은 모두 취해서 자고 있었다. 그 중에 고급선원은 한 사람도 없었다.

다음에는 어느 선실의 내부장면이 떠올랐다. 해도대, 나침의, 경선의 등이 선장실이라는 것을 나타내주었다. 거기에는 네 명의 사나이가 있었다. 그중 두 사람은 죽어서 바닥에 쓰러져 있었다. 나머지 두 사람 중 한 사람은 몸집이 작고 교활해 보이는 사나이로, 그는 한 시체 옆에 무릎을 꿇고 앉아 그 윗옷에 칼을 문지르고 있었다. 네 번째 사나이는 톰 제프리스 자신이었다.

그 뒤에 떠오른 광경 속에서 이 두 명의 살인범이 몰래 고물 쪽에 있는 보트를 타고 도망쳤고, 취한 승무원을 태운 범선은 강어귀의 사주로 밀려갔다가 부서지는 파도의 방향으로 떠내려갔다. 이윽고 그 범선이 햇빛 속의 얼음기둥처럼 파도 속으로 사라져가는 것이 보였다. 그뒤 두 사람은 '배가 난파하여 이 보트로 도망쳐왔다'라는 신호를 보내 구출을 받아 미국의 어떤 항구에 상륙하였다.

톰 제프리스가 이곳에 오게 된 데는 이런 까닭이 있었던 것이다. 즉 그가 살인범이었기 때문이다. 또 한 명의 악당 에이모스 토드는 감형을 받을까 하는 속셈에서 공범 사실을 증언했다. 그리고 나쁜 일을 한 장본인은 톰 제프리스라고 진술했다. 그리하여 톰 제프리스는 갖은 고생을 하며 도망쳐야 할 처지에 놓였던 것이다. 그뒤 그는 이 넓은 세상에서 몸을 감춰버렸다. 그리고 이곳에 계속 숨어 있어야만 했다. 그의 인상이 알려져 있지도 않았으며, 그 범선을 타고 있던 승무원들은 모두 죽어버렸다. 그러므로 그가 몸을 감추고 있어야 했던 것은, 경찰의 눈을 피해서라기보다 범죄자 토드의 눈을 피하기 위해서였다. 그가 제프리 로크라는 이름을 톰 제프리스로 바꾸고 이 개들러 등대를 찾아와 마치 종신금고형을 받은 사람처럼 살게 된 것도 토드가 두려웠기 때문이었다.

'토드는 교도소에서 죽을지도 모른다. 이미 지금쯤은 죽었을지도 모른다. 그러나 나는 그런 소식을 들을 수가 없다. 물론 그가 자유의 몸이 되었다는 소식도 들을 수가 없을 것이다.'

현실로 돌아온 그는 다시 망원경을 들이대고 멀리 있는 보트를 살펴보았다. 이제 보트는 꽤 가까이 다가와 있었다. 아무래도 이 등대를 향해 오고 있는 것 같았다. 아마 무언가 훈령이라도 전하러 오는 모양이라고 그는 생각했다. 어쨌든 연안경비대 감시선의 모습은 그림자도 없었다.

그는 안으로 들어가 부엌에서 간단한 식사준비를 하기 시작했다. 그러나 특별히 요리를 할 필요는 없었다. 어제 만든 냉육이 남아 있으므로 그것과 감자 대신 비스킷이라도 먹으면 충분할 것이다. 그는 마음이 우울해졌다. 고독감이 몰려오고, 끊임없이 말뚝에 부딪쳐 부서지는 파도 소리가 신경을 파고드는 듯했다.

다시 전망대로 나갔을 때는 심한 썰물이 되어 있었다. 그 보트는 이미 2해리($^{1해리는}_{1852미터}$) 가까이까지 다가와 있었다. 망원경으로 보니 보트에 타고 있는 사나이는 수로안내협회의 모자를 쓰고 있었다.

'그렇다면 저 사나이는 오늘부터 나의 동료가 될 브라운이라는 자임에 틀림없는데, 아무래도 조금 이상하군. 대체 저 보트를 어떻게 할 생각일까? 저 보트를 되돌려주러 갈 사람이 아무도 없는데…….'

이제 미풍은 불지 않았다. 그가 보트를 바라보고 있노라니 보트를 타고 온 사나이는 돛을 내리고 노를 잡았다. 그가 노를 저어 밀려오는 바닷물을 타넘으려는 사나이처럼 몹시 허둥거리고 있었으므로 톰은 얼른 수평선을 둘러보았다. 순간 그는 동쪽에서 안개가 줄지어 스며들어 이미 바로 눈앞까지 다가왔으므로 동 개들러 사주의 표지마저 사라져버렸음을 알았다. 그는 서둘러 안으로 들어가 공기를 압축하여 무적을 울리는 소형 모터를 움직였다. 그리고 잘 돌아가는 기계를 한동안 바라보고 있었다. 그리고 무적이 울리는 소리로 바닥이 진동하자 그는 다시 전망대로 나갔다.

이미 안개는 등대 주위에까지 밀려와 있었다. 그 보트는 시야에서 완전히 숨어버렸다. 주위를 둘러싼 안개의 벽은 시야뿐만 아니라 음향마저 차단한 것 같았다. 가끔 무적이 경고의 소리를 울렸으나, 그 뒤로는 조용해졌다. 아래쪽 말뚝에 와 부서지는 낮은 파도 소리와 시벌링 사주의 타종 부표가 울리는 슬픈 소리가 조그맣게 멀리서 들려올 뿐이었다.

이윽고 노 젓는 무딘 소리가 들려왔다. 그리고 눈에 보이는 회색 수면의 맨 끝부분에, 안개 속을 필사적으로 노를 저어오는 그림자 같은 사나이의 모습을 태운 보트가 창백한 망령처럼 나타났다. 무적이 다시 쉰 목소리로 울렸다. 보트의 사나이는 사방을 둘러보고 등대를 확인하자 방향을 바꿔 그쪽으로 다가왔다.

톰 제프리스는 쇠로 된 층계를 내려가 아래쪽으로 갔다. 그리고 사다리 꼭대기에 서서 다가오는 미지의 사나이를 유심히 바라보고 있었다. 이제 그는 혼자 있는 것이 지겨웠다. 해리가 가버린 뒤 동료를 원하는 인간의 본능이 더해진 것이다. 그러나 그의 인생에서 아주 중요한 위치를 차지할 미지의 사나이는 어떤 종류의 인간일까? 이것은 그에게 있어 참으로 중대한 문제였다.

보트는 급한 바닷물살을 어슷하게 가르면서 빠른 속도로 노저어왔다. 그 보트는 차츰 다가오고 있었다. 그러나 제프리스는 아직 새 동료의 얼굴을 알아볼 수가 없었다. 마침내 보트는 거의 기슭에 와닿아 방재(防材)의 나무 기둥에 부딪쳤다. 보트에 탄 사나이는 한쪽 노를 올리고 사다리의 둥근 가로대를 붙잡았다. 제프리스는 감아두었던 밧줄을 보트 안으로 내려주었다. 상대방의 얼굴은 아직도 보이지 않았다.

제프리스는 사다리 위로 몸을 내밀고 유심히 상대방을 관찰했다. 사나이는 밧줄을 잡아맨 다음 도르래 고리에서 돛을 떼고 돛대를 뽑아냈다. 뒤처리를 완전히 해치우자 조그마한 옷상자를 들어 어깨에 멘 다음 천천히 가로대를 하나씩 하나씩 밟아가며 한 번도 위를 올려다보지 않고 올라왔다. 제프리스는 이제까지보다 더 유심히 상대방의 정수리를 물끄러미 내려다보고 있었다. 이윽고 사나이가 사다리 꼭대기까지 올라오자 제프리스는 몸을 굽혀 손을 내밀었다. 이때 비로소 사나이는 얼굴을 들었다. 순간 제프리스는 파랗게 질린 얼굴로 움찔 뒤로 물러섰다. 그는 숨이 막혔다.

'아니! 에이모스 토드!'

새로 온 사나이의 발이 난간을 넘어선 순간 굶주린 괴물의 외침 소리 같은 무적 소리가 울려나왔다. 제프리스는 아무 말 없이 방향을 바꾸어 쇠로 만든 층계 쪽으로 걷기 시작했다. 토드가 뒤를 따라왔다. 두 사나이는 묵묵히 층계의 철판에 공허한 발소리를 울리며 올라갔다. 제프리스는 입을 다문 채 천천히 거실로 들어가 사나이가 따라 들어오자 홱 돌아서서 몸짓으로 옷상자를 내려놓으라고 했다.

조금 놀란 듯한 모습으로 방을 둘러보며 토드가 말했다.

"당신은 그다지 말이 없는 사람인 것 같군요. '잘 왔소' 하는 말쯤은 해줘도 좋지 않소. 나도 당신의 좋은 친구가 되려고 왔소. 내 이름은 짐 브라운, 이런 일은 처음이오. 당신 이름은 뭐라고 하오?"

제프리스는 갑자기 토드를 창문 쪽으로 끌고 갔다.

그는 날카롭게 말했다.

"나를 잘 보게, 에이모스 토드! 그리고 자네 자신에게 내 이름을 물어봐!"

그 목소리에 깜짝 놀란 토드는 눈을 들고 죽은 사람처럼 새파래졌다. 그는 속삭이는 듯한 목소리로 말했다.

"설마…… 제프리 로크는 아니겠지?"

제프리스는 미친 듯이 웃었다. 그는 몸을 내밀며 낮은 목소리로 말했다.

"불구대천의 원수! 너는 마침내 나를 찾아냈구나!"

"그런 말 하지 말게." 토드는 소리쳤다. "나를 원수라고 결정짓지는 말게, 제프. 솔직히 말해서 나는 자네를 만나 기뻐하고 있네. 자네는 턱수염이 없어졌고, 그렇게 머리가 희끗희끗해졌기 때문에 말하지 않았더라면 결코 알아보지 못했을 걸세. 내가 나빴네, 제프, 그건 나도 알고 있어. 그러나 지난날의 원한을 이제 새삼 말해봐야 무슨 소용 있겠나? 지나간 일은 물에 흘려버리게, 제프. 그리고 다시 그 전처럼 사이좋은 친구가 되세."

토드는 손수건으로 얼굴을 닦고 걱정스러운 듯 상대방을 쳐다보았다. 제프리스는 초라한 천을 씌운 팔걸이의자를 가리키며 말했다.

"거기 앉게. 앉아서 그 돈을 어떻게 했는지 그 이야기를 해주게. 보나마나 물쓰듯 마구 썼겠지. 그렇지 않다면 이런 곳에 올 생각을 했을 리가 없어."

"빼앗겼다네, 제프. 한푼도 남김없이 다 빼앗겼네. 그 시 플라워 호에서의 일은 아주 재수가 없었네. 그러나 이미 끝난 일이니 잊어버리는 게 좋아. 우리 두 사람 이외의 승무원들은 모두 죽어버렸네. 그러니까 우리만 입을 다물고 있으면 다 괜찮을걸세. 모두 바닷속에 가라앉아버렸네. 그들에겐 안성맞춤의 일이었지."

"경위를 알고 있는 승무원들에게는 정말 안성맞춤의 일이지. 바닷속에 가라앉든, 밧줄에 목이 매달리든."

제프리스는 좁은 방 안을 성큼성큼 걸어다녔다. 그가 의자 곁으로 다가올 때마다 토드는 겁에 질린 표정으로 몸을 웅크렸다.

"그렇게 나를 노려보고만 있지 말게. 담배라도 피우는 게 어떤가?" 제프리스가 말했다.

토드는 얼른 주머니에서 파이프를 꺼내고 두더지가죽 담배 케이스에서 담배를 빼내 담더니 파이프를 입에 물고 성냥을 찾았다. 성냥을 주머니에 넣어두었는지 잠시 뒤 적린이 달린 성냥 한 개비를 꺼냈다. 벽에 문질러서 파란 불을 일으켜 파이프 끝으로 가져간 토드는 제프리스를 물끄러미 쳐다보고 양쪽 볼을 불룩거리며 파이프를 빨아들였다. 제프리스는 멈춰서서 접었다폈다할 수 있는 큰 칼로 고형 담배(담뱃잎을 압축하여 만든 것)를 깎고 있었다. 그리고 생각에 잠긴 듯 미간을 찌푸리고 토드를 바라보았다. 연기가 나오지 않는 파이프를 빨아들이며 토드가 말했다.

"제기랄, 파이프가 막혀버렸군! 철사도막 같은 거 없나, 제프?"

"지금 여기에는 없네. 나중에 창고에서 갖다주지. 그 파이프를 고칠 때까지 이 파이프를 쓰게. 내 것은 저기 파이프걸이에 또 하나 걸려 있네."

한순간 그는 뱃사람 특유의 환대하는 마음이 적의에 압도되어 막 담배를 채운 파이프를 토드에게 내밀었다.

"고맙네."

토드는 우물쭈물하며 걱정스러운 듯한 눈길을 상대방의 손에 들린 칼 쪽으로 옮겼다. 제프리스는 의자 옆 벽에 걸린 거칠게 깎은 파이프걸이에 몇 개의 파이프 중 한 개를 뽑아들었다. 의자 너머로 그가 몸을 굽혀 그것을 뽑아내고 있는 동안 토드의 얼굴은 더욱 창백해졌다. 토드는 잠깐 사이를 두었다가 또다시 한 대 분량의 담배를 깎고 있는 제프리스를 향해 말했다.

"여보게, 제프, 자네도 전처럼 사이좋은 친구가 될 생각이겠지?"

제프리스는 적의가 다시 타올랐다.

"거짓 증언으로 내 목숨을 경찰의 손에 넘겨주려던 사나이와 사이좋은 친구가 되란 말인가?" 그는 날카롭게 말하고 나서 잠깐 사이를 두었다가 다시 덧붙였다. "그것은 좀 생각해봐야 할 문제일세. 그동안 엔진이나 보고 오겠네."

제프리스가 나가자 새로 온 사나이는 양손에 두 개의 파이프를 들고 앉아 깊은 생각에 잠겼다. 멍한 손놀림으로 제프리스의 파이프를 입에 물고, 담배가 담긴 파이프를 파이프걸이에 건 다음 성냥을 찾았다. 그리고 여전히 멍청한 모습으로 파이프에 불을 붙여 1, 2분 동안 피우고 있더니 이윽고 의자에서 일어나 자세히 사방을 둘러보고 귀를 기울이며 슬그머니 방을 가로질러 걷기 시작했다. 문 있는 곳에서 멈춰서서 바깥의 안개를 바라보던 그는 또 조심스럽게 귀를 기울였다. 그리고는 소리 없이 전망회랑을 통해 층계 쪽으로 걸어갔다. 그때 갑자기 제프리스의 목소리가 들려왔으므로 그는 움찔 놀라 발을 멈췄다.

"어이, 토드! 어딜 가는 건가?"
"보트를 좀더 단단히 잡아매려고 잠깐 내려가는 걸세."
"그건 걱정할 필요 없네. 내가 다 해놓을 테니까."
"알았네, 제프."

그러나 토드는 여전히 슬금슬금 쇠층계 쪽으로 걸어갔다.

"그런데 제프, 또 한 사람은 어디에 있나? 나와 교대하기로 되어 있는 사나이 말일세."
"또 한 사람이라니, 그는 없네. 석탄배를 타고 가버렸지."

제프리스가 대답했다.

토드의 얼굴이 놀라서 새파래졌다. 그는 숨을 헐떡였다. 그러나 열심히 공포를 감추면서 물었다.

"우리 두 사람 말고는 아무도 없단 말인가? 그럼, 누가 저 보트를 돌려주러 가지?"
"그 일은 조금 있다가 다시 생각해 보세. 아무튼 자네는 안으로 들어가 옷상자에 든 물건들이나 꺼내놓게."

제프리스는 험악하게 얼굴을 찡그리고 전망회랑으로 나갔다. 토드는 벌벌 떨며 제프리스를 흘끗 쳐다보더니 몸을 홱 돌려 층계 쪽으로 부리나케 달려갔다.

"돌아오게!" 제프리스는 전망회랑에서 뛰어나오며 고함쳤다.

그러나 토드의 발은 이미 쇠층계를 뛰어 내려가고 있었다. 제프리스가 층계 꼭대기에 이르렀을 때, 도망가는 사나이는 쇠층계 맨 아랫단에까지 내려가 있었다. 그러나 거기서 그는 당황한 나머지 발이 걸려 떨어졌으므로 허둥지둥 난간을 붙잡았다. 다시 중심을 잡고 몸을 가누었을 때는 이미 제프리스가 머리 위에 와 있었다. 토드는 사다리가 있는 곳으로 달려갔으나, 사다리의 나무대를 잡은 순간 추적자가 그의 뒷덜미를 붙잡고 말았다. 갑자기 토드는 윗옷 아래에 한 손을 들이밀고 돌아보았다. 제프리스가 욕설을 퍼부으며 재빨리 일격을 가했다. 토드는 소리를 질렀다. 칼이 공중을 날아 아래쪽 보트의 뱃머리 끝에 떨어졌다. 피가 흐르는 손으로 상대방의 멱살을 움켜잡으며 제프리스는 기분 나쁘게 억눌린 목소리로 말했다.

"이 살인마! 여전히 네놈은 툭하면 칼을 쓰는군. 여기서 도망쳐 나가 밀고할 작정이었지?"

"아니, 그렇지 않아, 제프!" 토드는 숨막히는 듯한 목소리로 대답했다. "절대로 그렇지 않네. 놓아주게, 제프! 나쁜 마음은 없었네. 다만……"

그는 갑자기 자기 멱살을 잡고 있는 손을 떼어내며 제프리스의 얼굴에 미친 듯이 주먹을 퍼부었다. 제프리스도 맞받아치면서 상대방의 손목을 잡더니 맹렬히 떠밀었다. 토드는 몇 발자국 비틀거리며 물러나서 가까스로 몸을 가누고 섰다. 그는 잠깐 멍청하게 입을 벌리고 서서 눈알이 튀어나올 듯 굴리더니 몸을 휘청거리며 미친 듯 허공을 휘어잡으려고 했다. 그러나 날카로운 비명 소리를 울리며 뒤로 굴러 떨어졌다. 떨어지는 도중에 말뚝에 부딪쳐 튀어오르더니 바닷속으로 떨어졌다.

머리가 말뚝에 부딪치는 소리가 들려왔으나 토드는 기절도 하지 않았다. 물 위로 떠오른 그는 숨을 헐떡이며 괴로운 듯 살려달라고 소리치며 무서운 기세로 헤엄치기 시작했다. 제프리스는 토드를 내려다보며 이를 악물고 숨을 가쁘게 몰아쉬었으나 어떻게 해주려고 나서지는 않았다. 잔물결의 작은 원에 둘러싸인 토드의 머리는 빠른 썰물에

노래하는 백골 89

밀려 점점 작아졌다. 매끄러운 물 위로 들려오는 외침소리도 점점 더 작게 들렸다. 이윽고 그 작고 검은 점이 안개 속으로 사라져가고 있을 때 물에 빠진 사나이는 마지막으로 있는 힘을 다해 불쑥 바다 위로 머리를 들고 등대 쪽을 향해 최후의 비명을 질렀다. 무적이 울렸다. 토드의 머리는 바닷속으로 가라앉고, 다시는 보이지 않게 되었다. 이어서 밀어닥친 무서운 정적 속에서 조그맣게 울리는 타종 부표 소리가 멀리서 희미하게 들려왔다.

제프리스는 꼼짝도 하지 않고 생각에 잠긴 채 한동안 우두커니 서 있었다. 한참 뒤 멀리서 들려오는 기선의 기적소리에 그는 제정신으로 돌아왔다. 선박이 썰물을 타고 이쪽으로 다가오고 있었다. 금방이라도 안개가 걷힐지 모른다. 그런데 보트는 아직 물가에 매어져 있다. 빨리 보트를 처치해야 한다. 저 보트가 이곳에 와닿은 것을 본 사람이 아무도 없으니까 등대에 붙들어매어져 있는 걸 다른 사람의 눈에 띄게 하면 안 되는 것이다. 저 보트만 치워버리면 토드가 왔던 증거는 완전히 없어지는 셈이다.

그는 사다리를 타고 뛰어내려가 보트로 뛰어들었다. 참으로 간단한 일이다. 바닥짐이 무거우니 물만 넣으면 곧 돌처럼 가라앉을 것이다. 그는 몇 개의 자갈주머니를 치우고 밑에 깐 판자를 들어올린 다음 마개를 잡아 뽑았다. 삽시간에 뱃바닥에 줄기찬 물줄기가 흘러들기 시작했다. 제프리스는 신중히 그것을 지켜보고 있었다. 그리고 몇 분 뒤 보트가 물 속에 가라앉는 것을 확인하자 다시 밑의 판자를 끼웠다. 그런 다음 돛을 사람이 앉는 자리에 돛줄로 칭칭 감아매어서 따로 떠내려가지 않도록 해놓고 배를 잡아맨 밧줄을 풀었다. 그리고 사다리로 올라갔다.

보트가 바닷물에 밀려가기 시작하자 그는 위쪽 전망회랑으로 뛰어올라가 그것이 사라져가는 것을 바라보았다. 그는 문득 토드의 옷상자가 생각났다. 당황하여 안개 속을 둘러보던 그는 방으로 뛰어 들어가 그 옷상자를 아래 회랑으로 가져왔다. 다시 한 번 초조하게 사방을 둘러보고 한 척의 배도 없다는 것을 확인한 다음 옷상자를 난간 너머로 집어던졌다. 상자가 큰 물소리를 내며 바닷속으로 떨어졌다. 그는 상자가 다시 떠올라 그 주인과 가라앉은 보트 뒤를 따라 흘러내려가는 것을 보려고 기다렸다. 그러나 상자는 떠오르지 않았다. 이윽고 그는 위쪽 전망회랑으로 되돌아갔다.

안개가 걷히기 시작하고 있었다. 흘러가는 보트의 모습이 아직도 분명히 보였다. 그러나 그가 생각했던 것보다 가라앉는 속도가 느렸다. 마침내 보트가 저만큼 떠내려가자 그는 망원경을 꺼내 보트의 모습을 뒤쫓으며 불안감에 사로잡혔다. 누가 저것을 발견하면 큰일이다. 밑바닥 마개를 뺀 저 보트를 만일 이 근처에서 끌어올리게 된다면 틀림없이 골치 아픈 일이 생길 것이다.

그는 당황하여 어쩔 줄 몰랐다. 망원경으로 보니 보트는 물에 잠긴 듯 천천히 가로로 흔들리고 있는데, 아직 키가 얼마쯤 물 밖으로 나와 있었다. 안개는 순간마다 흐려져가고 있었다.

이윽고 한 척의 기선이 아주 가까운 곳에서 기적을 울렸다. 그는 겁을 먹고 사방을 둘러보았으나 아무것도 보이지 않았다. 그리하여 다시 차츰 작아져가는 보트 쪽으로 망원경을 돌리고 열심히 지켜보고 있었다. 그는 갑자기 숨을 삼켰다. 보트는 키 쪽을 아래로 하고 기울어져 있었다. 한순간 불쑥 솟아오르는가 했더니 다시 천천히 기울어져 가라앉아가는 키 쪽을 파도가 덮쳤다.

몇 초 사이에 보트는 모습을 감췄다. 제프리스는 망원경을 내려놓고 깊이 숨을 내쉬었다.

'나는 이제 안전하다. 보트는 아무 눈에도 띄지 않고 가라앉은 것이다. 아니, 안전할 뿐만 아니라 나는 자유의 몸이 되었다.'

줄곧 그의 생명을 위협해 온 악귀가 저 세상으로 떠나 넓은 세계, 생기 있게 활약할 수 있는 즐거운 세계가 그를 부르고 있는 것이다.

몇 분 뒤 안개는 완전히 걷혔다.

아까 기적을 울려 그를 놀라게 했던 빨간 굴뚝의 가축수송선이 햇빛을 눈부시게 받으며 나타났다. 하늘도 바다도 여름의 푸르름을 되찾았고, 또다시 육지가 수평선 끝에 나타났다.

명랑하게 휘파람을 불며 그는 안으로 들어가 엔진을 껐다. 그리고 다시 나와 토드에게 내려주었던 밧줄을 감아올렸다. 그런 다음 도움을 구하는 신호기를 올리고 다시 안으로 들어가 여유 있고 느긋한 마음으로 혼자 식사를 하려고 했다.

노래하는 백골
——의학박사 크리스토퍼 저비스의 기록

모든 과학적 연구에는 어느 정도 잔손질이 필요하다. 그런 잔일은 과학자 자신의 손으로는 할 수 없다. 학문은 길지만 인생은 짧기 때문이다. 화학분석에는 기구나 실험실을 '정화'하는 일이 포함되어 있으나 화학자는 그런 일을 하고 있을 틈이 없다. 해골표본의 준비——물에 담가 부드럽게 하고, 표백시키고, 조립하고, 뼈를 이어맞추는 일——등은 그다지 시간을 귀중히 여기지 않는 사람에게 해달라고 해야 한다. 다른 과학적 분야도 마찬가지다. 지식을 갖춘 과학자 뒤에는 잔일을 해내는 아주 뛰어난 기술자가 대기하고 있기 마련이다.

손다이크의 연구실 조수 폴튼은 바로 그러한 뛰어난 기술자로, 솜씨 좋고 두뇌가 명석하며 탐구심이 강한데다 빈틈없이 일을 해내는 사람이었다. 그리고 발명가적인 재능도 얼마쯤 지니고 있어 그의 발명품 가운데 하나가 우리로 하여금 특이한 사건과 관련을 갖도록 해주었다.

나는 그것을 기록하려는 것이다.

폴튼의 본직은 시계공이었으나, 그는 자진해서 광학기구의 일에 뛰어든 것이다. 그는 광학기구에 자신의 모든 정열을 쏟고 있었다.

어느 날의 일이었다. 그는 아세틸렌가스를 연료로 하는 등부표의 효과를 높이기 위해 개량한 프리즘을 우리에게 보여주었다. 손다이크는 곧 그 발명품을 수로안내협회의 친구에게 알렸다.

그 결과 우리 세 사람, 손다이크와 폴튼과 나는 맑게 갠 7월의 어느 이른 아침, 미들 템플 거리를 더듬어 템스 강의 템플 다리로 향하고 있었다. 그곳에는 작은 디젤 선박이 정박해 있었다. 우리가 다가가자 그 배의 고물 쪽 자리에서 붉은 얼굴에 흰 턱수염을 기른 사나이가 일어섰다.

"기분 좋은 아침입니다, 박사님." 그는 아주 쩌렁쩌렁 울리는 뱃사람다운 목소리로 말했다 "잠깐 배를 타고 강 하류로 나가기에는 더없이 좋은 날입니다. 여어, 폴튼 씨, 당신은 우리의 입에서 빵을 빼앗아가기 위해 나타난 모양이구려, 하하하!"

명랑한 웃음소리가 강 위로 울려퍼지며 다리를 떠나는 작은 디젤 선박의 엔진 소리에 섞여들었다.

이 글랜퍼스 선장은 수로안내협회의 이사였다. 그는 손다이크의 의뢰인이었는데, 그의 수많은 의뢰인들과 마찬가지로 마침내 개인적인 친구가 되었다. 그리하여 그는 진심에서 우러나온 호의로 우리를 위해 아주 귀중한 힘을 빌려준 것이다.

"일이 아주 잘되었습니다." 선장은 소리내어 웃으며 말을 이었다. "해군전문가 단체가 변호사님이나 박사님에게서 방법을 배우게 되었으니 말입니다. 무역이 부진하니까 '드디어 악마가 덤벼든다'는 말이겠지요, 폴튼 씨."

"일반사람들은 별로 일을 하고 있지 않지만……." 폴튼이 기묘한 주름을 짓고 웃으며 대답했다. "그러나 범죄자들은 한창 날뛰고 있는 것 같습니다."

"옳거니! 범죄수사과가 점점 더 번창해 간다는 말씀이군요. 범죄라고 하니 말입니다만, 박사님, 우리는 기묘한 문제에 부딪치고 있습니다. 이것은 아무래도 당신 분야의 일인 것 같습니다. 나는 그렇게 생각합니다. 마침 잘되었군요. 당신을 이리로 끌어낸 이상 당신의 지력을 착취하지 말라는 법은 없을 테니까요!"

"물론이지요. 얼마든지 착취하십시오. 나도 바라는 바입니다."

손다이크가 말했다.

"그럼, 그렇게 하겠습니다. 우선 팔에 힘을 준 다음 착취하기로 할까요."

선장은 잎담배에 불을 붙여물고 몇 번 연기를 뿜어낸 다음 이야기하기 시작했다.

"그 기묘한 문제란 간단히 말하면 이런 것입니다. 우리 협회 관할 아래 있는 등대지기 한 사람이 행방불명되었는데, 아무 흔적도 남기지 않고 이 지상에서 사라져버렸습니다. 도망쳤는지도 모르고 사고로 익사했는지도 모릅니다. 아니면 살해되었는지도 모르고요. 아무튼 순서를 따라 자세히 이야기하는 것이 좋겠지요. 지난 주말 램즈게이트(켄트 주의 항구)로 개들러 사주의 등대에서 보낸 한 통의 편지를 가지고 거룻배가 찾아왔습니다. 그 등대에는 등대지기가 두 사람밖에 없는데, 그중 해리 버네트라는 사나이가 발을 삐었으므로 전속선을 타고 육지로 나갔으면 좋겠다는 연락이었습니다. 그런데 그 근처를 돌고 있던 관할 배 워덴 호는 뱃바닥이 조금 상하여 수리 중이라 당분간 쓸 수 없었지요. 일이 급했으므로, 램즈게이트의 담당직원은 다음날인 토요일 아침 보트를 보내어 교대시킬 테니 그리 알라는 편지를 유람선을 통해서 등대로 보냈습니다. 마침 새로 채용한 제임스 브라운이라는 사나이가 리칼버 근처에서 하숙을 하며 부서에 배치되기를 기다리고 있던 중이라 그에게 연락하여 토요일 아침 연안경비대 보트를 타고 등대로 가라고 일렀습니다. 또 리칼버 경비초소에도 브라운을 등대로 데려다주고 대신 해리 버네트를 육지로 데려오라는 편지를 보냈지요. 그런데 여러 가지 계획이 어긋나 당치도 않은 결과를 초래하게 된 겁니다. 경비초소에서는 보트는 물론 사람도 구할 수 없어 어민의 보트를 빌리기로 했습니다. 그리고 브라운은 어리석게도 발을 삔 해리 버네트가 그 보트를 타고 나와 되돌려줄 수 있으리라 생각하고 혼자 그 보트를 타고 등대로 떠났습니다.

그런데 위츠터블 출신의 해리 버네트는 고향으로 가는 석탄배에 도움을 구하는 신호를 보내 그 배를 타고 가버렸습니다. 그리하여 또 한 사람의 등대지기 톰 제프리스가 브라운이 갈 때까지 혼자 있게 된 셈입니다.

그러나 브라운은 등대에 나타나지 않았습니다. 연안경비원들은 브라운이 보트를 타고 나가는 것을 도와줘 무사히 바다로 나가는 모습을 보았고, 등대지기 제프리스도 한 사나이가 돛을 단 보트를 타고 등대로 향해 오는 것을 보았다고 합니다. 그런데 안개가 밀려와 그 보트를 가려버렸으며, 안개가 걷혔을 때는 이미 보트가 보이지 않았다는 것입니다. 타고 있던 사나이도 보트도 함께 사라진 겁니다."

"안개 속에서 충돌하여 가라앉았는지도 모르겠군요."

손다이크가 의견을 말했다.

"그랬는지도 모릅니다." 선장이 동의했다. "그러나 사고보고는 한 건도 없었습니다. 경비원들은 돌풍에 보트가 뒤집혔는지도 모른다고 하더군요. 브라운이 돛줄을 매두는 것을 그들은 보았답니다. 그러나

노래하는 백골 95

그때는 돌풍이 전혀 없었고 날씨도 아주 좋았지요."
"보트를 타고 나갈 때 브라운의 건강상태는 좋았소?"
손다이크가 물었다.
"그렇습니다. 연안경비원들의 보고에는 참으로 자세하게 적혀 있었습니다. 아무 관계도 없는 일까지 구구하게 씌어 있었지요."
선장은 한 통의 보고서를 꺼내어 읽었다.
"'마지막으로 바라보았을 때 행방불명된 사나이는 보트의 고물 쪽, 즉 키의 바람맞이에 앉아 있었다. 돛줄을 잡아매어 고정시키고, 파이프와 담배 케이스를 두 손에 든 채 팔꿈치로 키를 잡으며 담배 케이스에서 담배를 꺼내 파이프에 담고 있었다.' 어떻습니까, 이런 식이랍니다. '파이프를 손에 든 채', 아시겠습니까? 발로 든 게 아니었던 모양이지요? 그리고 '담배 케이스에서 담배를 꺼내 파이프에 담고 있었다.' 이 얼마나 한심한 기록입니까! 마치 석탄그릇이나 우유병에서 담배를 꺼내 담기라도 한 듯이 말입니다. 나 원, 기가 막혀서! 말도 안 되는 소리지요!"
선장은 보고서를 주머니에 집어넣고 꺼림칙한 표정으로 잎담배의 연기를 뿜어냈다. 선장의 맹렬한 열변에 손다이크는 웃으면서 말했다.
"당신은 연안경비원들을 그다지 공정하게 보고 있지 않군요. 목격자의 의무는 모든 사실을 그대로 제공하는 것이지, 현명하게 사실을 골라내는 게 아닙니다."
"그렇지만 박사님." 글랜퍼스 선장은 말했다. "그 사나이가 어디서 담배를 꺼내 담았든 그런 일은 아무래도 상관없는 게 아닙니까?"
"아니, 아무도 상관없는 일이라고 단언할 수는 없습니다. 그것이 아주 중요한 사실이었음이 나중에 밝혀지는 수가 있을지도 모르니까요. 처음에는 누구나 아무것도 모르기 마련이지요. 어떤 사실의 가치는 다른 증거와의 관계에 의해 결정되기 때문입니다."

"그럴지도 모르지요."

선장은 잠자코 생각에 잠겨 담배를 계속 피웠다. 이윽고 눈앞에 블랙월의 끄트머리가 뚜렷이 보이기 시작하자 그는 벌떡 일어서며 말했다

"아니, 우리 부둣가에 트롤 기선이 정박해 있군. 대체 저기서 무얼 하고 있는 것일까?"

그는 조심스럽게 작은 기선을 바라보았다.

"무언가를 인양하고 있는 모양이군. 잠깐 그 쌍안경을 빌려주겠소, 폴튼 씨? 아니, 이거 놀라운 일인데! 저건 시체요! 그런데 어째서 저 시체를 우리 부둣가로 끌어올리는 걸까? 아, 그렇지, 저 사람들은 당신이 오신다는 것을 알고 있는 겁니다, 박사님."

배가 부두에 닿자 선장은 가볍게 뛰어내려 시체를 둘러싼 사람들 옆으로 다가갔다.

"이게 어찌된 일이요? 어째서 이런 것을 이곳으로 운반해 왔소?"

시체인양작업을 지휘하고 있던 트롤선의 선장이 앞으로 나와 설명했다.

"이 시체는 당신네 사람입니다. 우리가 썰물 때 표지가 있는 근처를 지나다 남 싱글즈 사주 끝에 이 시체가 누워 있는 것을 보았지요. 그래서 보트를 띄워 본선으로 끌어올린 겁니다. 신원을 밝힐 만한 것이 아무것도 없기에 주머니를 뒤져보았더니 이 편지가 들어 있더군요."

그는 수로안내협회의 봉투를 글랜퍼스 선장에게 건네주었다. 거기에는 '켄트 주 리칼버, 목축업, 솔리 씨 댁 J 브라운 귀하'라고 씌어 있었다.

"아까 이야기했던 그 사람입니다, 박사님." 글랜퍼스 선장이 크게

외쳤다. "정말 묘한 인연이군요. 그런데 이 시체를 어떻게 하지요?"

"검시관에게 문서로 신고해야겠지요." 손다이크가 대답했다. 그는 트롤선의 선장을 향해 물었다. "그건 그렇고 당신은 주머니를 다 뒤져보았습니까?"

"아니오, 맨 먼저 뒤져본 주머니에서 그 편지가 나왔으므로 다른 주머니는 살펴보지 않았습니다. 그 밖에 또 물어볼 일이 있습니까?"

"당신의 주소와 이름을 알았으면 합니다. 검시관에게 신고해야 하니까요."

사나이는 주소와 이름을 대고, 공연히 이 일에 말려들어가지 않도록 해달라고 부탁한 뒤 자기 배로 돌아가 빌링즈게이트(런던의 어시장)를 향해 떠났다.

"어떻습니까, 박사님, 폴튼 씨의 새 발명품을 살펴보는 동안 잠깐 시체를 보아주시지 않겠습니까?" 글랜퍼스 선장이 말했다.

"검시관의 명령이 없으면 나로서도 그런 일에 나설 수가 없습니다. 그러나 당신을 위로해 주는 일이 된다면 물론 예비검사쯤은 해도 되겠지요."

"그렇게 해주시면 고맙겠습니다. 우리는 이 불운한 사나이가 제대로 죽은 것인지 어떤지를 알고 싶습니다."

시체가 막사로 옮겨졌다. 폴튼이 귀중한 모형이 든 검은 가방을 들고 선장과 함께 나가자 손다이크와 나는 막사로 들어가 시체를 조사하기 시작했다.

죽은 사나이는 나이가 꽤 들어보였으며, 뱃사람다운 단정한 옷차림을 하고 있었다. 죽은 지 겨우 2, 3일밖에 안 된 듯, 물고기나 게에게 물어뜯기지는 않았다. 골절이나 그 밖의 큰 상해도 없었으며 다만 뒤통수에 울퉁불퉁한 찰과상이 나 있을 뿐이었다. 한 차례 점검해 본 뒤 손다이크가 말했다.

"겉으로 보아서는 익사한 것 같군. 물론 해부결과를 보지 않고서는 확실한 말을 할 수 없지만."

"이 뒤통수의 상처에 아무 뜻도 없단 말인가?" 나는 물었다.

"사인으로서 분명 살아 있을 때 입은 상처이긴 하지만, 비스듬히 온 타격으로 그 영향은 두피에 그쳤을 뿐 두개골을 상하게 하지는 않은 것 같네. 그러나 다른 각도에서 보면 이것은 아주 깊은 뜻을 지니고 있네."

"어떤 각도에서 보면?"

손다이크는 작은 녹색 트렁크에서 핀셋을 뽑아냈다.

"그때의 상황을 생각해 보게. 이 사나이는 바닷가에서 보트를 타고 등대로 향했으나 등대에 이르지는 못했네. 문제는 이 사나이가 어디에 닿았느냐 하는 것일세."

손다이크는 시체 위로 몸을 굽혀 핀셋 끝으로 그 상처 둘레의 머리카락을 집어냈다.

"머리카락과 상처 속의 이 흰 것을 보게, 저비스. 이것은 뭔가를 뜻하고 있다고 보네."

그가 가리킨 하얀 조각을 나는 렌즈로 조사해 보았다.

"조개껍질과 바다벌레들의 관이 부서진 조각 같군."

"맞아. 부서진 조개껍질은 분명 따개비조각이고, 다른 조각은 대부분이 갯지렁이 종류의 관조각일세. 이것들에서 중요한 추리를 해낼 수 있네. 이 상처는 따개비나 갯지렁이 종류가 붙었던 물체로 인해 생긴 것일세. 그럼, 그것은 어떤 물체인가? 그리고 어째서 이 사나이는 그 물체에 머리를 부딪친 것일까?"

"이 사나이가 충돌한 배의 뱃머리판자이지도 모르지."

"뱃머리판자에 그렇게 많은 갯지렁이 종류가 붙어 있으리라고는 생각되지 않네. 따개비며 갯지렁이 종류가 붙어 있는 것으로 보아 뭔가 밀물과 썰물 중에 정지해 있는 물체, 이를테면 부표 같은 것이 아닌가 싶군. 그러나 왜 이 사람이 그런 것에 머리를 부딪쳤는지 그 점을 이해할 수가 없네. 그러나 아무튼 나팔모양으로 벌어졌으며 그 근처 바다에 정지하고 있는 것으로서 머리를 부딪칠 만한 물체는 이 부표밖에 없네. 부표도 표면이 평평하다면 이런 상처를 입힐 수는 없을 걸세. 내친 김에 주머니 속에 무엇이 있는지 조사해 보세. 강탈이 이 죽음과 관계있는 것 같지는 않지만."

"그러세. 주머니에 시계가 있는데. 훌륭한 은시계로군." 나는 은시계를 꺼내보며 덧붙여 말했다. "12시 13분에서 멈췄네."

"그것은 중요한 단서일지도 모르네." 손다이크는 그 시각을 적어넣으며 말했다. "그러나 주머니를 하나씩 보고, 본 다음에는 물건을 다시 넣어두는 게 좋을 것 같네."

맨 먼저 뒤진 것은 재킷 왼쪽 뒷주머니였다. 그것은 아까 트롤선의 선장이 뒤져본 주머니인 듯 두 통의 편지가 들어 있는데, 둘 다 수로안내협회의 봉인이 붙어 있었다. 물론 우리는 읽지 않고 다시 넣은 다음 오른쪽 주머니를 살펴보았다. 그 속에는 흔히 볼 수 있는 물건들, 브라이어 파이프, 두더지가죽 담배 케이스, 몇 개비의 성냥이 들어 있었다.

"이것은 좀 생각없는 짓이군. 이처럼 성냥을 낱개로 갖고 다니다니, 그것도 파이프와 함께 말일세."

손다이크도 고개를 끄덕였다.

"그렇군. 더욱이 이렇게 불붙기 쉬운 성냥을…… 이 성냥개비 윗부분에 적린을 덮어씌우기 전 유황을 바른 걸 알겠지? 이것은 다른 것과 접촉하면 불이 일어 잘 꺼지지 않는다네. 그렇기 때문에 이런 종류의 성냥이 비바람 속에서 파이프에 불을 붙여야 하는 뱃사람들에게 인기가 있는 모양일세."

손다이크는 파이프를 집어들고 뒤집어서 담배통을 들여다보았다. 그는 갑자기 파이프에서 시체의 얼굴로 눈길을 옮기더니 핀셋으로 입술을 벌리고 그 속을 들여다보았다.

"무슨 담배를 피웠는지 보세."

나는 흠뻑 젖은 담배 케이스를 열고 한줌의 거무스름한 썬 담배를 꺼내보았다.

"질이 좋지 못한 담배인 것 같군."

"음, 그렇군. 이번에는 파이프 속의 것을 보세. 반쯤밖에 피우지 않았는데."

피우다 남은 것을 작은 칼로 긁어내어 종이 위에 놓고 둘이서 검토했다. 그것은 분명히 질 나쁜 담배가 아니었다. 거칠게 깎아낸 조각으로, 빛깔은 까만색이었다.

"고형담배를 깎아낸 거로군." 나는 단정했다.

손다이크는 조그마한 조각들을 파이프 속에 도로 주워담으며 고개를 끄덕였다.

다른 주머니에서는 작은 칼 말고 흥미를 끌 만한 것이 나오지 않았다. 손다이크는 그 작은 칼을 자세히 살펴보았다. 돈은 그다지 많이 가지고 있지 않았다. 그러나 예상했던 만큼의 돈을 가지고 있어, 강탈의 가능성을 제쳐둘 수 있었다. 손다이크가 가는 가죽 벨트를 가리키며 물었다.

"벨트에 칼집이 있나?"

나는 재킷을 들추고 보았다.

"칼집은 있지만 칼이 없군. 떨어져나간 모양일세."

"그건 조금 이상한데. 대개 뱃사람들의 칼은 여간해서 칼집에서 빠져나오지 않는데…… 높은 삭구(배에서 사용하는 밧줄이나 쇠사슬의 총칭) 위에 올라가 일하는 동안에도 한쪽 손으로 칼을 뽑아 쓸 수 있도록 되어 있는데, 대개 날만이 아니라 손잡이의 절반쯤까지 칼집에 꽂혀 있기 때문에 여간해서는 빠지지 않는다네. 지금의 경우 주의를 끄는 것은, 이 사나이가 작은 칼을 가지고 있으므로 보통 칼을 필요로 하는 일이라면 그것으로 다 할 수 없을 테니까 그 칼집에 든 칼은 호신용, 즉 무기로서 지니고 다녔다고 생각되는 점일세. 그러나 검시해부를 하지 않고는 더 이상의 추론은 곤란하지…… 아, 선장이 온 모양이군."

글랜퍼스 선장이 막사 안으로 들어와 동정어린 눈길로 죽은 뱃사람을 내려다보았다.

"알아내신 일이 있습니까, 박사님. 이 사나이가 행방불명되었던 이유를 밝힐 만한 사실을?"

"한두 가지 묘한 점이 있군요. 그런데 재미있게도 한 가지 참되고 중요한 것은 당신이 그처럼 나쁘게 평한 연안경비원의 보고에서 떠올랐답니다."

"설마……." 선장은 소리를 질렀다.

"아니, 사실이오. 연안경비원의 보고에 의하면 이 사나이는 담배 케이스에서 담배를 꺼내 파이프에 담았다고 했는데, 지금 보니 그의 담배 케이스에는 과연 질이 나쁜 담배가 들어 있었지요. 그런데 주머니에 든 파이프에는 고급 고형담배가 들어 있었거든요."

"다른 주머니에 고형담배가 없습니까?"

"전혀 없습니다. 물론 조금 가지고 있다가 파이프에 담았다고 생각할 수도 있겠지만, 작은 칼에 아무 흔적도 없었습니다. 당신도 알고 있겠지만, 이런 종류의 끈적거리는 고형담배는 칼날에 뚜렷한 자국을 남기는 법이지요. 칼집에 꽂힌 칼은 없어졌으나, 작은 칼이 있는 이상 칼집의 칼로 담배를 깎았으리라고는 생각되지 않습니다."

"그렇군요." 선장은 고개를 끄덕이며 말했다. "그러나 또 한 개의 다른 파이프를 가지고 있지 않았다고 단언할 수는 없잖습니까?"

"이 사나이는 한 개밖에 가지고 있지 않았습니다. 그리고 쓰고 있던 파이프는 이 사나이의 것이 아니었지요."

"이 사나이의 파이프가 아니었다는 말씀입니까?" 커다란 바둑판무늬의 부표 옆에 선 선장은 놀란 듯한 목소리로 외치며 손다이크를 바라보았다. "이 사나이의 파이프가 아니라는 것을 어떻게 압니까?"

"경화고무의 흡입구를 보면 알 수 있습니다. 거기에는 깊은 잇자국이 나 있어 거의 끊어질 것 같은 상태지요. 파이프를 물어뜯는 버릇이 있는 사나이에게는 대개 명확한 육체적 특징이 있습니다. 특별히 고른 치열을 지니고 있는 점이지요. 그런데 이 사나이의 입에는 이가 한 개도 없습니다."

선장은 한동안 생각에 잠겨 있더니 이윽고 입을 열었다.

"그 연결을 잘 이해할 수 없는데요."

"그래요? 나로서는 상당히 뜻이 있다고 생각되는데. 연안경비원이 이 사나이를 마지막으로 보았을 때 특정한 종류의 담배를 파이프에 담고 있었습니다. 그런데 그 시체를 끌어올려보니 파이프에는 전혀 다른 종류의 담배가 들어 있었지요. 그러면 그 담배는 어디서 난 것일까? 분명 이 사나이는 누군가를 만난 모양입니다."

선장은 고개를 끄덕였다.

"그렇군요, 그렇게 생각되는군요."

"게다가 칼집에 들었던 칼이 없어졌습니다. 이것은 아무 뜻도 없는 일인지 모르지만, 마음속에 담아둘 필요가 있습니다. 그리고 또 한 가지 묘한 사실이 있습니다. 뒤통수의 상처는 따개비와 갯지렁이 종류가 붙어 있던 물체로 말미암아 생긴 것입니다. 그런데 나팔모양으로 벌어진 바다의 그 근처에는 다리도 부두도 없습니다. 문제는 무엇으로 얻어맞았느냐 하는 겁니다."

"그것은 아무것도 아닙니다. 시체가 사흘 가까이나 바닷물에 잠겨 있었다면……."

"그러나 이것은 시체의 문제가 아닙니다." 손다이크가 가로막았다. "이 상처는 살아 있을 때 입은 것입니다."

"아, 그래요? 그렇다면 안개 속에서 부표에 부딪쳐 보트에 구멍이 뚫림과 동시에 머리를 다친 게 아닐까요? 이것은 아무래도 믿을 수 없는 추측이긴 합니다만……."

선장은 생각에 잠긴 듯 미간을 찌푸리며 자기 발끝을 내려다보고 있더니 잠시 뒤 다시 눈을 들어 손다이크를 보았다.

"당신 말씀으로 미루어 이 문제는 꽤 신중하게 조사해야 할 것 같습니다. 그래서 나는 오늘 등대로 가서 조사해 보고 싶은데, 어떻습니까, 당신과 저비스 씨가 용무관계의 고문으로서 함께 가주실 수 없겠습니까? 나는 11시쯤 출발하겠습니다. 3시에는 등대에 도착할 테니 원하신다면 오늘 밤에 런던으로 돌아가실 수 있습니다."

버그즈비스 홀 근처에서 바라보이는 올여름 아침의 템스 강이 더없이 매혹적으로 보여 나는 열심히 말했다.

"우리는 아무 상관없습니다."

"좋습니다. 우리도 가기로 하지요. 저비스가 이 작은 바다여행을 기뻐하는 것 같고, 또 나도 마찬가지니까요." 손다이크가 말했다.

"이것은 용무관계의 일입니다." 선장이 분명하게 말했다.

"아니, 그렇지 않습니다." 손다이크가 다시 말했다. "이것은 오로지 즐거운 관광여행이지요. 더없이 유쾌한 당신을 길동무로 하여 배를 타고 가는 조그마한 여행이오."

"그럴 생각이 아니었는데…… 하지만 손님으로 함께 가실 작정이라면 폴튼 씨에게 밤에 입을 옷을 가져오라고 하여 당신들을 내일 밤 바래다드리지요."

"아니, 폴튼을 귀찮게 하고 싶지는 않습니다. 블랙월에서 기차를 타면 내가 가져올 수도 있으니까요. 11시에 떠난다고 하셨지요?"

손다이크가 말했다.

"그럴 예정입니다. 그러나 박사님, 지치는 일은 없어야 합니다."

런던의 교통기관은 바람직하지 못할 정도로 발달되었다. 두 사람의 짐을 넣은 여행가방과 손다이크의 작은 녹색 트렁크를 든 우리는 콧김이 센 기차에서 내려 쩌렁쩌렁 울리는 두 바퀴 '곤돌라'로 갈아타고 무서운 속력으로 런던을 가로질렀다. 그런 다음 다시 똑같은 코스로 수로안내협회의 부두에 나타난 것은 아직 11시가 되기 전이었다.

이미 이물에서 관할 배가 끌려나와 부둣가에 매어져 있었다. 끌어올리는 장치에서 큰 줄무늬 양철부표가 늘어져 있었다. 글랜퍼스 선장은 현문 앞에 서서 명랑한 붉은 얼굴을 즐거운 듯 빛내고 있었다. 부표는 앞쪽의 배창고에 넣어두었고, 끌어올리는 장치는 돛대에 끌어올려졌으며, 늘어진 고정 밧줄은 다시 죄어 매어졌다. 그뒤 관할 배는 명랑하게 네 번쯤 기적을 울리더니 방향을 바꿔 뾰족한 뱃머리를 밀물로 향해 밀고나갔다.

차츰 퍼져가는 '런던 강'의 흐름은 거의 4시간에 걸쳐 움직이는 파노라마를 펼쳤다. 울리치 지구의 연기와 냄새가 뒤로 사라지자 여름 안개로 부드러워진 맑은 공기가 기분 좋았다. 빽빽한 회색 공장들이 스쳐지나가고, 가축이 여기저기 흩어져 있는 녹색 늪지가 강 유역 끄트머리까지 펼쳐졌다. 나무들이 우거진 강변에 낡은 연습용 배들이 바둑무늬 뱃전을 나란히 하고, 오크나무와 삼나무 선박시절을 속삭이고 있었다. 그 시절에는 상아탑처럼 돛을 높이 단 용감하고 씩씩해 보이는 늠름한 3층 갑판함이, 군함기를 날리며 영국 납세자들의 자산을 파먹고 있는 현대식 진흙빛 스튜 냄비 모양의 군함에게 결코 자리를 양보할 생각을 하지 않았었다. 뱃사람도 자리를 양보하려고 하지 않았다. 뱃사람은 어디까지나 뱃사람이었지, 단순한 해상기술자가 아니었다. 전속선은 씩씩하게 밀물을 가르며 끝없이 계속되는 선박 사이를 누비고 나갔다. 거룻배, 돛대가 하나뿐인 평저선, 스쿠너, 돛대가 두 개인 범선, 몸체가 큰 아프리카 선박, 푸른 굴뚝이 솟은 중국 부정기 화물선, 빙빙 돌아가는 풍차를 단 위험스러워 보이는 발틱 해의 범선, 귀찮은 갑판의 중장비에 비틀거리는 거대한 정기선 등. 강가에는 이얼리스, 패플리트, 그린하이스, 그레이 등의 도시들이 나타났다가는 사라져갔다. 노스플리트의 굴뚝 숲도, 글레브젠드의 다닥다닥한 지붕도, 번화한 정박지도, 차폐포대도 모두 뒤로 사라져갔다. 전속선이 로워 호프를 돌자 널따란 바다가 감청색 공단처럼 눈앞에 나타났다.

12시 30분쯤 관할 배는 썰물을 타고 속력이 빨라졌다. 멀리 보이는 육지가 사라져가는 속도와 얼굴을 스쳐지나가는 바람의 산뜻함으로 보아 우리는 그것을 알 수 있었다.

그러나 하늘도 바다도 잔잔해졌다. 양털 같은 구름이 조용한 푸른 하늘에 높이 떠 있었다. 돛이 하나뿐인 화물선은 돛을 늘어뜨리고 물 위를 달려갔다. 그리고 커다란 얼룩무늬 타종 부표——그 위에 표척과 바구니가 매달리고 '시벌링 사주'라 쓰여 있었다——는 햇빛을 받으며 그 반사마저 움직이지 않는 물 위에서 조용히 꿈꾸는 듯했다. 전속선이 일으키는 파도가 닿으면 한순간 졸린 듯 바구니를 움직이며 고개를 끄덕이고는 엄숙한 종소리를 울렸다. 그리고는 곧 다시 잠들어버리는 것이었다.

이 부표를 지나 잠시 더 가자 저만큼 앞쪽에 솟아 있는 등대의 으스스한 모습이 보이기 시작했다. 등대는 이른 오후의 햇살을 받아 우중충하니 발갛게 보였다. 가까이 다가가자 흰 글씨로 커다랗게 써놓은 '개들러'라는 등대 이름이 보였다. 조광기를 둘러싼 전망회랑에서 두 사나이가 망원경으로 우리 쪽을 보고 있는 모습이 바라다보였다.

관할 배의 선장이 글랜퍼스 선장에게 물었다.

"등대에 오래 계실 겁니까? 우리는 북동쪽 팬 사주로 가서 지금 싣고 가는 부표들을 달고 낡은 것을 떼어올까 하는데요."

"그럼, 등대에서 우리를 내려준 다음 그 일을 마치고 다시 와주겠나? 시간이 얼마쯤 걸릴지 짐작할 수가 없네만."

글랜퍼스 선장이 말했다.

관할 배는 멈춰서 한 척의 보트를 내렸다. 두 승무원이 우리를 태우고 노저어갔다.

글랜퍼스 선장이 말했다.

"당신들은 아주 좋은 옷을 입고 오신 모양인데, 올라갈 때 더러워질 겁니다."

그러나 그 자신도 역시 새로운 장식바늘처럼 모양을 내고 있었다.

"그러나 더러워진 것은 닦으면 다 없어진답니다."

선장은 해골과도 같은 등대를 올려다보았다. 썰물이었으므로 말뚝이 4미터쯤 드러나 보였다. 말뚝에도 사다리에도 해초며 따개비며 갯지렁이 같은 게 잔뜩 엉켜붙어 있었다. 그러나 선장이 생각하는 것만큼 우리는 품위 있는 도시의 참새들이 아니었다. 그러므로 그다지 두려워하지도 않고 그의 뒤를 따라 미끄러운 사다리를 올라갔다. 손다이크는 한순간도 손에서 놓지 않으려는 듯 녹색 트렁크를 꼭 쥔 채 열심히 올라갔다.

사다리 위의 전망회랑에 이르자 선장이 등대지기에게 말했다.

"이 신사분들과 나는 행방불명된 제임스 브라운에 대한 것을 조사하러 왔네. 둘 중 누가 제프리스인가?"

키가 크고 튼튼해 보이는 사나이가 대답했다.

"납니다."

모난 턱에 눈썹이 튀어나온 사나이였다. 그는 왼손에 거칠게 붕대를 감고 있었다.

"그 손은 왜 그렇지?" 글랜퍼스 선장이 물었다.

"감자껍질을 벗기다 베었습니다." 사나이는 대답했다. "대단한 상처는 아닙니다."

"그런데 제프리스, 브라운의 시체를 끌어냈으므로 검시 전에 상세한 것을 알고 싶네. 아마 자네도 소환되겠지. 그러니 저쪽에 가서 알고 있는 사실을 모두 이야기해 주게."

우리는 거실로 들어가 테이블 앞에 앉았다. 선장은 큰 수첩을 폈다. 손다이크는 이 기묘한 선실 같은 방을 주의깊게 탐색하는 눈초리로 둘러보며 이 방 물건의 목록을 마음속으로 만들고 있었다.

제프리스가 말한 것은 이미 우리가 알고 있는 일뿐이었다. 그는 한 사나이를 태운 보트가 등대를 향해 오는 것을 보았다. 그러다가 안개가 끼어 보트의 모습이 보이지 않게 되었다. 그는 무적을 울리고 열심히 지켜보았으나 보트는 결국 등대까지 이르지 못했다. 그가 알고 있는 것은 이 정도뿐으로, 그 사나이는 아마도 등대의 모습을 잃고 그때 마침 세게 흐르던 썰물에 휩쓸려가지 않았나 생각한다고 말했다.

"당신이 그 보트를 마지막으로 본 것은 몇 시였지요?"

손다이크가 물었다.

"11시 30분쯤입니다." 제프리스가 대답했다.

"어떤 사나이였지?" 선장이 물었다.

"모릅니다. 보트를 젓느라고 이쪽으로 등을 돌리고 있어서요."

"여행가방이나 옷상자를 가지고 있었소?" 손다이크가 물었다.

"옷상자를 가지고 있었습니다."

"어떻게 생긴 것이었소?" 손다이크가 물었다.

"조그마한 옷상자로, 녹색이었으며 손잡이줄이 달려 있었습니다."

"노끈을 맸던가요?"

"뚜껑이 열리지 않도록 한 가닥의 노끈이 매어져 있었습니다."

"당신이 마지막으로 그 보트를 보았을 때 거리가 얼마나 떨어져 있었지요?"

"2해리쯤 됩니다."

"2해리!" 선장이 소리질렀다. "2해리 밖에 있는 옷상자가 어떻게 생겼는지 분별할 수 있었단 말인가?"

제프리스는 얼굴이 빨개지며 화난 듯 불안한 눈초리로 손다이크를 쳐다보았다.

"나는 망원경으로 보고 있었습니다" 그는 무뚝뚝하게 대답했다.

"흠, 알았네. 이만하면 된 것 같네, 제프리스. 우리는 자네가 검시법정에 출두할 수 있도록 준비를 갖춰두어야 한다고 보네. 스미드를 이리로 보내주게." 선장이 말했다.

조사가 끝났다. 손다이크와 나는 창문 옆으로 의자를 끌어당겼다. 거기서는 동쪽으로 바다가 내려다보였다. 그러나 손다이크의 주의력은 바다나 항행하는 배에 쏠려 있지 않았다. 창문 옆 벽에 거칠게 깎아 만든 파이프걸이가 있고, 그곳에 다섯 개의 파이프가 걸려 있었다. 이 방에 들어섰을 때부터 손다이크의 눈길은 거기에 가 있었는데, 지금 이야기를 하면서도 가끔 의심스러운 듯 그쪽을 쳐다보는 것을 나는 알아차렸다.

선장이 '교대'하기로 결정짓자, 손다이크는 등대지기 스미드에게 말했다.

"당신들은 애연가인 모양이지요."

"그렇습니다. 우리는 분명 담배를 좋아하는 편입니다. 이곳에서의 생활이란 굉장히 쓸쓸하니까요. 게다가 이곳에서는 담배가 굉장히 싸거든요."

"그게 무슨 뜻이지요?"

"좀 달라고 부탁할 수 있으니까요. 조그마한 외국배, 특히 네덜란드 배가 이 근처를 지나갈 때면 대개 고형담배를 한두 개 던져줍니다. 우리는 뭍에 있는 사람과는 다르니까 세금을 물 필요가 없지요."

"그럼, 당신들은 담배장수 신세를 질 필요가 거의 없겠구먼. 썬 담배는 피우지 않소?"

"썬 담배는 일부러 사와야 하는데다 오래 가지도 않지요. 역시 여기서는 굳은 빵을 먹고 고형담배를 피우게 된답니다."

"여기 이렇게 파이프걸이도 있고…… 아주 멋있군그래."

"그렇습니다. 내가 쉴 때 만든 것입니다. 아무데나 파이프를 내동댕이쳐두는 것보다는 이렇게 걸어두면 쓰기도 편하고 배 안처럼 보이거든요."

손다이크가 파이프걸이 끝에 걸려 있는 파란 곰팡이가 핀 파이프를 가리키며 말했다.

"그런데 누가 파이프를 잊어버리고 그냥 간 모양이군요."

"저것은 내 친구 퍼슨즈의 것입니다. 한 달 전쯤 우리가 이곳에서 나갈 때 잊어버리고 두고 간 겁니다. 이곳은 공기가 습해서 파이프에 금방 곰팡이가 피지요."

"만지지 않고 내버려두면 대개 얼마쯤 지나야 파이프에 곰팡이가 피지요?"

"날씨와 관계가 있습니다만, 덥고 습기가 많을 때는 1주일쯤이면 곰팡이가 피기 시작합니다. 저것 보십시오, 저것은 해리 버네트가 두고 간 파이프입니다. 그 다리를 다친 사람 말입니다. 저기에도 벌써 조금씩 반점이 생기기 시작했지요? 그는 이곳을 떠나기 전 2, 3일 동안 파이프를 쓰지 않았을 겁니다."
"그럼, 다른 파이프는 모두 당신 것이오?"
"아닙니다. 여기 있는 것 하나만 내 것입니다. 저쪽 끝에 있는 것이 제프리스의 것이고, 가운데에 걸려 있는 것도 그의 것이라고 생각하는데, 못 보던 물건이군요."
이때 슬슬 다가온 선장이 말참견을 했다
"파이프에 대해 굉장히 열심이시군요, 박사님. 특별히 파이프 연구라도 하십니까?"
등대지기가 물러가자 손다이크는 대답했다.
"인류가 연구해야 할 것은 인간이지요. 그리고 '인간'이라는 제목에는 그 성격이 새겨진 이런 물건들도 포함되어 있답니다. 파이프는 개인의 성격을 잘 나타내주는 것입니다. 이 파이프걸이에 걸려 있는 것을 보십시오. 독특한 표정을 지니고 있으며, 어느 정도까지는 그 주인의 특성을 말해 줍니다. 예를 들어 저쪽 끝에 있는 제프리스의 파이프인데, 입에 무는 부분에 잇자국이 잔뜩 나 있고 담배통을 힘주어 문질러서 얇아졌군요. 안쪽에도 긁힌 자국 투성이고, 가장자리는 너무 힘껏 다루어 깨졌습니다. 모든 것이 무절제한 정력으로 거칠게 다루었다는 사실을 말해주고 있습니다. 담배를 피우면서 물부리를 깨물고, 담배통을 자꾸만 문질러대고, 쓸데없이 힘을 주어 재를 터는 거지요. 그 사나이는 이 파이프와 꼭 들어맞습니다. 늠름하고 모진 얼굴, 경우에 따라서는 폭력을 휘두를 수도 있는 사람입니다."
"그렇군요, 제프리스는 분명 거친 사람 같습니다."
"그리고 그 다음에 있는 스미드의 파이프는 담배통 속은 물론 둘레도 거의 타 있습니다. 늘 불이 꺼져 다시 붙여야 할 정도로 이야기하기를 좋아하는 사람의 파이프입니다. 그러나 내가 가장 흥미를 느낀 것은 저 가운데 걸려 있는 파이프입니다."
"저것도 제프리스의 것이라고 스미드가 말하지 않았나?"
내가 끼어들었다.
"물론 그렇게 말했지. 그러나 스미드는 잘못 생각한 거네. 저것은 모든 점에서 제프리스의 파이프와 정반대일세. 첫째, 낡은 파이프지만 물부리에 잇자국이 전혀 없네. 파이프걸이에 걸려 있는 것 중에서 잇자국이 전혀 없는 것은 저것 하나뿐이지. 가장자리도 깨지지 않았고, 아주 얌전히 써온 파이프일세. 게다가 은테가 새까맣게 되어 있는데, 제프리스의 파이프 테는 반짝거리거든."
"저기에 테가 있는 줄은 몰랐군요. 어째서 저렇게 새까매졌을까요?" 선장이 말했다.
손다이크는 그 파이프를 파이프걸이에서 떼어내 자세히 들여다보았다.
"은이 유화(硫化)되었군. 의심할 나위도 없이 주머니에 넣어가지고 다니는 물건에서 나온 유황이 닿았기 때문입니다."
"그렇군요. 그리고 그 속에는 담배가 가득 들어 있군요. 거기서 어떤 교훈을 끌어낼 수 있을까요?"
글랜퍼스 선장은 창문으로 먼 곳에 있는 전속선을 내다보며 하품을 삼켰다.
손다이크는 파이프를 고쳐들고 자세히 물부리 쪽을 바라보았다.
"'파이프 구멍이 막히지 않았다는 것을 확인한 다음 담배를 담아야 한다'는 교훈을 얻을 수 있지요."
그는 물부리 쪽을 가리켰다. 구멍이 담뱃진으로 막혀 있었다. 선장은 또 하품을 하면서 일어섰다.
"아주 좋은 교훈입니다. 잠깐 실례하겠습니다. 전속선이 무엇을 하고 있는지 보고 오겠습니다. 동 개들러 사주 쪽으로 가고 있는 것 같아서요."

그는 선반 위에서 망원경을 집어들더니 전망회랑으로 나갔다. 선장이 나가자 손다이크는 작은 칼을 꺼내 파이프 대통에 넣어 속에 든 담배를 손바닥 위에 파냈다.

"질이 나쁜 담배로군. 틀림없네." 나는 말했다.

"그렇네." 손다이크는 대답하면서 담배를 다시 대통에 담았다. "자네는 이것이 질 나쁜 담배이리라고 예상치 않았었나?"

나는 두 손을 들어보였다.

"아니, 전혀 생각지 못했네. 은테에 대해 정신을 빼앗기고 있었기 때문에……."

"물론 그것도 상당히 흥미 있는 점일세. 그러나 어떤 것이 막혀 있는지 우선 이것을 조사해 보세."

손다이크는 녹색 트렁크를 열고 절개바늘을 꺼내 파이프 구멍에서 작은 덩어리를 감쪽같이 끌어냈다. 그것을 유리판 위에 놓고 글리세린을 한 방울 떨어뜨려 편 다음 커버 유리를 씌웠다. 그동안 나는 현미경을 준비했다. 유리판을 현미경의 대 위에 올려놓으면서 손다이크가 말했다.

"파이프는 도로 파이프걸이에 걸어두는 게 좋겠네."

나는 그가 하라는 대로 했다. 그리고 돌아서서 적잖이 흥분하며 그 표본을 조사하는 손다이크를 바라보았다. 그는 잠깐 관찰한 다음 자리에서 일어서며 현미경을 가리켰다.

"들여다보게, 저비스, 그리고 자네의 의견을 듣고 싶네."

나는 현미경에 눈을 대고 유리판을 움직이며 작은 덩어리의 성분을 알아보려고 했다. 흔한 면섬유는 물론 곧 알아볼 수 있었고 약간의 양모섬유도 알 수 있었다. 그런데 그것 말고 아주 특이한 몇 가닥의 털이 있었다. 매우 가느다랗고 뚜렷한 지그재그 형의 털로, 끝부분 가까운 곳이 노의 물갈퀴처럼 납작하게 퍼져 있었다.

"이것은 뭔가 작은 동물의 털이군."

생쥐도 아니고 시궁쥐도 아니었다. 따라서 설치류는 아닌 것 같았다. 어떤 작은 식충동물임에 틀림없었다. 이윽고 나는 일어서며 말했다.

"음, 그렇군. 이건 두더지털일세."

이 발견의 중요성이 마음에 떠올랐으므로 나는 잠자코 손다이크의 얼굴을 바라보았다.

"그렇지. 그게 틀림없네. 이것은 논증의 바탕을 제공해 주는 증거일세."

"그럼, 저것이 정말 죽은 사나이의 파이프라고 생각하는 건가?"

"복합증거의 법칙을 따르자면, 사실 그것은 확정적이라고 해도 지나친 말이 아닐세. 여러 가지 사실을 정리해서 생각해 보게. 저 파이프에는 곰팡이가 슬지 않았네. 따라서 아주 짧은 기간 동안 여기 있었던 것으로, 해리 버네트나 스미드나 제프리스나 브라운 가운데 그 누구의 것일세. 헌 파이프이지만 전혀 잇자국이 나 있지 않네. 그러므로 이건 이 없는 사나이가 쓴 것이네. 그러나 해리 버네트도 스미드도 제프리스도 모두 이가 있으며, 각기 자기 파이프에 잇자국을 내고 있네. 그런데 브라운은 이가 없지. 또 세 사나이는 질이 나쁜 담배를 피우지 않는데 브라운의 담배 케이스에는 저질 담배가 들어 있었네. 은테가 유화현상을 일으켜 까맣게 되었는데, 브라운은 유황이 칠해진 성냥개비를 파이프와 함께 주머니에 넣어가지고 다녔네. 그 파이프 구멍에서 두더지털이 발견되었는데, 브라운은 파이프를 넣어둔 것으로 보이는 주머니에 두더지가죽으로 된 담배 케이스를 넣고 다녔네. 마지막으로 브라운의 주머니에는 분명 그의 것이 아니라 제프리스의 것으로 여겨지는 파이프가 들어 있었으며, 그 파이프에는 제프리스가 피우는 담배, 그러니까 브라운의 담배 케이스 속에 들어 있던 것과는 다른 담배가 들어 있었네. 이로써 나는 완전히 해결되었다고 생각하네. 이런 증거에 우리가 쥐고 있는 다른 사실들을 더하면 그야말로 결정적이라고 할 수 있지."

"어떤 사실 말인가?"

"첫째, 죽은 사나이는 따개비와 갯지렁이 종류가 잔뜩 붙어 있으며 주기적으로 물 속에 잠기는 물체에 머리를 부딪쳤다는 사실이 있네. 그런데 이 등대의 말뚝은 그 물체와 아주 꼭 들어맞으며, 이 근처에는 그 밖에 그런 물체가 전혀 없네. 부표 같은 것은 그런 상처를 입히기에 너무 크지. 둘째, 죽은 사나이의 칼집에 꽂혔던 칼이 없어졌네. 그리고 제프리스는 칼로 손을 다쳤네. 상황증거가 압도적이라는 것은 자네도 인정하지 않을 수 없을 걸세."

이때 망원경을 손에 든 선장이 서둘러 방으로 들어왔다.

"관할 배가 이상한 보트를 끌고 옵니다. 행방불명된 보트가 아닐까 생각됩니다만, 그렇다면 뭔가 알아낼 수 있을지도 모릅니다. 짐을 치우고 배를 탈 준비를 하시지요."

우리는 녹색 트렁크를 챙겨가지고 전망회랑으로 나갔다. 두 사람의 등대지기가 다가오는 전속선을 바라보고 있었다. 스미드는 뚜렷이 호기심을 보였고, 제프리스는 초조해 하며 파랗게 질렸다. 관할 배가 바로 앞까지 오자 세 사나이가 보트로 옮겨타고 노저어왔다. 그중 한 사람인 관할 배의 키잡이가 사다리를 올라왔다.

"행방불명된 보트인가?" 선장이 큰소리로 물었다.

전망회랑으로 올라온 키잡이는 바지에 두 손을 닦으며 대답했다.

"그렇습니다. 동 개들러 사주의 바짝 마른 곳에 있는 것을 발견했습니다. 이 사건에는 뭔가 이상한 음모가 숨겨져 있는 것 같습니다."

"나쁜 음모라도 있는 듯하다는 말인가?"

"의심할 여지가 없습니다. 마개를 빼내어 뱃바닥에 버렸고, 뱃머리 안 용골의 밧줄에 꽂혀 있는 칼이 발견되었습니다. 높은 곳에서 떨어졌는지 단단히 꽂혀 있었습니다."

"그거 참, 이상하군." 선장이 말했다. "마개야 어떤 계기로 빠졌을지도 모르지만……."

"아니, 그렇지 않습니다." 키잡이가 말했다. "배 밑판자를 들어올리기 위해 바닥짐인 자갈주머니를 치웠습니다. 그러나 그 배에 타고 있었던 사람이라면 보트가 가라앉기를 바라지는 않았을 테니까 마개가 빠졌으면 다시 막고 물을 퍼냈을 겁니다."

"하긴 그렇지." 글랜퍼스 선장이 대답했다. "게다가 칼이 꽂혀 있었다니 분명 수상한 일이야. 그러나 넓은 바닷속인데, 대체 어디서 떨어졌을까? 칼이 구름 속에서 떨어졌을 리는 없을 테고…… 어떻게 생각하십니까, 박사님?"

"그것은 브라운의 칼로, 아마 여기 전망회랑에서 떨어졌겠지요."

제프리스가 머리끝까지 화가 나서 새빨개진 얼굴을 손다이크 쪽으로 돌렸다. 그는 나무라듯 물었다.

"그게 무슨 뜻입니까? 보트는 이 등대까지 오지 않았다고 말하지 않았습니까!"

"당신은 분명 그렇게 말했지요. 그러나 당신의 파이프가 죽은 사나이의 주머니에서 발견되었고, 죽은 사나이의 파이프가 지금 이곳 파이프걸이에 걸려 있는 사실을 어떻게 설명하겠소?"

제프리스의 얼굴에 떠오른 새빨간 빛이 나타났을 때처럼 갑자기 사라져버렸다. 그는 나직이 중얼거렸다.

"무슨 말을 하는 건지 모르겠군."

"그렇다면 내가 그 경위를 설명할 테니 잘 들으며 생각해 보시오. 브라운은 보트를 댄 다음 옷상자를 메고 거실로 올라왔소. 그리고 파이프에 담배를 넣고 피우려고 했으나 구멍이 막혀 있었으므로 피울 수가 없었소. 그러자 당신은 자신의 파이프에 담배를 담아서 빌려주었지요. 그 일이 있은 뒤 얼마 안 되어 당신들은 전망회랑에 나가 다퉜소. 브라운은 자기 칼로 방어하다가 그 칼이 그의 손에서 보트로 떨어졌소. 당신은 전망회랑에서 그를 떠밀어버렸지요. 그는 말뚝에 머리를 부딪치며 저 아래로 떨어졌소. 그리고 나서 당신은 보트의 마개를 뽑아내어 바다에 가라앉도록 하고, 옷상자를 바닷속에 집어던졌소. 이런 일이 일어났던 것은 12시 10분쯤이었소. 안 그렇소?"

제프리스는 한 마디 대답도 하지 않고 눈을 크게 뜨고 멍하니 서 있었다.

"그렇지 않소?" 손다이크가 되풀이 물었다.

어느 정도 기운을 되찾은 제프리스는 부인했다.

"천만에요! 그때 당신이 이곳에 계셨단 말이오? 말투가 꼭 그렇군요. 당신은 모든 것을 다 알고 있는 것 같은데, 그러나 꼭 한 가지가 틀립니다. 다툰 일은 전혀 없습니다. 브라운이라는 사나이는 내가 못마땅하여 이곳에 있고 싶지 않았기 때문에 다시 보트를 타고 육지로 돌아가려고 했습니다. 그런데 나는 보내고 싶지 않아 말렸습니다. 그러자 그는 칼을 휘두르며 덤벼들었지요. 내가 그 손을 쳐서 칼이 떨어지게 하자 그는 뒤로 비틀거리며 굴러떨어진 겁니다."

"그런데 자네는 끌어올릴 생각도 하지 않았단 말인가?"

선장이 물었다.

제프리스는 힘 있게 받아넘겼다.

"어떻게 그런 일을 할 수 있었겠습니까! 이처럼 물살이 센데다 나는 등대에 혼자 있었습니다. 그런 일을 했다면 나는 다시 돌아올 수 없었을 겁니다."

"그럼 보트는 어떻게 된 거지, 제프리스? 왜 마개를 뺐나?"

"솔직히 말씀드리지요. 사실 나는 겁이 덜컥 나서 보트를 바닷속에 가라앉히고 아무것도 모르는 척하는 것이 좋으리라고 생각했습니다. 그러나 나는 절대로 그를 밀어서 떨어뜨리지는 않았습니다! 그것은 갑자기 일어난 사고였습니다. 맹세합니다!"

"음, 그럴듯하게 들리기는 하지만……. 박사님, 당신은 어떻게 생각하십니까?" 선장이 말했다.

"아주 그럴듯하군요. 그러나 그 진실성에 대해서는 우리가 관여할 바가 아니라고 생각합니다."

"그렇지요. 나는 자네를 경찰에 넘겨야겠네, 제프리스. 그건 자네도 알겠지?"

"압니다." 제프리스는 대답했다.

6개월쯤 지난 어느 날 밤 우리와 얼굴을 마주했을 때 글랜퍼스 선장이 말했다.

"정말 기묘한 사건이었습니다, 그 개들러 사주의 사건은. 제프리스의 형도 꽤 가벼웠지요. 18개월이던가……."

손다이크가 말했다.

"정말 기묘한 사건이었습니다. 그 우연한 사건의 이면에는 반드시 무언가 감춰진 일이 있었으리라고 나는 봅니다. 아무래도 그 두 사람은 전에 무슨 관계가 있었던 것 같거든요."

선장은 고개를 끄덕였다.

"나도 그렇게 생각했습니다. 하지만 그중에서도 가장 기묘했던 일은, 진상을 완전히 파헤친 당신의 그 뛰어난 솜씨입니다. 그 뒤부터 나는 브라이어 파이프에 깊은 경의를 표하기로 했답니다. 정말 진기하고 기묘한 사건이었습니다. 당신이 그 파이프로 하여금 살인자에 대해 털어놓도록 한 그 방법은 정말 마술로밖에 생각할 수 없습니다."

나도 옆에서 말참견을 했다.

"그렇습니다. 마치 독일 민화 '노래하는 백골'에 나오는 이상한 파이프(호루라기)처럼 진상을 말했으니까요. 물론 그것은 담배 파이프가 아니었지만. 그 독일 민화를 아십니까? 한 농부가 살해된 사나이의 뼈를 발견하여 그것으로 호루라기를 만들어 불려고 했더니 갑자기 그 뼈가 저절로 노래를 부르더라는 이야기입니다."

  형은 우리를 죽여서
  뼈를 묻었네
  모래 밑에, 자갈 밑에.

손다이크가 말했다.

"아주 흥미 있는 민화로구먼. 훌륭한 교훈이 담겨 있네. 우리가 주의깊게 귀를 기울이기만 하면 우리 주변의 생명 없는 것들 하나하나가 저마다 스스로의 노래를 부를 것이라는 말이지?"

계획된 살인사건

플래트 씨 말살

 품질 좋은 포도주를 주문하고 그 대금을 치른 손님에게 위탁판매하는 나쁜 포도주를 갖다준다면 그 술집은 곧 비난을 받게 될 것이 틀림없다. 비난뿐만 아니라 법률적인 처벌도 피할 수 없을 것이다. 그렇다면 일등차칸 요금을 지불한 승객에게 그가 같이 타고 싶어 하지 않는 손님과 함께 타도록 한 철도회사도 사실 그런 술집이나 다름없다. 그러나 법인의 양심이란 허버트 스펜서(영국 철학자, 사회학자. 1820~1903)가 되풀이 주장하고 있듯이 여느 일반사람의 양심보다 훨씬 저급하다.

 켄트 주의 수도 메이드스톤 시의 서부역에서 열차가 발차한 순간, 커다란 몸집의 천박한 사나이——분명 삼등손님이리라——를 차장이 콤파트먼트로 밀어 넣었을 때 루퍼스 펜베리는 그런 생각을 했다. 비싼 요금을 낸 것은 쿠션 있는 좌석에 앉고 싶어서가 아니라 이런 자들과 떨어져 있기를 바라서이며, 적어도 고급승객과 함께 여행하고 싶었기 때문이었다. 그런데 이처럼 천박한 사나이가 들어왔으므로 펜베리는 심한 불쾌감을 느꼈다.

이 낯선 사나이를 불쑥 차칸에 밀어 넣은 일이 철도회사 측의 계약 위반이라면, 사나이의 행위 그 자체는 그야말로 정면으로 퍼붓는 모욕으로서 도저히 용서할 수 없는 일이다. 왜냐하면 열차가 발차한 순간부터 사나이는 무례한 눈초리로 펜베리를 폴리네시아의 우상처럼 눈도 깜박이지 않고 노려보고 있었기 때문이다.

그것은 얼마쯤 화를 돋우는 행위일 뿐만 아니라 몹시 불안하게 만드는 일이기도 했다. 마침내 펜베리는 초조함이 더해가고 화가 치밀어 올라 안절부절못하게 되었다. 수첩을 들여다보기도 하고, 편지를 읽기도 하고, 명함을 정리하기도 했으며, 우산을 펴볼까 생각하기도 했다. 그러다 마침내 더 이상 참을 수가 없어 분통이 터져 나왔다. 그는 낯선 사나이를 향해 차갑게 항의했다.

"그만큼 열심히 보았으면 다음에 또 만나더라도 나라는 것을 쉽게 알아볼 수 있을 거요. 두 번 다시 만나고 싶지는 않지만."

"10만 명 속에서도 나는 당신을 알아볼 수가 있소."

뜻밖의 대답에 펜베리는 깜짝 놀랐다. 낯선 사나이는 나무라는 어조로 말을 이었다.

"아무튼 나는 사람의 얼굴을 기억하는 데 천재적인 재능을 타고났으므로 잊어버리는 일이 없소."

"그거 참, 재미있는 일이로군요." 펜베리가 대꾸했다.

"나에겐 굉장히 도움이 되지요." 낯선 사나이는 이야기를 계속했다. "적어도 내가 포틀랜드 교도소(도세트시아 주의 남 끄트머리에 있음)의 간수로 있을 무렵에는 그러했소. 아마 당신도 기억하고 있을 거요. 내 이름은 플래트라고 했었지. 당신이 있던 무렵에는 간수보였소. 신이 외면한 지옥 포틀랜드 교도소에서 대질심문을 하기 위해 런던으로 갈 때면 나는 늘 기분이 좋았소. 그 무렵의 미결감은 호로웨이에 있었지요. 당신도 기억하고 있을 거요. 브릭스턴으로 옮겨가기 직전이었으니까."

플래트는 추억담을 늘어놓으며 한숨 돌렸다. 놀라서 파랗게 질려 숨을 삼키고 있던 펜베리는 벌떡 일어섰다.
"당신은 아마 사람을 잘못 본 모양이오."
"아니, 그럴 리가 없소! 당신은 프랜시스 돕스, 이것이 당신의 정체요. 약 12년 전 어느 날 밤 포틀랜드 교도소에서 죄수 한 명이 도망쳤소. 그 다음날 그가 입었던 옷은 곧으로 밀려나왔으나 탈옥수는 온데간데없이 사라져버렸소. 참으로 기막히게 감쪽같이 도망쳤었지. 그러나 상습범기록과에는 두 장의 사진과 열 손가락의 지문이 남아 있소. 어떻소, 기록과에 가보고 싶지 않소?"
플래트가 놀리듯 물었다.
"내가 왜 상습범기록과 같은 데를 가야 한단 말이오?"
펜베리는 꺼져들어가는 목소리로 중얼거렸다.
"그러게 말이오. 왜 그런 일을 해야 할까? 자산가에다 분별 있게 투자도 하고 있는 당신에게는 그럴 필요가 전혀 없을 텐데……."
펜베리는 창 밖으로 눈을 돌리고 잠시 돌처럼 입을 다물고 있었다. 이윽고 그는 불쑥 플래트를 향해 말했다.
"얼마면 되겠소?"
"1년에 200파운드 정도라면 당신 호주머니에도 지장이 없을 것으로 보는데……." 플래트는 침착하게 대답했다.
펜베리는 잠시 생각에 잠겼다.
"어째서 내가 부자라고 생각했소?"
플래트는 기분 나쁜 미소를 지어보였다.
"당신도 상당한 배우로군, 펜베리 씨. 나는 당신에 대한 것을 모두 알고 있소. 나는 요 6개월 동안 당신 집에서 800미터쯤 떨어진 곳에 살았으니까."
"그랬었군!"

"그렇소. 교도소를 퇴직한 뒤 오고먼 장군이 베이스포드 저택의 집사 겸 관리인으로 채용해 주었소. 장군 자신은 이따금 한 번씩 찾아오실 뿐이지요. 그런데 내가 그 저택에 간 첫날 당신과 마주쳤던 거요. 곧 당신인 줄 확실하게 알아보았지만, 물론 나는 당신 눈에 띄지 않도록 했소. 그리고 당신과 이야기를 나누기 전에 나에게 어떤 도움이 되는지 알아둬야겠다고 생각하여 나는 탐문수사에 온 힘을 기울였소. 그리하여 마침내 당신이 1년에 200파운드쯤 바칠 수 있다고 판단한 거요."

플래트는 잠시 입을 다물고 있었다. 그는 다시 말을 이었다.

"이것도 사람의 얼굴을 기억하는 타고난 힘 덕분이오. 잭 엘리스를 좀 보시오. 2년 동안이나 바로 눈앞에서 당신을 보아왔으면서도 아직 몰라보고 있잖소. 그는 언제까지나 알아보지 못할 거요."

그는 허영심에 사로잡혀 그만 털어놓고 만 것을 금방 후회하는 듯했다.

펜베리는 날카롭게 물었다.

"잭 엘리스라니, 그가 대체 누구요?"

"베이스포드 경찰서의 임시고용원으로 뭐 어중간한 일을 하고 있소. 시골을 돌아다니는 형사 노릇도 하고 사무도 거들어주는 모양이오. 당신과 포틀랜드 교도소에 있을 무렵 그곳 경비원으로 일했었는데, 왼쪽 검지손가락이 잘려버렸기 때문에 연금을 타고 퇴직했었소. 그는 베이스포드가 고향이라 지금의 일을 맡게 되었소. 그러나 그 녀석은 절대로 당신을 알아보지 못할 테니까, 그 점은 마음 놓아도 좋소."

"당신의 조종이 없는 한은 그렇겠지요."

플래트는 웃었다.

"그런 걱정은 할 필요가 없소. 당신은 나를 믿고 나라는 안전한 방석에 편안히 앉아 있으면 되는 거요. 게다가 그 녀석은 나와 사이가 그다지 좋지 않소. 그 녀석이 제 마누라가 있는데도 장군 저택에 있는 하녀의 엉덩이를 쫓아다니며 귀찮게 군다기에 내가 혼내서 쫓아버렸지. 그래서 지금 잭 엘리스는 나를 못마땅하게 생각하고 있소."

"흠……."

펜베리는 잠시 생각에 잠겨 있다가 다시 물었다.

"오고먼 장군은 어떤 분이오? 이름은 나도 어디선가 들은 것 같소만……."

"당신도 알고 있을 거요. 장군은 다트무어 교도소(데번주)의 소장으로 계셨으니까, 내가 그곳에 있을 무렵에. 나는 그곳을 마지막으로 간수일을 그만두었소. 이왕 나온 김에 말이지만, 당신이 있을 무렵 포틀랜드 교도소에 장군이 계셨더라면 아무리 당신일지라도 아마 도망치지 못했을 거요."

"그게 무슨 뜻이오?"

"장군은 손꼽히는 경찰견 전문가요. 다트무어 교도소에서는 경찰견을 기르고 있었고, 죄수들도 그 사실을 잘 알았기 때문에 장군이 소장으로 있을 때는 한 사람도 탈옥을 꾀하지 않았소. 도망칠 가망이 없었으니까."

"지금도 기르고 있겠지요?" 펜베리가 물었다.

"물론이오. 많은 시간을 들여 개들을 훈련시키고 있소. 그 가까이에서 강도나 살인사건이라도 일어나 그 개들을 직접 써보았으면 하고 몹시 기다리고 있는데, 아직 그런 기회가 오지 않았소. 악당들도 아마 그 경찰견의 소문을 들은 모양이오. 그건 그렇고 아까 하던 이야기로 되돌아갑시다. 200파운드를 1년에 네 번으로 나누어 지불하면 어떻겠소?"

"지금 당장 결정할 수는 없소. 얼마쯤 생각할 시간을 주시오."
"좋소. 내일 밤 나는 베이스포드로 돌아갈 거요. 그때가 되면 꼬박 하루 동안 생각할 시간을 주는 셈이오. 그럼, 내일 밤 당신 집에 얼굴을 내밀기로 할까요?"
"아니, 당신이 우리 집에 얼굴을 내미는 일은 좋지 않소. 그렇다고 해서 내가 당신 집으로 가는 것도 내키지 않으니 어디든 조용하고 아무도 보지 않는 곳에서 만나고 싶소. 그러면 우리 둘이 만난 사실을 아무에게도 들키지 않고 이야기를 결정지을 수 있을 테니까요. 시간은 그다지 많이 걸리지 않을 것이오. 뭐, 아무튼 조심하는 게 좋으니까……."
"물론이지요." 플래트도 동의했다. "그럼, 내가 있는 저택의 현관으로 통하는 가로수 길이 어떻소? 당신도 알고 있겠지요? 그곳에는 경비실도 없고 밤이 되기 전에는 늘 문을 열어놓고 있소. 나는 하행 열차로 6시 30분쯤 베이스포드에 도착하게 될 거요. 역에서 저택까지는 15분쯤 걸리니까 그 가로수 길에서 7시 15분 전에 둘이 만나기로 합시다. 어떻소?"
"좋습니다. 경찰견이 그곳을 돌아다니고 있지 않는 게 분명하다면." 펜베리가 말했다.
플래트는 껄껄 웃었다.
"천만에요! 악당들이 독이 든 소시지라도 먹이면 어쩌려고 장군이 소중히 여기는 개들을 그런 데다 내놓는 분별 없는 짓을 하겠소? 개들은 집 뒤쪽의 개집에 넣고 늘 자물쇠를 채워두고 있소. 아니, 벌써 스완리 역에 닿은 것 같군. 나는 여기서 끽연차로 갈아타고 당신에게 혼자 충분히 생각할 시간을 주기로 하겠소. 그럼, 내일 밤 7시 15분 전에 가로수 길에서 만납시다. 그때 처음으로 지불할 돈 50파운드를 소액지폐나 금화로 가져왔으면 하오."

"알았소."

펜베리는 냉정해지려고 무척 애를 썼으나 볼이 붉어지고 눈은 분노로 빛나고 있었다. 아마 플래트도 그것을 알아차렸을 것이다.

그는 콤파트먼트를 나와 문을 닫았으나 곧 창문으로 목을 디밀고 위협하듯 말했다.

"한 마디 덧붙여두겠는데, 펜베리 씨 아니, 돕스 씨. 이상한 짓을 하면 안 되오. 나는 늙은 너구리요. 빈틈없는 사람이니까 나에게 서툰 짓을 하면 좋지 않을 거요."

플래트는 목을 빼내고 모습을 감췄다. 펜베리는 혼자서 생각에 잠겼다.

그는 어떤 생각을 했을까? 만일 정신감응술사가 감춰진 트럼프와 행방불명된 골무에서 한순간 좀더 실질적인 문제로 주의를 옮겨서 그것을 플래트의 마음에 전했다면, 이 전직 간수는 얼마쯤 놀람과 동시에 조금이나마 불안감을 느끼기까지 했을 것이다. 오랫동안 교도소에서 복역 중인 범죄자를 다루어온 경험으로 플래트는 다시 세상에 나간 범죄자의 행동에 대하여 조금 빗나간 생각을 품게 되었다. 사실 그는 전과자인 상대방을 너무 과소평가했던 것이다.

루퍼스 펜베리——이것이 본명이며 돕스는 가명이었다——는 강한 성격을 지닌 지적인 사나이였다. 그러므로 범죄의 길을 더듬다가 그것이 할 만한 일이 못 된다는 걸 깨닫자 곧 그 일에서 깨끗이 손을 떼었던 것이다. 포틀랜드 곶 앞바다에서 그를 구해준 가축수송선을 타고 미국으로 건너가자 그는 자신의 모든 재능과 정력을 합법적인 사업에 쏟았다. 그것이 눈부신 성공을 거두어 10년이라는 세월이 흐르자 그는 상당한 재산을 가지고 영국으로 돌아올 수 있었다. 그는 아담한 도시 베이스포드 가까이에 적당한 집을 사들여 지난 2년 동안 저축한 돈으로 조용히 살고 있었다. 그는 좀 배타적인 경향이 있는 그 고장 사교계에서도 그다지 힘들이지 않고 완전히 고립된 생활을 해왔던 것이다. 그리하여 그대로 여생을 평화롭게 살아갔을지도 모르는데, 재수 없게 플래트라는 사나이가 나타났다. 플래트의 출현은 그의 안락한 생활을 송두리째 뒤집어놓았다.

남을 협박하여 금품을 빼앗는 사나이에겐 참으로 좋지 않은 점이 있다. 그것은 무슨 결정을 하든 항구적인 효력이 없다는 것이다. 협박자는 어떤 양해사항을 내놓아도 그것을 스스로 지킬 생각을 하지 않는다. 일단 판 것도 언제까지나 자기 소유물로 여기고 있어, 두 번 세 번 거듭하여 팔아넘기려 한다. 이제 놓아주겠다고 약속하며 몸값을 받아내고도 족쇄의 열쇠는 여전히 쥐고 놓지 않는다. 요컨대 협박자란 참으로 어쩔 수 없는 존재인 것이다.

루퍼스 펜베리는 플래트가 결정적인 말을 하는 동안 내내 마음속으로 이 생각을 하고 있었다. 그러므로 그의 제안을 받아들일 마음은 조금도 없었다. 플래트가 말한 것처럼 '충분히 생각할' 필요는 없는 것이다. 이미 그의 마음은 결정되어 있었다. 그의 마음은 플래트가 자신의 정체를 폭로한 순간, 이미 정해져버렸다. 결론은 분명했다. 플래트가 출현하기 전까지 그의 생활은 평화롭고 안전했다. 플래트가 존재하는 한 그의 자유는 한순간 한순간 위험으로 빠져들어갈 것이다. 그러나 플래트가 없어지기만 한다면 그의 평화와 안전은 되살아날 수 있다. 따라서 플래트는 없애야만 한다.

이것은 논리적인 귀결이었다.

그러므로 그때부터 여행이 끝날 때까지 펜베리가 명상에 잠기며 생각한 것은 1년에 네 번으로 나누어 지불할 돈에 대한 것이 아니었다. 전직 간수인 플래트를 어떻게 말살시켜 버릴 것인가에 대한 생각만을 줄곧 하고 있었다.

루퍼스 펜베리는 그다지 용맹스러운 사람이 아니었다. 잔혹하지도 못했다. 다만 대범한 견유철학적 ^(BC 4세기부터 그리스도교시대)인 정신을 가진 이로, 작은 감정을 무시하고 크고 중요한 점만을 똑바로 바라보았다. 호박벌이 찻잔 위로 붕붕거리며 날아다닌다면 그는 그 호박벌을 잡아버릴 것이다. 그러나 맨손으로 잡지는 않는다. 호박벌은 공격수단을 갖추고 있다. 그것을 어떻게 사용하는가 하는 것은 호박벌의 관심사이고, 그의 관심사는 오직 벌에게 쐬는 일을 피하는 데 있다.

플래트의 경우도 마찬가지였다. 그 사나이는 자신의 이익을 위해 펜베리의 자유를 위협하려고 나선 것이다. 좋다. 스스로 위험을 각오하고 찾아온 것이다. 이 위험은 펜베리의 관심사가 아니다. 펜베리의 관심사는 다만 자기 몸의 안전뿐이다.

펜베리는 채링 크로스 역에서 내리자 플래트가 역에서 나가는 것을 지켜본 뒤 버킹엄 거리로 발길을 돌려 예약된 스트랜드 거리의 조용한 호텔로 갔다. 여지배인이 기다리고 있었다는 듯이 인사를 하며 열쇠를 내주었다.

"며칠 묵으실 건가요, 펜베리 씨?"

"아니오. 내일 아침에 돌아갈 거요. 하지만 곧 다시 올지도 모르겠소. 그런데 어떤 방엔지 백과사전이 있었던 것 같은데, 그것을 좀 보여주겠소?"

"응접실에 있어요. 안내해 드릴까요? ……아니, 장소는 알고 계시겠지요?"

물론 펜베리는 알고 있었다. 2층이었다. 예스럽고 기분 좋은 방으로, 조용한 시가지가 내려다보였다. 소설책이 꽂힌 책장에 검소한 장정의 챔버스 백과사전이 갖추어져 있었다.

시골에서 온 신사가 '사냥개'에 대한 항목을 펼쳐놓고 본다면 다른 사람의 눈에 그다지 부자연스럽게 비치지는 않을 것이다. 그러나 아무리 무관심한 사람일지라도 연구심이 강한 신사가 '사냥개'에서 '피'

의 항목으로, 그리고 '향수'에 대한 항목으로 옮겨갔다면 조금 놀랄 것이다. 그리고 만일 그 사람이 그 뒤로도 펜베리의 행동을 관찰하여 그 조사가 이 땅의 인간 가운데 남아도는 한 사람을 없애버리기 위해서 행해진 것이라는 사실을 알았다면, 그 놀라움은 더욱 커졌으리라.

펜베리는 자기 방에 가방과 우산을 놓고, 분명한 목적을 가진 사람다운 태도로 호텔을 나왔다. 그의 발길은 우선 스트랜드 거리의 우산가게로 향했다. 그 가게에서 그는 굵은 등나무 스틱을 하나 골랐다. 이렇다할 특징이 없는 것이었지만, 너무 어울리지 않게 굵었으므로 점원이 반대했다

"아니, 나는 굵은 스틱을 좋아하오." 펜베리는 말했다.

"네, 그러나 손님과 같은 키의 신사분이 드신다면 아무래도……."

펜베리는 자그마하고 가냘픈 몸집의 사나이였다. 그는 되풀이해서 말했다.

"나는 굵은 스틱을 좋아하오. 이것을 적당한 길이로 자르고, 스틱 끝에 징은 박지 마시오. 집에 돌아가서 내가 박을 테니까."

다음에 그가 산 물건은 좀더 목적에 맞는 것이었다. 가장 뜻밖의 물건으로 무능한 수단을 생각하게 하는 것, 그것은 노르웨이식 대형 나이프였다. 그 물건에 만족한 그는 곧 다른 가게로 가서 또 한 자루의 똑같은 나이프를 샀다. 대체 무엇 때문에 똑같은 나이프가 두 자루나 필요한 것일까? 그리고 왜 그 두 자루를 같은 가게에서 사지 않았을까? 참으로 묘한 일이었다.

루퍼스 펜베리는 끈질긴 쇼핑 열에 사로잡힌 것 같았다. 그 뒤 반시간 동안에 그는 싸구려 여행가방, 검은 옻칠을 한 그림붓상자, 세모꼴 줄, 막대기모양의 탄성 아교, 도가니용 쇠가위 등을 사들였다. 그리고도 아직 모자라는지 골목 안 오래된 약방으로 가서 탈지면 한 꾸러미와 과망간산칼리 1온스를 샀다. 그리고 약제사가 무술사 같은

그들 특유의 신비로운 태도로 물건들을 종이에 싸고 있는 것을 무표정하게 바라보며 펜베리는 대수롭지 않게 물었다.

"사향은 없겠지요?"

약제사는 봉랍봉을 데우고 있던 손을 멈추고 주문이라도 외는 듯했으나 곧 짤막하게 대답했다.

"없습니다. 순수한 사향은 값이 엄청나게 비싸기 때문에 들여놓지 않았지만 향수라면 있습니다."

"그것도 순수 사향 못지않게 향기가 강하겠지요?"

약제사는 묘한 미소를 띠며 대답했다.

"아니오. 그다지 강하진 않지만, 쓸만합니다. 이런 동물성 향수는 침투성이 대단히 강하고 영속성이 있지요. 이 향수를 식탁용 스푼으로 한 숟갈만 성 폴 성당 한가운데에 뿌린다면 아마 6개월 동안은 성당 안에 향기가 가득할 겁니다."

"그래요? 아무튼 누가 사용하든 그 향수로 만족해야겠지요. 그걸 조금 주시오, 병 밖에 묻지 않도록 조심해서. 그것은 내가 사용할 게 아니니까요. 나는 사향고양이 같은 냄새를 풍기며 다니는 것은 딱 질색이거든요."

"물론 그러시겠지요."

약제사는 1온스 병과 작은 유리깔때기와 마개를 막아놓은 '사향향수'라는 라벨이 붙은 병을 가지고 와서 잠깐 요술을 부리듯 재주를 보여주었다.

"보시다시피 병 밖에는 한 방울도 묻지 않았습니다. 여기에 고무마개를 꼭 닫아두면 안전하지요."

펜베리의 사향에 대한 혐오는 극단적인 것 같았다. 약제사가 낯익은 혼령과 이야기라도 나누려는 듯——실은 반 크라운 은화의 거스름돈을 준비하기 위해서였지만——습기 찬 작은 방으로 들어가자 그는 가방에서 그림붓상자를 꺼내어 뚜껑을 열고 쇠가위로 향수병을——
——결벽성이 심한 사람처럼——카운터에서 집어 올리더니 살짝 그 속에다 넣고 뚜껑을 닫아 주머니에 집어넣었다. 이윽고 약제사가 마치 마술사처럼 반 크라운 은화 한 닢을 기적적으로 1페니 동화 네 닢으로 바꾸어 가지고 와서 건네주자 펜베리는 약방을 나와 생각에 잠긴 듯한 발걸음으로 스트랜드 거리 쪽으로 걸어갔다. 갑자기 좋은 생각이 떠올랐는지 그는 걸음을 멈추고 한동안 생각하다가 성큼성큼 북쪽을 향해 걸어갔다. 이 모든 물건들 가운데서 가장 기묘한 것을 사기 위해서였다.

그는 세븐 다이얼 지구의 한 가게에서 그 물건을 샀다. 그 가게에서는 특이하게도 고둥 같은 조개 종류를 비롯하여 앙고라 고양이에 이르기까지 동물들을 상품으로 다루고 있었다. 펜베리는 진열창 안의 모르모트(기니그 쥐목에 속하는 작은 짐승)를 흘끔 보고 나서 가게 안으로 들어갔다.

"죽은 모르모트 있습니까?" 그는 물었다.

"없습니다, 우리 집에서는 모두 산 것들만 취급하고 있습니다." 주인은 기분 나쁘게 히죽 웃으며 덧붙였다. "하지만 모두 죽어야 할 놈들이지요."

펜베리는 못마땅한 표정으로 주인을 쳐다보았다. 모르모트와 협박자 사이에는 분명 커다란 거리가 있다.

"작은 포유동물이라면 아무 거라도 좋습니다."

"저 바구니 속에 쥐가 한 마리 죽어 있습니다. 만일 그거라도 괜찮다면 가져가십시오. 오늘 아침에 죽은 거라 아직 따뜻할 겁니다."

"그 쥐를 가져가야겠군. 그것으로 충분하겠지."

그 작은 시체는 포장되어 가방 속으로 들어갔다. 얼마 안 되는 값을 치르고 펜베리는 호텔로 돌아갔다.

그는 간단하게 점심 식사를 마친 다음 외출하여, 이번에는 런던에 나온 목적이었던 볼일을 보며 한나절을 보냈다. 레스토랑에서 저녁 식사를 하고 10시까지 그곳에 있었다.

호텔로 돌아온 그는 열쇠를 꺼내 문을 열고 사온 물건을 옆구리에 낀 채 방으로 들어갔다. 그러나 옷을 벗기 전에――물론 문을 잠그고 나서――그는 참으로 기묘한 일을 했다. 새로 사온 스틱에서 슬쩍 박은 물미(창이며 스틱 끝에 끼우는 끝이 뾰족한 원뿔이나 각뿔 모양의 쇠)를 빼내고, 그 아랫부분에 뾰족한 줄로 구멍을 뚫었다. 그리고 줄을 굴착기처럼 움직여 구멍을 크게 뚫어서 결국 아랫부분 바닥 둘레에 가느다란 테만 남게 했다. 그런 다음 탈지면을 둥글게 뭉쳐서 그 구멍 속에 쑤셔 넣었다. 그리고 스틱 아랫부분 끝에 탄성 아교를 칠하고 물미를 다시 박은 다음 가스불로 데워서 아교를 붙였다.

스틱의 손질을 마치자 이번에는 노르웨이식 나이프에 정신을 쏟았다. 우선 날이 박혀 있는 나무손잡이에서 번쩍거리는 노란 니스를 조심스럽게 줄로 벗겨냈다.

완전히 벗겨낸 다음 칼날이 위쪽으로 향하도록 세워놓고 물건꾸러미에서 죽은 쥐를 꺼냈다. 그것을 종이 위에 올려놓고 목을 자르더니 꼬리를 잡고 거꾸로 늘어뜨려 상처 자리에서 흘러 떨어지는 피를 날에 받아 손가락 끝으로 날 양면과 손잡이에 골고루 펴 발랐다.

그런 다음 나이프를 종이 위에 놓고 창문을 살짝 열었다. 아래쪽 어둠 속에서 고양이의 울음소리가 들려왔다. 아무래도 반음계의 발성법을 마스터하려고 노력하는 모양이었다. 펜베리는 그쪽을 향해 쥐의 몸통과 목을 던져주고 창문을 닫았다. 마지막으로 두 손을 씻고 포장지를 난로 속에 던져넣은 다음 잠자리에 들었다.

다음날 아침 이후의 행동도 역시 아리송했다. 아침 일찍 식사를 마치자 침실로 돌아가서 문을 잠그고 틀어박혔다. 그는 새로 사온 스틱을 화장대 다리에 손잡이 쪽이 아래로 가도록 붙들어맸다. 그리고 그림붓상자에서 향수병을 쇠가위로 집어낸 다음 냄새를 맡아보았다. 병 바깥에 향기가 묻어 있지 않다는 것을 확인한 뒤 고무마개를 뽑았다. 그리고 천천히 아주 조심스럽게 향수를 몇 방울——찻숟갈로 반쯤——스틱의 물미구멍에서 비어져 나온 탈지면에 떨어뜨렸다. 그리고 흡착성 있는 탈지면에 향수가 완전히 스며드는 것을 신중히 지켜보았다. 마침내 완전히 스며들자 그는 나이프에도 똑같은 조치를 취하기 시작했다. 나무손잡이에 향수를 한 방울 떨어뜨리자 곧 스며들었다. 이 일이 끝나자 그는 창문을 살짝 열고 밖을 내다보았다. 바로 아래 작은 뜰에 오래된 월계수나무가 두 그루 우거져 있었다. '우거져 있었다'기보다는 시원찮게 명맥을 유지하고 있었다. 쥐의 시체는 아무 데도 없었다. 아마 밤중에 행방불명된 모양이다. 그는 쇠가위로 작은 향수병을 월계수나무 속으로 던지고, 고무마개도 역시 내던졌다.

그런 다음 가방에서 튜브에 든 와셀린을 꺼냈다. 그는 그것을 조금 짜서 손가락에 묻혀 그림붓상자의 이음매와 뚜껑 안쪽에 정성껏 발라 공기가 새어나오지 못하도록 했다. 손가락을 닦아내고 쇠가위로 칼을 집어 들어 그림붓상자 속에 넣더니 곧 뚜껑을 닫았다. 그리고 쇠가위 끝을 가스불로 달구어 향기를 없앤 다음 그림붓상자와 함께 가방 속에 넣었다. 그런 다음 화장대에 붙들어매두었던 스틱을 물미를 건드리지 않도록 조심스럽게 떼어냈다. 그리고 두 개의 가방을 들고 스틱 중간쯤을 잡더니 그는 방을 나왔다.

아침 이 시간이면 일등승객은 거의 없었으므로 힘들지 않게 빈 콤파트먼트를 발견할 수 있었다. 펜베리는 차장이 호루라기를 불 때까지 플랫폼에서 기다리다 소리가 나자 곧 차에 올라타 콤파트먼트 문을 닫고 스틱을 자리에 놓았다. 물미 쪽이 맞은쪽 자리 창문 밖으로 향해지도록 하여 열차가 베이스포드 역에 닿을 때까지 그대로 두었다.

펜베리는 가방을 수하물보관소에 맡기고, 여전히 스틱 중간쯤을 잡고 역을 나왔다. 베이스포드 거리는 역에서 동쪽으로 800미터쯤 되는 곳에 있으며, 그의 집은 그곳에서 서쪽으로 1.6킬로미터쯤 간 곳에 있었다. 그리고 그의 집과 역 중간쯤에 오고먼 장군의 저택이 있었다. 그는 그 저택을 잘 알고 있었다. 본디 농장이 딸린 저택으로 넓고 평탄한 목초지 끝에 세워진 건물이었다. 큰길에서 저택으로 들어가는 가로수 길이 나 있었다. 거의 300미터쯤 해묵은 나무들이 양쪽으로 늘어선 가로수 길이 이어져 있다. 큰길에서 이 가로수 길로 접어드는 곳에 양쪽으로 열리게 된 철문이 있었으나, 이것은 단순한 장식에 지나지 않았다. 저택에는 담이 없었으므로 둘레의 목초지 어디로든 쉽게 들어갈 수가 있었다. 사실 길이라고 할 수도 없지만, 오솔길이 목초지를 가로질러 가로수 길 중간쯤을 횡단하고 있었다.

펜베리는 가로수 길을 향해 오솔길을 걸어갔다. 오솔길의 둔덕이나 야트막한 구릉을 넘어설 때마다 그는 걸음을 멈추고 둘레의 시골풍경을 둘러보았다. 이윽고 좁다란 오솔길 앞쪽에 가로수 길이 보이기 시작했다. 두 그루의 나무 사이를 빠져나가 가로수 길로 들어서자 그는 걸음을 멈추고 사방을 둘러보았다.

잠시 귀를 기울이고 서 있었으나, 나뭇잎이 바스락거리는 소리가 작게 들릴 뿐 아무 소리도 들리지 않았다. 분명 그 가까이에는 아무도 없는 모양이었다. 플래트가 태연히 밖으로 나다니고 있는 것으로 보아 장군은 저택에 없는 듯했다.

펜베리는 이상할 정도로 열심히 가까이 있는 나무들을 살펴보기 시작했다. 그가 빠져나온 두 그루의 나무는 느릅나무와 짧게 자른 떡갈나무 거목이었다. 마디가 많은 떡갈나무는 땅에서 2미터쯤 올라간 곳에서 가지가 셋으로 갈라져 있었으며, 그 가지 하나의 굵기가 웬만한 나무줄기만 했다. 그중에서 가장 굵은 가지가 크게 활처럼 휘어 가로

수 길 한가운데까지 뻗어 나와 있었다. 펜베리는 그 거목을 특별히 눈여겨보았다. 둘레를 한 바퀴 돌아보고 나서 그는 가방과 스틱을 내려놓았다. 스틱은 가방 위에 비스듬히 눕혀 놓았다. 따라서 물미부분은 자연스레 땅바닥에서 떨어져 있었다. 그는 툭툭 불거져 나온 마디를 발로 디디며 그 나무를 기어 올라가 수관을 살펴보기 시작했다. 마침 세 개의 가지가 뻗어 나온 곳까지 기어 올라갔을 때, 철문 열리는 소리가 나고 서두르는 발소리가 들렸다. 그는 재빨리 나무에서 내려와 자기 물건들을 챙겨들고 커다란 나무 둥치 뒤에 몸을 바싹 붙이고 숨었다.

눈에 띄지 않는 것이 좋다고 생각하며, 나무 둥치에 몸을 바싹 붙이고 숨어서 조심스럽게 내다보았다. 이윽고 사람의 그림자가 다가와 누군가 가까이 오고 있음을 알려주었다. 그는 몸을 움직여 자신과 방해꾼 사이에 나무가 막아서도록 했다. 발소리가 가까워져 바로 나무 앞에까지 왔다. 그리고 그 발소리가 지나쳐가자 펜베리는 나무 뒤에서 저쪽으로 사라져가는 사람의 모습을 보았다. 우편배달부였다. 그 사나이는 펜베리를 알고 있으므로 역시 숨기를 잘했다고 생각했다.

아무래도 이 떡갈나무는 그의 목적에 맞지 않는 것 같았다. 그는 나무 뒤에서 나와 다시 둘레를 살펴보았다. 그리고 느릅나무 뒤에서 짧게 가지를 친 해묵은 자작나무를 발견했다. 기묘하게 생긴 색다른 나무로 줄기가 나팔처럼 위로 퍼져 올라가 널따란 수관을 이루고 그 끝에서 많은 가지가 기분 나쁜 나무 요정의 사지처럼 뻗어 나와 있었다. 그는 그 나무를 보자 곧 마음에 들었으나 계속 떡갈나무 뒤에 몸을 숨기고 우편배달부가 시원스러운 걸음으로 명랑하게 휘파람을 불며 가로수 길을 지나가 다시 주위가 조용해질 때까지 기다렸다. 그런 다음에야 결심이 선 듯한 태도로 자작나무를 향해 걸음을 옮겼다.

자작나무의 수관은 땅에서 겨우 180센티미터쯤밖에 안 되었으므로

계획된 살인사건

쉽게 올라갈 수가 있을 것 같았다. 나무에 스틱을, 이번에는 물미가 아래로 가도록 세워놓고 가방에서 그림붓상자를 꺼내어 나이프를 집어내어 수관 위에 보이지 않도록 숨겨놓았다. 쇠가위도 역시 나이프를 집은 채로 보이지 않도록 그곳에 놓았다. 그림붓상자를 가방에 집어넣으려다가 문득 생각이 달라진 듯 코에 대고 냄새를 맡아보았다. 가슴이 메슥거릴 정도로 냄새가 지독한 것을 알자 뚜껑을 닫아 그것도 역시 나무 속으로 던졌다. 그는 상자가 줄기 가운데에 뚫려 있는 구멍 속으로 떨어지는 소리를 들었다. 그런 뒤 가방을 닫고 스틱 손잡이를 잡더니 느릅나무와 떡갈나무 사이로 빠져나가 가로수 길에서 사라졌다. 그는 아까 왔던 길을 천천히 되돌아갔다.

그는 분명 특이한 걸음걸이로 걸었다. 스틱을 질질 끌며 아주 천천히 걸었으며, 몇 발자국 걷고는 멈춰 서서 스틱 물미를 땅바닥에 힘주어 박았다. 누가 보아도 깊은 생각에 잠겨 있는 듯한 모습이었다.

그는 목초지의 오솔길을 걸어갔다. 큰길로 돌아가지 않고 계속 그 길을 걸어가 마침내 큰길로 통하는 좁은 샛길로 나갔다. 샛길 맞은쪽에 경찰서가 있었다. 그 근처의 시골집과 다른 점이라면 처마에 매달린 등과 활짝 열린 문과 나붙어 있는 게시문 정도였다. 펜베리는 스틱을 끌며 곧장 길을 가로질러 경찰서 현관 앞으로 갔다. 그는 그 층계 위에 스틱을 짚고 서서 게시문을 읽기 시작했다. 활짝 열린 문으로 책상 앞에 앉아 무언가 쓰고 있는 한 사나이의 모습이 보였다. 사나이는 문 쪽으로 등을 돌리고 있었는데, 잠시 뒤 몸을 움직이자 그의 왼손이 보였다. 그 손에 검지손가락이 없는 것을 펜베리는 알아보았다. 그럼, 저자가 포틀랜드 교도소의 경비원으로 있던 잭 엘리스란 말인가.

펜베리가 바라보고 있는 동안 그 사나이가 이쪽으로 얼굴을 돌렸으므로 곧 알 수 있었다. 베이스포드와 소프 마을 사이에 있는 오솔길에서 늘 같은 시간에 가끔 얼굴을 마주친 적이 있는 사나이였다. 아무래도 엘리스는 날마다 소프 마을에 가는 모양이었다. 아마 파출소 경관으로부터 보고를 듣기 위해서겠지만. 3시에서 4시 사이에 경찰서를 나가 7시에서 7시 15분 사이에 돌아오는 것이다.

펜베리는 손목시계를 보았다. 3시 15분이었다. 생각에 잠긴 듯한 표정으로 그는 경찰서 앞을 떠나 이번에는 스틱의 허리를 잡고 천천히 서쪽을 향해 소프 마을 쪽으로 걷기 시작했다.

그는 한동안 깊은 생각에 잠겨 있어 얼굴에 곤혹스러운 주름이 잡혔다. 그러나 갑자기 얼굴이 활짝 밝아지며 보다 시원스러운 발걸음으로 성큼성큼 걸어갔다. 그는 산울타리 뒤에 오솔길과 나란히 이어지는 밭으로 들어가서 작은 돼지가죽지갑을 꺼냈다. 몇 실링만 남기고 속에 든 것을 모두 꺼내더니 보통 금화나 지폐를 넣고 다니는 작은 칸 속에 스틱 물미를 쑤셔넣었다.

이처럼 끝을 지갑으로 씌운 스틱의 허리를 잡고 그는 천천히 걸어가고 있었다.

오솔길이 두 번이나 크게 구부러져, 꽤 먼 앞까지 보이는 곳으로 나왔다. 거기서 그는 작은 틈이 나 있는 산울타리 뒤에 쭈그리고 앉아서 기다렸다. 산울타리 그늘에 숨어 있었으므로 이따금 지나가는 사람의 눈에는 띄지 않았다. 그러나 그로서는 아주 먼 곳까지 내다볼 수 있었다.

15분이 지났다. 그는 불안감을 느끼기 시작했다.

'잘못 생각한 걸까? 내가 생각한 것처럼 엘리스는 날마다 가는 게 아니라, 가끔 한 번씩 가는 걸까? 그렇다면 계획에 큰 착오가 생기지는 않겠지만 성가시게 될지도 모른다.'

그때 위세 있게 다가오는 사람의 모습이 보였다. 펜베리는 그가 엘리스임을 알았다.

계획된 살인사건

그런데 이때 또 한 사람이 반대쪽에서 걸어왔다. 노동자인 듯했다. 펜베리는 장소를 옮기려고 했으나, 자세히 보니 아무래도 노동자가 먼저 지나갈 것 같아 그대로 기다리기로 했다. 이윽고 노동자가 다가와 산울타리 앞을 지나쳐갔다. 이때 엘리스는 구부러진 길로 접어들어 한순간 모습을 감췄다. 펜베리는 곧 산울타리 틈으로 스틱을 내밀어 지갑을 흔들어 떨어뜨린 다음 그것을 길 한가운데로 밀어놓았다. 그리고 산울타리 뒤에서 다가오는 엘리스 쪽으로 살짝 가까이 가서 기다리고 있었다. 아무것도 모르는 엘리스의 힘찬 발소리가 다가왔다가 그 앞을 지나쳐갔을 때, 펜베리는 숨어 있던 산울타리를 헤치고 저쪽으로 사라져가는 엘리스의 뒷모습을 지켜보았다. 엘리스는 저 지갑을 볼까? 라는 것이 눈앞에 닥친 문제였다. 그다지 눈에 띄는 지갑은 아니었다.

갑자기 발소리가 멎었다. 펜베리가 보고 있노라니 엘리스는 몸을 굽혀 지갑을 주워 올려 속을 살펴보고는 주머니에 넣었다. 펜베리는 안도의 한숨을 쉬었다. 그리고 차츰 멀어져가는 엘리스의 모습이 오솔길을 돌아서 사라지자 펜베리는 일어나서 몸을 쭉 펴고 기운차게 그곳을 떠났다.

산울타리 틈 가까이에 한 무더기의 짚가리가 있었다. 그곳을 지나다가 문득 한 가지 생각이 떠올랐다. 재빨리 사방을 둘러보고 나서 그는 짚가리로 다가가 그 속에 스틱을 깊숙이 찔러넣고 옆에 있던 막대기를 집어 스틱 손잡이가 짚 속에 파묻힐 때까지 박아넣었다. 이제 손에 남은 것은 가방뿐, 그것도 텅 비어 있었다. 그 밖의 물건들은 모두 여행가방 속에 들어 있었기 때문이다. 그 가방은 역에서 찾아와야만 했다. 그는 손에 든 가방을 열고 냄새를 맡아보았다. 아무 냄새도 나지 않았지만, 가능하면 버려야겠다고 생각했다.

산울타리 뒤에서 나오려고 했을 때 짐수레 한 대가 덜커덕거리며 느릿느릿 지나갔다. 큰 자루들을 높이 쌓아올리고 그 뒤에다 널빤지를 받쳐 놓았다. 오솔길로 나온 그는 재빨리 짐수레의 뒤로 다가가 흘끗 사방을 둘러본 다음 가방을 그 널빤지 위에 놓았다. 그리고 그는 역으로 향했다.

집에 돌아오자 펜베리는 침실로 들어갔다. 그리고 초인종을 눌러 가정부에게 맛있는 식사를 준비하라고 일렀다. 그런 다음 옷을 모조리 벗어서 셔츠와 양말과 넥타이까지 모두 다 한 트렁크에 넣었다. 그 트렁크에는 벌레가 덤비지 못하도록 나프탈렌을 충분히 뿌려서 여름옷을 넣어 두었었다. 그는 여행가방에서 과망간산칼륨이 든 꾸러미를 꺼내가지고 욕실로 들어가 욕조에 그 결정체를 넣고 물을 틀었다. 잠시 뒤 욕조는 과망간산칼륨의 핑크빛 용액으로 가득 차게 되었다. 그는 욕조 속으로 들어가 온몸을 적셨다. 머리도 완전히 적셨다. 그런 뒤 욕조의 물을 말끔히 빼고 맑은 물로 온몸을 씻은 다음 깨끗이 닦고 침실로 돌아가 다른 옷을 입었다. 그리고 맛있는 식사를 마친 뒤 긴의자에 누워서 플래트를 만나러 갈 시간까지 편히 쉬었다.

6시 30분쯤 그는 역 근처 길가 으슥한 곳에 숨어서 등불이 켜진 쪽을 바라보고 있었다. 열차가 도착하는 소리가 들려왔다. 승객들이 떼지어 밀려나왔다. 그중 한 사람이 그 무리에서 떨어져나와 소프 마을로 통하는 길로 접어드는 게 보였다. 그는 불빛으로 그 사나이가 플래트라는 것을 알았다. 눈에 띄게 키가 큰 플래트는 만족스러워 보이는 기운찬 모습으로 부츠 소리를 내며 성큼성큼 약속장소를 향해 걸어가고 있었다.

펜베리는 안전한 간격을 유지하며 상대방의 모습보다도 오히려 그 발자국 소리를 따라갔다. 마침내 플래트는 오솔길로 접어드는 둔덕 앞을 지나 꽤 앞쪽을 걸어가고 있었다. 그것으로 보아 철문을 향해 가고 있음이 분명했다. 펜베리는 둔덕을 넘어서자 급한 걸음으로 어두운 목초지를 가로질렀다.

　가로수 길의 짙은 어둠 속으로 들어서자 그는 우선 손으로 더듬어 자작나무 앞으로 가까이 갔다. 그리고 수관 쪽으로 손을 뻗쳐 아까 올려놓은 쇠가위가 그대로 있는지 확인해 보았다. 손가락 끝에 쇠손잡이가 만져졌으므로 그는 안심하고 발길을 돌려 가로수 길을 천천히 걸어갔다. 모양이 똑같은 또 한 자루의 칼은——날을 잘 세워——왼쪽 가슴주머니에 넣어두었었다. 그는 걸으면서 그 손잡이를 만져보았다.

　이윽고 철문이 음울한 소리를 내더니 율동적인 부츠 소리가 가로수 길로 다가왔다. 펜베리는 천천히 다가가서 시커먼 사람의 그림자가 어둠 속에 나타나자 그를 불렀다.

　"플래트요?"

　"그렇소." 옛 간수는 명랑하게 대답하면서 다가왔다. "현금을 가져왔소?"

　상대방을 깔보는데 익숙한 말투가 그에게 꼭 어울렸다. 펜베리는 신경이 날카로워지고 마음이 냉혹해졌다.

　"물론 가져왔소. 그러나 분명히 결정해 두어야 할 문제가 있소."

　그러자 플래트가 짜증스럽게 말했다.

　"나는 지금 그런 말을 지껄이고 있을 틈이 없소. 머지않아 곧 장군이 이리로 오실 거요. 지금 장군은 빙필드에서 친구분과 함께 말을 달려 이리로 오고 있소. 자, 돈을 주시오. 이야기는 다음 기회에 하기로 하고……."

　"그것도 좋겠지요. 그러나 알아두어야 할 것은……."

　펜베리는 갑자기 말을 더듬으며 걸음을 멈췄다.

　지금 두 사람은 자작나무 바로 밑에 서 있었다. 펜베리는 그곳에 멈춰 서서 자작나무의 어두운 가지 사이를 물끄러미 올려다보았다.

"뭐요? 무엇을 보고 있는 거요?"

플래트도 걸음을 멈추고 열심히 어두운 나무 위를 올려다보았다.

그때 펜베리는 느닷없이 나이프를 꺼내 온 힘을 다해 옛 간수의 넓은 등판 왼쪽 견갑골 밑을 찔렀다.

무서운 비명 소리를 지르며 플래트는 돌아서서 습격자에게 덤벼들었다. 힘이 장사인데다 상당한 레슬링 기술까지 갖추고 있었으므로 펜베리가 맨손으로는 도저히 당해낼 수 없는 상대였다. 플래트는 금방 펜베리의 목을 죄려고 달려들었다. 상대방에게 단단히 잡힌 펜베리는 밀치고 밀고 빙글빙글 도는 등 서로 맞붙어 드잡이를 하면서도 전갈처럼 독살스럽게 몇 번이고 상대방을 칼로 찔렀다. 플래트의 비명소리는 목에 걸려 점점 쉰 목소리로 바뀌어갔다. 두 사람은 무섭게 땅바닥에 쓰러졌다. 마지막으로 거품을 내뿜듯 신음 소리를 내며 상대방을 잡고 있던 플래트의 손에서 갑자기 힘이 빠지더니 축 늘어져 버렸다. 펜베리는 사나이를 밀어내고 일어섰다. 그는 몸을 부르르 떨며 괴로운 듯 숨을 토해냈다.

그러나 꾸물거리지는 않았다. 예상했던 것보다 드잡이가 오래 계속되었던 것이다. 그는 재빨리 자작나무 앞으로 다가가서 쇠가위 쪽으로 팔을 뻗었다. 그의 손가락이 가위 손잡이에 들어갔다. 쇠가위가 나이프를 집었다. 그는 이처럼 숨겨두었던 장소에서 나이프를 꺼내자 시체가 쓰러져 있는 곳으로 가지고 가서 그 옆 얼마쯤 떨어진 땅바닥에 놓았다. 그리고 자작나무 앞으로 되돌아가 조심스럽게 쇠가위를 수관 속에 던져넣었다.

그때 가로수 길 끝 쪽에서 여자의 목소리가 날카롭게 울렸다

"플래트 씨인가요?"

펜베리는 흠칫 놀라 재빨리 발끝으로 걸어서 시체 옆으로 돌아갔다. 무슨 일이 있어도 다른 또 한 자루의 나이프를 가져가야만 했기

때문이다.

 시체는 벌렁 누워 있었다. 나이프는 시체 아래쪽에 나무손잡이까지 꽂혀 있었다. 그는 두 손을 써서 시체를 들어올려야만 했다. 그리고 그 흉기를 뽑아내는데 조금 애를 먹었다. 그동안에도 여자의 목소리는 똑같은 말을 되풀이하며 차츰 가까이 다가오고 있었다. 그는 가까스로 나이프를 뽑아 가슴주머니에 넣었다. 시체는 또다시 축 늘어졌다. 그는 숨을 헐떡이며 일어섰다.

 "플래트 씨, 거기 있나요?"

 여자의 목소리가 훨씬 가깝게 들렸으므로 펜베리는 깜짝 놀라 돌아보았다. 나무 사이로 깜박이는 등불이 보였다. 그때 문이 열리는 소리가 크게 나고 자갈길을 달려오는 말발굽 소리가 들려왔다. 한순간 그는 당황하여 우뚝 섰다. 정말 불의의 습격을 받은 것이다. 말에 대한 것은 계산에 넣지도 않았었다. 그는 목초지를 가로질러 소프 마을 쪽으로 도망칠 계획이었으나, 이미 그것은 실행 불가능한 일이었다. 붙잡히면 끝장이다. 주머니 속에 나이프가 들어 있는 것은 제쳐두고라도 옷에 피가 묻어 있으며, 두 손도 끈적끈적했다.

 그러나 그의 혼란은 한순간뿐이었다. 그는 떡갈나무가 생각났다. 가로수 길에서 나오자 떡갈나무 앞으로 달려가 되도록 피묻은 손이 나무에 닿지 않도록 조심하며 재빨리 수관으로 올라갔다. 수평으로 뻗어나온 굵은 가지는 지름이 1미터쯤이나 되었으므로, 그 위에 누워 외투를 잘 여미자 아래에서는 전혀 보이지 않았다.

 가까스로 그가 몸을 숨긴 순간 아까 깜박이던 등불이 눈앞에 나타나, 마구간용 각등을 손에 들고 걸어오는 여자의 모습이 보였다. 거의 동시에 보다 번쩍이는 한 가닥 빛이 반대 방향에서 펄럭이며 다가왔다. 한 사나이는 말을 타고 또 한 사나이는 자전거를 타고 있었다.

 두 사람은 빠른 속도로 다가왔다. 말 위의 사람이 여자를 보자 입을 열었다.

"무슨 일이 있었소, 패튼 부인?"

순간 자전거의 램프 불빛이 땅바닥에 나동그라진 시체를 비췄다. 두 사나이는 동시에 무섭게 외쳤다. 여자도 찢어질 듯한 비명을 질렀다. 말 위의 사나이가 안장에서 뛰어내려 시체 옆으로 달려갔다. 그는 몸을 굽혀 시체를 보더니 소리쳤다.

"아니! 플래트 아닌가!"

자전거를 탄 사나이가 다가왔다. 번쩍이는 램프 불빛이 큰 핏덩이를 비추자 노신사가 덧붙여 말했다.

"틀림없이 이건 범죄일세, 핸포드."

핸포드는 시체 주위를 램프 불로 밝히며 몇 미터 사방의 땅바닥을 비췄다.

"오고먼, 자네 뒤에 있는 것이 무엇인가?" 핸포드가 갑자기 말했다. "나이프로군!"

사나이가 재빨리 그쪽으로 가려고 하자 오고먼이 한 손을 들어서 말렸다.

"만지면 안 되네. 경찰견에게 이 냄새를 뒤쫓게 하세. 개들이 범인을 잡아줄 걸세. 범인이 어떤 자든 틀림없이 잡히네, 핸포드, 범인은 이미 잡힌 거나 다름없네."

잠깐 동안 오고먼은 칼을 내려다보며 의기양양한 빛을 띠고 있었다.

"여보게, 핸포드, 되도록 빨리 자전거를 타고 경찰서에 가주지 않겠나? 1킬로미터밖에 안 되니까 5분이면 갈 수 있을 걸세. 그리고 경관을 데리고 와줬으면 좋겠네. 그동안 나는 서둘러 목초지를 뒤져보겠네. 자네가 돌아올 때까지 악당이 잡히지 않으면 경찰견을 풀어 이 칼 냄새를 뒤쫓게 하여 범인을 잡기로 하세."

계획된 살인사건 143

"좋아."

핸포드는 자전거를 돌려서 타고 어둠 속으로 모습을 감췄다.

"패튼 부인, 이 나이프를 지키고 있어야겠소. 내가 목초지를 조사하러 간 사이에 아무도 만지지 못하도록." 오고먼이 말했다.

"플래트 씨는 죽은 건가요?" 패튼 부인이 콧소리로 물었다.

"아, 그렇지, 거기까지 미처 생각지 못했군! 좀 살펴봐주지 않겠소? 아무튼 저 나이프는 아무도 만지지 못하도록 해야 하오. 냄새를 뒤쫓는 일에 혼란을 가져 오게 되니까."

오고먼은 안장 위에 올라앉더니 목초지를 가로질러 소프 마을 쪽으로 달려갔다. 점점 멀어져가는 말발굽 소리를 들으며 펜베리는 문득 도망치지 않기를 잘했다고 생각했다. 소프 마을 쪽으로 도망칠 예정이었으니까 틀림없이 붙잡혔을 것이다.

장군이 가버리자 패튼 부인은 곧 두려움에 질린 눈초리를 몇 번이나 어깨 너머로 던지며 시체 앞으로 다가가 죽은 사나이의 얼굴에 각등을 들이댔다. 그녀는 갑자기 몸을 부르르 떨고 우뚝 섰다. 가로수 길로 다가오는 발자국 소리가 들렸기 때문이다 그러나 귀에 익은 소리였으므로 그녀는 마음을 놓았다.

"무슨 일이 있었나요, 패튼 부인?"

저택의 하녀였다.

그녀는 패튼 부인을 찾기 위해 젊은 남자를 한 명 데리고 나온 것이었다. 이윽고 두 사람은 불빛 속으로 들어왔다.

"아니, 그게 누굽니까?" 사나이가 소리쳤다.

"플래트 씨예요. 살해당했어요." 패튼 부인이 대답했다.

하녀가 무서운 비명을 질렀다.

두 사람은 공포로 넋을 잃은 듯 시체를 바라보며 발끝으로 걸어서 가까이 다가왔다. 사나이가 칼을 잡으려고 하자 패튼 부인이 소리쳤다.

"그 나이프를 만지지 말아요! 장군님은 경찰견에게 그 냄새를 뒤쫓게 할 작정이시니까요."

"그럼, 장군님도 여기에 계셨군요?" 사나이가 물었다.

이때 목초지에서 한순간 말발굽소리가 요란하게 울려 그 말에 대답했다. 시체 둘레에 하인들이 모여 서 있는 것을 보고 오고먼 장군은 말고삐를 늦추었다. 그는 물었다.

"역시 죽었소, 패튼 부인?"

"네, 그런 것 같아요."

"그럼, 누가 의사를 부르러 가야겠군. 그러나 자네는 가면 안 되네, 베일리. 자네는 개를 준비하여 이 가로수 길 끝에서 내가 부를 때까지 기다리고 있게."

오고먼은 베이스포드 쪽 목초지로 바람같이 달려갔다. 베일리도 부지런히 자리를 떴다. 뒤에 남은 두 여자는 눈을 크게 뜨고 시체를 보면서 작은 목소리로 서로 이야기를 주고받았다.

위험에 쫓기게 된 펜베리는 굉장히 기분이 좋지 않았다. 밑에 있는 여자들은 12미터도 채 떨어져 있지 않았으므로 그는 꼼짝하지 못하고 거의 숨도 쉴 수 없었다. 잠시 뒤 펜베리는 베이스포드로 이어지는 길에 한 무리의 등불이 빠른 속도로 다가오고 있는 것을 높은 나무 위에 숨어 바라보면서 안도감과 걱정이 뒤섞인 착잡한 기분에 빠졌다. 이윽고 그 불빛은 나무로 가려졌으나, 조금 뒤 자전거 소리가 가로수 길에 울리고 몇 개의 불빛이 나무줄기를 비춰 새로운 사람이 나타났음을 알렸다. 세 대의 자전거를 타고 온 사람은 핸포드와 경감과 형사부장이었다. 그들이 다가옴과 동시에 오고먼 장군이 말발굽소리를 울리며 가로수 길로 되돌아왔다. 장군이 말을 멈추며 물었다.

"엘리스도 함께 있었소?"

"아니오, 우리가 경찰서를 나올 때 그는 아직 소프 마을에서 돌아오지 않았습니다. 오늘 밤에는 조금 늦는 것 같군요."

"의사를 부르러 보냈소?"

"힐스 선생을 불러오도록 했습니다."

경감은 자전거를 떡갈나무에 기대세웠다. 펜베리는 몸을 웅크렸다. 램프 불 냄새를 맡을 수 있을 정도로 가까웠다.

"플래트는 죽었습니까?" 경감이 물었다.

"그런 것 같소." 오고먼이 대답했다. "그러나 그 문제는 의사에게 맡기는 편이 좋겠지요. 거기 살인범의 나이프가 있소. 아무도 만져서는 안 됩니다. 지금 곧 경찰견을 데리고 오겠소."

"아주 좋은 생각입니다. 이런 경우 안성맞춤의 방법이지요. 범인은 아직 멀리 달아나지 못했을 겁니다."

경감이 만족스러운 듯이 두 손을 맞잡고 있는 동안 오고먼은 가로수 길로 말을 달려 저택 쪽을 향해 사라졌다.

1분도 못 되어 암흑 속에서 굵직하고 낮은 소리로 개가 짖어댔다. 이어서 자갈을 밟는 발소리가 들렸다. 이윽고 동그란 불빛 속으로 사지가 늘어지고 여윈 듯한 모습의 개 세 마리와 두 명의 사나이가 나타나더니 빠른 걸음으로 다가왔다.

"자, 경감님!" 장군이 큰 소리로 말했다. "한 마리 부탁합니다. 나도 두 마리를 한꺼번에 잡을 수는 없으니까요."

경감은 얼른 나와 가죽끈을 하나 잡았다. 장군은 개를 땅바닥에 떨어져 있는 나이프 쪽으로 끌고 갔다. 펜베리는 나뭇가지 사이로 아래를 내려다보며 마치 제삼자와 같은 호기심을 가지고 큰 개의 모습을 지켜보았다. 높은 뒤통수, 주름진 이마, 음침해 보이는 개는 몸을 굽히고 의심스러운 듯이 땅바닥에 떨어진 칼의 냄새를 맡기 시작했다.

한동안 개는 칼의 냄새를 맡으며 꼼짝도 하지 않더니 이윽고 몸을 획 돌려 코끝을 땅바닥에 대고 이리저리 움직였다 그러다가 갑자기 머리를 쳐들고 크게 짖더니 코를 땅에 대고 장군을 끌어당기며 떡갈나무와 느릅나무 사이로 달려갔다.

이어서 경감이 잡고 있는 개를 칼이 있는 곳으로 끌고 갔다. 잠시 뒤 그 개도 가죽끈에 이끌려 장군의 뒤를 따라 날듯이 달려갔다.

세 번째 개를 데리고 나온 베일리가 형사부장에게 말했다.

"이 개들은 절대로 잘못 맡는 일이 없답니다. 두고 보십⋯⋯."

채 말이 끝나기도 전에 그 개 역시 가죽끈에 이끌려 장군과 경감 뒤를 쫓아 달려갔다. 그 뒤를 핸포드가 따라갔다.

형사부장은 익숙한 솜씨로 쇠고리를 잡아 나이프를 주워 올리더니 손수건에 싸서 주머니에 넣었다. 그리고 나서 그도 개를 쫓아 뛰어갔다.

펜베리는 언짢은 미소를 지었다. 예상 밖의 곤란을 겪었으나 계획이 꼭 맞아들어간 셈이다. 저 보기 싫은 여자들만 사라지면 이제 도망칠 길은 활짝 열려진 거나 다름없으므로 얼마든지 달아날 수 있을 텐데 생각하며 그는 점점 멀어져가는 개짖는 소리에 귀를 기울였다. 그리고 아직도 꾸물거리며 나타나지 않는 의사를 저주했다.

'이 바보 같은 의사녀석! 이것이 내 생사의 고비라는 것을 모른단 말인가? 악질적인 의사는 전혀 책임감이 없어서 탈이라니까.'

갑자기 그의 귀에 자전거 벨 소리가 들렸다. 새로운 불빛이 가로수 길에 나타나자 한 대의 자전거가 참극의 현장으로 달려왔다. 그리고 초로의 신사가 시체 옆으로 뛰어내렸다. 그는 자전거를 패튼 부인에게 맡기고 시체 위로 몸을 굽혀 손목을 잡아보고 눈까풀을 뒤집어본 다음 그 눈앞에 성냥불을 들이대보더니 몸을 일으켰다.

"정말 안됐군요, 패튼 부인. 가엾게도 이미 숨이 끊어졌습니다. 집 안으로 옮기는 게 좋겠는데, 당신들도 좀 거들어줘야겠소. 당신들 둘이서 양쪽 다리를 들으시오, 나는 어깨를 들 테니." 그는 말했다.

펜베리는 그들이 시체를 들고 비틀거리면서 가로수 길로 걸어가는 것을 내려다보고 있었다. 그들의 비틀거리는 발소리가 사라지고 저택 문이 닫히는 소리가 들렸다. 먼 목초지 쪽에서 이따금 개짖는 소리가 들려올 뿐, 그 밖에는 아무 소리도 나지 않았다. 아마 그 의사가 자기 자전거 있는 곳으로 다시 돌아오겠지만, 당장은 방해꾼이 없는 셈이다. 펜베리는 뻣뻣해진 몸을 일으켰다. 손으로 움켜잡았던 부분에 두 손이 들러붙어 있었다. 손이 끈적끈적했기 때문이다. 그는 재빨리 나무에서 내려와 잠시 귀를 기울이고 있었다. 이윽고 자전거의 램프 불빛을 피하며 조금 돌아서 살짝 가로수 길을 가로질러 그 자리를 떠났다. 그는 소프 마을 쪽의 목초지를 가로질러갔다.

그날 밤은 몹시 어두워 목초지에 사람그림자 하나 보이지 않았다. 어둠 속을 노려보며 성큼성큼 발걸음을 재촉하다가 가끔 멈춰서서 귀를 기울였다. 그러나 멀리서 들리는 개짖는 소리 외에는 아무 소리도 들려오지 않았다. 그의 집에서 그다지 멀지 않은 곳에 나무다리가 놓인 깊은 냇물이 있었던 것이 생각나 그쪽으로 발길을 돌렸다. 자기의 모습을 보면 누구나 금방 범인으로 단정하리라는 것을 잘 알고 있었으므로 냇물에 이르자 몸을 굽혀 두 손과 손목을 씻기 시작했다. 몸을 굽혔을 때 나이프가 가슴주머니에서 빠져나와 냇가 얕은 물속으로 빠졌다. 그는 나이프를 찾아내어 되도록 먼 진흙 속으로 깊숙이 던져넣었다. 그리고 나서 물풀로 두 손을 닦고 다리를 건너 집으로 돌아왔다.

뒷문 쪽으로 다가가 가정부가 부엌에 있는 것을 확인한 다음 열쇠로 살그머니 앞문을 열고 재빨리 침실로 들어갔다. 그리고 온몸을 욕조에서 씻고 변색한 물이 남지 않도록 뒤처리를 했다. 그리고 나서 옷을 갈아입고 벗은 옷은 여행가방 속에 집어넣었다.

이런 일을 완전히 마쳤을 때 저녁식사 시간을 알리는 종소리가 울렸다. 옷차림을 깨끗이 갖추고 식탁 앞에 앉은 그는 조용하고 밝은 태도로 가정부에게 말했다.

"런던에서의 볼일이 아직 끝나지 않았기 때문에 내일 또 가봐야 할 것 같소."

"내일 돌아오시나요?" 가정부가 물었다.

"그럴지도 모르고 그렇지 않을지도 모르겠소. 어쨌든 그때그때의 사정에 따라 달라지는 일이니까."

무슨 사정인지, 거기에 대해서는 아무 말도 하지 않았다. 가정부도 묻지 않았다. 펜베리는 털어놓고 이야기하는 성질이 아니었다. 그는 사려깊은 사람이었다. 사려깊은 사람은 그다지 말을 많이 하지 않는 법이다.

경찰견의 적수
——의학박사 크리스토퍼 저비스의 기록

난롯불이 활활 타오르고 파이프 담배가 향긋한 연기를 조용히 뿜어내는 아침식사 뒤의 반시간은 하루 중에서도 가장 쾌적한 시간일 것이다. 음침한 하늘이 런던을 뒤덮고 차가운 공기가 거리에 가득 차 있으리라고 생각될 때, 템스 강 위의 예인선에서 못마땅한 듯한 기적소리가 사라진 뒤 얼마 안 있어 남기고 간 밤의 선물인 안개가 자욱할 때면 특히 그런 느낌이 더 든다.

그 싸늘한 가을날 아침에도 난롯불이 활활 타오르고 있었다. 슬리퍼를 신은 두 발을 불길 쪽으로 내민 나는 고양이처럼 만족감을 느끼며 끝없는 생각에 잠겨 있었다. 이윽고 손다이크가 불만스러운 듯 투덜거리는 소리에 나는 관심이 쏠렸다. 그래서 나른한 기분으로 그를 돌아보았다. 그는 사무용 가위로 아침 신문기사 중 눈에 띄는 부분을 오려내고 있었는데, 그 손을 멈추고 작은 신문조각을 엄지손가락과 집게손가락으로 집어 올렸다.

"또 경찰견이군." 그는 말했다. "머지않아 불 속에 죄인의 손을 집어넣는 법을 시행하자는 이야기를 듣게 되겠는걸."

"오늘 같은 아침에는 지극히 기분 좋은 방법이기도 하지." 나는 만족스러운 듯이 두 발을 비비면서 말했다. "그런데 지금 이야기는 무언가?"

그가 대답하려는 순간 작은 놋쇠 노커 소리가 날카롭게 울려 우리의 평온함을 휘젓는 방해자가 찾아왔음을 알렸다. 손다이크가 문 앞까지 나가 제복차림의 경감을 방으로 안내해 들어왔다. 나는 일어나서 난롯불 쪽으로 등을 돌리고, 육체적인 만족감과 함께 용건 쪽에도 관심을 돌리려고 했다.

"손다이크 박사님이시지요?"

손다이크가 고개를 끄덕이자 경감은 곧 다시 말을 계속했다.

"나는 베이스포드 경찰서의 폭스 경감입니다. 아침신문을 보셨으리라 여깁니다만……."

손다이크는 오려낸 조각을 집어들고 의자를 불 옆으로 끌어당기며 아침식사는 했느냐고 경감에게 물었다.

"고맙습니다, 아침식사는 했습니다. 아침 일찍 당신을 찾을 생각으로 어젯밤 늦게 열차를 타고 올라와 호텔에서 하룻밤 잤지요. 신문에서 보신 바와 같이 우리는 우리 동료 한 사람을 체포해야만 했습니다. 이것은 어딘지 모르게 뒷맛이 쓴 일로서……."

"물론 그러시겠지요."

"그렇습니다. 경찰을 위해서만이 아니라 일반사람들을 위해서도 면목이 서지 않는 일입니다. 그러나 우리는 그렇게 하지 않을 수가 없었습니다. 달리 방법이 없었으니까요. 그러나 우리로서는 경찰을 위해서, 그리고 용의자 자신을 위해서도 가능한 한 기회를 주고 싶습니다. 그래서 주경찰부장께서 이 사건에 대한 당신의 의견을 듣고 싶어하십니다. 당신이라면 용의자를 위해 도움을 주시리라고 생각합니다."

"자세한 이야기를 듣고 싶군요." 손다이크는 서랍에서 메모지를 꺼내가지고 안락의자에 앉으며 말했다. "처음 시작에서부터 당신이 알고 있는 것을 다 말씀해 주시겠습니까?"

"네, 좋습니다." 경감은 헛기침을 하고 나서 이야기를 시작했다. "우선 피해자에 대해서 말씀드리지요. 피해자는 플래트라는 사나이로 퇴직한 간수였는데, 얼마 전 오고먼 장군 댁에 집사로 고용되었습니다. 장군은 전직 교도소장으로서, 많은 경찰견을 기르고 있는 것으로 알려져 있지요. 당신도 들으셨으리라고 생각합니다만. 그런데 플래트는 어젯밤 런던에서 열차를 타고 6시 30분쯤 베이스포드에 도착했습니다. 차장도, 개찰계원도, 짐꾼도 그의 모습을 보았다고 증언했습니다. 짐꾼은 그가 6시 37분에 역에서 나가는 것을 분명히 보았다고 합니다. 오고먼 장군의 저택은 역에서 800미터쯤 떨어진 곳에 있습니다. 7시 5분 전에 장군과 핸포드라는 신사, 그리고 장군 저택의 가정부인 패튼 부인이 저택으로 통하는 가로수 길에서 그가 죽어 있는 것을 발견했습니다. 그는 나이프에 찔려 있었습니다. 그 근처가 피투성이였지요. 나이프는 노르웨이식이었는데, 시체에서 가까운 땅바닥에 나뒹굴고 있었습니다. 패튼 부인은 누군가가 가로수 길에서 도움을 청하며 외치는 것 같아서 마침 플래트가 돌아올 시간이었으므로 각등을 들고 나갔다가 장군과 핸포드 씨를 만난 것입니다. 그리고 세 사람이 동시에 시체를 발견한 모양입니다. 곧 핸포드 씨가 자전거로 경찰서에 달려와 사건을 신고했습니다. 나는 의사를 부르러 사람을 보내고 형사부장과 함께 핸포드 씨를 따라서 현장으로 달려갔습니다. 7

시 12분쯤 현장에 도착하자 장군은 자신이 기르고 있는 경찰견을 끌고 나와 그 나이프의 냄새를 맡게 했습니다. 그때까지 장군은 말을 타고 가로수 길 양쪽에 있는 목초지를 돌아다녔는데, 결국 아무것도 찾아낼 수가 없었답니다. 세 마리의 개는 냄새를 맡자 곧——나도 한 마리의 가죽끈을 쥐고 있었습니다——한순간도 망설이지 않고, 멈춰 서지도 않고, 목초지를 가로질러 오솔길의 둔덕과 둑을 넘어 우리를 끌고 갔습니다. 시내로 들어서자 개들은 차례로 길을 가로지르더니 경찰서로 향했습니다. 그리고 열려진 현관으로 뛰어들어가 무언가 쓰고 있던 엘리스라는 임시고용원의 책상 앞으로 곧장 돌진했습니다. 개들이 엘리스에게 덤벼들려고 무섭게 으르렁댔으므로 말리느라 아주 혼이 났습니다. 엘리스는 유령처럼 새파래졌습니다."

"그때 그곳에는 그 말고 또 누가 있었습니까?"

"네, 경관 두 사람과 사환이 있었습니다. 우리는 그들 쪽으로 개들을 끌고가 보았으나 전혀 쳐다보지도 않았습니다. 개들은 엘리스만 노리고 있었습니다."

"그래서요?"

"물론 우리는 엘리스를 체포했습니다. 달리 어쩔 수가 없었으니까요. 어쨌든 장군이 그곳에 버티고 있었으므로……."

"장군이 그 일과 무슨 관계가 있습니까?"

"장군은 치안판사로, 전에 다트무어 교도소장이었지요. 그의 경찰견이 엘리스를 지목한 셈이니 우리로서는 아무래도 그를 체포하지 않을 수 없었습니다."

"그 용의자에게 불리한 사실이 있습니까?"

"있습니다. 그와 플래트는 분명 사이가 좋지 않았습니다. 두 사람은 오랜 친구였습니다. 플래트가 포틀랜드 교도소의 간수로 있을 때 엘리스는 그곳 경비원으로 일했지요. 엘리스는 왼쪽 검지손가락이 잘라졌으므로 연금을 받기로 하고 퇴직했는데, 요즘 두 사람은 한 여자——장군 댁 하녀——를 둘러싸고 좋지 않은 감정을 품게 되었답니다. 아무래도 아내가 있는 엘리스가 그 젊은 여자에게 너무 마음을 쏟았던 모양입니다. 아무튼 플래트는 그렇게 생각했기 때문에 엘리스에게 다시는 저택에 발을 들여놓지 말라고 고함을 쳤습니다. 그뒤 두 사람은 말도 하지 않는 사이가 되어버렸습니다."
"엘리스라는 사나이는 어떤 사람입니까?"
"우리는 아주 호인으로 생각하고 있었습니다. 온순하고 끈기 있고 상냥하며 파리 한 마리 잡지 못하는 사나이입니다. 우리들도 모두 그에게 호감을 가지고 있었고, 사실 플래트보다 훨씬 좋아했습니다. 살해된 사나이는 세상의 온갖 일을 다 겪은, 말하자면 교활하고 조금 비열한 사나이였습니다."
"물론 용의자의 신체검사를 하여 조사해 봤겠지요?"
"네, 물론입니다만 의심스러운 건 아무것도 없었습니다. 다만 지갑을 두 개 가지고 있었지요. 하나는 작은 돼지가죽지갑인데, 어제 소프 마을로 가는 오솔길에서 주웠다고 하더군요. 그것을 부정할 만한 근거는 없습니다. 플래트의 것은 아니었습니다."
손다이크는 그것을 메모해 놓고 나서 물었다.
"용의자의 옷에 핏자국이나 무슨 증거 같은 게 없었습니까?"
"네, 아무 증거도 없었고 이상도 없었습니다."
"그의 몸에 이를테면 상처나 긁힌 자국 또는 타박상의 흔적 같은 것도 없었습니까?"
"전혀 없었습니다." 경감이 대답했다.
"몇 시에 그를 체포했습니까?"
"정각 7시 30분입니다."
"그의 행적을 확인해 보았습니까? 살인현장 가까이 가 있었던가요?"

"그는 소프 마을에 가 있었으므로 그 근처를 지났는지도 모릅니다. 그리고 여느 때보다 좀 늦게 돌아왔습니다. 그보다 더 늦게 돌아오는 일도 가끔 있었습니다."

"다음으로 그 피해자에 대한 일인데, 검시는 끝났습니까?"

"네, 런던에 오기 전에 힐스 의사로부터 보고를 받았습니다. 등 왼쪽에 나이프에 찔린 깊은 상처가 일곱 군데나 있었답니다. 바닥에 굉장히 많은 피가 흘러 있었으므로, 플래트는 1, 2분 동안 다량출혈로 말미암아 사망한 것으로 본다고 의사는 추정했습니다."

"그 상처의 상태가 발견된 나이프와 꼭 들어맞았습니까?"

"나도 똑같은 질문을 했는데 의사는 '꼭 들어맞았다'고 말했습니다, 어느 특정한 나이프라고 단정하려고는 하지 않았습니다만. 그러나 그것은 그다지 중요한 일이 아니라고 봅니다. 그 나이프는 피가 잔뜩 묻은 데다 시체 바로 옆에서 발견됐으니까요."

"그런데 그 나이프는 어떻게 했습니까?"

"형사부장이 집어서 자기 손수건에 싸가지고 주머니에 넣어 두었습니다. 나는 그것을 받아 손수건에 싼 채 송달함에 넣고 잠가두었구요."

"그 나이프가 용의자의 소지품으로 확인되었습니까?"

"아니오."

"현장에는 발자국이라든가 격투의 흔적 같은 것이 있었습니까?"

경감은 마음이 약해진 듯 소리 없이 웃었다.

"물론 현장을 조사한 것은 아닙니다만, 장군의 말 발자국이며, 말에서 내려 걸어다닌 장군의 발자국을 비롯하여 나와 정원사와 형사부장이 짓밟았고, 핸포드 씨는 왔다갔다 두 번이나 밟고 다녔기 때문에 짐작하실 수 있겠지만 현장은 전혀……."

"그래요? 좋습니다, 경감님. 용의자를 위해 돕는 일을 기꺼이 승낙하겠습니다. 용의자에게 불리한 사실이라는 것이 어떤 면에서 좀 결정적이지 않다는 생각이 드는군요."
경감은 솔직히 놀라운 빛을 나타내보였다.
"나로서는 전혀 그렇게 생각되지 않는데요."
"그래요? 아무튼 그건 다만 내 개인의 견해에 지나지 않습니다. 그건 그렇고, 맨 먼저 해야 할 일은 당신과 함께 현장에 가서 여러 가지 문제를 조사하는 것이겠지요."
경감은 기꺼이 찬성했다. 경감에게 신문을 건네주고 나서 우리 두 사람은 연구실로 들어가 열차시간표를 보고 수사준비를 했다.
"자네도 가겠지, 저비스?" 손다이크가 말했다.
"도움이 된다면." 나는 대답했다.
"물론 도움이 되지. 두 개의 머리는 하나보다 낫고, 상황으로 보건대 우리의 머리만이 어느 정도 사려깊은 두뇌가 될 것 같으니까 말일세. 물론 저 조사용 트렁크도 가지고 가야겠지만, 카메라도 준비해 가는 편이 좋을 것 같네. 지금부터 20분 뒤 체링 크로스에서 오는 열차가 있네."
열차가 발차하고 나서 반시간 동안 손다이크는 콤파트먼트 구석에 앉아서 메모지를 들여다보기도 하고, 생각에 잠긴 눈초리로 창밖을 내다보기도 했다. 나는 그가 이 사건에 흥미를 느끼는 것 같아 되도록이면 그의 상념의 흐름을 방해하지 않도록 조심하고 있었다. 한참 뒤 그는 메모지를 옆에 놓고 여유 있는 표정으로 파이프에 담배를 담기 시작했다. 그러자 초조하게 기다리고 있던 경감이 곧 입을 열었다.
"엘리스의 혐의를 풀 방법이 있다고 생각하십니까?"
"그 용의자를 위해 주장해야 할 일이 많이 있다고 생각됩니다. 사실 그에게 불리한 증거는 아주 조금밖에 없다는 것을 말해두고 싶군요."
경감은 숨을 헐떡였다.
"그러나 나이프는? 나이프에 대한 것은 어떻게 됩니까?"
"그 나이프에 어떤 일이 얽혀 있는가? 그것이 누구의 나이프였는가? 나이프에 피가 잔뜩 묻어 있었지만, 과연 누구의 피인가? 이런 것들을 전혀 모르는 상태입니다. 만일 그것이 살인범의 나이프라 가정하고 검토해 봅시다. 그렇게 되면 거기에 묻어 있는 것은 플래트의 피여야 합니다. 만일 그것이 플래트의 피였다면 개들은 그 냄새를 맡고――피는 강한 취적을 남기므로――당신들을 플래트의 시체 쪽으로 끌고 갔을 것입니다. 그런데 개들은 그렇게 하지 않고 다른 곳으로 갔습니다. 이 사실로 추정하면 나이프에 묻은 피는 플래트의 피가 아니었던 것입니다."
경감은 제모를 벗고 뒤통수를 쓰다듬었다.
"정말 옳으신 말씀입니다. 우리는 아무도 거기까지는 생각이 미치지 못했군요."
"그리고 그 나이프가 플래트의 것이었다고 가정해 봅시다. 그러면 그 나이프는 자기를 방어하기 위해 사용되었을 것입니다. 그러나 그것은 노르웨이식 나이프로, 다루기 힘든 도구입니다. 전혀 무기가 될 수 없는 물건인데다 날을 세우는 데 시간이 걸리지요. 두 손을 다 써서 해야 하니까요. 그런데 플래트의 두 손은 비어 있지 않았습니까? 습격을 받은 뒤로는 물론 그냥 있지 않았을 겁니다. 일곱 군데나 상처를 입고 더욱이 모두 등 왼쪽을 찔렸다는 사실은, 그가 범인을 꽉 잡아 눌러 범인의 두 팔이 그의 등으로 돌아가 있었다는 것을 나타내고 있습니다. 덧붙여 말하자면 이것은 또 범인이 오른손잡이라는 점을 나타내주고 있습니다. 그러나 역시 그 나이프가 플래트의 것이었다고 가정해 봅시다. 그럼, 거기에 묻은 피는 범인의 것으로 보아야 합니다. 그렇다면 범인은 상처를 입었을 겁니다. 그런데 용의자는 아무 상처도 입지 않았습니다. 따라서 용의자는 범인이 아니라고 볼 수 있지요. 즉 그 칼은 전혀 우리에게 도움이 되지 않는 셈입니다."

경감은 두 볼을 부풀리고 살짝 한숨을 내쉬었다.

"나로서는 점점 더 아리송해질 뿐입니다. 어쨌든 그 경찰견들의 행동을 부정할 수는 없잖습니까? 그 나이프가 엘리스의 것임을 개들이 명백히 증명해 보여주고 있으니까요. 거기에 대해서는 나로서는 도저히 설명할 수가 없군요."

"진술이 없으니 설명할 수가 없지요. 경찰견들은 당신에게 아무 말도 하지 않았습니다. 당신은 개들의 행동으로 어떤 추측을 하고 있으나, 그 추측은 어쩌면 전적으로 잘못된 것인지도 모릅니다. 따라서 개들의 행동도 전혀 증거가 될 수 없습니다."

"당신은 경찰견이라는 것을 그다지 높이 평가하지 않는 것 같군요."

"범죄수사의 앞잡이로는 도움이 되지 못한다고 생각합니다. 경찰견을 증인석에 세울 수는 없고 알아들을 수 있는 진술도 끌어낼 수 없습니다. 경찰견이 무엇을 알고 있다 하더라도 그것을 전할 수가 없습니다. 사실 경찰견을 범죄수사에 동원한다는 방식 자체가 무언가 잘못된 겁니다. 미국의 농장에서는 도망친 노예를 잡는 데 개들을 사용하여 많은 효과를 얻었지요. 노예는 이미 알고 있는 사람이므로 그 소재만 알아내면 되었습니다. 그러나 범죄수사의 경우는 문제가 다릅니다. 경찰은 이미 알고 있는 사람의 소재를 확인하려는 것이 아니라 알지 못하는 사람의 실체를 알아내려고 합니다. 그러므로 경찰견은 이 목적에 맞지 않습니다. 개들이 정말 그런 실체를 발견해낼지도 모르지만 그들이 안 일을 전달할 수는 없습니다. 범인이 미지의 인물이라면 개들은 그를 확인하여 증언할 수 없으며, 이미 아는 자라면 굳이 경찰견을 필요로 하지 않을 것입니다."
손다이크는 잠시 말을 끊고 한숨 돌렸다.
"이번 사건에서 쓴 수사의 앞잡이는——경찰견이 여기에 동원된 셈인데——심령론자식으로 말하자면 우리와 '감통'하지 않고, 거기에 끼어드는 '영매'도 없습니다. 경찰견은 후각이 특히 발달되어 있으나 사람의 그것은 극히 미발달상태에 있습니다. 경찰견은 말하자면 취기(臭氣)의 언어로 생각하지만, 그 생각의 결과를 후각의 발달이 시원치 않은 사람에게 전달해 줄 수 없습니다. 한 자루의 나이프를 본 경찰견이 어떤 취기의 특성이 거기 있다는 것을 발견하고 그와 동일하거나 관련 있는 취기의 특성이 밴 땅바닥이나 어떤 사람 즉 엘리스 씨에게 있음을 발견해도 우리로서는 그것을 입증할 수도 그 발견을 확인할 수도 없습니다. 그러면 우리는 무엇을 할 수 있을까요? 그 나이프와 엘리스 씨 사이에 어떤 관련된 냄새가 있는 모양이라고 여길 수밖에 없습니다. 그러나 그 관련의 성질이 확인되지 않는 한 증거로서의 가치나 의의를 인정할 수는 없습니다. 그 밖의 '증거'들은 당신들과 장군의 상상이 만든 것에 지나지 않습니다. 현재로 보아 엘리스 씨에게 불리한 것은 아무것도 없습니다."
"살인이 일어났을 때 그는 현장 가까이 있었을 겁니다."
"아마 다른 사람들도 그랬으리라고 생각합니다. 그럼, 엘리스 씨에게 손을 씻고 옷을 갈아입을 만한 시간이 있었습니까? 범인이라면 아마 그럴 필요가 있었으리라고 여겨지는데요."
"하긴 그렇겠군요." 경감은 의아한 듯한 표정으로 동의했다.
"의심할 여지가 없습니다. 일곱 군데나 상처가 있었으니까요. 그만한 상처를 입히려면 상당한 시간이 걸렸으리라고 생각합니다. 더욱이 피해자도 얌전히 선 채 상대방에게 찔렸다고는 생각할 수 없지요. 아니, 아까도 말했듯이 실제로 상처의 위치가 결코 그렇지 않았다는 것을 보여주고 있습니다. 격투가 벌어져 두 사나이는 서로 맞잡고 드잡이를 했을 겁니다. 범인의 한쪽 손은 피해자의 등 쪽에 가 있었습니다. 아마 두 손이 다 등 쪽에 가 있었을지도 모릅니다. 한쪽 손으로 잡고, 또 한쪽 손으로 찔렀겠지요. 그렇다면 분명 한쪽 손에 피가 묻어 있었을 겁니다. 아니, 두 손에 다 묻었겠지요. 그런데 당신 이야기에 의하면 엘리스 씨에겐 전혀 피가 묻어 있지 않으며, 더욱이 씻을 시간도 기회도 없었던 것 같은데……."
"아무래도 이상한 사건입니다. 그러나 경찰견의 행동을 어떻게 설명해야 할지 나로서는 모르겠단 말입니다."
손다이크는 초조한 듯이 어깨를 으쓱했다.
"경찰견이 한 일은 아무 뜻도 없는 것입니다. 문제의 핵심은 나이프입니다. 즉 그것이 누구의 나이프였느냐, 그 나이프와 엘리스 씨 사이에는 어떤 관련이 있느냐는 거지요. 안 그런가, 저비스?" 손다이크는 마지막 말을 나에게로 던졌다. "한 가지 생각해 두어야 할 문제가 있네. 그 해답 속에 아주 기묘한 것이 있지 않을까 싶네."
우리가 베이스포드 역을 나왔을 때 손다이크는 자기 손목시계를 보고 시간을 주의했다.
"플래트가 걸어갔던 길을 안내해 주시겠습니까?"
"글쎄요……." 경감이 중얼거렸다. "그는 큰길로 갔는지도 모르고, 오솔길로 갔는지도 모릅니다. 그러나 거리상으로는 약간의 차이밖에 없습니다."
베이스포드를 등지고 우리는 서쪽을 향해 소프 마을 쪽으로 발길을 옮겼다. 조금 뒤 오른쪽에 오솔길로 접어드는 둔덕이 있는 곳을 지나쳐갔다.

"저 오솔길은 가로수 길의 중간쯤을 가로지르고 있습니다." 경감이 설명했다. "그러나 이 큰길을 따라가는 것이 나을 겁니다."

거기서 400미터쯤 가자 양쪽으로 열리는 녹슨 철문 앞에 서게 되었다. 한쪽 문이 열려 있었다. 그리로 들어가자 양쪽으로 나무들이 늘어선 넓은 찻길이 있었으며, 그 양옆으로 펼쳐진 넓은 목초지가 나무줄기 사이로 보였다. 훌륭한 가로수 길이었다. 마침 가을이라 노란 잎이 머리 위로 우거져 있었다.

문에서 150미터쯤 가자 경감이 멈춰서며 말했다.

"여기가 현장입니다."

손다이크는 또 시계를 보았다.

"꼭 9분 걸리는군. 피해자는 7시 14분 전쯤 여기 닿아 7시 5분 전에 시체로 발견되었으니까 도착한 뒤 9분이 지난 셈이군. 그때 살인범은 멀리 도망치지 못했을 거요."

"그렇습니다. 아주 새로운 지적이십니다." 경감이 대답했다. "우선 시체를 보고 싶다고 하셨지요?"

"그렇습니다, 그리고 가능하다면 나이프도."

"나이프는 경찰서에서 가져와야 합니다. 사무실의 송달함에 넣고 잠가뒀으니까요."

경감은 저택 안으로 들어가 경찰서로 사람을 보내고 나서 다시 돌아와 시체가 안치되어 있는 별채로 안내했다. 손다이크는 재빨리 상처와 옷구멍을 조사했다. 그러나 특별히 무엇을 시사하는 점은 없었다. 사용된 흉기는 칼등이 두껍고 한쪽에만 날이 서 있는 나이프로, 경감이 이야기한 대로였다. 상처 둘레가 변색된 점으로 보아 흉기는 아주 두꺼운 노르웨이식 나이프였으며, 그 나이프에 무참히 찔렸다는 것을 알 수 있었다.

"뭔가 진상이 밝혀질 듯한 점이 있습니까?"

조사가 끝나자 경감이 물었다.

"나이프를 보기 전에는 뭐라고 말할 수 없습니다. 나이프를 가져올 때까지 참극의 현장에 가봅시다. 이것이 피해자의 부츠란 말이지요?"

손다이크는 튼튼한 끈이 달린 부츠를 테이블에서 집어들고 바닥 쪽을 경감에게 보였다.

"그렇습니다. 이것이 플래트의 부츠입니다. 범인이 이것을 신고 있었다면 문제없이 잡을 수 있을 텐데. 이 블라케식 안전장치는 상표처럼 눈에 잘 띄니까요."

"아무튼 이것도 가지고 갑시다." 손다이크가 말했다.

경감이 그 부츠를 받아들자 우리는 밖으로 나가 다시 가로수 길 쪽으로 발길을 돌렸다.

살인현장은 찻길 한쪽 자갈 위에 거무스름한 큰 '얼룩'이 묻어 있었으므로 금방 알 수 있었다. 그것은 두 그루의 나무——짧게 다듬은 자작나무와 느릅나무——중간에 자리잡고 있었다. 느릅나무 옆에는 마디가 많고 키가 작달막하여 줄기의 높이가 2미터쯤 되어보이는 짧게 자른 떡갈나무가 있었는데, 세 개의 굵은 줄기 가운데 한 개는 가로수 길 한가운데에까지 구부정하게 뻗어나가 있었다. 그리고 이 두 나무 사이의 지면에는 말발굽자국 위에 사람과 개의 발자국이 사방으로 흩어져 있었다.

"나이프가 발견된 곳은 어디입니까?" 손다이크가 물었다.

경감은 찻길 한복판쯤, 거의 자작나무 앞이라고 할 수 있는 곳을 가리켰다. 손다이크는 큰 돌을 집어서 그 자리에 놓았다. 그리고 깊이 생각에 잠긴 듯한 태도로 현장을 관찰하고, 그 자리 쪽을 바라보며 서 있는 나무들을 찻길에서 둘러보았다. 이윽고 그는 느릅나무와 떡갈나무 사이를 천천히 거닐며 땅바닥을 조사했다.

"발자국이 부족하지는 않군."

짓밟힌 땅바닥을 내려다보며 그는 무게 있게 말했다.

"그러나 문제는 누구의 발자국이냐입니다." 경감이 말했다.

"그렇지요, 그게 문제지요." 손다이크가 동의했다. "그럼, 피해자의 발자국을 찾아내어 해결해 보기로 합시다."

"플래트의 발자국이 무슨 도움이 된단 말입니까? 그가 이곳에 있었던 것만은 명백한 사실입니다."

손다이크는 깜짝 놀라 경감을 바라보았다. 사실 나도 그 얼빠진 의견에 깜짝 놀랐다. 런던 경시청의 수완 있는 경관들만 상대해 왔기 때문이다.

느릅나무 주위를 왔다갔다하며 열심히 땅바닥을 들여다보고 있던 손다이크가 마침내 입을 열었다.

"범인을 추적한 자들은 이 느릅나무와 떡갈나무 사이로 떠난 모양이군요. 다른 지면은 깨끗한 것 같습니다. 음, 이 풀밭과 경계가 되는 부드러운 흙 위에 앞이 뾰족한 조금 작은 구두 발자국이 있군. 발의 크기와 걸음폭으로 보아 분명히 몸집이 작은 사나이며, 추적자 일행에 끼어 있던 자는 아닌 것 같습니다. 그러나 피해자의 발자국은 하나도 없습니다. 단단한 자갈길 쪽에서 나온 것인지도 모르겠군요."

그는 땅바닥을 들여다보면서 천천히 자작나무 쪽으로 걸어가더니 갑자기 멈춰 서서 몸을 굽히고 정신없이 땅바닥을 들여다보았다. 경감과 내가 가까이 다가가자 그는 허리를 펴며 가리켰다.

"피해자의 발자국이 있소. 희미하긴 하지만 틀림없이 그의 것입니다. 경감님, 이 발자국의 중요성을 아시리라고 생각합니다. 이것은 다른 발자국과 관련되어 시간적 요소를 말해주고 있습니다. 이것을 본 다음에 저것을 보십시오."

그는 죽은 사나이의 희미한 발자국 하나와 또 하나의 다른 발자국을 가리켰다.

"격투의 증거가 있다는 말씀이시군요?" 경감이 물었다.

"그뿐만이 아닙니다. 여기서 피해자의 발자국 하나가 작고 뾰족한 발자국을 밟고 있으며, 저쪽 자갈길 끝에서 또 하나 피해자의 발자국에 밟혀서 거의 지워져버린 흔적이 있습니다. 분명 최초의 뾰족한 발자국은 피해자의 발자국보다 먼저 난 것이고, 두 번째 발자국은 피해자의 것보다 나중에 생긴 것입니다. 따라서 뾰족한 발자국의 사나이는 피해자와 함께 이 자리에 있었다고 추측해야 합니다."

"그럼, 그 사나이가 살인범임에 틀림없습니다!"

경감이 소리를 질렀다.

"아무래도 그런 것 같습니다. 그럼, 그 사나이가 어느 방향으로 갔는지 알아봅시다. 첫째, 그 사나이는 이 나무 가까이에 서 있었습니다."

손다이크는 자작나무를 가리켰다.

"그런 다음 저 느릅나무 쪽으로 갔군요. 이 발자국을 더듬어가 봅시다. 자, 보십시오. 느릅나무 앞을 지나쳐가고 있습니다. 이 발자국이 자작나무 있는 곳에서부터 계속되어 격투의 발자국과 섞여 있지 않은 것은 분명합니다. 그러므로 아마 이것은 살인이 이루어진 뒤에 생겼을 겁니다. 그리고 이 발자국이 나무 뒤쪽 가로수 길 바깥쪽으로 지나갔다는 것도 분명히 알아볼 수 있습니다. 이것은 무엇을 암시하고 있는 것일까요?"

완전히 손을 든 표정으로 경감이 고개를 가로저었을 때 내가 말했다.

"그 사나이가 몰래 이곳을 도망칠 때 누군가가 가로수 길에 있었던 게 아닐까?"

"맞았네! 피해자가 나타난 지 겨우 9분 뒤 시체가 발견되었으니까 범행을 해치우는 데만도 시간이 빠듯했을 걸세. 그런데 이때 누가 부르는 듯한 목소리를 듣고 가정부가 각등을 가지고 나왔네. 동시에 장군과 핸포드 씨가 찻길로 다가왔지. 그리하여 그 사나이는 들킬까봐 나무 뒤로 슬쩍 몸을 숨긴 게 아닐까? 이 발자국을 더듬어 가보세. 이 발자국은 느릅나무 앞을 지나 다음 나무 뒤로 가고 있네. 아니, 잠깐만, 좀 이상한데……."

손다이크는 떡갈나무 뒤로 돌아가 그 밑둥 옆의 부드러운 땅바닥을 내려다보았다.

"다른 발자국보다 훨씬 깊이 파인 발자국이 여기 두 개 있네. 발끝이 나무 쪽을 보고 있으니 이것은 계속되는 발자국의 일부가 아닐세. 자네는 이걸 어떻게 생각하나?"

대답을 기다리지도 않고 손다이크는 그 나무의 줄기, 특히 지면에서 1미터쯤 되는 곳에 있는 마디많은 큰 나무줄기를 자세히 조사하기 시작했다. 그 나무 윗부분 껍질에 무언가가 나무와 마찰되어 내려간 듯한 흠이 수직으로 나 있고, 마디에서 비어져나온 작은 삭정이가 새로 꺾여져서 땅바닥에 떨어져 있었다. 그런 증거들을 가리키며 손다이크는 마디에 한쪽 발을 걸치고 나무 위로 기어올라가 세 개의 굵은 가지가 갈라져나온 수관 위로 눈길을 보냈다.

"오!" 그는 소리를 질렀다. "여기 훨씬 명확한 증거가 있군."

또 하나의 마디에 발을 걸치고 수관으로 기어 올라가더니 그는 재빨리 우리를 돌아보며 손짓했다. 내가 마디에 발을 걸치고 수관 위로 눈을 옮기자 그 끝에 갈색 광택을 띤 손자국이 있었다. 이윽고 내 뒤를 따라 경감이 재빨리 올라왔다. 우리 두 사람은 손다이크의 옆, 세 개의 가지가 갈라지는 중간에 섰다. 거기서 가로수 길로 뻗어나간 가지 위쪽을 보니 이끼가 낀 나무 표면에 손가락을 벌린 적갈색의 두 손자국이 나 있었다. 그 가지 위로 몸을 내밀며 손다이크가 말했다.

"몸집이 작은 사나이임을 알 수 있습니다. 나는 이처럼 아래쪽에 손을 놓을 수가 없으니까요. 그리고 둘째손가락이 가지런히 놓여 있으니 이건 분명 엘리스 씨의 손자국이 아닙니다."

"이 손자국이 살인범의 것이라고 하신다면······." 경감이 말했다.
"나는 그럴 리가 없다고 말하고 싶습니다. 당신 말이 옳다면, 우리가 경찰견을 끌고 그 사나이를 찾는 것을 당사자는 여기서 내려다보고 있었다는 말이 되니까요. 경찰견이 있었다는 사실이 그 사나이가 살인범일 리가 없다는 것을 증명해 주고 있습니다."

"그러나 손이 피투성이가 된 사나이가 있었다는 사실이 다른 증거를 뒷받침해 주고 있습니다. 즉 개들은 살인범의 뒤를 밟지 않았다는 증거를 말입니다. 아시겠습니까, 경감님? 한 사나이가 칼에 찔려 살해되었습니다. 범인의 두 손이 피투성이가 되었다는 것은 거의 틀림없는 사실입니다. 그리고 손이 피투성이가 된 한 사나이가 시체에서 몇 피트 안 떨어진 나무 위에, 더욱이 시체가 발견된 지 5, 6분밖에 지나지 않았을 때 몸을 숨겼습니다. 그것은 발자국이 증명해 주고 있습니다. 이것을 합리적으로 생각해 보면 어떤 결과가 나올까요?"

"그러나 당신은 경찰견이 있었다는 사실을 잊어버리고 계시는군요. 그리고 범인의 나이프에 대한 것도."

"한심하군요, 경감님. 경찰견에 대한 것은 끈질긴 망상에 지나지 않습니다. 아, 지금 형사부장이 찻길로 오고 있군요. 나이프를 가지고 온 모양입니다. 아마 그 나이프가 수수께끼를 풀어주겠지요."

조그마한 상자를 든 형사부장이 조금 놀란 표정으로 나무 앞에 멈춰 섰다. 우리는 나무에서 내려왔다. 그는 군대식으로 경례를 하고

계획된 살인사건 165

앞으로 나와서 송달함을 경감에게 내밀었다. 경감은 곧 열쇠로 뚜껑을 열고 손수건에 싼 것을 우리들에게 주었다.

"이것이 그 나이프입니다. 내가 받았을 때와 조금도 다름이 없습니다. 손수건은 형사부장의 것입니다."

손다이크는 손수건을 벗기고 커다란 노르웨이식 나이프를 꺼내어 날카로운 눈초리로 훑어보더니 곧 나에게 건네주었다. 내가 날을 살펴보고 있는 동안 그는 손수건을 흔들어 펼쳐서 자세히 본 뒤 형사부장에게 물었다.

"몇 시에 이 나이프를 집었습니까?"

"7시 15분쯤, 개들이 달려간 직후입니다. 나는 조심스럽게 쇠고리를 잡고 들어올려서 곧 이 손수건에 쌌습니다."

"7시 15분이라고요!" 손다이크가 다짐했다. "살인이 일어나고 반 시간도 지나지 않았을 때로군. 그렇다면 정말 이상한 일인데…… 이 손수건은 어떻게 된 거지요? 전혀 핏자국이 묻어 있지 않으니. 이것은 나이프를 집어들었을 때 거기 묻어 있던 피가 이미 말라버렸다는 것을 뜻하는 거요. 가을밤의 습도가 높은 공기 속에서는 비록 마른다 해도 더디 마를 텐데…… 내가 보기에 이 칼에 묻어 있던 피는 칼이 내던져졌을 때 이미 말라 있었던 것 같소. 그건 그렇고, 형사부장, 당신은 손수건에 무슨 향수를 뿌립니까?"

"향수라고요?" 형사부장이 깜짝 놀라 화난 듯이 되물었다. "손수건에 향수를 뿌리다니, 당치도 않은 말씀입니다. 나는 이 세상에 태어난 뒤 한 번도 향수를 쓴 일이 없습니다."

손다이크는 말없이 그 손수건을 형사부장 앞으로 내밀었다. 믿을 수 없다는 표정으로 형사부장은 그 손수건의 냄새를 맡아보았다.

"분명 향수 냄새가 납니다. 그러나 이것은 나이프 때문인 것 같습니다."

나도 그런 생각이 들어 칼자루를 코에 갖다대 보았다. 그러자 곧 가슴이 메스껍고 달콤한 사향냄새가 코를 찔렀다.

두 가지 물건의 냄새를 다 맡아보고 난 뒤 경감이 말했다.

"문제는 나이프가 손수건에 향수를 묻혔느냐, 아니면 손수건이 나이프에 향수를 묻혔느냐로군."

"형사부장의 말을 들었지요?" 손다이크가 말했다. "칼을 쌌을 때 손수건에는 아무 향수도 묻어 있지 않았습니다. 이 향내는 참으로 묘한 암시를 주는 것 같군요. 이 사건을 둘러싼 여러 가지 사실을 생각해 보십시오. 명확한 냄새의 흔적이 엘리스 씨에게 연결되어 있습니다. 그에게는 긁힌 상처도 핏자국도 찾아볼 수 없었습니다. 이것은 기차 안에서도 지적했듯이 모순된 사실입니다. 피가 말라붙은 것 같은 이 나이프는 사향 향수가 묻혀진 상태로 버려져 있었습니다. 이것은 신중히 생각하고 냉정하게 계획된 범죄라는 것을 암시해 주고 있습니다. 살인범은 장군 집에서 경찰견을 키우고 있다는 사실을 알고 자기에게서 다른 데로 관심을 돌리게 하기 위해 그 개들을 이용한 겁니다. 그 사나이는 나이프에 피를 칠하고 사향 냄새를 묻혀서 냄새의 흔적을 만들기 위해 이것을 여기에 놓아둔 것입니다. 의심할 여지도 없이 역시 사향 냄새를 묻힌 무엇인가를 끌고 가서 냄새의 흔적을 연결시킨 것으로 보입니다. 물론 이것은 암시에 지나지 않지만, 생각해 볼 가치가 있을 것입니다."

그러자 경감이 열심히 반론을 폈다.

"그러나 살인범이 이 나이프를 썼다면 그 자신의 몸에도 향내가 배어 있을 텐데요?"

"그렇습니다. 그러므로 그 사나이가 어리석은 자가 아니라면 이 칼을 쓰지 않았겠지요. 미리 이 근처 어딘가에 감춰두었다가 거기서 직접 손을 대지 않고 말하자면 막대기 같은 것으로 떨어뜨렸을 겁니다."

형사부장이 떡갈나무를 가리키며 의견을 말했다.

"이 나무가 아닐까요?"

"아니, 그렇지 않습니다. 나이프를 숨겨두었던 나무에 자신도 숨는다는 건 생각할 수 없는 일이지요. 개들이 곧 냄새를 더듬어가다 그 장소를 냄새맡게 될지도 모르니까요. 나이프를 감춰둘 만한 장소는 나이프가 발견된 데에서 가장 가까운 곳일 겁니다."

손다이크는 아까 놓아둔 돌 쪽으로 가서 사방을 둘러보았다.

"저 자작나무가 가장 가까운 것 같군요. 그 평평한 수관이 아주 편리하게 되어 있고, 키가 작은 그 사나이로서도 쉽사리 손이 닿았을 겁니다. 거기에 무슨 증거가 있나 살펴봅시다. 사다리가 없어서 안 됐습니다만, 형사부장께서 등을 좀 빌려주시겠소?"

형사부장은 쑥쓸하게 미소짓고 나무 옆에 몸을 굽혀 '말타기놀이'를 연상케 하는 자세를 취했다. 그는 무릎을 두 손으로 짚고 힘주어 팔을 버티었다. 손다이크는 튼튼해 보이는 가지를 잡고 몸을 날려 형사부장의 넓은 등 위로 올라가서 수관을 내려다보았다. 조금 뒤 그는 가지를 헤치고 수관 끝으로 올라가 한복판에 뚫린 구멍 속으로 모습을 감췄다.

그가 다시 나타났을 때 그의 손에는 아주 색다른 물건이 두 가지 들려 있었다. 도가니용 쇠가위와 검은 옻칠을 한 양철 그림붓상자였다. 그는 쇠가위를 나에게 넘겨주었으나, 그림붓상자는 자신이 조심스럽게 철사손잡이를 잡고 흔들어대며 아래로 내려왔다.

"이 물건들이 무엇을 뜻하는지 아주 뚜렷하다고 생각합니다." 손다이크가 말했다. "쇠가위는 칼을 집는데 썼고, 그림붓상자는 그것을 가져오는데 썼습니다. 즉 그렇게 함으로써 옷과 가방에 냄새가 묻지 않도록 한 것입니다. 참으로 신중하게 계획된 일입니다."

"그렇다면 그 상자 속에서도 사향 냄새가 나겠군요."
경감이 말했다.
"물론입니다. 그러나 이 상자를 열기 전에 약간 중요한 문제를 처리해 두어야겠습니다. 저비스, 그 가루를 내주게."
나는 즈크 천으로 된 '조사용 트렁크'를 열고 작은 후춧가루병 같은 것——실은 가루를 뿌릴 수 있게 된 요오드포름 병이었다——을 꺼내 그에게 주었다. 상자의 철사손잡이를 꼭 쥐고 그는 노르스름한 가루를 상자뚜껑 전체에 뿌린 다음 꼭대기를 손가락마디로 가볍게 톡톡 쳐서 잔가루가 골고루 퍼지도록 했다. 그리고 여분의 가루를 털어냈다. 잠시 뒤 두 경관은 기쁨으로 얼굴을 빛내며 숨을 삼켰다. 옻칠한 상자 표면에 완전한 소용돌이무늬의 뚜렷한 지문이 여러 개 나타났기 때문이다.
"아마 이것은 그 사나이의 오른손인 것 같군요." 손다이크가 말했다. "이번에는 왼손이오."
그는 상자 속에도 요오드포름을 뿌리고 나서 여분의 가루를 털어버렸다. 그러자 앞쪽에 노란 타원형의 반점이 나타났다.
"여보게, 저비스, 장갑을 끼고 뚜껑을 열어주지 않겠나, 내부를 조사하기로 하세."
뚜껑을 여는 일은 손쉬웠다. 공기가 통하지 않도록 하기 위해서인지 상자 윗부분에 와셀린이 칠해져 있었다. 빈 병 소리를 내며 뚜껑이 열리자 속에서 사향냄새가 향긋하게 피어올랐다. 내가 다시 뚜껑을 닫자 손다이크가 말했다.
"다음 조사는 경찰에서 하는 게 좋겠다고 생각합니다. 거기서는 지문사진도 찍을 수 있을 테니까요."
"목초지를 가로질러가는 게 가장 빠릅니다." 경감이 말했다. "경찰견들이 더듬어간 길이지요."

그리하여 우리는 그 길로 걸어갔다. 손다이크는 상자 손잡이를 살짝 들고 갔다. 경감이 걸어가면서 말했다.

"엘리스가 어째서 이 사건에 휩쓸려 들어갔는지 나로서는 이해가 안 갑니다. 비록 엘리스가 플래트에게 원한을 품고 있었다 하더라도 말입니다. 분명 엘리스와 플래트는 사이가 나빴으니까요."

"나는 잘 알 수 있을 것 같은데요." 손다이크가 대답했다. "당신 이야기에 의하면 두 사람은 예전에 포틀랜드 교도소의 직원이었다면서요? 이번 사건은 그 무렵 포틀랜드 교도소에 들어가 있던 어떤 죄수——어쩌면 자신의 정체가 탄로나서 피해자나 또는 엘리스 씨에게 협박받고 있던——가 저지른 일이 아닐까 싶습니다. 그렇다면 이 지문이 제구실을 하게 되겠지요. 그 사나이가 옛날에 죄수였다면, 지문이 경시청에 있을 겁니다. 그렇지 않다면 이 지문도 그다지 쓸모 없는 것이지요."

"옳은 말씀입니다. 당신은 엘리스를 만나보고 싶으시겠지요?"
경감이 물었다.

"당신이 말한 그 지갑을 우선 보고 싶군요. 그것이 냄새 흔적의 종점일 겁니다."

경찰서에 이르자 경감은 곧 금고를 열고 한 개의 꾸러미를 꺼내왔다. 그는 꾸러미를 풀면서 말했다.

"이것이 엘리스의 소지품입니다. 그리고 이것이 그 지갑입니다."

그는 돼지가죽지갑을 손다이크에게 건네주었다. 손다이크는 지갑을 열고 냄새를 맡아본 다음 나에게 주었다. 사향 냄새가, 특히 지갑의 작은 칸 속에서 풍겨나왔다.

"이 향기는 이 꾸러미 속의 다른 물건에도 옮았겠지."
손다이크는 하나씩 차례차례 냄새를 맡아보았다.

"그러나 내 후각은 그다지 예민하지 못하므로 전혀 냄새를 맡을 수가 없군. 하나같이 아무 냄새도 나지 않는 것 같은데. 그러나 지갑에서는 분명히 냄새가 나네. 그럼, 용의자를 데려다주겠습니까?"

형사부장이 잠긴 서랍 속에서 열쇠를 하나 꺼내들고 유치장 쪽으로 갔다. 잠시 뒤 그는 엘리스를 데리고 왔다. 힘세고 늠름해 보이는 사나이였으나 완전히 풀이 죽어 있었다.

"기운을 내게, 엘리스. 이분은 손다이크 박사님인데, 우리를 도와주시려고 오셨네. 그런데 한두 가지 자네에게 물어볼 말씀이 있으시다는군." 경감이 말했다.

엘리스는 가련하게 손다이크를 바라보며 말했다.

"나는 이 사건에 대해 전혀 모릅니다. 정말입니다. 신에게 맹세합니다."

"처음부터 나는 당신이 알고 있으리라고는 생각지 않았소. 그러나 한두 가지 당신이 이야기해 주어야 할 일이 있소. 우선 이 지갑 말입니다만, 이것을 어디서 발견했지요?"

"소프 마을로 가는 길에서 주웠습니다. 오솔길 한가운데에 떨어져 있었습니다."

"그때 누군가 다른 사람이 그 앞을 지나가지 않았소? 그러니까 당신이 누구를 만났다던가 지나쳐갔던가 하지 않았소?"

"그 지갑을 발견하기 1분쯤 전에 노동자 한 사람을 만났습니다. 그 노동자가 어떻게 그것을 보지 못했는지 아무리 생각해도 이상한 일입니다."

"아마 지갑이 거기에 없었던 모양이지요. 그곳에 혹시 산울타리가 있었소?"

"네, 낮은 둑에 산울타리가 있습니다."

"흠…… 그런데 당신이 피해자와 포틀랜드 교도소에 있을 무렵 알았던 사람이 혹시 이 근처에 살고 있소? 그러니까 전에 당신이나 피해자의 단속대상인 죄수였던 사람 말이오."

"아니오, 절대로 없다고 생각합니다. 그러나 플래트는 알고 있었을 지도 모릅니다. 그는 사람의 얼굴을 굉장히 잘 기억했으니까요."

손다이크는 무언가 생각에 잠겨 있는 듯했다.

"당신이 있을 무렵 포틀랜드 형무소에서 도망친 자가 있소?"

"한 사람 있습니다. 돕스라는 사나이인데, 갑자기 낀 안개를 틈타 바다 쪽으로 도망쳤기 때문에 익사한 것으로 알고 있습니다. 옷은 곶으로 밀려왔지만 시체는 떠오르지 않았지요. 아무튼 그 뒤로 소식이 끊어졌습니다."

"고맙소, 엘리스 씨. 당신의 지문을 찍어도 상관없겠지요?"

"좋습니다."

그는 꼭 찍어주기를 바라고 있는 듯했다.

사무실의 스탬프를 가져다가 엘리스의 지문을 찍었다. 손다이크가 그 지문과 그림붓상자에 나타난 지문을 비교해 보니 비슷한 점이라고는 조금도 없었다. 엘리스는 완전히 들떠서 유치장으로 돌아갔다.

그림붓상자의 지문사진을 몇 장 찍고 나서 그날 저녁 우리는 그 필름을 가지고 런던으로 돌아왔다. 우리가 역에서 열차를 기다리고 있는 동안 손다이크는 경감에게 지시사항을 말했다.

"그 사나이는 사람 앞에 나서기 전에 손을 씻었을 테니까, 근처에 있는 모든 연못과 시궁창과 냇가를 찾아다니며 가로수 길에 있던 것과 같은 발자국이 있는지 조사해 주십시오. 발견되거든 그곳 물속을 샅샅이 뒤져야 합니다. 아무래도 칼은 진흙 속에 던졌을 가능성이 크니까요."

우리가 경시청에 건네준 필름에 의해 전문가들은 즉시 그 지문이 도망친 죄수 프랜시스 돕스의 것임을 확인했다 그의 기록에 첨부된 두 장의 사진——옆얼굴과 앞얼굴이 찍힌 사진——이 인상서와 함게 베이스포드로 보내졌다. 그리고 조사한 결과 그 사나이가 좀 아리송한 인물 루퍼스 펜베리라는 이름으로 약 2년 전부터 은퇴생활을 하고 있는 신사라는 것을 알아냈다. 그러나 루퍼스 펜베리의 모습은 그 품위 있는 집에도 없었고, 아무데서도 찾아낼 수가 없었다. 그는 살인이 있은 다음날, 전 '인격'을 '무기명 채권'으로 바꾸어가지고 노소부정(老少不定)의 인간세계에서 사라졌던 것이다. 그리고 오늘에 이르기까지 아무도 그의 소식을 듣지 못했다.

얼마 뒤 이 사건에 대해 이야기할 때 손다이크가 말했다.
"우리끼리 하는 이야기지만 그 사나이는 도망쳐도 될 만한 자격을 가지고 있었네. 그는 분명 협박을 받았던 걸세. 협박자를 죽이는 것은――그 밖에 달리 대응할 방법이 없을 경우――살인이라고 할 수 없네. 엘리스가 결코 유죄선고를 받지 않으리라는 것을 그 사나이, 즉 돕스도 알고 있었을 걸세. 엘리스는 순회재판에 회부될 테고, 그동안에 모든 증거가 소멸되어 버렸겠지. 돕스라는 사나이는 용기 있고 창의성이 풍부하며 참으로 기략이 뛰어난 사람이었네. 그리고 무엇보다도 경찰견에 얽힌 터무니없는 미신을 타파해 버린 셈이지."

전과자

변화된 지문

인생의 육체적인 기쁨의 하나로, 나는 비에 젖은 겨울밤 어두운 밖에서 돌아와 부드러운 램프 불빛과 활활 타오르는 난롯불로 따뜻하게 덥혀진 쾌적한 방에 들어설 때의 그 아늑하고 포근한 기분을 우선 첫째로 손꼽고 싶다.

11월 어느 추운 날 밤 내 친구 손다이크가 템플 거리의 사무소로 돌아와 파이프 담배를 입에 물고 슬리퍼를 신은 편안한 모습으로 요란하게 소리내며 힘차게 불타오르는 난로 옆에 나를 위해 준비된 안락의자와 마주앉아 있는 것을 보았을 때 나는 바로 그런 기분을 느꼈다.

나는 젖은 코트를 벗고 살피듯 친구를 보았다. 왜냐하면 그는 손에 편지 한 통을 들고 깊이 생각에 잠겨 있었기 때문이다. 이런 때는 반드시 새로운 사건이 있기 마련이다.

그는 의아한 듯이 바라보는 내 눈길에 답하여 말했다.

"지금 생각하고 있던 참이라네. 내가 과연 사후종범 (범인 은닉죄·증거인멸죄·장물죄 따위가 있음)

이 될까 어떨까 하는 걸 말일세. 자, 이걸 읽고 자네의 의견을 좀 말해 주게나."
나는 그가 건네준 편지를 읽었다.

 전략. 나는 지금 큰 위험에 맞닥뜨려 있습니다. 전혀 사실무근한 혐의로 체포장이 나와 있는 것입니다. 뵙고 싶습니다만, 나를 경찰에 넘기시지는 않겠지요? 이 편지를 가지고 간 사람에게 대답을 주십시오.

손다이크가 말했다.
"물론 나는 알았다고 대답했네. 그렇게 대답할 수밖에 없었거든. 그러나 약속한 대로 그 사나이를 경찰에 넘기지 않는다면 나는 사실상 도망을 방조한 셈이 되는 걸세."
"그렇지. 분명히 자네는 위험한 짓을 하게 되는 걸세. 그래, 그 사나이는 언제 오기로 했나?"
"5분 전에 오기로 했으니, 이제 올 때가 되었네. 아, 온 것 같군."
소리를 죽이며 층계를 올라오는 발소리가 들리고, 이어서 바깥문을 노크하는 소리가 들렸다.
손다이크는 일어나서 안쪽 문을 연 다음 큰 걸쇠를 벗겼다.
숨을 죽인 떨리는 목소리가 들렸다.
"손다이크 박사이십니까?"
"그렇소. 자, 들어오시오. 편지를 보낸 사람은 바로 당신이었지요?"
"그렇습니다."
그것이 대답이었다. 사나이는 방으로 들어오려다가 나를 보고 깜짝 놀라 그 자리에 멈추어 섰다.

손다이크가 설명했다.

"이 사람은 내 친구인 저비스 씨입니다. 아무 염려 마십시오."

그러자 손님은 마음이 놓이는 어조로 말했다.

"네, 기억하고 있습니다. 나도 전에 두 분을 뵌 일이 있습니다. 당신들께서도 나를 기억하실 겁니다. 물론 잠깐 보기만 해서는 잘 모르실지도 모르겠습니다만."

그는 음침한 미소를 지었다.

손다이크도 웃으면서 물었다.

"프랭크 벨필드 씨지요?"

찾아온 사나이는 깜짝 놀라서 입을 벌린 채 손다이크를 빤히 바라보았다. 눈에 갑자기 낭패한 그림자가 스쳐갔다.

손다이크는 말을 계속했다.

"한 마디 충고하겠는데, 경찰에 쫓기면서 그런 모습을 하고 다니는 것은 오히려 위험하지요. 가발이며 가짜 수염이며 시력과 조금도 관계없는 안경 등은 마치 경찰을 손짓해 부르는 거나 마찬가지요. 희극 무대에서 빠져나온 듯한 이런 변장은 그다지 현명한 일이 못 되지요."

벨필드는 나지막하게 신음 소리를 내며 의자에 앉더니 안경을 벗고 나와 손다이크의 얼굴을 찬찬히 번갈아 보았다.

손다이크가 먼저 말했다.

"자, 그럼, 이야기를 자세하게 해주실까요? 당신은 사실무근한 혐의라고 했지요?"

"네, 그렇습니다."

벨필드는 아주 진지한 표정을 지었다.

"만약 억울한 일이 아니라면 이런 데 찾아오지도 않습니다. 지난번에는 안심하고 있었는데, 당신이 나를 유죄로 만들었습니다. 당신을 속일 수 있다는 생각 따위는 털끝만큼도 하지 않습니다."
손다이크가 말했다.
"당신이 정말 무고하다면 할 수 있는 한 도와 드리겠소. 그러나 무고한 것이 아니라면 이런 데 오지 않는 편이 현명하지요."
벨필드가 말했다.
"그건 잘 알고 있습니다. 다만 걱정스러운 것은 이 이야기를 믿어주실지 어떨지 하는 점입니다."
"나는 공평한 마음으로 당신 이야기를 들을 생각이오."
"그렇게만 해주신다면 그보다 더 마음 든든한 일은 없습니다. 아시다시피 나는 옛날에 나쁜 짓을 했지만, 그 보상을 훌륭하게 치렀습니다. 당신에게 붙잡혀 형무소에 들어간 그 사건이 나의 마지막 범죄입니다. 정말 그것이 마지막입니다. 손다이크 박사님, 제발 나를 도와주십시오. 나에게 새생활을 하도록 해준 사람은 이 세상에서 가장 훌륭하고 가장 성실한 한 여자입니다. 그녀는 내가 마음을 굳고 바르게 먹고 성실하게 살겠다고 약속한다면 교도소에서 나온 뒤 결혼하겠다고 말해 주었습니다. 그리고 그녀는 약속을 지켰습니다. 그래서 나도 약속을 지켜 참다운 사람이 되어 어떤 창고에서 일했습니다. 그 뒤 착실하게 일하며 살아갈 만한 급료도 받아, 정직하고 부지런한 사람으로 평판도 그리 나쁘지 않았다고 자신합니다. 이대로 생활을 계속할 수 있다면 정말 다행이라고 생각하고 있었는데, 그 바람이 오늘 아침에 마치 보드지로 만든 집처럼 허물어져 버렸습니다."
"오늘 아침에 무슨 일이 있었는데요?" 손다이크가 물었다.
"일터로 나가던 중에 경찰서 앞을 지나는데 '지명수배'라고 쓴 광고가 붙었고, 사진이 나와 있더군요. 나는 무심코 걸음을 멈추고 그 광고를 보았습니다. 그런데 놀랍게도 거기에 실려 있는 것은 바로 내 사진이었습니다! 호로웨이 교도소에서 찍은 사진이었습니다. 나는 그 광고 문구를 잘 보지도 못하고 허둥지둥 집으로 돌아와 아내에게 이야기했습니다. 아내도 깜짝 놀라 경찰서 앞으로 뛰어가서 광고를 읽고 왔습니다. 그런데 거기에 씌어 있는 혐의가 뭐였는지 아시겠습니까?"

그는 말을 끊고 잠깐 사이를 두었다.

"캠버웰 살인사건의 범인이라는 겁니다!"

손다이크는 낮게 휘파람을 불었다.

벨필드는 설명을 계속했다.

"내가 범인이 아니라는 것은 아내가 잘 알고 있습니다. 그날 밤 나는 밤새도록 집에 있었으니까요. 그러나 아내가 알리바이를 증명한다 해도 효력이 없겠지요?"

"본인의 아내가 증명하는 것이라면 소용이 없지요. 아내 말고는 증인이 없소?"

"아무도 없습니다. 우리는 언제나 단둘이 밤을 지낸답니다."

그러자 손다이크가 말했다.

"만약 당신이 죄가 없다면——아마 그러리라고 나는 생각하오만——당신에 대한 증거는 상황증거에 지나지 않을 거요. 그러니까 알리바이만 성립된다면 그런 증거는 문제가 아니지요. 그런데 어떤 이유로 당신이 용의자가 되었을까요?"

"그걸 도무지 알 수가 없습니다. 광고에는 경찰이 증거를 쥐고 있다고 씌어 있다는데 어떤 확증인지는 설명이 없었답니다. 아마 누군가가 터무니없는 말로 밀고한 게 아닐까 생각합니다만······."

바깥문을 두드리는 노크 소리로 대화가 중단되었다. 방문자는 얼굴색이 바뀌어 이마에 땀을 흘리고 부들부들 떨면서 일어섰다.

손다이크가 말했다.

"누군지 보고 올 테니 옆방에 가 있으시오. 열쇠는 안에서 잠그도록 되어 있소."

방문자는 아무 말 없이 옆방인 사무실로 뛰어들어가 문을 잠갔다.

손다이크는 바깥문을 열고 어깨 너머로 나에게 의미 있는 눈길을 던졌다. 새로운 손님이 방으로 들어왔을 때 나는 곧 그 의미를 깨달았다. 그는 스코틀랜드야드의 밀러 총경이었기 때문이다.

총경은 여느 때와 다름없는 기운차고 쾌활한 어조로 말했다.

"잠깐 실례하겠습니다. 손다이크 박사께 부탁드리고 싶은 일이 있습니다. 저비스 씨, 당신은 요즈음 법률공부를 시작하셨다지요? 변호사가 되시려는 겁니까? 그렇다면 머지않아 법의학의 권위자가 탄생하여, 이번에는 손다이크 박사의 망토를 당신이 입게 되겠군요."

"손다이크 박사의 망토는 여러 해 동안 그의 당당한 몸을 싸줄 겁니다. 나는 그것을 바라고 있지요. 물론 손다이크 박사는 나를 위해 한쪽 구석자리를 비워줄 만한 아량을 갖고 있으리라 생각합니다만…… 그런데 그것이 대체 뭡니까?"

이야기를 주고받는 동안 총경은 갈색 종이꾸러미를 풀고 있었던 것이다. 그 속에서 그는 흰 리넨 셔츠를 꺼냈다. 흰 셔츠라고는 하지만 빛이 바래 회색으로 보였다.

"손다이크 박사, 이게 무엇일까요?"

총경은 옷소매에 묻은 불그스름한 얼룩을 손가락으로 가리켰다.

"피일까요? 피라면 무슨 피일까요?"

손다이크는 미소를 띠었다.

"보기만 해서는 알 수 없지요. 혓바닥만 보고도 환자가 몇 번째 층계에서 굴러 떨어졌는지 알아맞히는 바그다드의 점쟁이 여자와 달리, 나는 충분히 조사해 본 뒤가 아니면 의견을 말할 수 없습니다.

언제까지 조사하면 되겠습니까?"
"오늘 밤까지 알았으면 합니다." 총경이 대답했다.
"현미경으로 보기 위해 천을 조금 잘라도 괜찮겠습니까?"
"되도록 자르지 않았으면 합니다만……."
"알겠습니다. 그럼, 1시간쯤 뒤 결과를 알려드리지요."
"그럼, 부탁드립니다."
총경이 나가려고 모자를 집어들었을 때 손다이크가 불러세웠다.
"만난 김에 잠깐 물어보고 싶은 일이 있습니다. 캠버웰 살인사건에 대한 일인데, 단서가 잡혔습니까?"
"단서라고요?" 총경은 경멸하는 것처럼 외쳤다. "범인을 알고 있습니다. 잡기만 하면 되는데, 지금으로서는 간 곳을 알 수가 없군요."
손다이크가 다시 물었다.
"범인이 누구입니까?"
총경은 망설이는 듯 한참 동안 손다이크를 바라보더니 이윽고 내키지 않는 말투로 대답했다.
"당신이라면 말씀드려도 상관없으리라고 생각합니다. 더욱이 당신은 이미 어렴풋이 짐작하고 계시겠지요. 범인은 벨필드라는 전과자입니다."
총경은 의미 있게 웃음지어 보였다.
"어떤 증거가 있습니까?"
총경은 다시 당혹한 표정을 보였으나 이번에도 역시 순순히 대답했다.
"증거 같은 거야 아무래도 상관없을 정도로 뚜렷하답니다. 위스키처럼 확실하지요."
이때 손다이크는 재빨리 술병과 사이펀과 유리잔을 꺼내 총경 앞에 늘어놓았다.

"바보 같은 녀석이지. 땀에 젖은 손을 유리창에 댄 겁니다. 그래서 네 개의 손가락과 엄지손가락 지문이 뚜렷하게 유리 위에 남았답니다. 더 바랄 수 없을 정도로 깨끗한 지문입니다. 그 유리를 잘라내어 지문계에 조사하도록 했더니 지문대장에 있는 벨필드의 지문과 꼭 맞았습니다. 그리고 녀석의 사진도 경시청에 보존되어 있었습니다."

"그 유리창에 찍힌 지문이 지문대장의 지문과 완전히 들어맞았습니까?"

"오른손 다섯 손가락이 완전히 들어맞았습니다."

"흠……"

손다이크는 한참 골똘히 생각에 잠겼다. 총경은 손에 든 유리잔 너머로 의미 있게 그를 지켜보았다. 그리고는 불쑥 말했다.

"벨필드의 변호를 부탁받으신 모양이군요?"

"사건 전체를 조사하고 있는 겁니다." 손다이크는 대답했다.

그러자 총경이 재빨리 말을 받았다.

"그럼, 그 사나이가 어디 있는지도 아시겠군요?"

"아니오, 그가 있는 곳은 모릅니다. 나는 다만 공평한 입장에서 이 사건 전체를 조사할 뿐입니다. 그러니까 당신을 방해하는 일은 전혀 없을 겁니다. 우리는 둘 다 이 사건을 조사하고 있고, 당신도 사실을 추구하여 진범을 잡아야겠다고 생각하실 테니까요."

"그건 그렇습니다. 그리고 진범은 벨필드입니다. 그런데 뭔가 나에게 부탁하고 싶은 일이 있습니까?"

"우선 지문이 묻은 유리와 교도소에서 찍은 지문을 보여주실 수 없을까요? 사진을 찍고 싶습니다. 그리고 살인이 행해진 방도 보고 싶군요. 현장이 보존되어 있겠지요?"

"그렇습니다. 열쇠는 우리가 보관하고 있습니다. 외부사람에게 여러 가지를 보여주는 것은 좋지 않지만, 당신에게는 언제나 신세를 지고 있으니 보여드리겠습니다. 1시간 뒤 혈액검사 결과를 물어보기 위해서 올 때 유리와 지문을 가져오지요. 그러나 빌려드릴 수는 없습니다. 그럼, 이만 실례하겠습니다. 아니, 사양하겠습니다. 더 이상 마시면 안 됩니다."

총경은 모자를 집어들고 성큼성큼 나갔다. 마치 일부러 두뇌의 기민함과 육체의 힘찬 모습을 보여주려는 듯했다.

문이 닫히기가 무섭게 그때까지 둔할 정도로 침착하던 손다이크는 금방 사람이 달라진 것처럼 정력적인 활동가로 변하여 2층 실험실로 통하는 벨을 누르기도 조급한 듯 나에게 지시를 내렸다.

"혈액검사를 부탁하네, 저비스. 나는 벨필드와 이야기하고 오겠네. 물에 적시면 안 돼. 따뜻하게 데운 소금물에 칼이나 뭔가로 긁어서 떨어뜨려야 하네."

나는 서둘러 현미경을 꺼내고, 테이블 위에 필요한 도구와 약품을 늘어놓았다. 내가 일에 열중하고 있는데, 바깥문을 여는 소리가 들리고 우리의 유능한 조수 폴튼이 여느 때와 다름없이 조용하고 조심스러운 태도로 들어왔다.

손다이크가 말했다.

"폴튼, 밀러 총경이 9시에 지문을 가지고 올 테니까 그때까지 지문 채취도구와 카메라를 준비해 두게."

조수가 나가자 손다이크는 사무실문을 두드렸다.

"벨필드 씨, 이제는 나와도 되오."

열쇠 돌리는 소리가 나고 벨필드가 나왔다. 가발과 가짜 수염을 단 모습으로, 우스울 정도로 풀이 죽어 있었다.

"당신의 지문을 채취하고 싶소. 현장 유리창에 묻었던 지문과 대조해 보려는 거요."

"지문이라고요?" 벨필드는 몹시 놀란 듯이 외쳤다. "내 지문이 유리에 묻어 있었단 말입니까?"

"그렇소. 경찰에서는 그 지문과 당신이 호로웨이 교도소에서 찍은 지문을 비교해 본 결과 꼭 들어맞았다고 말하고 있소."

손다이크는 뚫어지게 그의 얼굴을 들여다보았다.

"그건 말도 안 됩니다."

벨필드는 힘없이 의자에 앉았다.

"뭔가 잘못된 겁니다. 그러나 지문이 똑같다니, 그런 일이 있을 수 있을까요?"

"분명히 말해 주어야 하오. 사건이 있었던 날 밤 당신은 그곳에 갔었소, 아니면 가지 않았었소? 나에게 거짓말하면 안 됩니다."

"가지 않았습니다, 손다이크 박사님. 신께 맹세코 가지 않았습니다!"

"그렇다면 당신의 지문일 리가 없소. 그것만은 분명히 말할 수 있소."

손다이크는 문까지 걸어가 폴튼이 가져온 큰 상자를 받아서 테이블 위에 놓았다.

"이 사건에 대해 당신이 알고 있는 사실을 모두 다 이야기해 주시오."

손다이크는 상자 속의 물건들을 테이블 위에 꺼내놓았다.

"나는 아무것도 모릅니다. 정말 아무것도 모릅니다. 다만……."

"다만, 뭐지요?"

손다이크는 튜브에서 지문용 잉크를 한 방울 판판한 동판 위에 짜낸 뒤 벨필드의 얼굴을 올려다보았다.

"다만…… 그…… 살해된 코드웰이 전에 장물을 매매했었다는 것을 알고 있을 뿐입니다."

"장물을 매매했다고요?"

손다이크는 흥미롭다는 표정을 지었다.

"그렇습니다. 그리고 가끔 경찰에 밀고하지 않았나 생각합니다. 그 녀석은 위험할 정도로 여러 가지 일을 알고 있었으니까요."

"그럼 당신의 비밀도 알았겠군요?"

"알았을 것으로 생각합니다만, 비밀이라고 해봐야 경찰이 알고 있는 이상의 일은 아무것도 없습니다."

손다이크는 작은 롤러로 동판 위에 잉크를 얇게 폈다. 그리고 나서 테이블 끝에 흰 카드를 놓고 벨필드의 오른손을 잡아 집게손가락에 동판의 잉크를 묻혀 단단히 카드에 눌러 솜씨 있게 지문을 채취했다. 이어서 똑같은 방법으로 다른 네 손가락의 지문을 채취했다. 각 손가락의 지문채취가 끝나자 예비로 같은 것을 몇 장 만들었다.

"집게손가락에 심한 흉터가 있군요? 어찌된 거지요?"

손다이크는 사나이의 집게손가락을 불빛에 가까이 대고 손끝을 찬찬히 살펴보았다.

"통조림을 따다 베었습니다. 심한 상처여서 다 나을 때까지 여러 주일이 걸렸습니다. 샘프턴 선생은 손가락을 잘라야 하지 않을까 생각했다고 합니다."

"얼마나 되었지요?"

"저, 거의 1년쯤 전이었습니다."

손다이크는 다친 날짜를 지문 옆에 써 넣은 다음 새로 잉크를 동판에 펴더니 테이블 위에 조금 큼직한 종이를 여러 장 놓았다. 그리고 나서 말했다.

"이번에는 엄지손가락과 다른 네 손가락의 지문을 함께 찍겠소."

"교도소에서는 엄지손가락 이외의 네 손가락을 함께 찍고, 엄지손가락은 따로 찍었습니다."

벨필드가 말했다.

"알고 있소. 그러나 나는 지금 유리창에 묻었던 것과 똑같은 형태로 찍고 싶은 거요."

손다이크는 여러 장의 지문을 채취하고 나자 시계를 보고 도구를 상자에 챙겨넣기 시작했다. 그동안에도 그는 무언가 골똘히 생각에 잠겨 이따금 고통과 공포가 어린 표정으로 부들부들 떨면서 의자에 앉아 손가락에 묻은 지문용 잉크를 손수건으로 닦아내고 있는 사나이를 흘끔흘끔 보았다. 이윽고 그는 말했다.

"벨필드 씨, 당신은 죄가 없다고 했지요? 그리고 지금 착실한 생활을 하고 있다고 말했소. 나는 당신의 말을 믿지만, 아마 앞으로 5, 6분쯤 지나면 분명한 일을 알 수 있게 되리라고 생각하오."

벨필드는 얼굴을 빛내면서 외쳤다.

"고맙습니다. 손다이크 박사님!"

"그럼, 당신은 다시 옆방으로 가 계시오. 이제 곧 밀러 총경이 올 때가 되었소. 언제 불쑥 나타날지 모르니까요."

벨필드는 허둥지둥 옆방인 사무실로 되돌아가 문을 잠갔다. 손다이크는 도구상자를 실험실에 갖다놓고 지문 카드를 서랍에 넣은 다음 내가 하는 일을 살펴보기 위해 가까이 다가왔다. 나는 핏자국이 묻은 셔츠에서 말라버린 핏덩어리를 긁어내고, 거기에 소금물을 부어 현미경으로 들여다보고 있는 참이었다.

손다이크가 물었다.

"알아냈나, 저비스?"

"모양이 뚜렷한 타원형 혈구일세."

"그런가? 그 가엾은 사나이에게는 좋은 소식이 되겠군. 치수를 재어보았나?"

"물론이지. 긴 것은 1000분의 1센티, 짧은 것은 10000분의 7센티미터쯤일세."

손다이크는 참고자료를 꽂아놓은 책장에서 색인이 달린 노트를 꺼내 혈구의 치수를 쓴 표를 훑어보았다.

"그건 꿩의 피 같기도 하지만, 어쩌면 아니, 틀림없이 닭의 피일걸세."

그는 현미경을 들여다보며 접안렌즈의 마이크로미터를 장치하고 내가 측정한 것을 확인했다. 이때 바깥문을 세게 노크하는 소리가 들렸다. 손다이크는 나가서 문을 열고 총경을 맞아들였다.

밀러 총경은 현미경을 보면서 말했다.

"부탁드린 것을 조사해 주셨겠지요? 그런데 그건 무슨 피였습니까?"

"새의 피였습니다. 꿩인 것 같지만, 어쩌면 닭일지도 모르겠군요."

총경은 무릎을 탁 쳤다. 그리고 외쳤다.

"정말 훌륭하십니다! 당신은 마술사입니다, 손다이크 박사님! 진짜 마술사입니다. 용의자는 상처입은 꿩을 만졌기 때문에 셔츠를 더럽혔다고 주장하고 있지요. 아무 예비지식도 없이 정확하게 그것을 지적하다니, 정말 기막힌데요. 수고하셨습니다. 참으로 고맙습니다. 그럼, 이번에는 당신께서 부탁하신 일을 해드리기로 하지요."

그는 서류가방을 열고 틀에 끼운 유리와 파란 봉투를 꺼내어 가만히 테이블 위에 올려놓았다.

"자, 이것입니다."

총경은 틀에 끼워넣은 유리를 가리켰다.

"이것이 유리창에 남았던 벨필드의 지문이고, 이 봉투 속의 것은 지문대장에 붙어 있는 지문입니다. 비교해 보십시오."

손다이크는 틀을 집어들었다. 그 틀에는 유리가 두 장 끼워져 있었다. 한 장은 잘라낸 유리창의 일부이고, 또 한 장은 지문이 지워지지 않도록 그 위에 포개놓은 것이었다. 손다이크는 테이블 위의 흰 종이를 한 장 집어서 깔고 그 위에 틀을 놓았다. 그리고는 아무 말 없이 유리를 가만히 들여다보고 있었는데, 나는 그의 무표정한 얼굴이 조금씩 밝아지는 것을 보았다. 이것은 여러 번 경험한 일이므로, 나는 그 의미를 잘 알았다. 나는 그의 뒤로 돌아가 어깨 너머로 유리를 들여다보았다. 엄지손가락과 다른 네 손가락의 지문이 뚜렷하게 떠올라 있었다.

손다이크는 한참 동안 가만히 틀을 들여다보더니 이윽고 주머니에서 부드러운 가죽주머니에 든 이중렌즈를 꺼내어 다시 한 번 지문을 조사했다. 특히 집게손가락의 지문에 주의를 기울이는 것 같았다.

총경이 말했다.

"어떻습니까, 박사님? 너무도 뚜렷하지 않습니까? 일부러 눌러놓은 것처럼 깨끗하게 나와 있습니다."

"그렇군요. 정말이지 일부러 지문을 냈다고밖에 볼 수 없겠는데요. 게다가 유리도 깨끗이 닦여 있군요. 마치 지문을 찍기 전에 닦아놓은 것처럼 말입니다."

손다이크는 수수께끼 같은 미소를 떠올렸다.

총경은 갑자기 의혹의 빛을 담고 손다이크를 바라보았다. 그러나 그때에는 이미 미소가 깨끗이 사라지고 여느 때처럼 무표정한 얼굴로 돌아와 아무것도 엿볼 수 없었다.

유리를 철저하게 조사한 다음 손다이크는 봉투에서 지문대장을 꺼내어 유리의 지문과 번갈아 비교해 보았다. 한참 지난 뒤 그는 그 두 가지를 테이블 위에 놓고 총경의 얼굴을 똑바로 바라보았다. 그리고 말했다.

"밀러 총경님, 당신에게 도움이 될 만한 힌트를 줄 수 있을 것 같습니다."

"정말입니까? 그거 참 고맙군요."

"당신이 쫓고 있는 사람은 진범이 아닌 것 같습니다."

총경은 콧방귀를 뀌었다. 그러나 크게 소리를 내지는 않았다. 그런 짓을 하는 건 실례인 것이다. 밀러 총경은 그처럼 실례되는 행동을 아무렇지도 않게 할 만큼 거칠고 막된 사람은 아니었다. 그러나 그의 태도에는 마음속의 불만이 역력히 드러나 곧 다음과 같은 말로 나타났다.

"설마 유리창의 지문이 프랭크 벨필드의 것이 아니라는 말씀은 아니겠지요?"

그러자 손다이크는 분명하게 잘라 말했다.

"예. 분명히 말해서 이 지문은 프랭크 벨필드의 것이 아닙니다."

"하지만 손다이크 박사님, 교도소에서 채취한 지문이 프랭크 벨필드의 것이라는 점은 인정하시겠지요?"

"그것은 의문의 여지가 없습니다."

"지문계의 싱글턴은 유리의 지문과 지문대장의 것이 꼭 들어맞는다고 말했습니다. 나도 둘을 비교해 보았는데, 아주 똑같았습니다."

"그렇습니다." 손다이크가 말했다. "내가 비교해 보아도 둘은 똑같습니다. 그러니까, 그렇기 때문에 유리창의 지문은 벨필드의 것이 아니라는 말입니다."

총경은 또 콧방귀를 뀌었다. 이번에는 얼마쯤 크게 들렸다. 그리고 이마에 주름을 모으고 손다이크의 얼굴을 바라보았다. 그는 좀 화가 난 어조로 말했다.

"나를 놀리시는 건 아니겠지요?"

"당신을 놀리는 건 마치 호저(몸길이 70cm쯤 되는 동물로 몸에는 가시털이 빽빽하고 위험이 닥치면 둥글게 움츠림)를 쿡쿡 찔러서 성나게 하는 것과 같은 일이지요."
손다이크는 온화한 미소를 지어보였다.
총경은 당혹한 듯이 말했다.
"그럴까요? 나는 박사님을 잘 알고 있으니까 하는 말입니다만, 그렇지 않다면 터무니없는 헛소리를 하는 사람이라고 생각했을 겁니다. 아무튼 좀더 잘 알 수 있도록 설명해 주시겠습니까?"
"만일 유리창의 지문이 벨필드의 것이 아니라는 게 분명해진다면 그 사나이를 체포하지 않으시겠습니까?"
그러자 밀러 총경이 갑자기 소리쳤다.
"대체 무슨 생각을 하고 계시는 겁니까? 또 그 홈비 사건 때와 마찬가지로 법정에 나가 우리의 논거를 송두리째 뒤엎을 생각이십니까? 그러고 보니 지금 생각났는데 그때의 사건도 지문이 문제가 되었지요?"
총경은 갑자기 진지한 표정을 지었다. 손다이크가 조용히 말했다.
"당신들의 고충은 지금까지 많이 들어왔습니다. 내가 결정적인 정보를 몰래 감추어두었다가 재판 때 전혀 예기치 못했던 반대증거를 들고 나올 거라고 말하고 싶은 거겠지요? 그러나 이번에는 조금도 감추지 않았습니다. 당신이 단서라고 믿고 있었던 게 실은 완전히 잘못 생각한 일이라는 것을 지금 여기서 증명하면 그 가엾은 벨필드를 뒤쫓지 않겠지요?"
총경은 신음 소리를 냈다. 분명하게 어느 쪽이라고 잘라말하고 싶지 않을 때 언제나 하는 버릇이었다.
손다이크는 다시 지문이 찍힌 유리를 집어 들고 설명을 이었다
"이 지문에는 흥미로운 점이 많습니다. 적어도 그 가운데 하나는 당신도 싱글턴도 알아차렸을 것입니다. 이 엄지손가락을 잘 보십시오."

총경은 그의 말대로 했다. 그리고 지문대장의 것과 비교했다.

"모르겠는데요. 도무지 모르겠습니다. 이 지문은 지문대장의 것과 아주 똑같아 보입니다만."

"물론 똑같지요. 그 똑같다는 점이 문제입니다. 사실은 달라야 하니까요. 지문대장에 찍힌 엄지손가락의 지문은 다른 손가락과 따로 찍은 겁니다. 왜냐하면 엄지손가락은 다른 손가락과 방향이 다르기 때문이지요. 다섯 손가락의 지문을 향해 찍으려고 하면 엄지손가락은 옆으로 향한 지문이 되어 나타납니다. 그런데 이걸 보면……."

그는 틀에 끼워진 유리를 손가락으로 톡톡 쳤다.

"이 지문은 다섯 손가락이 모두 정면을 향하고 있습니다. 따라서 이것은 진짜가 아니라는 결론이지요. 거짓말이라고 생각되거든 시험삼아 손바닥을 눌러 다섯 손가락의 지문을 함께 찍어보시지요. 그렇게 하면 내 말을 이해할 수 있을 겁니다."

총경은 손바닥을 테이블 위에 눌러보고 곧 손다이크의 말이 사실임을 깨달았다.

"그럼, 어떻게 되는 겁니까?"

"유리창의 지문은 자연스럽게 묻혀진 것이 아니라는 결론이 됩니다. 엄지손가락의 지문은 따로 찍은 것이지요. 다시 말해서 이 지문은 우연히 묻은 것이 아니라 당신이 지금 무심코 말씀하셨듯이 일부러 찍은 겁니다."

총경은 매우 난처한 얼굴로 뒤통수를 긁었다.

"나로서는 도무지 모르겠군요. 당신은 아까 유리에 묻은 지문은 지문대장의 것과 똑같으므로 벨필드의 지문이 아니라고 하셨는데, 그 점을 알 수 없습니다. 나로서는 아무래도 난센스라고밖에 생각되지 않는군요."

"그렇지만 사실입니다. 이 지문은……."

손다이크는 지문대장을 집어들었다.

"호로웨이에서 6년 전에 채취한 것입니다. 그리고 이것은……."

그는 틀에 끼워진 유리를 가리켰다.

"최근 1주일 안에 채취한 것이지요. 그런데 이 두 개의 지문은 완전히 같습니다. 그렇지요?"

"그렇습니다."

총경은 고개를 끄덕였다.

"그런데 지난 12개월 동안 벨필드의 지문에 변화가 생겼을 만한 무슨 일이 일어났다면 어떻게 하시겠습니까?"

"지문이 달라지는 일이 과연 있을 수 있을까요?"

"있을 수 있을 뿐만 아니라 실제로 있었습니다. 자, 보십시오."

손다이크는 서랍에서 벨필드의 지문이 찍힌 카드를 몇 장 꺼내 총경 앞에 늘어놓았다. 그리고 카드를 가리키면서 설명했다.

"이 집게손가락의 지문을 잘 살펴보십시오. 모두 열두 장인데, 어느 것이나 하얀 선이 지문을 가로질러 지문을 두 부분으로 나누고 있습니다. 이 흰 선은 상처자국으로, 지금 그 사나이의 집게손가락 지문에 모두 다 나와 있지요. 그런데 유리의 지문에는 그런 흰 선이 전혀 나와 있지 않습니다. 결국 상처입기 전의 지문이기 때문이지요. 그러므로 이것은 벨필드의 지문이 아닙니다."

"다친 것이 확실합니까?"

"확실합니다. 그것을 증명하는 상처자국이 있고, 다쳤을 때 치료해 주었던 외과의사를 증인으로 세울 수도 있지요."

총경은 아까보다 더 세게 뒤통수를 긁적거리고 이마에 주름을 잡으며 손다이크를 바라보았다.

"모르겠는데요. 도무지 모르겠군요. 당신이 하시는 말씀은 완전히 앞뒤가 맞고 이치가 통하는 것 같이 들립니다만, 그렇다 하더라도 유리창에 저토록 분명한 지문이 찍혀 있으니…… 손가락이 없으면 지문이 찍힐 리가 없지 않습니까?"

밀러 총경은 다시 신음 소리를 냈다.

"아니, 얼마든지 찍힐 수 있지요."

"아무리 손다이크 박사님의 말씀이지만, 그것만은 내 눈으로 직접 보기 전에는 믿을 수 없습니다."

그러자 손다이크가 침착한 태도로 대답했다.

"그럼, 보여드리지요. 당신은 홈비 사건의 일을 잊으신 모양이군요. 신문에서 그 사건을 '빨간 엄지손가락 지문사건'이라고 불렀었지요."

"나는 그 사건에 대해서는 아주 조금 들었을 뿐, 실제로 어떤 증거가 있었는지 모릅니다."

"그럼, 보여드리지요."

손다이크는 벽장문을 열고 선반에서 '홈비 사건'이라고 제목이 붙어 있는 작은 상자를 꺼냈다. 그 속에는 차곡차곡 접은 종이와 빨간 표지로 된 직사각형 수첩과 회양목으로 만든 큼직한 체스 말 같은 것이 들어 있었다.

손다이크가 설명을 계속했다.

"이 수첩은 지문첩, 다시 말해서 지문 앨범입니다. 당신도 이런 것이 있다는 건 아시겠지요?"

총경은 수첩을 보더니 경멸하는 것처럼 고개를 끄덕였다.

"자, 저비스, 이 속에서 그 지문을 찾아주겠나? 그동안 나는 2층 실험실에 가서 잉크를 가져오겠네."

손다이크는 나에게 그 수첩을 건네주고 방에서 나갔다. 나는 수첩의 페이지를 넘기기 시작했다. 페이지를 넘기면서 나는 감격을 누를 수가 없었다. 왜냐하면 그 수첩이야말로 어딘가에서 말했듯이 지금의 아내를 처음 만나게 된 계기를 만들어주었기 때문이었다. 거기에는 기억에 남는 이름이 씌어 있고 여러 가지 지문이 죽 찍혀 있었다. 거기에 펼쳐진 지문의 다양성에 나는 새삼스럽게 놀라지 않을 수 없었다. 이윽고 나는 엄지손가락 지문 가운데서 왼손 지문에 상처자국으로 여겨지는 하얀 세로줄이 나 있는 것을 찾아냈다. 그 밑에 '루벤 홈비'라는 이름이 씌어져 있었다.

그때 손다이크가 잉크를 가지고 방으로 들어왔다. 그는 잉크를 테이블 위에 놓고 총경과 나 사이에 앉아 총경에게 말을 걸었다.

"자, 밀러 총경님, 이것이 루벤 홈비의 두 손 엄지손가락 지문인데, 왼손의 지문을 보십시오. 매우 특징적임을 알 수 있겠지요?"

"네, 한눈에 알아볼 수 있을 정도로 분명하군요."

"그럼, 이걸 보아주십시오."

손다이크는 상자에서 종이를 꺼내 펴서 총경에게 건네주었다. 그 종이에는 연필로 무언가 씌어져 있고, 아주 선명한 엄지손가락 지문이 하나 찍혀 있었다.

"이 엄지손가락 지문을 어떻게 생각하십니까?"

밀러 총경이 대답했다.

"루벤 홈비의 왼손 엄지손가락 지문 같군요."

그러자 손다이크가 말했다.

"그런데 그렇지 않습니다. 이것은 월터 홈비라는 사나이가 재주 있게 만들어낸 지문이지요. 당신이 중앙형사재판소에서부터 뒤쫓다가 래드게이트 힐에서 놓친 그 사나이 말입니다. 그러나 그 사나이가 자신의 엄지손가락으로 만든 지문은 아닙니다."

"그럼, 어떻게 만들었습니까?"

총경은 믿어지지 않는 얼굴이었다.

"이렇게 만든 것입니다."

손다이크는 회양목으로 만든 체스 말처럼 생긴 것을 집어들고 잉크가 묻은 동판에 문지른 다음 카드 위에 눌렀다. 그러자 카드 위에 뚜렷하게 엄지손가락 지문이 떠올랐다.

밀러 총경은 카드를 집어들고 보더니 눈이 휘둥그레지며 소리쳤다.
"놀랍군! 이런 방법을 썼군요. 그렇다면 지문의 신빙성도 좀 의심스러워지는데요. 그건 그렇고, 이 스탬프는 어떻게 만들었습니까? 당신이 만든 것이겠지요?"
"그렇습니다. 우리가 여기서 만든 것입니다. 사진의 동판을 이용해서, 다시 말해 홈비의 엄지손가락 지문을 사진으로 찍어서 크롬 젤라틴 판에 인화하여 끓는 물로 처리했지요. 그렇게 하면……."
손다이크는 스탬프의 양각이 된 면을 손으로 가리켰다.
"이런 것이 만들어집니다. 그 밖에도 달리 만드는 방법이 여러 가지 있습니다. 이를테면 보통 전사지와 석판을 사용해도 됩니다. 사실 가짜 지문을 만드는 것만큼 쉬운 일은 없지요. 둘을 나란히 놓으면 위조한 본인조차 자기가 위조한 것과 진짜를 구별할 수 없을 만큼 교묘하게 만들 수 있답니다."
총경이 신음했다.
"손들었습니다! 정말 이번에는 완전히 두 손 들었습니다. 손다이크 박사님."
그는 우울한 얼굴로 일어나서 나가려고 했다. 그러다가 덧붙여 물었다.
"벨필드의 혐의가 풀렸으니 이 사건에 대해서는 이미 흥미가 없어졌겠지요?"
"벨필드에 관해서는 없어졌지만, 누가 이처럼 교묘한 방법을 생각해냈는지 그 점에 흥미가 끌리는군요."
밀러의 얼굴이 밝아졌다.

"사건을 조사하시겠다면 모든 편의를 다 제공해 드리겠습니다, 박사님. 그렇게 생각하고 지문계 싱글턴에게서 지문사진을 빌려온 것이었지요. 그 밖에 우리 힘으로 할 수 있는 일이 있다면 사양 마시고 말씀해 주십시오."
"살인이 일어났던 방을 보여주시겠습니까?"
"그렇게 하지요. 형편이 괜찮다면 내일이라도. 내일 오전 10시에 현장에서 기다리겠습니다."
"참으로 고맙군요." 손다이크가 대답했다.
총경은 새로운 수사방법을 생각하면서 돌아갔다.
문을 닫은 순간 급하게 노크하는 소리가 들려 나는 다시 문을 열었다. 그러자 문 앞에 섰던 베일을 깊이 내려쓴 검소한 옷차림의 여자가 내 옆을 지나 방으로 들어왔다.
내가 문을 닫자 여자는 느닷없이 힐문하듯 말했다.
"내 남편은 어디에 있지요?"
그녀는 손다이크를 보자 화가 난 것처럼 위협적인 표정으로 그에게 바싹 다가갔다.
"내 남편에게 당신은 무슨 짓을 했지요? 비밀을 지키겠다고 약속하고 배신했군요. 층계에서 경찰관 같은 사나이와 만났어요."
"벨필드 씨는 여기에 계십니다. 아무 일 없으니 안심하십시오. 바로 옆방에 계십니다."
손다이크는 사무실을 가리켰다.
벨필드의 아내는 방을 가로질러가 사무실문을 두드렸다.
"프랭크, 안에 있나요?"
그 말에 대답하여 곧 열쇠 돌아가는 소리가 나고 문이 열렸다. 그리고 지쳐서 몹시 창백해진 얼굴로 벨필드가 나타났다. 그는 원망스러운 듯이 말했다.

"무척 오래 걸리셨군요, 손다이크 박사님."
"잘못 안 범인을 쫓고 있는 것을 밀러 총경에게 납득가도록 설명하다 보니 시간이 걸렸소. 총경은 가까스로 납득했지요. 당신은 이제 자유입니다. 벨필드 씨, 당신에 대한 혐의는 풀렸습니다."

벨필드는 한참 동안 멍하니 서 있었다. 그의 아내도 얼마 동안 아무 말 없이 눈을 커다랗게 뜨고 서 있더니 곧 남편의 목에 팔을 감고 울음을 터뜨렸다.

벨필드는 알 수 없다는 표정으로 물었다.
"나에게 죄가 없다는 것을 어떻게 알 수 있었습니까, 박사님?"
"진실을 알아내는 것이 내 직업입니다. 누구나 다 자신의 직업에는 열심이지요. 아무튼 축하합니다. 벨필드 씨! 이제 집으로 돌아가서 맛있는 음식을 배불리 잡수시고 베개를 높이 베고 푹 쉬시오."

손다이크는 의뢰인과 악수했다. 의뢰인의 아내는 그의 손에 감사의 키스를 퍼부었다.

손다이크는 두 사람의 발소리가 희미해질 때까지 활짝 열어놓은 문 앞에 서서 귀를 기울이고 있었다.

"저비스, 참 좋은 부인이네."
손다이크는 문을 닫았다.
"하마터면 얼굴을 할퀼 뻔했군. 자, 그 부인의 행복을 위협하는 악당을 어떻게 해서든 찾아내주어야겠네!"

사막의 배

지금부터 이야기하려는 것은 나에게 있어 대단히 교훈적인 사건이다. 이 사건을 통해 손다이크가 여느 때 늘 강조하는 범죄수사의 근본법칙이 얼마나 중요한가를 잘 알게 되었기 때문이다. 그 근본법칙이란 사건에 관계된 일은 아무리 작은 사실이라도 정성들여 아무 선입견 없이 모을 것, 그리고 얼른 보기에 사건과 아무 관계없을 듯이 여겨지더라도 정성껏 연구해야 한다는 것이다.

그러나 학식도 있고 재능도 있는 내 친구 손다이크가 이 사건을 조사할 때 어떻게 행동했는가를 지금 여기서 앞질러 말하는 것은 그만두기로 하고, 사건의 전모를 순서대로 설명해 나가겠다.

나는 1주일에 두서너 번 킹스 벤치 워크에 있는 우리 사무소에 나가 지내곤 했는데, 그날도 거기서 하룻밤을 지내고 이튿날 아침 거실로 내려가보니 손다이크의 조수 폴튼이 아침 식사를 테이블에 늘어놓고 있는 참이었다. 손다이크는 열심히 핀셋으로 두 장의 지문 사진 치수를 재고 있었다. 그는 조용하고 부드러운 미소로 나를 맞이하며 핀셋을 놓고 아침 식사 자리에 앉았다.

"저비스, 오늘은 나와 함께 가주겠지? 그 캠버웰 살인사건 현장일세."

"물론이지. 자네만 괜찮다면 기꺼이 가겠네. 그러나 나는 그 사건에 대해서 아직 아무것도 듣지 못했어. 그러니 사건의 대강 줄거리를 이야기해 주게나."

손다이크는 진지한 얼굴로 나를 바라보더니 장난기가 가득 담긴 눈빛을 살짝 엿보이면서 말했다.

"정말 영락없이 옛날이야기에 나오는 여우와 까마귀 같은 수법이군. 자네는 나에게 열심히 지껄이게 해놓고 자기 혼자 듣는 즐거움을 만끽하면서 구운 고기를 마음껏 맛보려는 속셈이로군. 꽤 교묘한 계략이야, 저비스!"

나는 얼른 그의 말을 받아 응수했다.

"그런 건 아니지만, 언제나 범죄자와 만나다 보니 나도 모르게 사람이 나빠진 건지 모르지."

"그럴지도 몰라."

손다이크는 짓궂은 웃음을 지었다.

"그건 그렇고, 아무튼 짤막하게 이야기해 주겠네. 살해된 사나이 코드웰은 훔친 물건을 사고파는 장사를 했는데, 경찰의 스파이였다는 말도 있네. 그는 조그마한 집에서 하녀와 단둘이 살고 있었지.

그런데 1주일쯤 전에 하녀가 시집간 딸네 집에 갔다가 그날 밤 거기서 머물렀기 때문에 코드웰은 혼자 집에 있었네. 이튿날 아침 하녀가 돌아와보니 그는 사무실 겸 서재로 쓰는 방에 피가 흥건히 괴어 바다가 된 속에 쓰러져 죽어 있었네. 경찰의사는 죽은 지 12시간이 지났다고 추정했지. 뒤에서 무거운 둔기로 세게 한 대 얻어맞은 모양인데, 시체 옆에 나뒹굴고 있던 쇠지렛대가 그 흉기로 꼭 들어맞았네.

피해자는 칼라가 없는 셔츠에 실내 가운을 걸치고 있었네. 그 방에는 가스등이 설치되어 있었는데도 마루 위에 양초가 구르고 있었지. 서재 창문은 현장에서 발견된 쇠지렛대로 억지로 비틀어 연 흔적이 있었으며, 창밖의 화단에는 발자국이 뚜렷이 남아 있었네. 그래서 경찰은 피해자가 침실에서 옷을 갈아입다 창문 여는 소리를 듣고 아래층으로 내려와 서재로 들어간 순간 문 뒤에 숨어 있던 범인이 힘껏 내려친 것으로 보고 있네. 경찰은 유리창에서 기름으로 범벅이 된 오른손 지문을 발견했지. 자네도 보았던 그 지문인데, 조사한 결과 벨필드라는 전과자의 지문임을 알게 되었네. 그러나 그 지문이 실은 고무나 젤라틴 스탬프로 찍은 가짜임을 내가 증명해 냈네. 이것이 사건의 대강 줄거리일세."

이 이야기가 끝날 무렵 우리의 식사도 끝났다. 그래서 우리는 현장으로 갈 준비를 시작했다.

손다이크는 기묘한 도구——지질학자의 도구와 비슷하다——를 주머니에 넣고 지문 사진을 서랍에 넣은 다음 열쇠로 잠갔다.

우리는 둑길을 따라 걸어갔다. 걸으면서 나는 물었다.

"지문이 결정적인 단서가 못 된다는 것을 알았으니, 경찰에서는 아무 단서도 잡지 못한 셈이로군?"

"아직 단서는 잡지 못했겠지만, 여러 가지 자료를 조사해 보면 무언가 실마리가 잡힐 걸세. 나는 오늘 아침 재미있는 점을 깨달았네. 즉 그 가짜 지문을 만든 사나이는 스탬프를 두 개 썼음에 틀림없다는 사실이지. 하나는 엄지손가락 스탬프, 또 하나는 다른 네 손가락의 스탬프. 그리고 두 개 모두 경찰에 보관되어 있는 지문대장을 바탕으로 하여 만들었다는 것일세."

"어떻게 그걸 알았나?" 내가 물었다.

"그건 간단하네. 밀러 총경이 지문계 싱글턴에게서 유리창의 지문과 지문대장을 빌려다 주었었지? 나는 그 두 개의 치수를 재보고 아주 똑같다는 것을 알았네. 지문대장의 것은 잉크를 잘 칠하지 못했기 때문에 여러 가지 세세한 결점이 있었는데, 그것이 고스란히 유리창의 지문에도 나타나 있었네. 뿐만 아니라 네 손가락 사이의 간격까지 똑같더군. 엄지손가락의 지문은 지문대장에서 손가락을 종이 위에 돌려서 찍었기 때문에 타원형 부분만 스탬프했겠지."

"그럼, 스코틀랜드야드의 지문계 직원이 범인이란 말인가?"

"그런 일은 없겠지만, 그들과 관계된 누군가로부터 지문대장이 새어나갔으리라는 것은 생각할 수 있지."

피해자가 살고 있던 작은 마을 외딴집에 도착하자 중년여자가 문을 열어주고, 밀러 총경이 현관에 나와 맞았다.

"기다렸습니다, 손다이크 박사님. 조사는 대충 끝났습니다만, 확인하기 위해 다시 한 번 살피는 참입니다."

총경은 참극이 벌어졌던 가구가 얼마 없는 서재로 우리를 안내했다. 카펫에 남은 검은 얼굴과 네모나게 베어낸 유리창이 끔찍한 범죄를 이야기해 주었다. 신문지를 깔아놓은 테이블 위에 여러 가지 기묘한 물건들이 놓여 있었다. 은 티스푼이며 몸시계, 보석을 떼어낸 각종 장신구 등으로 특별히 눈에 띄는 물건은 없었다. 흉기로 사용된 쇠지렛대도 있었다.

총경이 설명했다.

"코드웰이 왜 이런 잡동사니까지 모아두었는지 모르지만, 이 속에 최근 도난사건에서 훔쳐온 물건이 들어 있는 것 같습니다. 그러나 범인은 모두 아직 잡히지 않았습니다."

손다이크는 그 물건들을 내키지 않는 태도로 바라보았다. 방을 완전히 휘저어놓은 것을 보고 실망한 모양이었다.

"그래, 어떤 물건이 없어졌는지 알았습니까?"

"그걸 도무지 알 수 없습니다. 금고가 열렸었는지 어떤지조차 모르겠습니다. 금고 열쇠가 책상 위에 있었으니 아마 열었으리라고 생각합니다만, 그렇다면 이 물건들을 왜 가져가지 않았을까요? 이것은 모두 금고 안에 있었던 거니까요."

"쇠지렛대에서 지문이 검출되었습니까?"

총경은 얼굴을 붉혔다.

"조사해 보기는 했습니다만, 내가 도착하기 전에 여러 명의 멍청이들이 완전히 마구 흩뜨려놓아서…… 그들은 이 쇠지렛대로 창문을 열었는지 조사해 보려고 했던 모양입니다. 그래서 이 쇠지렛대에는 그들의 짐승 같은 지문밖에 남아 있지 않습니다."

"창문은 억지로 비틀어 연 게 아니었겠지요?"

밀러 총경은 놀란 얼굴로 손다이크를 보면서 대답했다.

"그렇습니다. 일부러 비틀어 연 것처럼 보이게 했더군요. 화단에 난 발자국도 일부러 낸 것인 듯합니다. 범인은 코드웰의 구두를 신고 밖으로 나가서 일부러 발자국을 낸 것입니다. 코드웰 자신이 그런 일을 했다고는 생각되지 않습니다."

"편지나 전보 같은 것도 조사했습니까?"

"살인이 있었던 날 밤 9시에 만나자는 편지가 있었습니다. 보낸 사람의 이름이며 주소도 쐬어 있지 않았고, 필적도 일부러 바꾼 것 같았습니다."

"단서가 될 만한 것은 아무것도 없었습니까?"

"아니, 있습니다. 이게 그것입니다. 금고 속에서 나온 물건이지요."

밀러 총경은 의미 있는 눈으로 손다이크를 보면서 조그마한 꾸러미를 풀었다. 그 속에는 여러 가지 보석류와 함께 손수건으로 묶은 작은 꾸러미가 들어 있었다. 총경이 꾸러미를 풀자 같은 무늬를 새긴 은 티스푼 여섯 개와 소금을 담은 작은 병 두 개와 머리글자를 새겨 넣은 금 로켓이 하나 나왔다.

그리고 반으로 자른 편지지가 나왔는데, 거기에 분명 일부러 필적을 바꾼 글씨로 '이것이 약속한 물건입니다——F B'라고 쐬어 있었다. 그러나 손다이크와 내 주의를 끈 것은 손수건 그 자체였다. 낡은 손수건으로, 작은 핏자국이 몇 군데 묻어 있었다. 그리고 손수건 한쪽 구석에 고무 스탬프로 뚜렷이 'F 벨필드'라는 이름이 찍혀져 있었기 때문이다.

손다이크와 총경은 서로 얼굴을 마주보며 미소지었다.

"당신이 어떻게 생각하고 계신지 나는 압니다." 총경이 말했다.

"물론 아시겠지요. 당신은 나와 의견이 다르다는 얼굴을 하고 계시지만 속으로는 동감하고 계실 겁니다."

그러나 밀러는 꽤 완고했다.

"손수건에 벨필드의 이름이 쐬어 있는 이상, 그는 의무적으로 이것을 설명해야 할 것입니다. 이것은 이 사건과 관계 있는 것만이 아닙니다. 스푼이며 소금 그릇이며 로켓은 모두 원치모어 힐의 도난 사건에서 도둑맞은 물건입니다. 우리는 어떻게 해서든 그 범인을 잡으려고 지금 필사적입니다."

"총경님의 심정은 잘 알겠지만, 그러나 이 손수건은 아무 도움도 되지 않을 겁니다. 머리가 좋은 변호사, 이를테면 앤스티 씨 같은 사람이라면 이런 증거는 5분 안에 뒤엎어버릴 테니까요. 아시겠습니까? 분명히 말해 두지만, 이 손수건은 벨필드에 대한 증거로서 아무 가치도 없습니다. 물론 수사의 단서로서는 가치가 있을지도 모르지만 말입니다. 이런 때 당신이 취할 가장 좋은 방법은, 그 손수건을 내게 넘겨 어떤 일이 밝혀지게끔 조사하게 하는 일일 겁니다."

총경은 분명히 불만스러운 듯 내키지 않는 표정을 지으면서도 하는 수 없이 손다이크의 말에 따랐다.

"좋습니다. 그럼, 하루나 이틀 맡겨드리겠습니다. 가지고 돌아가셔도 좋습니다. 스푼이며 그 밖의 물건들도 필요합니까?"

"아니오, 손수건과 글씨를 쓴 종이쪽지면 됩니다."

그리하여 그 두 가지 물건이 손다이크에게 건네졌다. 손다이크는 그것을 언제나 들고 다니는 녹색 트렁크에 담아 주머니에 넣었다. 그 뒤 한참 동안 불만스러워 보이는 총경과 잡담을 나눈 다음 우리는 돌아왔다.

걸으면서 손다이크가 말했다.

"오늘 아침에는 수확이 그다지 없었군. 방 안의 물건들이 흐트러져 있었는데, 전문가가 충분히 조사한 뒤가 아니면 아무것도 움직여선 안되는 걸세."

"밀러 총경의 이야기를 듣고 뭔가 참고될 만한 것이 있었나?"

"내가 짐작했던 일이 확인되었을 뿐 얻은 건 없었네. 자네도 알다시피 코드웰이라는 사나이는 훔친 물건을 매매하는 장사를 하면서 한편으로는 경찰의 스파이 짓도 했었네. 코드웰은 언제나 정보를 경찰에 제공해 왔으니까 훔친 물건을 갖고 오는 녀석도 중요한 일은 말하지 않도록 조심했겠지. 경찰의 '개'는 대개 협박이나 강탈을 일삼으니까 이 사건에서도 코드웰에게 협박받던 사나이가 방문하겠다고 약속해 놓고 하녀가 없는 틈을 이용하여 찾아가서 머리를 때려 죽인 게 아닐까 생각되네. 분명히 계획된 범죄로, 범인은 돌 한 개로 여러 마리를 맞추어 떨어뜨릴 계획을 갖춘 다음 행동한 것일세.

그렇기 때문에 범인은 창문에 가짜 지문을 묻히기 위한 스탬프와 벨필드의 이름이 새겨진 손수건을 가지고 왔으며, 밀러 총경이 필사적으로 범인을 찾고 있는 절도사건의 은 티스푼이며 귀금속이며 보석류까지 가져다 금고에 넣어둔 걸세. 자네도 알아차렸겠지만 그 물건 중에는 귀중품이 하나도 없었네. 모두 밀러 총경을 부추겨 벨필드를 체포하게 만들 만한 물건들뿐이었지."
"그렇더군. 그건 나도 알아차렸네. 범인의 목적은 분명히 그 절도사건과 이번의 살인을 모두 가엾은 벨필드에게 뒤집어씌우는 데 있었던 것 같아."
"그렇네. 자네는 밀러 총경이 어떤 일을 생각하고 있는지 알겠나? 벨필드는 지금 밀러 총경의 손아귀에 있네. 그런데 다른 사나이——또 다른 사나이가 있다고 가정하고 말이네만——는 아직 어디의 누구인지 전혀 알지 못하네. 그러므로 총경은 벨필드를 붙잡아 될 수 있으면 그를 진범으로 만들고 싶어 하는 걸세. 벨필드에게 죄가 없다면——물론 그는 무고하지만——자신이 그것을 증명해야 하네."
"그래서 이제부터 자네는 어떻게 하려나?"

"전보를 쳐서 벨필드에게 오늘 밤 사무소로 와달라고 해야지. 이 손수건에 대해 뭔가 알고 있을지도 모르고, 알고 있다면 이미 우리가 쥐고 있는 자료와 결부시켜 올바른 선을 추구할 수 있지 않을까 생각하네. 자네의 진찰시간은 몇 시였지?"
"12시 30분일세. 버스가 왔군. 그럼, 점심식사 때까지는 돌아오겠네."

나는 버스에 뛰어 올라탔다. 2층 좌석에 앉아 밖을 내다보니 내 친구 손다이크가 성큼성큼 걸어가는 모습이 보였다. 그가 기계적으로 주위에 신경을 쓰면서도 깊은 생각에 잠겨 있음을 잘 알 수 있었다.

진찰은——상당히 증세가 심한 정신병환자를 진찰했는데——예정대로 끝나 점심식사 때까지 사무소로 돌아올 수 있었다.

사무소에 들어선 순간 나는 손다이크의 태도가 아까와는 달리 쾌활해진 것을 깨달았다. 복잡하고 곤란한 문제 해결의 윤곽이 잡혔을 때 가끔 보이는 유쾌한 태도였다. 그러나 그는 나에게 그 일을 털어놓으려고는 하지 않았다. 뿐만 아니라 한참 동안 직업상의 일로부터 떠나 있고 싶은 모양이었다.

그는 명랑하게 말했다.

"저비스, 낮부터 어디로든 좀 나가볼까? 날씨가 좋고, 지금은 일도 좀 한가하니까. 동물원이 어떻겠나? 신기한 침팬지가 있다는 말을 들었고, 페리오프사르모스라든가 하는 색다른 물고기도 있다더군. 어떤가, 가보지 않으려나?"
"좋지. 코끼리를 타고, 잿빛 곰에게 포도빵을 주기도 하며 독수리처럼 젊어져볼까?"

그러나 그로부터 1시간 뒤 동물원 안을 돌아다니면서 나는 손다이크가 결코 마음 느긋하게 쉬기 위해서 이곳에 온 게 아님을 알았다. 왜냐하면 그는 침팬지나 신기한 물고기를 보고도 전혀 흥미와 관심을 보이지 않았기 때문이다. 오히려 라마며 낙타가 있는 부근을 자꾸 어슬렁거려서 나를 의아하게 만들었다. 게다가 그의 흥미를 끈 것은 그런 동물들 자체가 아니라 그것들이 사는 우리인 듯 생각되었다.

이윽고 안장을 올려놓은 낙타 한 마리가 우리 쪽으로 끌려가는 것을 보면서 손다이크가 말했다.

"보게나, 저비스! 저 사막의 배를 보게나. 배 한가운데에 있는 일등선실이 보이지? 배 안에는 미리 음료수를 저장한 방도 갖추어져 있는 모양이군. 그러나 오른쪽 뒷다리는 류머티즘 관절염에 걸린 것 같네. 저 배가 독에 들어가기 전에 저쪽으로 가서 좀더 잘 관찰해 보세."

낙타가 우리로 가는 도중에 쉽게 만날 수 있도록 우리는 지름길을 잡았다. 걸어가면서 손다이크는 다시 말했다.

"말이며 토나카이며 낙타 같은 특수한 동물들이 사람에게 길들여져서 그 특성이 인간에게 도움되도록 이루어져온 과정은 실로 흥미롭다네. 이를테면 낙타가 역사에서 한 역할을 생각해 보게. 고대의 교역이며——오늘날에도 도움이 되고 있지만——문화를 전달하는 데 해낸 역할을. 그리고 캠비서스의 이집트 전쟁에서 키치너의 이집트 전쟁에 이르기까지 전쟁이며 정복에서 해낸 역할을 생각해 보게. 낙타란 정말 이상한 동물일세. 이 낙타는 관절염으로 조금 애먹는 것 같지만."

낙타는 이 말을 알아들었는지 우리 곁으로 가까이 다가왔을 때 비웃듯이 이를 드러내더니 홱 얼굴을 돌려버렸다.

손다이크는 낙타를 끌고 온 사나이에게 말했다.

"이 낙타는 꽤 나이를 먹은 것 같군요."

"그렇습니다. 나이가 아주 많아서 무척 애를 먹는답니다."

"이런 동물을 길들이려면 무척 힘들겠지요?"

손다이크는 사나이와 나란히 서서 낙타우리 쪽을 향해 천천히 걸어갔다.

"그렇습니다, 몹시 거치니까요."

"그러나 낙타며 라마는 꽤 재미있는 동물이지요. 이 동물의 사진을 한 세트 갖고 싶은데 어디서 팝니까?"

"매점에 가면 여러 동물의 사진이 있습니다. 그러나 한 세트라면, 글쎄 어떨지요. 모든 동물의 사진이 다 필요하다면, 낙타우리에 사진을 아주 잘 찍는 사나이가 있는데 그에게 부탁하면 어떤 사진이든 찍어준답니다. …… 지금은 나가고 없습니다만."

그러자 손다이크가 말했다.

"나중에 편지로 부탁하고 싶은데, 그 사람의 이름을 좀 가르쳐주시겠습니까?"

"좋습니다. 우드소프, 조제프 우드소프라고 합니다. 주문하시면 아주 솜씨 있게 찍어 드리지요. 아니, 이거 정말 고맙습니다."

사나이는 뜻하지 않게 손다이크가 건네준 팁을 주머니에 넣고 나서 낙타를 우리로 데리고 갔다.

그때까지 낙타에게 몹시 관심을 기울이던 손다이크는 그뒤 어찌된 일인지 갑자기 흥미를 잃어버린 듯 내가 가는 쪽으로 잠자코 따라와 곤충에서 코끼리에 이르기까지 모든 것에 똑같이 흥미를 보이며 휴일──그날을 우리의 휴일로 한다면──을 초등학생처럼 즐겼다. 그러나 동물에게서 빠진 털이며 새의 깃털 같은 것이 눈에 띄면 주의깊게 집어올려 저마다 다른 종이에 싸서 뭐라고 써넣은 다음 녹색 트렁크 속에 넣었다.

타조우리를 떠나면서 그는 말했다.

"이런 것들이 언제 어느 때 어떤 일에 쓰이게 될지 모른다네. 이를테면 여기 화식조(오스트레일리아와 뉴기니 지역에 서식 하는 날지 못하는 몇 종의 대형 조류)의 작은 깃털과 큰 사슴의 털이 있는데, 이 두 가지를 비교 연구함으로써 어떤 범죄의 비밀을 폭로하고 죄없는 사람의 생명을 구하는 일도 가끔 있거든. 그런 일이 전에도 몇 번 있었고, 앞으로도 있을지 모르네."
"그런 건 많이 모으고 있잖은가?" 돌아오며 나는 말했다.
"많이 모았지. 아마도 세계에서 으뜸가는 컬렉션일 걸세. 그 밖에도 법의학에 관계있는 것, 현미경으로만 보이는 작은 것, 이를테면 여러 지방의 특수한 공장이나 제작소에서 채집한 먼지, 흙, 식품, 약품 등에 관한 컬렉션은 세계에서도 드물 걸세."
"그런 컬렉션이 일에 도움된다는 말인가?"
"물론이지. 그런 견본을 가지고 있었기 때문에 예상도 하지 못했던 증거를 손에 넣은 일이 여러 번 있었네. 그런 경험에서 나는 법의학이 마지막으로 의지해야 할 곳은 현미경이라고 확신하게 되었지."
"그건 그렇고 벨필드에게 전보치겠다더니, 보냈나?"
"오늘 밤 8시 30분에, 되도록 부인도 함께 와주었으면 좋겠다고 연락했네. 나는 그 손수건의 수수께끼를 끝까지 알아보고 싶네."
"그 사나이가 진실을 말할까?"
"그건 뭐라고 말할 수 없네. 그러나 사실을 있는 그대로 말하지 않는다면 그는 바보야. 아마 모르긴 해도 진실을 말할 걸세. 그 사나이는 나에게는 아무것도 숨길 수 없다고 생각하고 있으니까."
식사가 끝나고 뒤처리까지 마치자 손다이크는 녹색 트렁크를 꺼내 그날의 '수확물'을 분류하기 시작했다. 그리고 폴튼에게 각 표본을 처리하는 일에 대해 자세하게 지시했다. 털이나 작은 깃털은 현미경으로 볼 수 있도록 슬라이드에 붙이고, 큰 것은 이름표를 붙여 봉투에 넣어두도록 일렀다. 손다이크가 조수 폴튼에게 그런 지시를 내리고 있는 동안 나는 창가에 서서 멍하니 바깥 거리를 내다보며 그가 표본

처리와 보존법에 관해서 해박한 지식을 가지고 있는데 대해, 그리고 조수가 매우 잘 훈련되어 있는데 대해 감탄했다. 한순간 나는 깜짝 놀랐다. 왜냐하면 잘 아는 인물이 크라운 오피스 거리에서 우리 사무소로 향해 길을 가로질러오는 모습이 보였기 때문이다.

"큰일났네, 손다이크!" 나는 소리쳤다. "일이 참 귀찮게 되었군."
"왜 그러나?"
나는 걱정스럽게 얼굴을 돌렸다.
"밀러 총경이 오고 있네. 지금 8시 20분이니까, 어쩌면 벨필드와 마주치게 될지도 모르잖나."
손다이크는 웃었다.
"우습게 되었군. 벨필드에게는 충격적이겠지. 하지만 걱정할 건 없네. 사실 나는 총경이 와주어서 오히려 잘됐다고 생각하네."
몇 분 뒤 총경의 성급한 노크 소리가 들렸다. 폴튼에게 안내되어 방으로 들어온 총경은 겁먹은 태도로 방 안을 둘러보았다.
그는 변명하듯 말했다.
"갑자기 이렇게 폐를 끼치게 되어 죄송합니다."
손다이크는 침착한 태도로 화식조의 깃털을 봉투에 넣고 겉에 새의 이름과 채집날짜와 장소를 써 넣으면서 대꾸했다.
"아니, 괜찮습니다. 이 사건에서 나는 당신의 협력자일 뿐이니까요. 폴튼, 총경님께 위스키와 소다수를 드리도록 하게."
밀러 총경이 다시 말했다.
"경시청 사람들이 떠들기 시작했습니다. 그 손수건과 글씨를 쓴 종이쪽지를 당신에게 내드렸다고 나를 비난하는 겁니다. 그것은 중요한 증거물이므로 빨리 받아다 금고에 넣어두어야 한다지 뭡니까."
"그렇게 될 줄 알았지요." 손다이크는 말했다.
"실은 나도 속으로는 조마조마했답니다. 그랬더니 아니나 다를까,

당하고 말았습니다. 그러니 미안합니다만, 그 손수건과 종이쪽지를 지금 곧 돌려주셨으면 합니다."
"그렇게 하지요. 실은 벨필드에게 오늘 밤 이리로 와달라고 말해 두었답니다. 앞으로 5, 6분쯤 지나면 올 것입니다. 그 사나이로부터 이야기를 들으면 이제 손수건도 필요 없습니다."
총경은 얼굴빛이 달라지며 소리쳤다.
"설마 그 사나이에게 손수건을 보이려는 건 아니겠지요?"
"보이겠습니다."
"그건 곤란합니다, 손다이크 박사님! 경찰관으로서 인정할 수 없습니다."
손다이크는 집게손가락을 총경 앞으로 내밀며 말했다.
"아시겠습니까, 밀러 총경님? 아까도 말했지만, 나는 이 사건에서 당신을 도와 일하고 있습니다. 그러니까 모든 일을 나에게 맡겨주십시오. 서투르게 방해하면 당신을 위해 안 좋습니다. 나에게 맡겨두면 당신이 오늘 밤 여기서 돌아갈 때 손수건과 종이쪽지뿐만 아니라 어쩌면 이번 살인사건의 범인과 최근에 있었던 절도사건의 범인 이름이며 주소까지 갖고 갈 수 있을지도 모릅니다."
총경은 깜짝 놀라며 소리쳤다.
"정말입니까? 그게 정말이라면 그처럼 멋진 일이 또 어디 있겠습니까?"
이때 가벼운 노크 소리가 들렸다.
"벨필드가 온 모양입니다."
벨필드였다. 아내도 함께였다. 두 사람은 총경의 모습을 보자 크게 놀랐다.
"조금도 두려워 할 것 없소, 벨필드."
총경의 상냥한 태도에는 일부러 꾸민 듯한 기분이 느껴졌다.

전과자 209

"당신을 잡기 위해서 온 건 아니니까."

그 말을 그대로 받아들일 수는 없었으나, 겁먹은 전과자를 안심시키는 데에는 도움이 되었다.

그러자 손다이크가 말했다.

"총경은 우연히 여기에 오신 겁니다. 그러니 걱정 말고 모든 사실을 있는 그대로 이야기해 주십시오. 이것은 당신의 손수건입니까? 잘 보고 진실을 말해 주어야 합니다."

손다이크는 서랍에서 손수건을 꺼내 테이블 위에 펴 놓았다. 그때 나는 핏자국 하나가 네모나게 잘라내어진 것을 알아차렸다.

벨필드는 떨리는 손으로 손수건을 집어들었다. 그리고 손수건 한 귀퉁이에 스탬프로 누른 이름을 보자 가슴이 철렁 내려앉은 것처럼 얼굴빛이 달라졌다.

"내 것인 것 같습니다." 그는 쉰 목소리로 말했다. "당신은 어떻게 생각하오, 리즈?"

그는 손수건을 아내에게 내주었다.

그녀는 처음에 이름을 보고, 그런 다음 가장자리에 놓인 수를 보았다. 그리고 나서 말했다.

"틀림없이 당신 거예요, 프랭크. 이건 세탁소에서 바뀐 손수건이에요. 들어보세요, 손다이크 박사님."

그녀는 손다이크에게로 얼굴을 돌렸다.

"여섯 달쯤 전에 새 손수건을 6장쯤 사서 고무 스탬프를 찍었답니다. 그런데 어느 날 세탁소에서 돌아온 것을 보니 스탬프가 없는 게 한 장 섞여 있었어요. 세탁소에 물어보았지만, 도무지 알 수가 없었지요. 그래서 대신 돌아온 손수건에도 스탬프를 찍었답니다."

"그게 언제쯤입니까?" 손다이크가 물었다.

"두 달쯤 전의 일이었어요."

"그 밖에는 아무것도 모릅니까?"
"아무것도 몰라요. 당신은 뭔가 아시나요, 프랭크?"
벨필드는 침착하게 가라앉은 표정으로 고개를 가로저었다. 손다이크는 그 손수건을 서랍에 넣었다. 그리고 나서 말했다.
"이야기가 좀 다릅니다만, 당신이 호로웨이 교도소에 있을 때 우드소프라는 간수——어쩌면 간수보일지도 모릅니다만——가 있었을 텐데, 그 사나이를 아십니까?"
"잘 압니다. 사실은 그 사람에 대해서 저어……."
"알고 있습니다." 손다이크가 말을 가로막았다. "호로웨이에서 나온 뒤 그 사나이를 만난 일이 있습니까?"
"꼭 한번 만났습니다. 부활절 다음날 동물원에서 만났었지요. 그는 낙타를 사육하는 일을 하고 있었습니다."
이때 나는 오늘 낮의 일이 생각나 소리죽여 웃었다. 벨필드는 이상하다는 듯이 내 얼굴을 보았다. 그리고 다시 말을 이었다.
"그는 우리 아이를 낙타에 태워주기도 했습니다."
손다이크가 다시 물었다.
"그 밖에 어떤 일이 있었는지 기억나십니까?"
"낙타가 사고를 일으켰던 일을 기억하고 있습니다. 몹시 성질이 거친 녀석이라 갑자기 날뛰기 시작하여 발길질을 하다가 옆에 세워둔 말뚝에 박힌 못에 다리를 부딪쳐 다쳤습니다. 그때 우드소프가 자기 손수건을 꺼내 상처난 곳을 매주려고 했는데, 너무 더러워서 내 손수건을 꺼내주었지요. 우드소프는 그 손수건으로 낙타의 다리를 매고, 나중에 빨아서 돌려보내줄 테니 주소를 가르쳐달라고 말했습니다. 그러나 나는 그런 귀찮은 일은 할 필요가 없다고 동물원을 나갈 때 다시 한 번 들를 테니까 그때 돌려주면 된다고 말했습니다. 그리고 1시간쯤 뒤 낙타우리에 가서 손수건을 받아왔는데 손수건은 차곡차곡 접혀 있었지만 여전히 더러웠습니다."
"다시 받았을 때 그 손수건이 당신 것인지 어떤지 살펴보았습니까?"
"아닙니다, 그대로 주머니에 넣었습니다."
"그것을 나중에 어떻게 했지요?"
"집으로 돌아온 다음 빨랫감을 넣는 바구니에 던져두었습니다."
"손수건에 대해서 알고 있는 것은 그뿐입니까?"
"네, 그것이 모두입니다."
"좋습니다, 벨필드 씨. 잘 말해 주었습니다. 이제는 아무것도 걱정할 필요 없습니다. 곧 캠버웰 살인사건에 대한 일이 신문에 보도될 테니 신문기사를 잘 보십시오."

전과자와 그의 아내는 손다이크의 말에 마음이 놓였는지 기운차게 돌아갔다. 두 사람이 돌아간 뒤 손다이크는 손수건과 반으로 잘려진 종이쪽지를 총경 앞에 펴 놓았다.

"생각했던 대로입니다, 밀러 총경님. 모든 것이 다 내가 생각했던 대로 진행되었습니다. 그 부인이 손수건이 바뀌었음을 알아차린 것은 두어 달 전이지만, 의미심장한 사건이 동물원에서 일어난 건 그보다 훨씬 전이었지요."

그러자 총경이 반론했다.
"그렇지만 저 사나이가 진실을 말하고 있는지 어떤지 알 수 없잖습니까?"
"아니오, 저 사나이의 이야기는 다른 증거와 일치합니다. 내가 손수건의 핏자국을 잘라낸 것을 알아차렸겠지요?"
"함부로 그런 짓을 하시면 곤란합니다. 경시청 동료들이 불평할 게 틀림없습니다."
"그 핏자국이 여기 있으니까 저비스에게 조사를 부탁하여 어떤 결과가 나오는지 설명을 들어보기로 합시다."

그는 손수건을 넣은 서랍에서 슬라이드를 꺼내 테이블 위에 현미경을 놓고 슬라이드를 끼웠다.

"자, 저비스, 좀 봐주겠나?"

나는 현미경의 강력한 대물렌즈에 나타난 네모진 천의 끝을 보았다.

"새의 피 같군." 나는 머뭇거리면서 말했다. "그런데 핵이 보이지 않네. 어째서일까?"

나는 다시 렌즈를 들여다보았다.

"알았네. 이건 낙타의 피일세!"

총경은 흥분한 나머지 몸을 앞으로 내밀 듯이 하고 손다이크에게 물었다.

"정말입니까?"

"그렇습니다. 오늘 아침 집에 돌아와서야 그것을 알았지요. 이것은 틀림없는 낙타의 피입니다. 포유동물의 혈구는 보통 동그란 모양이지만, 낙타 속 동물만은 예외여서 혈구가 타원형이지요."

손다이크가 대답했다.

"음……."

밀러 총경이 신음 소리를 냈다.

"그럼, 우드소프가 캠버웰 사건과 어떤 관계가 있는 것일까요?"

"크게 있지요. 당신은 지문에 대한 것을 잊어버리신 모양이군요."

손다이크가 말했다.

총경은 당황한 표정을 얼굴에 떠올렸다.

"지문이 어떻게 되었습니까?"

"그 지문은 두 개의 스탬프를 이용하여 찍은 것이었습니다. 그리고 그 스탬프는 경찰의 지문대장을 바탕으로 해서 만들어졌지요. 그것은 틀림없습니다. 언제라도 증명할 수 있습니다."

"만약 그렇다 하더라도 그것이 대체 어떻게 된 일입니까?"

손다이크는 서랍을 열고 사진 한 장을 꺼내 총경에게 건네주었다. 그리고 나서 말했다.

"이것은 당신이 가져다준 경찰 지문대장에 붙은 벨필드의 사진인데, 그 밑에 뭐라고 씌어 있는지 읽어보십시오."

손다이크는 손가락으로 그 난을 가리켰다.

총경은 소리내어 읽었다.

"지문채취자 조제프 우드소프, 호로웨이 교도소 간수."

총경은 사진을 한참 동안 멍하니 들여다보더니 이윽고 소리쳤다.

"정말 놀랍소! 잘 발견하셨습니다. 게다가 이렇게 빨리…… 내일 아침 일찍 우드소프를 체포하겠습니다. 그러나 우드소프는 어떻게 코드웰을 살해했을까요?"

"그는 똑같은 지문을 두 개 채취할 수도 있었을 것입니다. 그렇게 해도 죄수들에게 의심받을 염려는 결코 없지요. 그러나 그는 그렇게 하지 않고 지문을 경시청으로 보내기 전에 사진을 찍어둔 것입니다. 테이블 위에 카메라를 놓고 찍는 일쯤 숙련된 사진사라면 간단히 할 수 있지요. 내가 조사한 바에 따르면 그는 꽤 우수한 사진사입니다. 그의 집을 수색해 보십시오. 아마 사진기며 사진도구, 그리고 스탬프도 나올 것입니다."

"아무튼 놀랐습니다, 손다이크 박사님. 자, 체포장을 청구해야 하므로 나는 이만 돌아가겠습니다. 안녕히 주무십시오. 여러 가지로 가르쳐주셔서 고맙습니다."

총경이 가버린 뒤 우리는 한참 동안 말없이 서로 얼굴만 바라보았다. 이윽고 손다이크가 입을 열었다.

"저비스, 이건 아주 간단한 사건이지만, 상당히 귀중한 교훈이 담겨 있다고 생각하네. 이 교훈을 자네도 잊지 말아주게. 그것은 즉 '증거로서의 사실의 가치는 조사해 보기 전까지는 미지수'라는 것일세. 이것은 너무도 자명한 일이지만, 다른 자명한 일과 마찬가지로 자칫하면 못 보고 지나치기 쉽지. 이번 사건을 생각해 보세. 오늘 아침 코드웰의 집을 나올 때 내가 알고 있었던 것은 이런 사실이었네.

첫째——코드웰을 살해한 사나이는 직접적이든 간접적이든 경시청 지문계와 관계있다.

둘째——그 사나이는 솜씨 좋은 사진사임에 틀림없다.

셋째——아마도 그 사나이는 윈치모어 절도사건의 범인일 것이다.

넷째——그 사나이는 코드웰과 아는 사이로 장삿일로 거래가 있으며, 코드웰로부터 협박받아 왔을 것이다.

이것이 모두일세. 자네도 알았겠지만, 단서로서는 아주 막연한 것이었지.

그리고 손수건인데, 그것은 가짜 단서로서 범인이 남겨둔 것이리라 생각했네. 그런 스탬프는 누구나 만들 수 있거든. 그리고 손수건에 핏자국이 묻어 있었는데, 그 피는 사람의 피일지도 모르며 그렇지 않을지도 모르지만 사람의 피든 아니든 그다지 문제될 건 없다고 생각했네. 만약 그것이 사람의 피거나 적어도 포유동물의 피라면 그것도 하나의 사실이고, 또 그것이 사람의 피가 아니라면 그것 역시 하나의 사실이니까. 나는 사실을 알고 싶었네. 그 사실에 증거로서의 가치가 있는지 어떤지는 나중이 되어보아야 알 수 있지.

나는 집으로 돌아와 그 핏자국을 조사해 보았네. 그런데 뜻밖에도 그것은 낙타의 피였지. 그 결과 순식간에 이 대수롭지 않던 사실이 중요한 가치를 갖게 된 걸세. 그 뒤의 일에 대해서는 굳이 골치를 앓을 필요가 없었네. 지문대장에는 분명히 우드소프의 이름이 나와 있었지. 내가 할 일은 런던에서 낙타가 있는 곳을 모조리 뒤져 그곳에서 일하는 사람 가운데 사진기술이 좋은 사나이를 찾아내는 것이었네. 당연히 나는 맨 먼저 동물원으로 갔네. 그리고 첫 낚싯바늘로 조제프 우드소프를 낚아올린 걸세. 그러므로 나는 여기서 다시 한 번 말해 두고 싶네. 어떤 사실이든 잘 조사해 보기 전에는 결코 단언할 수 없다고 말일세."

이 사실은 재판 때 공표되지 않았으며, 손다이크도 증인으로 법정에 출두하지 않았다. 왜냐하면 경찰이 우드소프의 집을 수색하자 손다이크가 말한 대로 지문 스탬프는 물론 많은 죄수들의 지문이며 유죄를 입증하는 증거가 쏟아져 나와 그가 진범이라는 데 의문의 여지가 없었기 때문이다.

이렇게 해서 한 사람의 대단히 바람직하지 못한 인물이 사회에서 제거되었던 것이다.

파랑 스팽글

 손다이크는 걱정스러운 표정으로 플랫폼을 바라보며 서 있었다. 열차가 출발할 시각이 가까워짐에 따라 그 걱정스러운 빛도 짙어져갔다.
 "정말 불운한 일이로군."
 차장이 초록색 깃발을 흔들기 시작하자 손다이크는 하는 수 없이 아무도 없는 끽연실인 콤파트먼트로 내키지 않는 걸음을 옮겼다.
 "유감스럽지만 그를 못 만나게 된 것 같군."
 그리고 나서 문을 닫았다. 열차가 움직이기 시작하자 그는 창문으로 얼굴을 내밀었다.
 "아니, 저 사나이일지도 모르겠는걸. 그렇다면 아주 아슬아슬하게 시간에 댄 모양이군. 지금쯤 맨 뒤칸에 앉아 있겠지."
 손다이크가 찾는 사람은 포르투갈 거리에 있는 스톱포드 앤드 마이어스 법률사무소의 에드워드 스톱포드 씨였다. 그 인물과 관계를 갖게 된 실마리는 어제저녁 우리 사무소로 배달된 한 통의 전보였다. 회신료가 붙은 그 전보에는 다음과 같은 내용이 씌어 있었다.

변호를 의뢰하고 싶은 일이 있음. 내일 출장 바람. 중대사건임. 비용은 모두 이쪽에서 부담함.

스톱포드 앤드 마이어스

손다이크가 승낙하는 회답을 보내자 오늘 아침 또 한 통의 전보가 배달되었다. 분명히 밤에 보낸 것이었다.

체링 크로스 8시 25분발 열차로 월드허스트를 향해 출발함. 가능하면 전화로 연락하겠음.

에드워드 스톱포드

그러나 전화는 걸려오지 않았다. 게다가 우리는 둘 다 스톱포드 씨와 개인적으로 만난 일이 없었으므로 플랫폼의 승객 가운데 그가 있는지 어떤지도 알 수 없었다.

"정말 불운한 일이야." 손다이크는 되풀이했다. "덕분에 이처럼 중대한 사건에 대해 미리 고찰할 기회를 잃어버렸으니 말일세."

그는 골똘히 생각에 잠긴 채 파이프에 담배를 담으며 런던 브리지 역 플랫폼으로 목표도 없는 눈길을 보냈다. 그러더니 매점에서 산 신문을 꺼내어 지면을 넘기면서 재빨리 기사를 훑기 시작했다. 그러나 독자의 마음을 끌기 위한 신문 특유의 문장이나 기사에는 관심이 없는 모양이었다.

"준비도 없이 별안간 사건에 목을 들이민다는 건 아주 불리해. 미리 세밀한 점을 포착해 두면 총괄적으로 사건을 고찰할 수 있으니까. 이를테면……."

끝까지 말하지 않고 문득 이야기를 끊었으므로 나는 의아하여 그쪽을 보았다. 그는 다른 지면을 넘기며 열심히 기사를 읽고 있었다.

"이것이 아무래도 목표인 사건인 듯하군, 저비스."

이윽고 그는 나에게 신문을 건네주고 그 지면의 톱기사를 가리켰다. 아주 짤막한 기사로, '켄트 주에서 끔찍한 살인사건 발생'이라는 표제 아래 다음 설명이 이어져 있었다.

헐베리 연락역을 기점으로 하는 지선 도중에 있는 작은 거리 월드허스트에서 어제 아침 충격적인 사건이 발생했다. 발견자는 화물 운반 짐꾼으로, 그는 마침 들어온 열차의 차량을 점검하려던 참이었다. 그가 콤파트먼트의 문을 열었을 때 화려하게 차려입은 부인이 바닥에 길게 누워 있는 것을 발견하고 놀라서 즉시 구급처치를 요청했다. 그 지방 의사인 몰턴 박사가 달려가 조사한 결과 이 부인은 죽은 지 몇 분 지나지 않았음이 밝혀졌다.

시체의 상태로 보아 매우 잔혹한 방법에 의한 살인이었음에 틀림없다. 뭔가 뾰족한 기구로 찔린 머리의 상처가 사인이며, 두개골을 꿰뚫고 뇌에 이르는 상처자국으로 판단하건대 무시무시한 힘으로 내려친 듯하다. 그리고 고급품인 핸드백이 선반에 그대로 남아 있었으며 값비싼 다이아몬드 반지 여러 개를 포함한 죽은 부인의 보석류에 손댄 흔적이 없는 점으로 미루어 도둑의 짓이 아니라는 것도 분명해졌다. 더욱이 소문에 따르면 지방경찰에서는 이미 용의자를 한 사람 체포했다고 한다.

나는 신문을 돌려주면서 말했다.

"끔찍한 사건이군. 그러나 이 기사만으로는 그다지 잘 알 수가 없구먼."

손다이크도 동의했다.

"그렇네, 하지만 고려할 만한 점이 있어. 뭔가 뾰족한 기구로 찔린 머리의 상처가 두개골을 꿰뚫었다고 씌어 있는데, 이것으로 보면 총알에 의한 상처는 아닌 것 같네. 그럼, 어떤 기구를 쓰면 이런 상처를 입힐 수 있을까? 콤파트먼트라는 한정된 공간에서 이런 기구를 쓰려면 어떻게 해야 할까? 게다가 이런 기구를 가지고 있는 것은 어떤 부류의 사람일까? 이런 일들은 미리 생각해 볼 가치가 있는 문제일세. 그리고 가능하다고 생각되는 동기──도둑은 빼놓고──며, 살인 이외의 어떤 상황에서 이와 같은 상처가 만들어질 수 있을까 하는 점에 대해서도 주목할 필요가 있지."

"조건에 맞는 기구를 찾아내는 것은 그다지 어려운 일이 아니라고 생각하네."

내가 한 마디 참견했다.

"그런 기구는 아주 한정되어 있으니까. 이를테면 석고세공을 하는 직인의 송곳이라든가, 지질을 조사하는 데 쓰이는 해머처럼 특정한 직업을 가진 사람만이 쓰는 물건들이지. 저비스, 노트를 갖고 있겠지?"

나는 그의 마음을 읽고 노트를 꺼내놓은 채 잠자코 다시 사색에 잠겼다. 그동안 내 친구 손다이크 역시 자기 노트를 무릎에 올려놓고는 가만히 창 밖을 내다보고 있었다. 이렇게 그가 가끔 노트를 흘끗 보면서 생각에 잠겨 있는 동안 열차는 이윽고 속도를 늦추어 지선으로 갈아타는 헐베리 연락역에 도착했다.

열차에서 내릴 때 나는 단정한 옷차림의 사나이가 뒤쪽 차칸에서 서둘러 플랫폼으로 내려서더니 열차에서 내린 몇 안되는 승객의 얼굴을 열심히 살펴보는 것을 깨달았다. 그는 이내 우리를 알아보고 곧장 다가와서 손다이크와 나의 얼굴에 차례로 눈길을 돌리며 물었다.

"손다이크 박사님이시지요?"

"그렇습니다. 당신은 에드워드 스톱포드 씨지요?"
변호사는 고개를 끄덕였다. 그는 흥분한 어조로 말했다.
"이건 무시무시한 사건입니다. 신문을 갖고 계신 것 같습니다만, 실로 충격적인 사건입니다. 그렇지만 여기서 당신을 만나뵈니 살아난 기분입니다. 하마터면 열차를 놓칠 뻔했기 때문에 만나지 못하는 게 아닐까 걱정했었지요."
손다이크는 요점으로 들어갔다.
"용의자가 체포되었다고요?"
"그렇습니다. 그런데 그게 바로 내 동생이랍니다. 정말 기막힌 일이지요. 플랫폼을 걸으면서 이야기하실까요? 열차가 출발할 시각까지는 아직 15분쯤 남아 있으니까요."
우리는 함께 쓰는 글래드스턴 가방(가볍고 길쭉한 여행가방)과 손다이크의 실험기구가 든 트렁크를 아무도 없는 콤파트먼트에 놓은 채 변호사를 가운데 하고 사람 없는 플랫폼 끝 쪽으로 걸어갔다. 스톱포드가 말했다.
"동생이 이렇게 되었기 때문에 정말 우울합니다. 아무튼 차례대로 사실을 설명드리지요. 그런 다음은 당신의 판단에 맡기겠습니다. 이렇게 참혹한 방법으로 살해된 가엾은 여자는 에디스 그랜트 양이라고 합니다. 본디 화가들의 모델 일을 하고 있어 내 동생도 가끔 그녀를 고용했었지요. 내 동생 해럴드 스톱포트는 화가로 ARA(왕립미술원 준회원)이지요."
"그의 작품은 잘 알고 있습니다, 굉장히 매력적이지요."
"나도 그렇게 생각합니다. 그런데 그 무렵 동생은 아주 젊어서──20살쯤이었습니다──분별이 없어 아주 순진하게 그랜트 양과 친해진 것입니다. 그러나 그녀는 많은 영국의 모델과 마찬가지로 품행이 무척 단정한 아가씨였으므로 뭔가 잘못을 저지르리라고는 아무도 생각지 못했습니다. 두 사람은 열심히 서로 편지를 보내고 때로는 선물도 주고받았습니다. 구슬에 사슬이 달린 로켓 목걸이도 그 선물 중 하나인데, 그 속에 동생은 어리석게도 자신의 사진과 '해럴드로부터 에디스에게'라는 말을 넣어 선물했던 것입니다.

그랜트 양은 목소리가 아주 좋았으므로 나중에 코믹 오페라 극단에 들어가 무대에 서게 되었습니다. 그 결과 성격과 교제하는 사람의 범위가 얼마쯤 달라진 모양입니다. 한편 해럴드도 다른 여자와 약혼했으므로 당연히 그전에 쓴 편지를 돌려달래야겠다 생각하고, 특히 그 로켓 목걸이는 좀더 무난한 선물과 바꾸어야겠다고 생각했습니다. 그런데 그랜트 양은 편지는 돌려보내주었지만, 로켓 목걸이만은 돌려주지 않았습니다.

지난달 해럴드는 헐베리에 머물면서 부근의 전원을 스케치했지요. 그리고 어제 아침 열차를 타고 여기서 세 번째 역인 월드허스트에서 하나 앞인 싱글허스트로 향했습니다.

그런데 그곳 플랫폼에서 우연히 런던에서 워싱으로 가던 그랜트 양을 만난 것입니다. 두 사람은 함께 지선에 올라타서 콤파트먼트로 들어갔습니다. 그녀는 이때도 그 로켓 목걸이를 하고 있었으므로 동생은 다시 한 번 뭔가 다른 물건과 바꾸어주면 좋겠다고 부탁했으나 그녀는 전과 마찬가지로 그 제의를 거절했습니다. 그 때문에 상당히 열띤 말다툼이 일어나 두 사람 다 몹시 흥분한 모양입니다. 먼스덴에서 차장과 짐꾼이 두 사람이 싸우는 것을 보았다더군요. 결국 그랜트 양은 사슬을 잡아끊어 로켓과 함께 동생에게 던져주고, 동생이 내리는 역인 싱글허스트에서 두 사람은 웃는 얼굴로 헤어졌습니다. 그때 동생은 스케치 도구 한 벌을 가지고 있었는데, 그 가운데 큰 네덜란드 우산이 있었습니다. 그 우산 아래에는 물푸레나무 손잡이가 달려 있을 뿐만 아니라 땅에 꽂아서 세울 수 있도록 튼튼한 강철꼭지가 붙어 있습니다.

동생이 싱글허스트에서 내린 것은 10시 30분쯤이었는데, 11시쯤
에는 적당한 자리를 골라 작업을 시작했습니다. 그곳에서 동생은 3
시간쯤 그림을 그리고 있었습니다. 그런 다음 짐을 정리하여 역으
로 돌아가려는데 경찰관이 나타나 체포한 것입니다.
  그런데 상황증거를 모아보니 모두 동생에게 불리한 것들뿐입니
다. 동생은 죽은 여자와 마지막으로 함께 있었던 사람입니다. 먼스
덴을 지난 뒤로 그녀를 만난 사람이 아무도 없는 것 같기 때문입니
다. 더욱이 살아 있는 그랜트 양을 마지막으로 본 사람의 이야기에
따르면 그녀는 동생과 싸움을 하고 있었으며, 게다가 동생에게는
그녀를 살해할 이유가 있고 도구——강철꼭지가 달린 우산——도
있었다는 것입니다. 이거라면 죽을 만한 상처를 입힐 수 있지요.
게다가 몸을 검사했더니 동생은 로켓과 끊어진 사슬을 지니고 있었
습니다. 이러니 그녀에게서 폭력으로 빼앗았다고 생각되어도 하는
수 없습니다.
  물론 이런 일은 지금까지 알려진 동생의 성격——동생은 참으로
다정하고 온화한 성격입니다——이나 행동과 모순됩니다. 만일 뭔
가 죄를 저질러야 한다면 가장 덜 끔찍한 방법으로 할 사나이입니
다. 그러나 법률가의 입장에서 말하자면, 이 상황은 동생에게 절망
적이라고 해도 좋을 만큼 불리합니다."
열차 앞까지 왔으므로 손다이크가 올라타면서 말했다.
"'절망적'이라는 말을 가볍게 쓰면 안 됩니다. 비록 경찰이 상당한
확신을 가지고 있다고 하더라도 말입니다. 그런데 검시법정은 몇
시부터 시작되지요?"
"오늘 4시입니다. 당신이 시체를 조사하고 검시에 입회할 수 있도
록 검시관으로부터 허가를 받아두었습니다."
"당신은 상처의 정확한 위치를 알고 있습니까?"

"네, 알고 있습니다. 왼쪽 귀 뒤 조금 위쪽입니다. 보기만 해도 소름이 끼칠 듯한 동그란 구멍으로, 거기서부터 이마 옆에까지 꺼끌꺼끌하게 베어져 힘줄이 붙어 있습니다."

"시체가 누워 있던 위치는?"

"바닥과 평행으로, 발은 문 뒤쪽 바로 옆에 있었습니다."

"머리의 상처는 한 군데뿐이었습니까?"

"아닙니다. 오른쪽 볼에 길게 벤 상처인지 타박상 같은 것이 하나 있었습니다. 경찰의사의 이야기로는 타박상이라고 하더군요. 꽤 심하여 그는 둔한 흉기로 맞아서 생긴 걸로 보고 있는 것 같습니다. 그 밖에는 벤 상처도 타박상도 없었습니다."

"어제 싱글허스트에서 그 열차에 올라탄 사람은 없었습니까?"

"헐베리를 출발한 뒤 열차에 올라탄 사람은 아무도 없었습니다."

손다이크는 잠자코 스톱포드의 이야기를 생각하고 있었다. 그는 멍하니 생각에 잠겨 있더니 열차가 싱글허스트 역을 지날 때 얼굴을 들었다.

스톱포드가 말했다.

"살인이 일어난 것은 이 부근으로 생각됩니다. 적어도 이곳과 월드허스트 중간에서 일어났음에 틀림없습니다."

손다이크는 마침 창문으로 보이는 경치를 열심히 바라보고 있었으므로 건성으로 고개를 끄덕였다.

"지금 문득 깨달았는데……."

이윽고 손다이크는 우리의 주의를 집중시켰다.

"선로와 선로 사이에 풀이 많이 우거져 있고 좌철이 여러 개 새로 바뀌어 있는 것 같군요. 최근에 선로공이 수리공사를 했습니까?"

"그렇습니다. 현재 이 지선에서 작업 중일 것입니다. 어제도 월드허스트 가까이에서 한 조가 일하고 있는 것을 보았습니다. 여기 왔을 때 건초에서 연기가 피어오르는 것이 보였습니다."
"그랬군요. 그런데 이 가운데 선로는 측선입니까?"
"그렇습니다. 짐을 실은 화물열차와 빈 화물열차를 그곳에서 바꾸는 것입니다. 저기 건초를 쌓았던 흔적이 남아 있지요? 아직도 연기가 나고 있군요."

손다이크는 멍하니 시커멓게 그을린 건초더미를 바라보았다. 그러나 이내 그것은 가운데 선로에 정차 중인 빈 가축차에 가려져서 보이지 않게 되었다. 가축차에는 화물열차가 죽 이어지고, 다시 객차가 한 칸 연결되어 있었다. 그 객차의 한 칸——콤파트먼트——은 폐쇄되어 있었다. 이윽고 우리는 열차가 뜻밖에도 갑자기 속도를 떨어뜨려 약 2분 뒤에 월드허스트 역에 도착했다.

손다이크가 온다는 것이 알려져 있었던 모양이다. 왜냐하면 관계자들——짐꾼 두 명, 검시관, 그리고 역장——이 몹시 기다리는 얼굴로 플랫폼에 서 있었기 때문이다. 역장은 위엄지키는 것도 잊고 앞으로 나와서 우리의 짐을 받아들였다.

손다이크가 변호사에게 물었다.

"그 콤파트먼트를 보여주시겠습니까?"

그러자 역장이 미안한 듯이 말했다.

"내부는 곤란합니다. 경찰이 봉인해 버렸답니다. 꼭 보셔야겠다면 검시관에게 물어보셔서······."

"그럼, 밖에서라면 괜찮겠지요?"

역장은 곧 승낙하고 자기도 함께 가고 싶다고 말했다.

"그 밖의 콤파트먼트는 없습니까?" 손다이크가 다시 물었다.

"없습니다. 콤파트먼트는 이 한 칸뿐으로, 승객은 죽은 부인 한 사람밖에 없었습니다. 그렇기 때문에 어쩐지 더욱 기분이 나쁘다고 모두들 생각하고 있지요."

우리가 선로에 내려서자 역장은 다시 이야기를 계속했다.

"문제의 열차가 들어왔을 때 나는 플랫폼에 있었습니다. 경계선 근처에서 불을 질러 이따금 불꽃을 올리고 있는 건초더미를 바라보면서 나는 그때 아무래도 가운데 선로에 있는 가축차를 다른 데로 옮겨야겠다고 말했습니다. 왜냐하면 연기며 불꽃이 마구 불어와서 죄 없는 동물들이 깜짝 놀라지나 않을까 걱정되었기 때문입니다. 펠튼 씨는 자기 가축을 아무렇게나 다루는 것을 아주 싫어하니까요. 그러면 고기가 못 쓰게 된다고요."

손다이크가 끼어들었다.

"물론 그렇겠지요. 그런데 아무에게도 들키지 않고 이 열차의 반대쪽에서 탔다가 다시 내릴 수는 없을까요? 예를 들어 어떤 역에서 누군가가 반대쪽에서 콤파트먼트로 들어왔다가 다음 역에서 열차가 속도를 떨어뜨렸을 때 아무에게도 들키지 않게 뛰어내릴 수는 없을까요?"

"그건 무리일 겁니다. 절대로 불가능하다고 말할 수는 없습니다만……." 역장이 대답했다.

"고맙습니다. 아 참, 그렇지, 또 한 가지 묻고 싶은 일이 있습니다. 이 지선에서 한 무리의 작업원들이 일하는 것을 보았는데 그들은 이 지방 출신입니까?"

"아닙니다, 모두 다른 곳에서 온 사람들입니다. 그들 중에는 상당히 야만스러운 자도 있지요. 그러나 야만스럽다고 해서 해롭다고는 생각지 않습니다. 만일 저 사람들 가운데 누군가가 이번 사건과 관계가 있다고 생각하신다면……."

"아니오." 손다이크는 짤막하게 가로막았다. "저 사람들 가운데 누군가를 의심하는 것은 아닙니다. 나는 다만 수사에 착수하기 전에 이 사건과 관계 있는 사실을 모두 알고 싶을 뿐입니다."

역장이 얼굴이 벌게져서 대답했다.
"당연한 일이지요."
우리는 잠자코 앞으로 걸어나갔다.
아무도 없는 객차 가까이까지 왔을 때 손다이크가 말했다.
"그런데 시체가 발견되었을 때 콤파트먼트 반대쪽 문이 닫혀져 잠겨 있었는지 어떤지 기억나십니까?"
"닫혀 있었습니다만 잠겨 있지는 않았습니다. 당신은……."
"아니, 아무것도 아닙니다. 그건 그렇고, 봉인된 콤파트먼트란 물론 이것을 말하는 거겠지요?"

대답도 기다리지 않고 손다이크는 조사를 시작했다. 그동안 나는 나머지 두 사람이 걸핏하면 손다이크의 일을 방해하려는 것을 조용히 막는 역할을 했다. 반대쪽 발판이 특히 손다이크의 주의를 끈 모양이었다. 그는 이 운명의 객차 반대쪽 부분을 세밀하게 조사한 다음 이번에는 천천히 걸으면서 마치 뭔가 찾고 있는 것처럼 눈을 가까이 대고 객차를 끝에서 끝까지 샅샅이 조사했다.

뒤쪽 맨 끝에서 걸음을 멈추고 그는 주머니에서 종이를 한 장 꺼냈다. 그리고 나서 손끝으로 발판에서 뭔가 작은 물체를 집어올려 주의깊게 종이 위에 옮겨놓고 다시 그 종이를 접어서 수첩에 끼웠다.

다음에 그는 발판에 올라가 봉인된 객차의 창문으로 안을 들여다보았다. 그러더니 주머니에서 작은 지문검출기(분말을 뿌리는 기계)를 꺼내 연기 같은 분말을 가운데 창문 끄트머리에 뿌리고, 한편 그 울퉁불퉁하고 먼지가 잔뜩 낀 창문이음새를 찬찬히 살펴보았다. 그리고 창틀 하나를 포켓용 줄자로 재었다. 그런 다음 겨우 땅에 내려서자 가까이 있는 발판을 주의깊게 살폈다. 마침내 그는 지금은 이것으로 조사를 끝내겠다고 말했다.

선로를 따라 돌아올 때 우리는 작업 중인 한 사나이 옆을 지났다.

사나이는 보통 이상의 관심을 보이며 좌철과 침목을 살펴보고 있는 것 같았다.

"저 사람도 선로공입니까?" 손다이크가 역장에게 물었다.

"현장감독입니다."

"잠깐 가서 저 사람과 이야기하고 올 테니 천천히 걸어가십시오."

손다이크는 몸을 돌려 사나이에게로 다가가 5, 6분쯤 이야기하고 돌아왔다.

역에 가까이 왔을 때 손다이크가 말했다.

"플랫폼에 있는 사람은 경찰서장인 모양이지요?"

"그렇습니다. 당신이 무엇을 찾으시는지 보러 온 것이겠지요."

안내역인 역장이 대답했다.

서장이 이런 데 나타나는 것은 좀처럼 없는 일이므로 아마도 역장의 말이 맞을 거라고 나는 생각했다.

자기소개가 끝나자 서장이 말했다.

"흉기를 보고 싶지 않으십니까?"

"그 우산꼭지를 말씀하시는 거지요?" 손다이크가 되물었다. "네, 괜찮으시다면 보고 싶군요. 그러나 지금은 시체가 놓여 있는 곳부터 가고 싶습니다."

"가는 길에 경찰서 앞을 지나니까 만약 들르실 생각이 있다면 제가 함께 모시고 가겠습니다."

우리는 이 제안을 받아들여 경찰서로 향했다. 호기심에 사로잡힌 역장도 함께 갔다.

"자, 들어오십시오."

문을 열고 우리를 안으로 안내하면서 서장이 말을 이었다.

"너무 변호인 측의 편의만 생각지는 말아 주십시오. 피고의 소지품은 살인을 저지른 흉기까지 포함해서 모두 가져다두었으니까요."

"아니오. 앞질러서 생각하면 안 됩니다."

손다이크가 항의했다.

손다이크는 서장에게서 튼튼한 물푸레나무 우산대를 받아들고 돋보기로 그 소름끼칠 듯한 우산꼭지를 조사했다. 그런 다음 주머니에서 강철제 캘리퍼(안지름이나 두께를 재는 기구)를 꺼내어 우산꼭지와 우산대의 지름을 신중하게 쟀다.

노트에 그 결과를 써 넣은 다음 손다이크는 말했다.

"그럼, 이번에는 그림물감통과 스케치를 보여주시겠습니까? 당신의 동생 해럴드 씨는 실로 꼼꼼하고 빈틈없는 분이군요, 스톱포드 씨. 그림물감 튜브는 모두 있어야 할 곳에 놓여 있고, 팔레트며 나이프도 깨끗이 씻겨 있지 않습니까? 팔레트는 반짝반짝 닦이고, 붓도 깨끗합니다. 그림물감이 굳어지기 전에 씻은 모양이지요. 이런 것들은 모두 중요한 사실입니다."

그런 다음 손다이크는 흰 캔버스에 핀으로 눌러놓은 스케치를 떼어내어 광선상태가 좋은 의자에 세워놓고 뒤로 물러나서 바라보았다.

이윽고 그는 변호사 쪽을 보면서 감탄의 소리를 질렀다.

"이것이 겨우 3시간 만에 한 작업이라고 하셨지요? 정말 기막힌 솜씨인데요!"

스톱포드는 기운 없는 목소리로 대답했다.

"동생은 그림을 아주 빨리 그립니다."

"그런 것 같군요. 단지 깜짝 놀랄 만큼 빠를 뿐만 아니라 참으로 훌륭합니다. 마음과 감정이 담긴 작품입니다. 그러나 더 이상 오래 바라보고 있을 수는 없지."

손다이크는 스케치를 다시 본디대로 캔버스에 핀으로 눌렀다. 그리고 서랍 속의 로켓 목걸이며 그 밖의 물건들을 대강 훑어보고 서장의 호의에 감사를 표한 다음 그 자리를 떠났다.

큰길을 걸으면서 손다이크가 말했다.

"그 스케치와 그림물감통은 나에게 무척 암시적으로 생각됩니다."

"나도 그렇게 생각합니다" 스톱포드는 음울한 어조로 대답했다. "가엾은 그 주인과 마찬가지로 저렇게 갇혀 있으니까요."

스톱포드는 무거운 한숨을 내쉬었다. 우리는 묵묵히 계속 걸었다.

시체안치소 관리인은 분명히 우리가 오리라는 것을 알고 있었던 듯했다. 왜냐하면 손에 열쇠를 들고 문 앞에서 기다리고 있었기 때문이다. 관리인은 검시관의 허가서를 본 다음 문을 열어주었다. 우리는 나란히 시체가 놓여 있는 곳으로 들어갔다. 덮개가 씌워진 채 슬레이트 대 위에 누워 있는 소름끼칠 듯한 시체를 한번 보더니 스톱포드는 얼굴이 창백해져서 밖에서 관리인과 함께 기다리겠다며 나갔다.

손다이크는 문을 닫고 안에서 잠그자 곧 퇴색하여 허옇게 된 살풍경한 건물 내부를 신기한 듯이 둘러보았다. 채광창을 통해서 햇빛이 비쳐들어와 덮개에 덮여 조용히 누워 있는 말없는 물체를 비춰주었다. 문 옆 한쪽 구석에는 즐비하게 늘어선 벽의 나무못 밑에 왜전나무 테이블이 있고, 죽은 여자의 옷가지가 놓여 있었다. 거기에 한 줄기 빛이 잘못 들어온 것처럼 비쳐졌다.

그 앞에 서자 손다이크가 말했다.

"이런 가엾은 유품에는 뭔가 말할 수 없는 서글픔이 있지, 저비스. 시체 자체보다도 이쪽이 훨씬 비극적이고 가엾게 느껴지는군. 저기에 걸려 있는 화려하고 멋진 모자며 값비싼 스커트를 보게. 말할 수 없이 비참하고 쓸쓸한 느낌이 들지 않나? 게다가 저기 차곡차곡 잘 접혀져——시체안치소 관리인의 아내가 했겠지만——테이블 위에 놓여 있는 고급 속옷가지며, 작은 프랑스제 구두나 투명하게 비쳐보이도록 짠 실크양말이 모두 그렇지 않은가? 언뜻 보기만 해도 죽은 부인의 순진하고 여자다우며 허영에 찬 명랑하고 편안한 생활을 잘 알 수 있네. 그러나 지금은 감상에 젖어 있을 때가 아닐세. 또 한 생명이 위협받고 있으니까 그쪽에 전념해야 하네."

그는 나무못에 걸려 있는 모자를 집어 뒤집어보았다. 그것은 이른바 '장식모자'인 듯했다. 얇고 성글게 짠 비단으로 만들어졌는데, 크고 납작하며 모양이 짜부라져 있었다. 리본과 깃털장식 말고도 짙은 파랑 스팽글이 가득 달려 있었다. 가장자리에 한 군데 꺼끌꺼끌한 구멍이 뚫려 있어 모자를 움직이자 거기에서 반짝반짝하는 스팽글이 주르륵 쏟아져 나왔다.

"그녀는 이 모자를 왼쪽으로 비스듬히 썼던 모양이군." 손다이크가 말했다. "전체적인 모양과 구멍의 위치로 판단하건대 말일세."

나는 그 의견에 동의했다.

"맞네. '게인즈버러의 초상화에 그려진 데번셔 공작부인'과 같이 말일세."

"그래, 맞았네."

손다이크는 스팽글을 몇 개 손바닥에 흔들어 떨어뜨리고 나서 모자를 다시 나무못에 걸었다. 그런 다음 그 작고 동그란 금속조각을 봉투에 넣어 그 뒤에 '모자에서 채취'라고 쓰고 주머니에 넣었다. 이어서 슬레이트 대로 가까이 걸어가 경건한 태도로 시트를 걷고 차분한 손놀림으로 죽은 여자의 얼굴에서 덮개를 벗기더니 깊은 연민의 정을 담아 내려다보았다. 대리석처럼 희고 아름다운 얼굴로 평화롭고 침착한 표정을 보이고 있었다. 눈은 반쯤 감겨 있었고, 머리카락은 황동색으로 숱이 많았다. 그러나 그 아름다움도 오른쪽 눈에서 턱에 걸쳐 난 상처 같기도 하고 타박상 같기도 한 긴 상처 자국 때문에 무참히 허물어져 있었다.

손다이크가 말했다.

"아름다운 부인이네. 본디는 검은 머리카락인데, 독한 표백제를 써서 금발로 만들어버리다니, 바보 같은 짓을 했군."

그는 여자의 이마에 덮인 머리카락을 쓸어올렸다.

"이 표백제를 쓴 것은 열흘쯤 전인 것 같군. 새로 난 머리칼 밑둥에 5밀리쯤 검은빛이 남아 있네. 그런데 이 볼의 상처는 어떻게 해서 생겼다고 생각하나?"

"겉으로 보기에는 뭔가 예리한 것이 떨어져 맞은 것 같군. 물론 콤파트먼트 좌석에는 쿠션이 달려 있는데, 어째서 그런 물건에 맞았는지 짐작도 가지 않지만."

"나도 모르겠네. 그럼, 다른 상처를 보기로 하세. 내가 말하는 것을 좀 메모해 주게."

손다이크는 나에게 자기 노트를 건네주었다. 나는 그 노트에다 그가 하는 말을 그대로 받아썼다.

"두개(頭蓋)에 분명하게 뚫린 동그란 구멍이 있음. 왼쪽 귀 위에서 3센티미터쯤 뒤——지름은 3.6센티미터. 두정골(頭頂骨)이 부스러짐. 뇌막을 꿰뚫음——이것은 뇌 깊숙한 부분까지 이르고 있네. 불규칙한 두 개의 상처 흔적은 왼쪽 눈 언저리까지 이르렀으며 상처 가장자리에 얇은 비단과 작은 스팽글 조각이 있군…… 지금 알 수 있는 것은 그 정도일세. 좀더 자세한 것을 알고 싶다면 몰튼 의사가 가르쳐주겠지."

손다이크는 캘리퍼와 줄자를 주머니에 넣고 상처 난 두개골에서 한두 개 뽑아진 머리카락을 집어 스팽글을 담은 봉투에 넣었다. 그리고 나서 다른 벤 상처나 타박상이 없는지 시체를 다시 살펴보고——한군데도 없었다——시트를 전처럼 고쳐놓더니 물러나왔다.

시체안치소에서 걸어서 돌아오는 도중 손다이크는 잠자코 깊은 생각에 잠겨 있었다. 아마도 지금 포착한 사실을 종합하고 있는 모양이라고 나는 생각했다. 스톱포드는 몇 번이나 궁금한 점을 묻고 싶은 표정으로 손다이크의 얼굴을 살피더니 마침내 입을 열었다.

"검시는 3시에 있을 예정인데, 아직 11시 30분밖에 되지 않았습니다. 다음에는 무엇을 하실 생각이십니까?"

손다이크는 생각에 잠겨 있었음에도 언제나 다름없이 열심이고 주의깊은 태도로 그에게 살피는 듯한 눈을 돌리더니 갑자기 걸음을 멈추었다.

"검시라고 하셨지요? 그 말을 듣고 보니 가방에 황소 간을 넣는 것을 잊어버린 일이 생각났습니다!"

"황소 간이라니!" 나는 소리쳤다.

그리고 병리학자로서의 전문지식을 동원하여 그 진정한 뜻을 알아내려고 노력했으나 헛일이었다.

"대체 자네는 무엇을······."

나는 도중에 말을 삼켜버렸다. 내 친구는 다른 사람 앞에서 자기 행동에 대해 의논하는 걸 좋아하지 않는다는 것이 생각났기 때문이었다.

손다이크가 말을 계속했다.

"그런데 이처럼 작은 거리에는 화방이 없겠지요?"

스톱포드가 말했다.

"글쎄요, 없겠지요. 하지만 황소 간이라면 푸줏간에서 구할 수 있지 않을까요? 보십시오, 저기 길 건너편에 푸줏간이 한 집 있군요."

"네, 그렇군요."

손다이크는 고개를 끄덕였다. 그는 이미 그 가게가 있음을 알아차렸던 것이다.

"마음에 들 만한 것이 있을지 어떨지 그건 제쳐두고, 무슨 일이 있어도 꼭 간을 준비해야 합니다. 저 푸줏간에 간이 있다면 말입니다. 아무튼 물어봅시다."

손다이크는 길을 가로질러 '펠튼정육점'이라고 금테 두른 글씨로 간판을 내건 푸줏간으로 걸어가 문 앞에 서 있는 주인에게 자기소개를 한 다음 필요한 것을 설명했다.

"황소 간 말씀입니까? 공교롭게도 지금은 없는데, 오후에 한 마리 잡기로 되어 있으니까 그때라면 드릴 수 있습니다."

푸줏간 주인은 잠시 말을 끊었다가 덧붙였다.

"몹시 중요한 일에 쓰시는 모양이니까, 바라신다면 지금 곧 소를 잡아도 좋습니다."

"정말 고맙습니다." 손다이크가 말했다. "은혜로 알겠습니다. 그런데 그 소의 건강상태는 좋습니까?"

"최고지요. 내가 직접 선택한 놈들뿐이니까요. 좀 보십시오. 아, 잡았으면 하는 놈을 당신이 직접 골라주시지요."

손다이크는 흥분한 목소리로 말했다.

"정말 친절하시군요. 그럼, 나는 옆에 있는 약방에 가서 그걸 담을 알맞은 병을 사오겠습니다. 그러고 나서 당신의 친절한 제의에 따르지요."

손다이크는 서둘러 약방으로 가더니 곧 흰 종이꾸러미를 안고 되돌아왔다. 우리는 푸줏간 주인의 뒤를 따라 가게 옆 좁은 골목을 걸어갔다. 골목은 작은 가축우리가 있는 마당으로 통해 있고, 우리 안에는 당당한 황소가 세 마리 있었다. 모두 윤기 있는 까만 털이 나 있어 거의 수직으로 뻗은 잿빛이 도는 흰빛 뿔과 특히 대조를 이루었다.

우리 옆으로 가까이 다가갔을 때 손다이크는 말했다.

"정말 훌륭한 소들이군요, 펠튼 씨. 게다가 건강상태도 최고인 듯합니다."

손다이크는 가축우리로 몸을 쑥 내밀고 특히 눈과 뿔을 찬찬히 관찰하면서 소들을 조사했다.

그런 다음 가장 가까이 있던 한 마리에게 다가가 스틱을 쳐들어 우선 오른쪽 뿔 밑부분을 가볍게 두드리고, 다시 왼쪽 뿔을 두드렸다. 그동안 소는 멍하니 놀란 눈으로 손다이크를 보고 있었다.

다음 소에게로 옮겨가면서 손다이크는 설명했다.

"뿔의 상태를 보면 어느 정도 건강을 판단할 수 있지요."

푸줏간 주인이 웃었다.

"재미있는 말씀이로군요. 그러나 뿔을 아무리 두드려봐야 그들은 아무것도 느끼지 못한답니다. 그보다 훨씬 더 좋은 방법이 있다고 생각하는데요."

분명히 주인의 말이 맞았다. 두 번째 소는 첫 번째 소와 마찬가지로 양쪽 뿔을 소리나도록 두드려도 반응이 없었기 때문이다. 손다이크가 세 번째 소에게 가까이 가자 나는 무의식적으로 더욱 가까이 다가가서 관찰하려고 했다. 그런데 이 세 번째 소는 스틱이 뿔에 닿자 분명 놀라서 뒤로 물러섰고, 또 한 번 두드리자, 눈에 띄게 불쾌한 빛을 드러내는 것을 나는 보았다.

"이 녀석은 스틱으로 맞는 것을 그다지 좋아하지 않는 것 같군."

푸줏간 주인이 말했다. "마치…… 이런, 이거 참, 이상하군!"

손다이크는 마침 세 번째 소의 왼쪽 뿔을 향해 스틱을 쳐든 참이었다. 소는 곧 뒷걸음질쳐 목을 흔들고 신음 소리를 지르면서 깜짝 놀란 듯이 뒤로 물러났다. 그러나 더 이상 후퇴할 여지가 없었으므로 우리로 몸을 쑥 내밀고 있던 손다이크는 가장 관심이 가는 그 예민한 뿔을 조사할 수 있었다. 그동안 푸줏간 주인은 분명히 마음이 동요된 얼굴로 들여다보고 있었다. 그는 말했다.

"이 녀석이 어딘지 이상하다고 생각하시는 건 아니겠지요?"

"좀더 잘 조사해 본 뒤가 아니면 뭐라고 말할 수 없지만, 이상한 것은 뿔뿐인 것 같군요. 머리 부분에 가까운 곳의 뿔을 잘라서 호텔의 내 앞으로 보내주시면 잘 조사하여 결과를 알려드리지요. 잘 못되지 않도록 표시를 해서 잘 싸두겠소. 도살장에서 다치기라도 하면 곤란하니까요."

손다이크는 종이꾸러미를 열고 '황소의 간'이라고 쓴 종이를 붙인 아가리가 큰 병과 구타페르카 티슈 한 장과 붕대와 봉랍을 꺼냈다. 아가리가 큰 병은 펠튼에게 주고 소의 뿔 끝 절반을 티슈와 붕대로 싼 다음 봉랍으로 굳혔다.

"뿔을 잘라 소의 간과 함께 호텔로 보내드리겠습니다. 30분만 기다려주십시오."

펠튼이 말했다.

푸줏간 주인은 약속을 지킨 모양이었다. 그로부터 30분 뒤에 손다이크는 '블랙 볼 호텔'의 우리가 쓰는 방 창문 옆 작은 테이블 앞에 앉아 있었기 때문이다. 테이블에는 신문지가 깔려 있고, 그 위에 긴 회색 뿔과 손다이크의 여행용 트렁크가 놓여 있었다. 트렁크는 뚜껑이 열려 있었고, 소형 현미경과 그 부속품이 나와 있었다. 푸줏간 주인이 팔걸이의자에 앉아 얼마쯤 의아한 눈길로 손다이크를 지켜보면서 이야기를 기다리고 있었다. 나는 완전히 풀이 죽은 스톱포드를 위로하기 위해 애써 쾌활하게 떠들어대면서 한편으로는 손다이크의 수수께끼 같은 행동을 남몰래 훔쳐보고 있었다.

나는 손다이크가 뿔을 싼 붕대를 풀어 귀에 대고 가만가만 앞뒤로 흔드는 것을 보았다. 그런 다음 그는 현미경으로 뿔 표면을 자세히 조사하더니 맨 끝에서 뭔가를 긁어내어 프레파라트(현미경용의 생물 및 광물 표본)에 올려놓고 무슨 실험약을 한 방울 떨어뜨린 다음 핀셋으로 건드렸다. 이윽고 손다이크는 그 프레파라트를 현미경에 걸고 1, 2분쯤 열심히 관찰했다. 이윽고 갑자기 그는 뒤돌아보았다.
"여기 와서 잠깐 이걸 좀 보게나, 저비스!"
나는 완전히 호기심에 사로잡혀 있었으므로 다시 한 번 말을 걸 필요도 없이 곧 달려가서 현미경에 눈을 댔다.
손다이크가 물었다.
"뭐가 보이나?"
"다극 신경세포로군. 몹시 부서져 있지만 틀림없네."
"그럼, 이것은?"
손다이크는 새로운 곳이 보이도록 프레파라트를 움직였다.
"척추신경세포가 두 개, 섬유의 일부가 몇 개 보이는군."
"이 조직을 자네는 어떻게 생각하나?"
"뇌막물질일세, 틀림없이."
"나도 자네와 같은 의견이네. 이것을 안 이상……."
손다이크는 스톱포드 쪽으로 돌아앉았다.
"이번 변호 문제는 사실 끝났다고 해도 좋을 것 같군요."
"대체 어떻게 된 일입니까?"
스톱포드는 깜짝 놀라 일어나면서 크게 소리쳤다.
손다이크는 조용히 설명을 시작했다.
"결국 이것으로 그랜트 양이 언제 어디서 어떻게 살해되었는지 증명할 수 있는 겁니다. 자, 이리와서 앉으십시오. 설명해드릴 테니. 아니, 나가지 않아도 괜찮습니다. 펠튼 씨. 부디 당신도 자리를 함께 해주십시오.

그럼, 우선 사실을 말하고 거기에 어떤 의미가 담겨 있는지 확인하는 편이 좋겠군요. 첫째로 시체의 위치인데, 확실히 다리를 반대쪽 문 바로 옆으로 향하고 쓰러져 있었지요? 이것은 그녀가 쓰러졌을 때 문의 반대쪽 가까이에 있었다는 것을 뜻합니다. 자리에 앉아 있었다고도 생각되지만, 서 있었다고 생각하는 편이 더 가능성이 크지요. 그 다음 이걸 보십시오."

손다이크는 주머니에서 차곡차곡 접은 종이를 꺼내 펼치더니 작고 동그란 파란빛 금속조각을 내보였다.

"이것은 그녀의 모자 가장자리에 장식되었던 스팽글의 한 조각입니다. 이 봉투에는 내가 모자에서 직접 떼어낸 스팽글이 몇 개 들어 있습니다. 그리고 이 스팽글 조각은 내가 콤파트먼트 반대쪽 발판 뒤 끝에서 주운 것입니다. 스팽글이 거기에 떨어져 있었다는 것은 그랜트 양이 어느 때 그쪽 창문으로 목을 내밀었다는 걸 증명해 줍니다.

다음 증거는 반대쪽 창문 가장자리에 가벼운 분말을 뿌린 결과 밝혀진 일이지요. 그 결과 오른쪽 문틀 모서리에——안쪽에서 보아 오른쪽입니다——8센티미터 길이의 기름기가 있는 흔적을 발견했습니다.

그럼, 이제 시체에 남아 있는 증거로 이야기를 옮기지요. 두개골 상처는 왼쪽 귀 위의 뒷부분에 나 있으며 꺼끌꺼끌한 원형으로, 가장 큰 지름이 3.6센티미터입니다. 그리고 그곳에서 꺼끌꺼끌한 두개골의 상처가 왼쪽 눈을 향해 나 있지요. 오른쪽 눈에는 8센티미터 길이의 직선 타박상이 있었습니다. 그 밖에는 아무데도 상처가 없었습니다. 그리고 여기에 관한 다음 사실에 주목해 주시기 바랍니다."

손다이크는 소의 뿔을 집어들어 손가락으로 두들겨 보였다. 그동안 변호사와 펠튼은 아무 말없이 신기한 듯이 손다이크를 빤히 쳐다보고 있었다.

"이것이 왼쪽 뿔이라는 것은 아시겠지요? 그리고 이것이 매우 민감했다는 것도 기억하시리라 생각합니다. 자, 이것을 잡아당겨봅시다. 귀를 대보면 골수가 부스러진 부분에서 소리가 들릴 것입니다. 그리고 이 끝을 보십시오. 깊이 할퀸 자국이 여러 개 세로로 나 있지요. 이 할퀸 상처 끝부분의 지름을 이 캘리퍼로 잰 결과, 보시다시피 3.6센티미터입니다. 할퀸 상처에는 말라붙은 핏자국이 묻어 있고, 뿔 끝에는 조금 전 저비스 박사와 내가 현미경으로 조사하여 뇌의 조직으로 밝혀진 마른 물질의 작은 덩어리가 붙어 있습니다."

갑자기 스톱포드가 흥분하여 소리쳤다.

"무슨 말이요! 결국 당신은……."

"사실을 마지막까지 확인합시다, 스톱포드 씨." 손다이크가 가로막았다. "이 핏자국을 가까이에서 보면 짧은 머리카락이 뿔에 달라붙어 있는 것이 보입니다. 돋보기를 사용하면 모근까지도 보입니다. 이미 짐작하셨겠지만, 이것은 금발이며 모근 가까운 곳은 검정색인데 캘리퍼로 측정하면 검은 부분의 길이가 5밀리리터이지요. 마지막으로 이걸 보십시오."

그는 뿔을 뒤집어 작고 마른 핏덩어리를 보여주었다. 그 속에 파랑 스팽글이 묻어 있었다.

스톱포드와 푸줏간 주인은 말없이 놀라운 얼굴로 뿔을 들여다보고 있었다. 그런 다음 스톱포드는 깊은 한숨을 쉬고 손다이크를 올려다보았다.

"덕분에 희망이 솟았습니다만, 나로선 도무지 까닭을 알 수 없군요. 당신이라면 이 수수께끼를 풀어주실 수 있으리라고 생각합니다만……."

손다이크가 대답했다.

"이야기는 아주 간단합니다. 사실은 얼마 되지 않습니다만, 증거인 시체에서 정선한 것만 손에 넣었으니까요. 아무튼 내 이론을 설명할 테니 그 뒤는 당신 쪽에서 판단하십시오."

손다이크는 서둘러 종이에 간단한 그림을 그린 다음 이야기를 진행시켰다.

"열차가 월드허스트에 가까워졌을 때의 상황입니다. 이것이 객차이고 여기가 불타고 있는 건초더미, 가축차가 있었던 곳은 바로 여기지요. 이 소는 그 가축차에 실려 있었습니다. 그런데 내 가설입니다만, 이때 그랜트 양은 불타는 건초더미를 바라보면서 문의 반대쪽 창문으로 머리를 내밀고 서 있었습니다. 그런데 왼쪽으로 비스듬히 기울여 쓰고 있던 차양이 넓은 모자에 가려서 곁으로 가까이 다가온 가축차를 보지 못했습니다. 그래서 이런 결과가 된 것입니다."

손다이크는 다른 그림을 아까보다 더 크게 그려보였다.

"한 마리의 소가——다시 말해서 이 소지요——목책 너머로 긴 뿔을 내밀고 있었습니다. 그 뿔 끝이 그녀의 머리에 맞았습니다. 그리고 그녀의 얼굴을 창문틀 모서리에 세게 밀어붙이고 두개골을 찔렀지요. 그때 썼던 힘 때문에 뿔의 골수가 파괴되었습니다. 이것은 매우 가능성이 있는 가설로, 모두 사실과 들어맞습니다. 게다가 이런 사실들은 달리 어떤 설명을 시도해도 들어맞지 않습니다."

스톱포드 씨는 한순간 현기증이라도 일으킨 것처럼 주저앉았다가 충동적으로 벌떡 일어나 손다이크의 손을 잡았다.

"뭐라고 고맙다는 말씀을 드려야 할지 모르겠습니다. 아무튼 덕택에 동생의 목숨을 구하게 되었습니다. 진심으로 감사드립니다."

그러자 푸줏간 주인이 천천히 얼굴에 웃음을 띠며 의자에서 일어났다.

"이제 알았습니다. 그 황소 간은 당신들이 말하는 이른바 '미끼'였군요?"

손다이크도 의미 있는 미소를 지었다.

이튿날 돌아올 때 우리 일행은 해럴드 스톱포드를 더하여 네 사람이었다. 해럴드는 검시법정에서 '사고사'라는 판결이 내려진 뒤 곧 석방되어 지금 형과 나와 나란히 앉아 이 사건에 대한 손다이크의 해석에 열심히 귀를 기울이고 있었다.

손다이크는 결론을 맺었다.

"그렇게 되어 헐베리에 도착하기 전에 나는 사망 원인으로 여섯 가지 가설이 가능하다고 생각했지요. 그 가운데 사실과 들어맞는 것은 한 가지밖에 없었습니다. 그런 다음 가축차를 보고, 그 스팽글을 줍고, 소들의 특징을 듣고 모자와 상처를 보자 자세한 부분까지 들어맞는다고 생각하지 않을 수 없었던 것입니다."

해럴드 스톱포드가 물었다.

"당신은 내가 무죄라는 것을 단 한 번도 의심해 보시지 않았습니까?"

손다이크는 의뢰인에게 미소를 지어 보였다.

"당신의 그림물감통과 스케치를 본 뒤로는 의심하지 않았습니다. 그 우산꼭지 따위는 물론 말할 것도 없고요."

어느 퇴락한 신사의 로맨스

초대받지 않은 손님

좀처럼 가라앉지 않던 여름 해도 간신히 기울면서 희미한 어둠이 밀려들 무렵, 야회복 차림에 가벼운 코트를 걸친 한 남자가 상쾌한 시골길을 자전거로 천천히 달리고 있었다. 때때로 이웃마을에서 온 마차며 자동차, 상자모양의 포장마차가 그를 따라와서는 추월하곤 했다. 차에 타고 있는 사람들의 한껏 멋 부린 모습을 보며 어디로 가는 길일까 그는 상상의 나래를 펼쳤다. 그의 행선지는 이 길에서 조금 들어간 곳에 있는 상당히 넓고 큰 저택이다. 하지만 방문목적이 목적이니만큼 저택이 가까워올수록 자전거 페달을 밟는 그의 발에서는 저절로 힘이 빠져나갔다.

오늘 밤은 '윌로딜' 저택——이것이 그 집 이름이다——도 오랜만에 과거의 영화가 되살아난 듯했다. 벌써 몇 개월을 빈집이나 다름없이 문지기 오두막 근처에 서 있던 게시판만이 쇠락해가는 저택의 모습을 말없이 전해주고 있었는데, 오늘은 아무것도 없이 반반하던 벽에도 깃발이며 가리개가 드리워지고, 바닥은 초칠이 되거나 카펫이 깔렸다. 그리하여 지금은 모든 방마다 음악과 사람들의 목소리가 떠들썩하게 울려퍼지면서 이어지는 방문객들의 발걸음을 들뜨게 만들었다. 그도 그럴 것이 레인즈포드 주변의 양갓집 아가씨들이 모여 오늘 밤 이곳에서 무도회를 열고 있는 것이다. 무도회의 주최자는 월로딜 저택의 주인인 하리웰 양이었다.

성대한 파티였다. 크고 장려한 저택에다 화려하게 치장한 예쁜 아가씨들, 게다가 돈도 아끼지 않았기 때문이다. 많은 내빈 가운데에는 B. 체터 부인도 끼어 있었다. 부인의 참여는 이 성대한 파티를 한층 더 빛나게 했다. 왜냐하면 이 아름다운 미국인 미망인이야말로 지금 사교계를 주름잡는 파티의 꽃이었기 때문이다.

수전노의 끝없는 욕심과는 거리가 멀겠지만 부인의 자산은 보통 영국 주판으로는 도저히 계산도 안 될 만큼 막대해서, 그녀가 장식하고 나온 다이아몬드는 파티에 참석한 아가씨들의 명예인 동시에 두려움이기도 했다.

이러한 환락이 기다리고 있음에도 자전거를 탄 남자는 아무래도 마음이 내키지 않는 듯 느릿느릿 월로딜 저택으로 다가갔다. 길모퉁이를 돌아 드디어 월로딜 저택이 눈에 들어왔을 때, 그는 여전히 결심이 서지 않는 듯 자전거에서 내려 멈춰 섰다. 그는 지금부터 여러 가지 위험한 일을 감행할 작정이었으므로 천성이 크게 소심한 편은 아니지만 좀처럼 마음을 정하지 못하고 망설이고 있는 것이다.

사실대로 말하면, 그는 초대장을 받지 않았다.

그럼에도 그는 왜 굳이 파티에 참석하려 하는가? 또 어떤 방법으로 저택에 들어갈 생각일까? 이러한 의문에 답하기 위하여 다소 내키지는 않지만 여기서 잠깐 그 설명을 해야겠다.

오거스터스 베리는 특별한 재주로 살고 있었다. 그 나름의 특별한 재주로 생계를 꾸려가고 있다는 말은 세상에서도 흔히 쓰이는 표현이지만 곰곰이 생각하면 참으로 희한한 말이다. 왜냐고? 적어도 재주라는 것을 가진 인간이라면 어떻게든 그것으로 살아가기 때문이다. 게다가 흔해 빠진 좀도둑이 되는 데 무어 그리 특별히 빛나는 재주가 필요하랴! 하지만 여하튼 오거스터스 베리는 좀처럼 보기 드문 그런 특별한 재주로 똘똘 뭉친 사내였고, 지금도 그 재주로 살아가고는 있었으나 이렇다 할 큰 재산을 모으지는 못했다.

그런 그가 한재산 모으겠다고 생각한 것은 어느 레스토랑에서 오늘 밤 이곳에서 파티가 열린다는 소리를 귀동냥한 탓이다. 게다가 그 테이블 위에 무심히 올려져 있던 초대장까지 메뉴판 밑에 깔리면서 요행히 그것을 손에 넣을 수 있었기 때문이다. 오거스터스는 훔친 사무용품 가운데 세실 호텔의 편지지 한 장을 꺼내 제프리 해링턴 베리라는 이름으로 파티에 기꺼이 참석하겠다는 답장을 써 보냈다. 그런 사연으로 지금 그의 머리를 아프게 하는 것은 혹시 발각되지나 않을까, 아니면 어물쩍 운 좋게 소기의 목적을 달성할 수 있지 않을까 하는 고민에서 오는 갈등이었다. 그는 손님수가 많은 것과, 어린 아가씨들이라 파티를 개최하는 데 그리 익숙하지 않으리라는 판단에 일단 희망을 걸었다. 초대장을 보일 필요가 없을 거라는 것은 알고 있었지만 혹시 손님의 이름을 일일이 불러 모두에게 소개하는 의식이 들어 있지는 않을까 한편으로 불안했던 것이다.

하지만 역시 그렇게까지는 하지 않을 거라는 생각이 들었다. 설령 현관에서 초대받지 않은 사실을 들킨다 해도 사실 크게 문제될 것도 없었다.

천천히 문으로 다가가면서 불안감은 더욱 심해져 갔다. 지금 이 순간 그의 가슴을 지배하는 불안에, 과거의 어떤 기억에서 오는 양심의 가책까지 가세했다. 그는 한때 전선본부에서 근무한 적이 있었다. 물론 오랜 기간은 아니었다. 그의 '재간'이 동료 장교들을 아주 진절머리나게 했기 때문이다. 그때는 이런 파티에도 정식으로 초대를 받고 출석했었지. 그런데 지금은 초라한 좀도둑으로 전락하여 고작 다른 사람의 이름으로 몰래 참석하려고 하는 처지가 되었다. 운이 없으면 하인들에게도 톡톡히 망신을 당할 줄 뻔히 알면서도 그런 위험을 감수하고 기어코 숨어들려는 참인 것이다.

좀처럼 결심을 못하고 망설이고 있는데 도로에서 말발굽소리가 울려퍼지면서 그 뒤로 시끄러운 자동차 경적소리가 들려왔다. 커브길 건너편에 어렴풋이 빛나는 마차 등이 깜박거리는 것이 보이더니 곧 그 뒤를 이어 휘황하게 빛나는 아세틸렌 헤드라이트가 나타났다. 문지기 오두막에서 한 남자가 뛰어나와 문을 활짝 열었다. 베리도 마음을 단단히 다잡아먹고 자전거를 타고 대담하게 차도로 들어갔다.

얼마쯤 걸어왔을 즈음——상당히 경사가 급한 고갯길이었다——자동차 한 대가 옆을 스쳐갔다. 커다란 승용차에는 젊은이들이 좌석에 등을 기대거나 친구 무릎에 앉는 등 아무렇게나 잔뜩 포개고 앉아 있었다. 순간 베리는 이때다 싶어 부리나케 그 뒤를 따라가 자전거를 무사히 주차장에 맡기고, 다시 서둘러 외투보관소로 들어갔다. 좀 전에 달려간 젊은 일행들이 한 걸음 먼저 그곳에 도착해 있어서 왁자지껄 소란스럽게 오버코트를 벗거나 테이블 위로 던지고 있었다. 베리도 그들과 함께 홀로 들어가려고 코트를 벗으면서 얼마나 허둥댔는지 눈앞이 다 하였다. 이윽고 코트 교환 번호표를 받아들고 서둘러 보관소를 떠났는데, 바쁘게 움직이던 그 집 하인이 그의 모자를 다른 남자의 코트와 함께 넣으면서 그만 베리의 번호표를 붙이고 말았다.

"포드베리 소위, 바커 존스 대위, 스퍼커 대위, 왓슨 씨, 골드스미스 씨, 해링턴 베리 씨!"

장교들 틈에 끼어 내심 가슴을 졸이면서도 가슴을 당당히 펴고 홀로 들어갔을 때, 오거스터스는 초대자 측의 아가씨들이 모두 열렬한 관심을 갖고 자기 얼굴을 유심히 쳐다보고 있는 것을 의식했다.

그 순간 마부의 큰 목소리가 높이 울려 퍼졌다.

"체터 부인! 그랜플러 대위!"

모두의 시선이 새로운 손님의 얼굴로 옮겨가는 틈에 오거스터스는 가볍게 목례를 하고 사람들 속으로 뒤섞여들었다. 위험한 줄타기도 어쨌든 무사히 통과한 듯싶었다.

그는 사람들 눈에 띄지 않도록 최대한 인파 속에 뒤섞여 아가씨들의 시선이 닿지 않는 곳에 서 있도록 노력했다. 처음 들어올 때 아가씨들의 눈에 좀 띄었다 하더라도 조금만 있으면 나 같은 것쯤 금방 잊어버리겠지. 그러면 나도 바로 일을 착수하면 될 테고. 그는 아직도 몸이 가늘게 떨렸다. 그래서 한시라도 빨리 무언가 좀 마시고 마음을 진정시켜야겠다는 생각에 손님들 어깨 너머로 재빨리 날카로운 시선을 던져보았다. 그런데 무리지어 있던 참석자들이 갑자기 이동하면서 체터 부인과 파티의 주최자라는 이 저택의 따님이 서로 악수하는 장면이 보였다. 순간 오거스터스는 아연실색했다.

그녀였다! 그는 한눈에 알아보았다. 도저히 잊을래야 잊을 수 없는 그 얼굴은 지금도 뇌리에 선명히 남아 있었다. 사교계의 꽃 체터 부인이 바로 그녀였다! 그는 몇 년 전 군대 무도회에서 함께 춤을 췄던 순수하고 사랑스런 미국 소녀를 어제 일처럼 떠올렸다. 아직 하급 장교였던 먼 옛날 일로, 그로부터 얼마 안 되어 사기 트럼프 사건이 일어나는 바람에 그는 제복을 벗어야 했다.

영원히 잊을 수 없는 그 사랑스런 미국 처녀와 그는 서로 귓가에 사랑을 속삭이는 연인 사이였다. 몇 번이나 함께 춤을 추었고, 때로는 자리에 앉아 비현실적인 신비로운 이야기에 오랜 시간 열을 올리기도 했다. 순진한 시절이어서 그것이 마치 심원한 철학처럼 느껴졌다. 그 뒤로는 두 번 다시 그녀를 만나지 못했다. 그녀가 갑자기 자기 생활 속으로 뛰어 들어왔는가 싶던 놀라움도 잠깐, 그녀는 곧 다시 뛰쳐나가고 말았던 것이다. 그리하여 그는 이제 그토록 열렬히 사랑했던 연인의 이름조차 기억하지 못하게 되었다.

하지만 그녀가 지금 이 자리에 함께 있다. 이제는 중년이 되었을 터이지만 그럼에도 여전히 아름답고, 예전과 다름없이 사람들의 찬미를 받는 그녀가. 게다가 아! 저 다이아몬드! 바로 저것마저도 지금 이 자리에 함께 있는 것이다. 그리고 그는 지금 초라한 좀도둑으로 전락하여 사람들 틈에 몸을 숨기고 오로지 저 목걸이를 탈취할 기회는 없을까, 금방이라도 떨어질 듯 매달려 있는 저 브로치를 '몰래 가로챌' 기회는 오지 않을까 호시탐탐 기회를 엿보고 있다······.

그녀는 알아볼 것이다. 못 알아볼 리가 없다. 나 역시도 한눈에 알아보았으니. 그러나 이런 상황이니만큼 여기서 알아보는 건 불편한 일이다. 베리는 잔디밭이라도 산책하면서 담배나 한 대 피울 생각에 문을 빠져나갔다. 그런데 그보다 한 발 앞서 베리보다는 나이가 많아 보이는 한 남자가 이따금 활짝 열린 창 너머로 밝고 환하게 빛나는 방 안으로 눈길을 주면서 생각에 잠긴 얼굴로 서성대고 있었다. 한두 차례 서로 엇갈린 끝에 그가 먼저 걸음을 멈추고 말을 걸어왔다.

"이런 밤은 밖이 훨씬 좋은 법이죠. 방 안은 사람들로 공기가 탁하니까요. 그런데 당신은 춤을 싫어하시는 모양이군요?"

"옛날처럼 즐기지는 않게 되었습니다."

베리가 대답했다. 그리고 상대의 눈빛이 담배를 몹시 피우고 싶어 하는 듯해서 넌지시 담배를 권했다.

"이것 참 고맙소이다." 낯선 남자는 그렇게 대답하면서 선뜻 뚜껑이 열린 담배케이스로 손을 가져갔다. "서머리턴이라, 고급품이군요. 아, 정말 멋집니다! 사실은 담배를 코트 속에 두고 나왔는데 갖다 달라고 하기도 좀 그래서 어떻게 할까 생각하던 참이었다오. 안 그래도 담배가 얼마나 피우고 싶던지 신경이 곤두서 있었소이다."

그는 아주 맛있게 한 모금 깊이 빨아들이더니 한참 만에 '후옴' 하고 연기를 토해냈다.

"저 어린 처녀들이 오늘 밤 파티를 꽤 능숙하게 치루고 있지 않습니까? 이렇게 보고 있으니 이 집이 빈집이나 마찬가지였다는 게 도저히 믿어지지 않는군요."

"저는 아직 둘러보지 못했습니다." 베리가 말했다. "이제 막 왔거든요."

"그럼 어디 한번 같이 둘러보실까요?" 그가 상냥하게 제안을 해왔다. "물론 이 담배를 한 대 맛있게 피우고 나서 말입니다. 그런데 파티에서 아는 분은 많이 만났습니까?"

"전 아무도 없습니다." 베리가 대답했다. "상대해 줄 부인도 아직 오지 않은 듯하고……."

"아, 그런 일이라면 전혀 신경 쓸 것 없습니다. 우리 딸이 주최위원이니까. 나는 그랜비라고 하오. 어디서 한잔한 뒤에 딸에게 당신 파트너를 찾아달라고 합시다. 물론 당신이 원한다면 말이오."

"춤추고 싶은 생각도 조금은 있습니다. 이제 그럴 나이는 아니라고 생각도 하지만요. 하지만 스스로 미리 앞질러 늙어버릴 필요는 없지 않겠습니까?"

"아무렴요!" 그랜비가 유쾌하게 맞장구쳤다. "남자는 언제나 마음이 젊어야 하는 겁니다. 자, 그럼 저기서 한잔하고 우리 딸을 한번 찾아봅시다."

두 남자는 담배꽁초를 던져버리고 음료수가 준비된 곳으로 갔다.

파티에 마련된 샴페인은 도수가 약했지만 그것도 계속 마시다보면 꽤 취기가 올랐다. 그랜비는 물론이고 오거스터스도 그런 점을 주의한다고 상당히 노력했는데도 술을 마신 뒤 샌드위치를 몇 조각 집어

먹고 나니 베리는 굉장히 기분이 좋아졌다. 솔직히 말하면 최근 들어 베리의 식사는 신통찮았다. 게다가 눈앞에 나타난 그랜비 양이라는 아가씨는, 초대자로서의 권위를 잃지 않기 위해 안간힘을 쓰고 있는 17살 정도의 연약한 '철부지 금발 처녀'에 지나지 않았던 것이다.

그리하여 베리는 얼마 안 가 상당히 아름다운 30살 전후의 중년 여인과 함께 소용돌이치는 군중들 틈에 끼어서 춤을 추었다.

이런 일은 예상도 못했던 것이어서 그는 좀 계면쩍었다. 지난 몇 년 동안 그는 좀스러운 사기와 거의 범죄라고나 해야 할 행동을 되풀이하면서 치졸하고 비열하며 영락한 삶을 살았다. 가끔은 법망을 아슬아슬하게 피하면서 지저분한 사기를 친 적도 있고, 다급한 경우에는 진짜 좀도둑으로까지 전락한 적도 있었다. 사기꾼이나 악한, 또는 자기와 그다지 다를 바 없는 초라한 부랑자들 틈에 끼어 도박을 하거나 돈을 빌리고, 때로는 뜯어내고, 그것도 저것도 안 될 때에는 훔치기도 하면서, 늘 '푸른 제복'만 보면 가슴이 철렁철렁 내려앉으면서 거리를 배회했다.

그랬는데 지금은 아득히 잊혀진 아련한 추억 같은 환경 속에서 자신이 실제로 다시 서 있는 것이다. 화려하게 장식된 방, 가슴을 설레게 하는 음악, 멋진 그림처럼 보이는 선남선녀들!

오욕으로 얼룩진 세월은 어디론가 사라지고 그토록 서글프게 잘려나간 인생의 실이 새로이 다시 감기면서 그를 손짓하는 듯했다. 자기는 지금 여기 있는 사람들과 같은 부류이다. 조금 전까지 그가 속해 있던 비겁한 악당들과는 최소한 오늘 밤만큼은 길에서 만나도 생판 모르는 남처럼 상관없으리라!

한 곡이 끝난 뒤 파트너를 아쉬운 듯이——귀부인도 마찬가지였다——어디 사는 누군지도 모르는 하급 장교에게 양보하고 다시 한 번 마실 것이 놓인 방으로 가려고 했을 때 누군가가 그의 팔을 가볍게

쳤다. 그는 천천히 고개를 돌렸다. 팔을 치는 행동은 그로서는 남들보다 훨씬 더 많은 것을 의미했다. 하지만 눈앞에 보이는 사람은 무표정한 얼굴의 사복형사가 아니었다. 보통 시민, 더욱이 여자였다. 더 간단히 말하면 체터 부인이 어설픈 미소를 지으면서 스스로의 대담한 행동에 얼핏 부끄러워하는 기색으로 서 있었다.

"이제는 모두 잊어버렸을지도 모르겠군요?"

부인은 변명처럼 입을 열었다.

오거스터스는 부인의 말을 열심히 부정했다.

"어찌 잊을 수 있겠습니까? 비록 이름은 잊었지만 포츠먼에서 열린 그 무도회는 지금도 어제 일처럼 생생하게 기억하고 있습니다. 적어도 그 순간, 그 일만큼은 선명하게 기억하고 있습니다. 내게 기억할 가치가 있는 일은 바로 그것뿐이니까요. 나는 늘 무슨 일이 있어도 당신을 꼭 한번 만나보고 싶다고 기도했습니다. 그런데 그 기도가 지금 이루어졌군요."

"기억해주신다니 정말 고맙군요." 그녀가 말했다. "저도 그날 밤이며, 우리가 함께 나누었던 그 멋진 이야기를 늘 기억하고 있었어요. 그 무렵 당신은 굉장히 근사한 청년이었지요. 그래서 나는 지금은 어떻게 변했을까 자주 생각하곤 했답니다. 돌이켜보니 정말 너무 오래된 옛날이야기군요."

"네, 그렇군요." 오거스터스는 우울하게 말했다. "아주 먼 옛날얘기지요. 정말입니다. 그러나 지금 이렇게 당신을 보고 있자니 바로 엊그제 일처럼 느껴지는군요."

"아이, 이젠 말씀도 잘하시네요. 더 이상 옛날처럼 순진하지는 않으시군요. 그때는 빈말 같은 건 전혀 못하셨는데. 하지만 돌이켜보면 사실 그때는 일부러 그럴 필요도 없었지요."

부인은 아련한 비탄을 담은 목소리로 말했지만 그래도 그 아름다운 얼굴은 기쁨으로 발갛게 상기되었다. 하지만 마지막 대사에는 조금 서글픈 울림이 깔려 있었다.

"빈말이 아닙니다." 오거스터스는 진심으로 말했다. "나는 당신이 이 방에 들어올 때부터 금방 알아보았고, 세월이 당신에게는 너무도 관대했다는 것을 알고 저 혼자 깜짝 놀라고 있었습니다. 내게는 세월이 그다지 순하지 않았거든요."

"그런 말씀 마세요. 분명 당신의 머리에는 지금 하얀 서리가 내리기 시작했지만, 그런 것은 조금도 문제가 되지 않을 겁니다. 당신에게는 소매에 달린 레이스장식처럼 당신의 관록을 치장하는 장식품에 지나지 않으니까요. 지위의 상징인 셈이지요. 이제는 대위쯤 되셨나요?"

"아, 아닙니다." 오거스터스는 조금 얼굴을 붉히면서 재빨리 대답했다. "몇 년 전에 퇴역했습니다."

"어머, 그러셨어요? 정말 유감이에요!" 체터 부인이 깜짝 놀라 소리쳤다. "왜 그러셨는지 제게 말씀해 주시지 않겠습니까? 아! 하지만 지금은 좀 곤란하겠군요. 제 파트너가 곧 찾으러 올 테니까. 나중에 춤을 한 곡 추고 난 뒤에 우리 다시 만나요. 그런데…… 저는 당신 이름을 잊어버리고 말았어요. 물론 얼굴은 잘 기억하고 있는데 이름이 정말 생각나지 않아요. 하긴 저와 친하게 지내는 변호사는 '이름 따위는 아무 의미도 없다'고 하시더군요."

"정말이지 동감입니다." 해링턴 베리는 맞장구쳤다. 그리고 기분 내키는 대로 덧붙였다. "나는 로랜드입니다. 로랜드 대위. 이 이름을 기억하시겠습니까?"

그러나 체터 부인은 기억에 없어 생각나지 않는다고 대답했다.

"여섯 번째는 어떨까요?" 부인은 프로그램을 펼쳐보면서 그에게 물었다. 그리고 오거스터스가 고개를 끄덕이자 그가 즉석에서 지은 가짜 이름을 프로그램 한구석에 적어두면서 만족스럽게 말했다. "춤이 한 곡 끝나면 그동안 쌓인 이야기를 나누도록 하지요. 당신이 지금도 자유의지와 개인의 책임에 대해서 예전과 똑같은 의견을 갖고 계신지 알고 싶군요. 당신은 그 무렵 굉장히 높은 이상을 품고 계셨지요? 지금도 변하지 않았을 거라고 생각하지만, 인간의 이상이란 뜻밖에도 인생항로에 짓밟히면서 조금씩 닳게 마련이니까요."

"그렇습니다. 유감스럽지만 당신 말이 옳아요." 오거스터스는 어두운 얼굴로 고개를 끄덕였다. "인생의 거친 파도에 휩쓸리고 나면 번쩍이는 도금 같은 건 금세 떨어지고 마니까요. 중년이 되면 도금이 완전히 벗겨진다고까지는 말 못하겠지만 어쨌든 상당히 보기 흉한 모습이 되는 것만은 사실이지요."

"그렇게 너무 비관적인 말씀은 마세요. 그런 말은 실의에 잠긴 이상가나 하는 소리예요. 당신이 자신에게 실망할 이유 같은 건 전혀 없을 겁니다. 어머, 저는 그만 가봐야겠어요. 이야기 해주신다고 한 약속을 절대 잊지 마세요. 그리고 여섯 번째의 곡이 끝난 뒤라는 것도요."

눈부신 미소와 친근한 눈짓을 남기고 그녀는 떠나갔다. 그것은 황홀한 광채가 잠시 인간의 모습을 빌려서 홀연히 눈앞에 나타난 듯한 느낌을 주었다. 그 광채에 비한다면 솔로몬 왕조차도 그저 황금에 둘러싸인 평범한 인간에 지나지 않을 듯했다.

미지의 손님과 유명한 미국인 미망인 사이에 전개된 너무도 친근하고 편안해 보이는 대화는 사람들 눈에 띄지 않을 수가 없었다. 다른 경우라면 베리도 자신을 감싸는 영광의 서광을 우선 이용해보자는 생각부터 했겠지만 지금은 그런 허망한 명예 따위를 구하러 온 것이 아니었다. 사람들의 눈길을 피하려고 애쓰던 본능은 조금 전 해링턴 베리에서 갑자기 로랜드 대위란 이름을 씀으로써 이제는 자신의 이중인

격성을 많은 사람들의 주시로부터 떼어놓으려고 초조하게 서둘렀다. 그가 이곳에 온 것은 피치 못할 사정이 있어서였다. 벌써 몇 번이나 같은 소리를 되풀이하는 것 같지만 그는 지금 '땡전 한 푼 없는' 처지기 때문에 여길 찾아오게 된 것이다. 아주 조그마한 어떤 것이라도 잘하면 자기 것이 될지 모른다는 부푼 기대를 안고. 그러나 어찌된 노릇인지 이날 밤의 분위기는 그다지 희망적이지 않았다. 틀림없이 기회가 없었거나 또는 적극적으로 기회를 잡을 생각을 하지 않은 둘 중의 하나가 원인일 것이다. 어느 쪽이든 야회복에 마련한 특별한 장치를 한 비밀 호주머니는 아직도 텅 비어 있었고 이런 식으로 가다가는 그저 유쾌한 하룻밤과 호사스러운 만찬으로 만족해야 할지도 모를 일이었다. 게다가 그것은 또 둘째치더라도, 오늘 밤 그가 드물게 품행이 방정한 것은 틀림없는 사실이지만 어차피 초대받지 못한 손님이므로 언제 어느 때 사기꾼으로 들통 나 쫓겨날지 모른다는 불안한 사정에는 전혀 변함이 없었다. 그 미망인과 친하게 인사를 나누었다손 치더라도 그런 위험을 줄여줄 수 있는 보장은 아무 데도 없었다.

그는 잔디밭에서 방황했다. 그곳에서는 어느 방향으로든 비탈이었다. 잔디밭에는 춤을 마치고 몸을 식히려는 사람들이 무리지어 나와 있었고, 창에서 새어 나오는 불빛이 그들을 비추고 있었다. 그들 속에서 너무도 붙임성이 좋은 그랜비의 모습도 보였다. 오거스터스는 재빨리 밝은 장소에서 물러나와 좁은 오솔길로 접어들었다. 그리고 앞에 보이는 잡목림을 향해 터덜터덜 걸음을 옮겼다. 얼마 안 가 꼬마전구가 두세 개 불을 밝히고 있는 담쟁이로 덮인 아치에 이르렀다. 그는 아치 밑을 지나 나무와 풀이 무성한 곳으로 구불구불 이어지는 오솔길을 따라갔다. 나뭇가지에 임시로 매달아놓은 색전등이 희미한 빛을 던지고 있는 좁은 산책로였다.

이미 사람들의 무리와는 상당히 멀리 떨어져 있었다. 사실 이토록 인적이 없는 비밀장소가 있을 줄은 그로서도 좀 의외였다. 그러나 생각해보면 빈집이나 마찬가지였던 이 저택에 사람의 눈길을 피하고 싶은 연인에게 안성맞춤인 적당한 방이나 길은 얼마든지 있는 게 오히려 정상일지도 몰랐다.

한동안 비탈진 오솔길을 내려갔다. 그 뒤 통나무로 만든 긴 계단이 나왔고, 그 계단을 다 내려오니 두 나무 사이에 벤치 하나가 놓여 있었다. 벤치 앞에서 오솔길은 좁은 테라스처럼 똑바로 길게 이어졌다. 잔디밭에서 내려오는 가파른 오솔길은 집 주위를 둘러싼 담장을 향해 왼쪽으로 급하게 굴러 떨어지고 있었다. 그리고 어느 쪽 할 것 없이 모두 무성한 나무와 관목으로 뒤덮여 있었다.

베리는 자신의 신상이야기를 체터 부인에게 어떤 식으로 할 것인지 궁리하려고 벤치에 앉았다. 느릅나무로 만들어진 기분 좋은 벤치는 한쪽 끝과 등받이 일부에 느릅나무가 원목 그대로 이용되어 있었다. 그는 벤치에 기댄 자세로 은으로 된 담배케이스를 꺼내 담배 한 개비를 뽑았다. 그러나 그는 담배를 언제까지나 손가락 사이에 낀 채로 있을 뿐 불을 붙이지는 않았다. 그는 앉은 채로 자신의 불운한 과거와 그럴싸하게 들릴 만한 납득할 수 있는 슬픈 사연을 궁리하고 있었던 것이다. 그의 상념은 무도회를 가득 채운 부티 나는 세련된 분위기와 근사한 복장을 한 신사며 우아한 숙녀들로부터 점점 멀어지면서 초라함과 부끄러움으로 뒤범벅되어 공장과 공장 사이에 끼어 거의 짜그라질 뻔하였고, 이윽고 강을 건너는 선박의 연기와 커다란 굴뚝에서 나오는 매연으로 거무데데해진 버몬디의 지저분하고 누추한 작은 셋방까지 돌아갔다 왔다. 끔찍한 대비였다! 그야말로 범죄자의 어두운 골목길과 태양이 내리비치는 화사한 꽃길의 차이였던 것이다.

그런 생각을 하고 있을 때 위에서 사람의 목소리와 발소리가 들려왔다. 그는 벌떡 일어나 오솔길을 걸어갔다. 홀로 수풀 속을 떠도는 모습을 별로 보이고 싶지 않았기 때문이었다. 그러자 이번에는 밑에서 여자의 웃음소리가 들려왔고, 사람이 다가오는 기척이 느껴졌다. 그는 담배를 케이스에 다시 넣고 벤치 뒤로 돌아갔다. 달아날 생각이었는데 공교롭게도 길은 곧 막다른 길목이 되면서 그 앞은 관목으로 뒤덮인 담장으로 이어지는 가파른 비탈뿐이었다. 망설이는 동안에도 계단을 내려오는 발소리와 여자의 옷자락 스치는 소리는 계속 들려왔다. 결국 그 자리에 가만히 있든지 또는 새로 내려오는 사람과 얼굴을 마주칠 수밖에 달리 도리가 없게 되었다. 그는 가만히 있는 쪽을 택했다. 느릅나무 뒤에 딱 붙어서 그들이 지나가기만을 기다렸다.

그런데 그들은 지나가지 않았다. 두 사람 가운데 하나——여자——가 벤치에 앉았다. 그때 기억에 있는 목소리가 들려왔다.

"여기서 잠시 쉬기로 해요. 이빨이 굉장히 아파서요. 미안하지만 부탁 좀 들어줄래요? 이 번호표을 가지고 외투보관소에 가서, 하녀에게 제가 맡긴 작은 비로드 손가방을 달라고 하세요. 그 가방 안에 클로로포름 병과 탈지면이 들어 있거든요."

"하지만 당신을 이곳에 혼자 두고 갈 수는 없습니다, 체터 부인."

그녀의 파트너가 말했다.

"제가 지금 남의 이목을 따질 형편이 아니어서 그래요. 그런 것보다는 가방 속에 든 클로로포름이 더 절실히 필요해요. 부탁이니 제발 서둘러서 다녀와 주세요. 이것이 그 번호표예요."

젊은 장교의 발소리가 멀어져갔고, 오솔길을 걸어오는 두 사람의 말소리도 점점 커다랗게 들려왔다. 베리는 자신을 이런 웃기는 상황에 몰아넣은 우연을 저주하면서 그 발소리가 다가왔다가 이윽고 비탈길을 올라오는 것을 가만히 듣고 있었다. 두 사람이 가버리고 나자 주위는 갑자기 고요해지면서 이따금 체터 부인의 신음 소리만 간간히 들려왔다. 부인은 괴로운 듯 몸을 앞뒤로 흔들었고 그때마다 벤치가 끼익끼익 함께 비명을 질렀다. 그 소리만 빼면 적막 그 자체였다. 그런데 젊은 장교는 체터 부인의 부탁을 그야말로 놀랄 만큼 신속하게 수행했다. 채 2분도 안 되어 그는 오솔길을 달려 비탈길을 뛰어 내려왔다.

"정말 미안해요." 미망인은 반갑게 그를 맞았다. "참으로 바람처럼 빨리 다녀오셨군요. 탈지면을 묶은 끈을 자르고 한동안은 저를 혼자 있게 해주세요. 통증을 가라앉혀야 하니까요."

"하지만 이런 곳에 당신을 혼자 두고 갈 수는……."

"아니에요, 정말 괜찮아요." 체터 부인이 그의 말을 가로막았다. "이런 곳에는 아무도 오지 않아요. 다음 춤은 왈츠거든요. 그러니 당신은 어서 파티장으로 가서 파트너를 찾도록 하세요. 어서……."

"당신이 그렇게까지 이곳에 혼자 있겠다고 고집하시니……." 하급 장교는 이렇게 입을 열었지만 부인은 끝까지 말하도록 내버려두지 않았다.

"물론 나는 혼자 여기 있고 싶어요. 이빨을 치료해야 하니까요. 자, 어서 가보세요. 당신의 친절에는 진심으로 감사드려요."

젊은 장교는 무어라 입속으로 우물우물하더니 떨떠름한 표정으로 그 자리에서 물러났다. 베리는 그가 내키지 않는 걸음으로 비탈길을 올라가는 소리를 들었다. 이제 깊은 고요가 주위에 내려앉으면서 종이가 바스락대는 소리와 코르크 마개 비트는 소리가 잡힐 듯 선명하게 들려왔다. 베리는 입을 벌리고 숨을 죽이면서 건너편 느릅나무 뒤에 바짝 붙어 있다가 목을 뒤로 돌려 보았다. 별다른 묘안은 없지만 어쨌든 이런 상황에 빠지게 된 자신의 처지를 몇 번이나 저주하면서, 무슨 일이 있어도 이 상황을 빨리 빠져나가려고 조바심을 쳤다. 그러나 지금이라고 해서 들키지 않고 도망칠 방법이 있을 리 만무했다. 그저 미망인이 어서 이곳을 떠나기를 기다리는 수밖에 달리 도리가 없었다.

 갑자기 나무 그늘에서 탈지면 뭉치를 든 손이 나타났다. 그 손은 탈지면을 벤치 위에 올려두고 한 웅큼 뜯어내더니 작은 구슬처럼 뭉쳤다. 그 손에는 반지가 몇 개나 반짝이고 있었고, 손목에서는 커다란 팔찌가 번쩍였다. 나뭇가지에 매달려 있는 작은 꼬마전구의 빛이 반지며 팔찌를 반사하여 프리즘처럼 빛을 쏘아댔다. 손은 금방 들어갔다. 베리는 사각 탈지면 뭉치를 멍하니 바라보았다. 그러자 다시 손이 눈에 들어왔다. 이번에는 작은 병을 살짝 벤치에 올려놓더니 옆에는 코르크 마개를 두었다. 그리고 다시금 꼬마전구의 빛이 촘촘히 박힌 보석에서 반짝반짝 빛을 일으켰다.

 베리는 무릎이 와들와들 떨려왔다. 이마에는 식은땀이 송알송알 맺혔다.

 손은 다시 보이지 않았지만 그것이 사라졌을 때 베리는 목을 살짝 움직여서 나무 그늘에서 살며시 얼굴을 내밀었다. 부인은 벤치 등에 기대어 앉아 있었다. 나무줄기에 기댄 부인의 얼굴이 그의 얼굴에서 불과 몇 센티미터밖에 안 되는 지점에 놓여 있었다. 커다란 보석이 바로 눈앞에서 반짝반짝 휘황한 빛을 발했다. 그녀의 어깨너머로 호화로운 목걸이가 쉴 새 없이 색깔이 변하는 불꽃처럼 광채를 내뿜으면서 그녀의 가슴에서 흔들리는 것이 보였다. 그녀의 두 손은 아름다운 윤기와 번쩍이는 광채로 이루어진 듯했다. 그리고 그것들은 어렴풋한 불빛 아래 한층 더 깊고 화려한 빛을 쏟아냈다.

 그의 심장 고동소리가 몸 밖으로 새어나올 듯 높아졌다. 끈적끈적한 땀방울이 얼굴에서 뚝뚝 떨어졌다. 이빨이 딱딱 마주치며 소리를 낼 것 같아 어금니를 앙 물었다. 두려움이, 기이한 공포가 몸으로 스며들었다. 이성도 의지도 모조리 앗아가 버리는 듯한 끔찍한 충동에 떠밀리는 것은 아닐까 하는 본능적인 두려움이었다.

깊은 적막이 주위를 지배했다. 여인의 희미한 숨소리와 바스락거리는 옷자락 소리만 선명하게, 아주 커다랗게 들려왔다. 그는 질식할 지경까지 숨을 참고 있었다.

갑자기 밤공기를 가르며 왈츠의 꿈 같은 선율이 아련히 흘러나왔다. 무도회가 시작된 것이다. 멀리서 들려오는 그 소리는 이 버림받은 장소의 고독감을 한층 더 깊게 만들었다.

베리는 가만히 귀를 기울였다. 손목을 꽉 잡고 그를 가차없이 파멸로 인도하려는 보이지 않는 힘에서 벗어나려고 안간힘을 썼다.

그는 끔찍한 물건이라도 보는 양, 또는 홀린 듯한 눈길로 여인을 바라보았다. 제 딴에는 보지 않겠다고 필사적으로 노력했다. 하지만 모두 소용없었다.

그리하여 마침내 땀으로 젖은 덜덜 떨리는 손가락이 조심스럽게, 그리고 소리 없이 벤치로 뻗었다. 그 손은 소리도 없이 탈지면을 잡았고, 마찬가지로 소리도 없이 뒤로 물러났다. 손이 다시 한 번 벤치로 슬슬 뻗어 나왔다. 손가락이 뱀처럼 병을 움켜잡았고, 벤치에서 들어올려 나무 그림자 뒤로 사라졌다.

몇 초 뒤, 다시 나타난 손은 병을 다시 살그머니 제자리로 돌려놓았다. 병의 내용물은 반쯤 줄어 있었다. 짧은 시간이 흘렀다. 왈츠의 화려한 장식 선율이 조용히 밤공기를 흔들며 흘러나왔다. 마치 여인의 숨소리와 움직임에 맞춘 듯한 리듬이었다. 다른 소리는 전혀 없었다. 이 장소는 묘지처럼 적막한 고요 속에 완전히 묻혀 있었다.

갑자기 베리는 숨어 있던 곳에서 벤치 등받이로 불쑥 몸을 내밀었다. 그의 손에는 탈지면 뭉치가 들려 있었다.

여인은 양손을 무릎 위에 올리고 잠깐 눈이라도 붙이려는 듯이 몸을 뒤로 기댔다. 번개 같은 움직임이 일어났다. 탈지면이 여인의 얼굴에 들이밀어졌다. 그리고 여인의 얼굴은 보이지 않는 가해자의 가슴으로 끌려갔다. 쥐어짜는 듯한 비명이 막혀 있는 여인의 입에서 새어 나오고 내뻗은 손은 가해자의 팔을 잡았다. 이윽고 죽음의 몸부림이 시작되었다. 괴로움에 신음하는 피해자의 번쩍이는 값비싼 장신구가 그 싸움을 한층 더 처절하게 보이게 했다. 소리는 전혀 없었다. 그저 억압된 비명과 옷자락 스치는 소리, 벤치의 삐걱거림과 병이 떨어지는 소리, 그리고 멀리서 들려오는 왈츠의 꿈결 같은 선율이 엄청난 조롱처럼 다정하게 흐르고 있을 뿐이었다.

싸움은 금방 끝났다. 갑자기 보석을 가득 단 손이 털썩 아래로 늘어뜨려졌고, 머리는 주름투성이가 된 셔츠의 가슴팍에 맥없이 푹 꺾이면서 축 처진 몸뚱이는 힘을 잃고 금방이라도 벤치에서 굴러떨어질 듯했다. 베리는 버팀대를 잃어버린 머리를 잡은 채 벤치 등받이를 건너뛰어 여자가 땅으로 굴러떨어지기를 기다려 탈지면 뭉치를 여인의 입에서 떼고 그 위에 몸을 구부렸다. 이미 끝난 싸움이었다. 일순간의 광기어린 흥분은 순식간에 싸늘한 죽음의 공포로 식어버렸다.

방금 전까지 그토록 아름다웠던 얼굴은 이제 추하게 부풀어 올랐고, 조금 전까지만 해도 그토록 다정하게 웃음 짓던 그 눈도 이제는 모든 빛을 잃어버렸다. 그는 사체를 마치 환각이라도 보는 양 의심하면서 두려운 낯빛으로 굽어보았다.

내가 한 짓이다. 세상으로부터 냉대 받고, 거리조차 당당하게 걸을 수도 없던 아무짝에도 쓸모없는 내가 이런 일을 해치운 것이다! 이 상냥한 여인이 우정의 손길을 내밀겠다고 했건만 그 상대는 이런 몹쓸 짓을 해버리고 말았다. 다른 모든 인간이 나를 이미 망각의 심연에 던져버린 지금, 이 여인만은 나의 기억을 고스란히 가슴에 간직하고 있었는데…… 그런데도 나는 그녀를 죽이고 말았다. 이 보랏빛 입술에서 생명의 숨결이 새어 나올 일은 이제 다시는 없을 것이다.

결국 이런 어처구니없는 짓을 저지르고 말았다는 놀라운 양심의 가책이 그를 휘감았다. 그는 땅에 젖은 머리칼을 쥐어 뜯으며 지옥에라도 떨어진 인간마냥 꺼이꺼이 흐느껴 울면서 그 자리에 못 박힌 듯 서 있었다.

보석 같은 것은 이미 그의 머릿속에서 멀리 떠나버렸다. 지금은 자신이 범한 이 구제받을 수 없는 죄업의 공포 외에는 달리 아무것도 떠오르지 않았다. 멈출 수 없는 회한과 등골이 오싹해지는 공포만이 그에게 남겨진 모든 것이었다.

멀리 오솔길을 걷는 사람의 목소리에 그는 퍼뜩 이성을 되찾았다. 그러자 지금까지 그를 휘감고 있던 비현실적인 공포가 급속히 바로 눈앞에 놓인 구체적인 공포가 되어 그를 엄습했다. 그는 축 늘어진 여인을 길에서 끌고가 관목이 우거진 가파른 비탈로 굴러떨어뜨렸다. 사체가 고개를 하늘로 향해 누웠을 때, 그녀의 벌어진 입술에서 온몸의 털이 모조리 곤두서는 듯한 놀라운 한숨이 희미하게 새어나왔다. 그는 잠시 귀를 쫑긋 세웠다. 그러나 그뿐이었다. 살아 있는 기색은 더 이상 찾아볼 수 없었다. 그 한숨은 사체를 움직였을 때 무언가의 작용으로 몸에서 새어 나온 것이 분명하리라.

그는 한동안 꿈이라도 꾸고 있는 듯 멍하니 서서 관목에 반쯤 가려진 사체를 바라보다가 간신히 오솔길을 기다시피 올라왔다. 기어 올라온 뒤 다시 한 번 뒤돌아보았지만 사체는 더 이상 보이지 않았다. 사람소리가 들려와서 그는 몸을 일으켜 발소리가 나지 않게 주의하면서 통나무로 만든 계단을 쏜살같이 뛰어올라갔다.

그가 잔디밭까지 달려 올라갔을 때 음악소리가 그쳤다. 그와 동시에 사람들이 한꺼번에 무리지어 집에서 쏟아져 나왔다. 베리는 완전히 제정신이 아니었으나 그럼에도 지금 자신의 의복이며 헝클어진 머리칼이 남들에게는 상당히 이상하게 보일 거라는 데까지는 생각이 미쳤다. 그래서 그는 몰려나오는 사람들을 피해 잔디밭을 돌아 사람들이 가장 적을 만한 길을 골라 외투보관소로 갔다. 당장에라도 실신할 듯했고, 걸음을 떼어놓을 때마다 손발이 와들와들 떨려서 한시바삐 마실 것이 놓인 방으로 가고 싶었다. 그러나 누군가에게 쫓기는 듯한 불안감이 시간이 갈수록 더욱더 심해졌으므로 당장에라도 사체가 발견되었다는 소식이 들려올 것 같았다.

그는 비틀대면서 외투보관소로 들어가 테이블 위에 번호표를 내던지고 몸시계를 꺼냈다. 급사가 깜짝 놀란 얼굴로 그를 바라보더니 번호표를 손에 들고 동정하듯 물었다.

"어디 몸이라도 불편하십니까?"

"아닐세. 너무 더워서 그래."

"돌아가시기 전에 샴페인을 한 잔 드시면 기분이 좀 나아지실 겁니다."

"그럴 여유가 없네." 베리가 대답하면서 코트를 받으려고 덜덜 떨리는 손을 내밀었다.

"서둘지 않으면 기차시간에 늦어!"

이 대답을 듣더니 급사는 얼른 코트와 모자를 꺼내 그가 코트 소매로 팔을 넣는 것을 도와주려고 했다. 그러나 베리는 낚아채듯 코트를 팔에 걸고 모자를 눌러쓴 뒤 서둘러 주차장으로 갔다. 여기서도 담당 급사가 깜짝 놀란 얼굴로 그를 주시했다. 베리는 코트 입는 것을 도와주겠다는 급사의 말을 거절하고 그대로 팔에 걸친 채로 '변속 기어'의 레버를 철컥철컥 초조하게 조작해서 톱 기어로 한 뒤 자전거를 전속력으로 달렸다. 그것을 본 급사는 한층 더 눈이 휘둥그레졌다.

"램프가 들어오지 않았습니다!" 급사가 고함을 질렀다. 그러나 베리에게는 이미 머잖아 자기를 뒤따라올 추적자의 목소리 외에는 아무것도 들리지 않았다.

다행히 그 고갯길은 비스듬히 가도로 이어졌다. 만약 그렇지 않았다면 베리는 길을 가로막고 있는 산울타리에 그대로 뛰어들고 말았으리라. 자전거는 전속력으로 고갯길을 달려 내려가 엄청난 속도로 가도로 접어들었다. 가도에 들어서서도 자전거의 속력은 좀처럼 떨어질 줄 몰랐다. 죽음의 공포에 쫓기는 운전자가 미친 듯이 격렬하게 페달을 밟아댔기 때문이다. 캄캄한 적막에 싸인 도로 위를 쏜살같이 자전거 페달을 밟으면서 그는 말발굽이 딸각대는 소리나 자동차 엔진소리가 등 뒤에서 울려퍼지지 않을까 줄곧 귀를 곤두세우고 있었다.

그는 이 근처 지형을 잘 알고 있었다. 사실 일이 어떻게 될지도 모른다는 생각에 그 전날 미리 답사해두었던 것이다. 조금이라도 수상쩍은 소리만 들리면 당장 골목으로 뛰어들겠다는 준비도 이미 되어 있었던 것이다. 그러나 자전거를 계속 밟았지만 등 뒤는 잠잠했다. 끔찍하기 그지없을 고함소리도 끝내 들려오지 않았던 것이다.

5킬로미터쯤 달린 뒤 경사가 가파른 언덕기슭으로 나왔다. 그는 자전거에서 내려와 비탈길을 기다시피해서 올라가야 했다. 너무 서두르다 보니 언덕을 다 올라갔을 때에는 숨쉬기조차 괴로울 지경이었다. 자전거를 타기 전에 코트부터 입기로 했다. 사실 행색이 의심스럽기 그지없어서 사람들의 눈길을 끌기 딱 좋은 몰골이었다. 시각은 이제 막 11시 반. 머잖아 곧 작은 마을길을 벗어날 것이다. 자전거 램프도 켜두기로 하자. 순찰하는 경찰이나 지역 경관에게 불려 세워지면 그것으로 모든 것이 끝장이니까.

장갑 한 쌍이 나왔는데 한눈에 자기 것이 아님을 알아봤다. 호주머니에는 비단 머플러도 들어 있었다. 하얀색. 그러나 자기 머플러는 검은빛이다.

갑자기 공포가 찾아드는 걸 느끼면서 베리는 열쇠를 넣어 둔 호주머니에 손을 집어넣었다. 열쇠는 없었다. 대신 지금까지 한번도 본 적 없는 호박(琥珀)으로 된 개비담배용 파이프가 손에 잡혔다. 그는 한동안 낭패감에 어쩔 줄 몰라 그 자리에 우두커니 서 있었다. 다른 사람의 코트를 대신 들고 나온 모양이다. 그 사실을 깨닫자 새로운 불안으로 식은땀이 송알송알 배어나왔다. 그의 코트 주머니에는 예일(자물쇠 상품명) 열쇠가 들어 있을 것이다. 그러나 그 사실은 크게 문제가 되지 않았다. 집에 돌아가면 여벌이 있을 뿐더러 그 열쇠는 그가 전용으로 들락거리는 입구열쇠이기 때문이다. 게다가 도구상자에는 자전거에 필요한 연장이 아니라 일상적인 자잘한 도구들만 몇 개 들어 있을 것이기 때문이다. 문제는 그 코트 안에 자기 신분이 드러날 만한 물건이 들어 있느냐 없느냐는 것이었다. 그런데 혹시나 싶어 출발 전에 호주머니를 샅샅이 뒤집어서 살펴보았던 사실이 문득 떠올라, 그는 후유 안도의 가슴을 쓸어내렸다.

강가 공장과 공장 사이에 슬쩍 끼어든 듯한 더럽고 보잘것없는 셋 방에 가만히 몸을 숨기기만 하면 다 괜찮을 것이다. 공포와, 관목 속에 보석과 비단옷을 휘감은 채 웅크린 듯 쓰러져 있는 사체의 집요한 환영만 사라지면 더 이상 아무 것도 걱정할 필요가 없는 것이다.

그는 마지막으로 주위를 재빨리 돌아보고는 자전거를 타고 언덕을 넘어 단숨에 어둠 속으로 스며들었다.

알알이 맺힌 노력의 대가
——의학박사 크리스토퍼 저비스의 기록

한시도 책임에서 해방될 수 없는 것이 의사라는 직업의 고충이다. 상인이나 변호사, 또는 공무원들은 저마다 정해진 시간에 책상서랍을 잠그고 모자를 눌러쓴 뒤 밖으로 나와 버리면 그 뒤는 자유로워지는 법이다. 누구에게도 방해받을 일 없이 여유로이 남은 시간을 즐길 수 있지만, 의사는 그렇지 못하다. 일을 하고 있든 놀고 있든, 깨어 있든 자고 있든, 늘 인류의 하인은 누군가 아픈 사람만 오면 친구나 처음 보는 낯선 사람을 가리지 않고 친절하게 그들의 요구에 응하지 않으면 안 된다.

레인즈포드의 아가씨들이 주최한 무도회에 아내와 함께 가겠다고 허락한 뒤만 해도 나는 최소한 파티가 벌어지는 동안은 의사의 의무에서 해방될 줄로 믿고 있었다. 적어도 여덟 번째 댄스가 끝날 때까지도 그렇게 믿고 있었다. 하지만 사실대로 말하면 그 기대가 산산이 깨어졌을 때도 나는 그다지 유감스럽게 생각하지 않았다. 내가 마지막으로 상대했던 파트너는 거의 무슨 말을 하는지 알아들을 수 없을 정도로 엄청난 속어를 사용하는 부인이었다. 식민지풍의 굉장한 사투리로 의견을 교환하는 것은 어쨌거나 상당히 어려운 일임에 분명하다. 그런데 그 부인은 한술 더 떠서 뭐든지 '째졌다'라고 하든가 '썩 어빠졌다'는 말로 모든 것을 결론짓기 때문에 이를 상대하는 사람은 아무리 노력해도 역시 대화에서 섬세함을 잃게 되기 십상이었다. 정말이지 나는 굉장히 지겨웠다. 그래서 얘기 대신 샌드위치를 먹는 게 더 나을 듯하여 파트너를 음식물이 마련되어 있는 방으로 데려가려고 했다. 그때 누군가가 내 소매를 살짝 잡아당겨 뒤돌아보았다. 그랬더니 얼마쯤 겁에 질린 불안한 얼굴이 나를 보고 있었다. 아내였다.

"하리웰 양이 당신을 찾고 있어요. 어떤 여인이 쓰러졌다나 봐요. 당신이 잠깐 가서 봐주지 않겠어요?"

아내는 내가 파트너에게 미처 인사할 때까지도 못 기다리고 내 팔을 잡아 끌고 잔디밭으로 갔다.

"그런데 좀 이상해요." 아내가 덧붙였다. "쓰러진 여인은 굉장한 부자로 체터 부인이라고 하는 미국인인데, 에디스 하리웰 양과 포드베리 소위가 관목 수풀 속에서 그 부인이 쓰러져 있는 것을 발견했대요. 이 일로 에디스는 가엾게도 완전히 제정신이 아니에요. 무리도 아니죠. 그런 사고는 꿈에도 생각지 못했을 테니까요."

"분명 좀 이상하군." 내가 막 입을 열었을 때 담쟁이가 흩어진 통나무 아치에서 기다리고 있던 에디스 하리웰이 우리를 보고 달려왔다.

"부탁이에요, 제발 빨리 좀 와 주세요, 저비스 선생님!" 그녀가 소리 질렀다. "엄청난 일이 벌어졌어요, 줄리엣에게서 이미 말씀은 들으셨겠죠?"

그녀는 내 대답은 듣지도 않고 아치에서 나와 그 나이 또래 특유의 종종대는 기묘한 걸음으로 앞장을 서더니 좁은 오솔길을 달려갔다. 잠시 뒤 우리는 통나무 계단을 내려가 벤치로 갔다. 그곳에서부터 똑바로 나 있는 오솔길이 마치 좁은 테라스처럼 급한 비탈을 향해 뻗어 있었다. 오른쪽은 불룩하게 솟아 있고 왼쪽은 비탈이 되어 흘러내리는 지형이었다. 아래쪽 푹 꺼진 구덩이 속에서 한 남자가 목과 어깨를 관목 사이로 내보이며 서 있었다. 손에는 꼬마전구를 들고 있었다. 아마 나뭇가지에서 벗겨 들고 내려간 모양이었다. 나는 그곳으로 내려갔다. 우거진 관목을 돌아가 보니 화려한 의상을 입은 부인이 땅바닥에 몸을 비틀 듯이 쓰러져 있는 것이 보였다. 부인은 의식이 조금 남아 있었다. 내가 다가가자 희미하게 몸을 움직이면서 혀가 잘 돌아가지 않는 알아듣기 힘든 악센트로 두세 마디 중얼거렸다. 나는 포드베리 소위라고 짐작되는 인물에게서 작은 램프를 건네받았다. 그때 그가 의미심장하게 살짝 눈썹을 들어올리는 것을 보고, 나는 에디스 하리웰이 이 사고를 어떻게 받아들이고 있는지 짐작이 갔다. 사실 아주 짧은 한순간이었지만 나도 그녀의 상상이 맞아떨어지는 것은 아닐까 생각했다. 그러니까 쓰러져 있는 이 부인은 술에 취해서 이런 사고를 낸 것은 아닐까 의심했던 것이다. 그러나 가까이 다가가 희미한 빛으로 잘 살펴보니 얼굴에 사각형의 붉은 반점이 나 있고, 코와 입이 요오드팅크라도 바른 듯 빨갛게 피멍이 들어 있는 것이 보였다.

어느 퇴락한 신사의 로맨스

비로소 나는 이 부인이 술에 취해서 이런 사고를 당한 것이 아니라 더 심각한 종류의 이상한 사건을 겪었다는 것을 알아차렸다.

"일단 벤치로 옮깁시다." 나는 램프를 에디스 하리웰 양에게 돌려주면서 말했다. "그러고 나서 집 안으로 데려가도록 하지요."

소위와 내가 축 늘어진 부인을 들어올려 좁은 길을 신중하게 기어올라가 벤치에 눕혔다.

"어떻게 된 일일까요?" 에디스 하리웰 양이 소리를 죽여 물었다.

"지금으로서는 아무것도 알 수 없습니다. 그러나 당신의 짐작과는 조금 다른 것 같군요."

"정말 다행이에요." 그녀가 힘주어 말했다. "자칫했으면 몹쓸 소문이라도 날 뻔했어요."

나는 희미한 불빛이 새어나오는 작은 램프를 손에 들고 의식을 잃고 있는 부인을 다시 한 번 들여다보았다.

부인의 겉모습을 보고 나는 잠시 생각에 잠겼다. 부인은 마치 마취에서 깨어나는 사람처럼 보였다. 하지만 얼굴에 남아 있는 사각형의 붉은 반점은 버크 살인사건 때와 똑같아서 외부적 요인에 의한 질식을 암시하고 있었다. 그런 일들을 이리저리 살펴보고 있을 때 램프의 빛이 벤치 뒤 땅바닥에 떨어져 있는 하얀 물건을 비추었다. 램프를 가까이 가져가보니 사각형의 탈지면 뭉치였다. 그 형태와 크기가 부인의 얼굴에 남은 붉은 반점의 모양과 크기와 일치하고 있음을 금방 알 수 있었으므로 나는 몸을 굽혀 그것을 주워 올렸다. 그때 벤치 아래에서 나뒹굴고 있는 작은 병이 눈에 들어왔다. 그것도 집어 올려 램프 빛에 비춰보았다. 1온스짜리 유리병으로 속은 비었지만 '메틸 클로로포름'이라는 라벨이 붙어 있었다. 이것으로 혀도 잘 돌아가지 않는 술주정뱅이 같은 부인의 증상에서 비롯된 의문도 완전히 설명되었다. 그러나 여기에는 한 가지 설명이 더 필요했다. 부인은 말 그대로 휘황찬란한 다이아몬드로 온몸을 휘감은 상태였으므로 물건을 탐낸 도둑이 아닌 것은 분명했지만, 그렇다고 이 부인이 스스로 대량의 클로로포름을 맡은 것은 아니라는 사실 또한 명백했다.

결국 부인을 저택으로 옮긴 뒤 회복을 기다릴 수밖에 달리 방법이 없었다. 그래서 나는 소위의 도움을 받아 관목 사이를 지나 채소밭을 뚫고 저택 옆문으로 들어가 세간들로 거의 도배를 하다시피한 방 소파에 그녀를 뉘였다.

그 방에서 부인의 얼굴을 물로 찰싹찰싹 때리면서 정신이 드는 약을 듬뿍 먹였다. 그것이 효과가 있었는지 부인은 얼마 뒤 정신을 차렸고, 이윽고 자기에게 일어났던 사고를 남들이 이해할 수 있도록 설명해 주었다.

클로로포름과 탈지면은 부인의 것이었다. 이빨이 아파서 그것으로 응급처치를 하려고 했다는 것이다. 병과 탈지면을 옆에 두고 벤치에 앉았을 때 갑자기 알 수 없는 일이 생겼다. 아무런 기척도 없이 갑자기 등 뒤에서 손이 불쑥 나오더니 탈지면 뭉치로 자기 입과 코를 틀어막았다. 그 탈지면에는 클로로포름이 잔뜩 묻어 있었다. 그리하여 순식간에 의식을 잃고 말았다는 것이 부인의 설명이었다.

"그렇다면 누군지 보지 못했다는 말씀이신가요?" 내가 물었다.

"보지 못했습니다. 하지만 그도 야회복을 입고 있었던 것 같습니다. 머리에 닿은 것이 셔츠였다는 생각이 들거든요."

"그럼 그 인물은 아직 이곳에 있든지 외투보관소로 갔든지 둘 중 하나이겠군요. 코트를 입지 않고는 이곳을 빠져나갈 수 없었을 테니까."

"그렇군요!" 소위가 소리쳤다. "틀림없이 그럴 겁니다. 제가 가서 살펴보지요."

소위는 흥분한 기색이 역력해서 성큼성큼 서둘러 방을 나갔다. 체터 부인은 이제 괜찮을 것 같아 나도 급히 소위를 뒤따라 나갔다.

나는 그길로 곧장 외투보관소를 찾아갔다. 그곳에서는 이미 소위와 동료 장교들이 와자지껄 떠들면서 외투를 입고 있었다.

"범인은 달아났습니다." 오버코트를 입으려고 몸을 비틀면서 포드베리가 말했다. "1시간쯤 전에 자전거로 나간 모양입니다. 급사의 말로는 굉장히 허둥지둥 서둘렀다고 하는데 당연하겠지요. 지금부터 우리가 차로 녀석의 뒤를 추적할 생각입니다. 선생님도 함께 가시겠습니까?"

"아니오. 나는 환자 옆에 남아 있지 않으면 안 되니까. 하지만 그 남자가 범인이라는 것을 어떻게 알았습니까?"

"범인이 따로 있다고는 생각지 못할 일 아닙니까? 그 녀석이 분명합니다. 게다가…… 아니, 이것 좀 이상하군. 이 코트는 내 것이 아니잖아!"

그는 그 코트를 거칠게 벗어서 급사에게 되돌려주었다. 담당 급사는 낭패한 기색으로 그것을 바라보았다.

"정말입니까?" 급사가 되물었다.

"정말이고말고." 소위가 말했다. "어서 내 코트나 내 주게."

"참으로 죄송스런 말씀입니다만 좀 전에 나간 사람이 아무래도 손님의 코트를 입고 간 듯합니다. 그 사람의 번호표 근처에 걸려 있었던 것이어서 그만…… 정말 뭐라 드릴 말씀이 없습니다. 죄송합니다."

소위는 너무나 화가 나서 말도 안 나오는 모양이었다.

"이게 죄송하다는 말로 끝날 일이야? 내 코트는 이제 어떻게 할 작정인가?"

"그럼," 내가 끼어들었다. "그 남자가 당신 코트를 들고 갔다면 이 코트는 그 사람 것이 분명하겠군요?"

"그건 그렇군요." 포드베리가 말했다. "그러나 나는 그런 자의 코트 따위는 입고 싶지도 않습니다."

"그렇지만 이 코트는 그 자의 신원을 밝혀내는 데 도움이 될지도 모르지요."

외투를 잃어버린 그 장교에게 이 말은 아무런 위안도 되지 않는 듯했다. 그러나 차가 기다리고 있어서 그는 붉으락푸르락 표정을 구기며 밖으로 나갔다. 나는 담당 급사에게 그 코트를 안전한 장소에 보관해 두라고 이른 뒤 환자에게 되돌아갔다.

체터 부인은 이미 상당히 좋아져 있었다. 그리고 가해자에 대해서도 복수심 비슷한 강한 관심을 드러내보였다. 범인을 너무도 증오한 나머지 다이아몬드까지 훔쳐갔으면 살인미수에 강도까지 죄를 물을 수 있었을 것이라며 애석해했다. 그리고 장교들이 그 남자를 잡으면 적당히 봐주는 어리석은 일은 절대 없었으면 한다고 진지하게 호소했다.

"그런데 저비스 선생님," 에디스 하리웰 양이 말했다. "오늘 무도회에서는 조금 이상한 일이 있었습니다. 세실 호텔에서 보내온 초대장에 해링턴 베리 씨라는 사람이 파티에 출석하겠다고 답장이 왔거든요. 하지만 준비위원들은 아무도 그런 이름을 가진 사람을 초대하지 않았을 겁니다."

"하지만 실제로 조사한 것은 아니겠지요?" 내가 되물었다.

"그것이 실은, 준비위원 가운데 워터스라는 아가씨가 있는데 급히 외국에 나가게 되었답니다. 우리는 그 아가씨와 연락이 되지 않아서 혹시 그쪽에서 초대한 사람일지도 모른다고 생각하고 별로 알아볼 생각은 하지 않았습니다. 그런데 지금 이런 일이 일어나고 보니 제대로 조사해보지 않았던 것이 참으로 유감스럽기 짝이 없습니다. 잘 처리했더라면 그런 범죄자는 일찌감치 이 저택에 발을 못 붙이게 하는 것인데…… 그런데 왜 체터 부인을 죽이려고 했는지 저는 전혀 짐작이 안 가는군요." 그녀가 대답했다.

분명 기이한 사건이었다. 이 수수께끼는 1시간 뒤 추적대가 되돌아 왔을 때에도 무엇 하나 해명되지 않았다. 런던으로 가는 3킬로미터쯤 되는 길에는 자전거의 흔적은 남아 있었지만 교차로 근처에 이르자 자전거 바퀴자국이 다른 차바퀴 자국과 엉망으로 얽혀 있어서 장교들이 한동안 이리저리 뛰어다녀보았으나 결국 추적을 포기하고 되돌아왔다고 했다.

"그런 이유로, 아마도 그 남자는 1시간 전에 고속 기어가 달린 자전거로 이곳을 빠져나간 것이 분명한 것 같습니다, 체터 부인. 그러므로 우리가 뒤쫓아 갔을 때에는 이미 런던까지 갔을 거고요."

포드베리 소위는 미안해하는 낯빛으로 설명했다.

"당신들은 그 악당이 여유만만하게 달아났다는 소리를 어쩌면 그리도 태연하게 하실 수 있는 거죠?"

체터 부인은 노골적으로 경멸의 빛을 보이며 소위를 비난했다.

"하지만 아무리 생각해도 그렇게밖에는 생각할 수 없습니다." 포드베리는 말했다. "만약 내가 당신이라면 한시 바삐 그 남자의 인상착의를 물어서 내일이라도 런던경시청에 신고를 하는 것이 바람직하리라 생각합니다. 런던경시청에 가면 범인을 알 수 있을지도 모르고, 또 그 범인이 남기고 간 코트를 가져가면 그의 신원이 금세 밝혀질 수 있지 않겠습니까?"

"크게 기대는 안 되는군요." 체터 부인이 잘라 말했다. 분명 체터 부인의 말 대로였다. 하지만 달리 묘안도 없고 해서 부인은 일단 그러겠다고 결심했다. 나는 이것으로 사건은 일단락되었다고 생각했다.

그러나 내 생각은 너무 성급했다. 다음날 정오 조금 못 미쳐 나는 느긋하게 잔존취득권 문제를 다룬 소송사건 적요서의 문제점을 생각하고 있었고, 손다이크는 이번 주 강연 원고를 쓰고 있었다. 그때 사무실 문을 가볍게 노크하는 소리가 들리면서 누군가의 방문을 알렸다. 나는 질질 끌리는 듯한 피곤한 몸을 일으켜——거의 4시간밖에 자지 못했다——간신히 문을 열었다. 그러자 미끄러지듯 안으로 들어온 사람은 다름 아닌 체터 부인이었다. 그 뒤로 밀러 총경이 따라 들어왔다. 쓴웃음을 짓고 있는 총경은 갈색 종이꾸러미를 끌어안고 있었다.

부인은 극심한 충격을 받은 지 아직 얼마 지나지 않은 것을 생각하면 눈이 휘둥그레질 정도로 원기왕성한 모습으로 절도있게 행동했으나, 기분만큼은 크게 좋아 보이지 않았다. 부인이 밀러 총경을 별로 신용하지 않는다는 사실은 누가 보아도 역력했다.

"어젯밤 저에게 살인미수사건이 일어난 것은 저비스 선생님께 들어서 잘 알고 계시리라 생각합니다."

내가 손다이크에게 소개하자 부인은 이렇게 입을 열기 시작했다.

"그러니 사건에 대해서는 저를 신용해주시겠지요? 저는 경찰서에 가서 어젯밤에 일어났던 일을 처음부터 끝까지 하나도 빠짐없이 모조리 이야기했답니다. 그리고 그 남자의 코트도 들고 가서 보여주었고요. 그런데 경찰에서는 도저히 손을 쓸 도리가 없다는 대답뿐입니다. 한마디로 그 악당이 자유로이 거리를 활보하더라도 경찰들은 어떻게 처리할 길이 없다는 말이지요."

"저, 좀 들어보십시오, 박사님." 밀러 총경은 말했다. "이 부인은 영국 중산계급의 남성 절반에 해당하는 인상착의를 말하면서 그런 인물을 찾아달라고 말씀하시는 것입니다. 게다가 이렇다 할 특징도 없는 코트만 내밀면서, 다른 단서는 하나도 없지만 이 코트의 주인을 찾아달라는 요구이지요. 하지만 나나 런던경시청 사람들은 마술사가 아닙니다. 그저 보통 경찰관입니다. 그래서 막막한 마음에 체터 부인을 당신에게 데려온 것입니다. 부디 양해해주십시오." 그는 조롱이 가득한 웃음을 떠올리며 종이꾸러미를 탁자에 올려놓았다.

"그래서 날더러 어쩌란 말씀이신지?" 손다이크가 되물었다.

"그래서 말인데요, 박사님." 밀러 총경이 말했다. "여기에 코트가 있습니다. 호주머니에는 장갑 한 짝에 머플러, 성냥갑, 전철표, 그리고 예일 열쇠가 들어 있습니다. 체터 부인은 이 코트의 주인이 누구인지 알고 싶다는 말씀이고요."

그는 얼마쯤 흥분한 기색의 부인을 곁눈질하면서 꾸러미를 풀었다. 손다이크는 엷은 웃음을 띠면서 총경을 지켜보았다.

"미안하지만 밀러 총경님, 이 일은 투시 능력이 있는 다른 초능력자에게 부탁하는 편이 훨씬 낫지 않을까 싶군요."

총경의 태도가 돌변했다.

"진심으로 드리는 부탁입니다, 박사님. 부디 이 코트를 한번 살펴보십시오. 여기에는 전혀 단서가 될 만한 것이 없습니다. 그러나 그렇다고 해서 사건을 이대로 내팽개칠 수는 없지 않겠습니까? 이 코트를 철저하게 조사해보았습니다만 단서다운 물건은 전혀 보이지 않았습니다. 우리는 모두 박사님이 특별히 날카로운 눈을 갖고 있다는 사실을 잘 알고 있습니다. 그러니 무언가 우리가 찾지 못한 어떤 것을 박사님이 발견하실지도 모를 일입니다. 조사를 시작하기 전에 무슨 힌트가 될 만한 어떤 단서를 말입니다. 현미경으로 이것을 조사해 주시면 안 되겠습니까?"

총경은 애원하는 듯한 어조로 이렇게 덧붙였다.

손다이크는 코트를 보면서 생각에 잠겼다. 그에게 아주 흥미가 없는 사건만은 아니었다. 밀러 총경에 이어 부인도 제발 부탁한다고 거들었다. 이제 손다이크도 모른 체할 수 없게 되었다.

"알겠습니다." 손다이크가 대답했다. "그럼 이 코트를 1시간 정도

제게 맡겨주십시오. 좀 살펴보겠습니다. 이 코트에서 무엇이 나온다고는 크게 기대할 수 없지만 어쨌든 조사해본다고 해로울 것은 없겠지요. 2시에 다시 한 번 와 주십시오. 그때는 아마 별것 없다는 결과 보고를 할 수 있을 것 같군요."

그는 두 손님을 보내고 탁자로 돌아가 알 수 없는 미소를 지으면서 코트와 호주머니 속의 물건들을 모아둔 커다란 경찰 봉투로 눈길을 떨어뜨렸다.

"자네 생각은 어떤가?" 손다이크가 나를 올려다보면서 물었다.

"나라면 우선 전차표부터 조사할 걸세." 내가 대답했다. "그 다음은…… 밀러 총경이 말한 사실도 아주 의미가 없는 것이 아니니까 코트 표면을 현미경으로 조사해 보겠지."

"나중 것을 먼저 하기로 하지." 손다이크가 말했다. "전차표를 먼저 조사하면 잘못된 선입견을 갖게 될 우려가 있으니까. 전차야 어디서든 탈 수 있겠지만 코트에 부착된 먼지는 어느 특정한 지역을 한정해 주겠지."

"자네 말이 맞네. 그러나 장소를 한정해 준다고 해도 너무 막연한 지식밖에는 전해주지 못하는 게 아닐까?"

"그건 자네 말이 옳지만……." 그는 이렇게 말하면서 코트와 봉투를 집어 들고 실험실로 가져가려고 했다. "하지만 저비스, 혹시 그렇다 해도 먼지도 증거물이 될 수 있다고 입버릇처럼 말하는 내 의견은 걸핏하면 경시되기 일쑤라네. 육안으로만 보아서는――물론 육안으로만 보는 것이 일반적이지만――사실 분명한 것은 알기 어렵네. 가령 테이블 표면의 먼지를 모아서 살펴보더라도 어떤 성질의 것인지 눈으로 보아서는 알 수 없는 게 당연하거든. 어떤 특징도 없는 잿빛의 고운 가루로밖에는 보이지 않을 테니까. 다른 테이블 표면에서 가져온 먼지와도 별로 차이가 없어 보일 거야. 그러나 현미경으로 보면

이 잿빛 가루가 여러 가지 특정한 물질의 작은 부스러기라는 것을 알게 되지. 그리고 그 작은 부스러기에서 이따금 그 본래의 성질을 확연하게 알려주는 어떤 특징이 포착되기도 한다네. 그런 사실은 나와 마찬가지로 자네도 잘 알고 있을 걸세."

"나도 일정한 조건 아래서라면 증거물건으로 먼지의 가치는 충분하다고 인정하네." 내가 대답했다. "그러나 낯선 인간의 코트에 묻어 있는 먼지에서 입수할 수 있는 지식은 너무 일반적이어서 그 주인을 찾아내는 데에는 크게 도움이 될 것 같지 않네."

"그건 자네 말이 옳을지도 몰라." 손다이크는 이렇게 말하면서 코트를 실험실 벤치 위에 올려두었다. "그러나 폴튼이 자랑하는 이 먼지 추출기를 시험해 본다면 내 말뜻을 금방 알게 될 거야."

내 친구가 방금 들먹인 기계는 우수한 연구조수 폴튼이 발명한 것으로 원리적으로는 카펫 청소에 사용되는 진공청소기와 비슷하다. 그러나 여기에는 어떤 유별난 특징이 있다. 즉 먼지가 들어가는 곳에 현미경 슬라이드를 집어넣어 분출구멍에서 그 슬라이드에 먼지를 포함한 공기를 뿜어내도록 장치가 되어 있는 점이다.

'추출기'는 자신만만한 발명자의 손으로 벤치에 꺼내졌고, 먼지통에는 슬라이드가 삽입되었다. 손다이크가 이 장치의 노즐을 코트 옷깃에 대자 폴튼이 펌프를 작동시켰다. 잠시 후 그 슬라이드를 떼어내고 다른 슬라이드를 집어넣었다. 이번에는 노즐을 오른쪽 어깨 근처에 갖다 대었다. 펌프는 이번에도 폴튼이 움직였다. 이 조작을 되풀이하는 동안 코트의 여러 부분에서 먼지를 빨아들인 대여섯 개의 슬라이드가 한 켠에 쌓여갔다. 그 다음 우리는 그 슬라이드를 모두 현미경으로 검사하여 먼지의 성분분석에 들어갔다.

그저 살짝 조사해본 것만으로도 이 먼지가 심상치 않은 물질——어쨌거나 너무 흔하게는 보이지 않는 물질——을 포함하고 있다는 사실이 금세 판명되었다. 물론 보통 의복이나 가구 등에서 나오는 양모나 면 같은 섬유 부스러기라든가 지푸라기, 꼬투리, 모발, 각종 광물성 조각 등도 실제로 의복에 부착되어 있었다. 그러나 이런 흔해빠진 내용물 외에도 어떤 특별한 종류의 물질이 다량으로 옷에 묻어 있었던 것이다. 그 대부분은 식물성 물질로 저마다 뚜렷한 특징을 나타내고 있었으며 그 종류 또한 상당히 많았는데, 그 가운데서도 가장 많이 포함되어 있었던 것은 각종 전분질이었다.

손다이크를 보니 그는 이미 종이에다 연필로 현미경을 통해서 본 여러 가지 물질의 리스트를 만들고 있었다. 나도 즉시 그를 따라했다. 한동안 우리는 말없이 작업에 열중했다. 드디어 손다이크는 의자 등에 기대어 리스트를 소리 내어 읽었다.

"꽤 흥미로운 리스트가 만들어졌네, 저비스. 그런데 자네 슬라이드에서는 무슨 특별한 점이라도 발견되었는가?"

"상당히 종류가 많은 것 같은데." 나는 리스트를 보면서 대답했다. "레인즈포드 부근의 도로 같은 하얀 가루가 묻어 있는 것은 당연한 일이겠지만, 그 외에도 갖가지 전분질이 있어. 주로 밀가루와 쌀이지만 쌀이 조금 더 많은 것 같군. 그리고 다양한 종자의 꼬투리며 핵세포, 강황 같은 황색물질, 검은 후추의 수지세포, 요리용 와인의 향료세포, 그리고 양은 적지만 흑연가루도 섞여 있군."

"흑연이라고?" 손다이크가 소리 질렀다. "내게는 흑연 같은 것은 없었어. 대신 코코아의 흔적이 있지. 나선상의 물관과 전분질 가루가 있으니까. 그리고 루플린(leuplin)이 조금 있네. 그 흑연가루 좀 보여주지 않겠나?"

나는 슬라이드를 건네주었다. 그는 열심히 들여다보았다.

"정말이군! 틀림없이 흑연이야. 구멍이 여섯 개나 있군. 이 코트는 다시 한 번 계통적으로 조사할 필요가 있을 것 같군. 이 물질이 중요하다는 것을 자네도 잘 알고 있겠지?"

"분명 이것은 공장에서 나오는 매연일 테니 장소는 어느 정도 짐작할 수 있겠지만 그렇다고 더 자세한 것을 알아낼 수 있을까?"

"아주 중요한 물품이 내게 하나 더 있다는 것을 자네가 잊으면 안 되지." 그가 말했다. 나는 영문을 몰라 무슨 소리인가 하고 눈썹만 들어올리니 그가 이렇게 덧붙였다. "바로 그 예일 열쇠야. 장소만 대충 알게 되면 그 일대를 밀러 총경이 샅샅이 조사하면 될 테니까."

"정말로 그 장소를 알 수 있을까?" 내가 말했다. "내가 볼 때는 별로 가능성이 없는 것 같은데……."

"여하튼 해 봐야지." 손다이크가 대답했다. "보아하니 이 물질 속에 들어 있는 흑연은 어느 특정한 부분에서밖에는 보이지 않는군. 그러니 그 부분이 전체적으로 선명히 보이게 한 뒤 어찌하여 그렇게 편중된 분포를 보이게 되었는지를 먼저 생각해 봐야 할 것 같아."

그는 종이 위에 코트 각 부분의 위치를 표시한 도면을 그린 뒤 그곳에 알파벳을 적어 넣었다. 그리고 라벨을 붙인 슬라이드에도 한 장 한 장 그것을 적어 넣었다. 슬라이드 위에 뿜어놓은 먼지는 이렇게 함으로써 그것이 추출된 장소를 용이하게, 더욱이 정확하게 대조할 수 있는 것이다. 우리는 다시 현미경을 들여다보면서 리스트에 새로운 발견을 첨가했다. 거의 1시간 동안 열심히 관찰을 계속한 결과 모든 슬라이드의 연구를 마치고 리스트를 비교 대조할 수 있었다.

"이 연구에서 얻을 수 있는 결론은 다음과 같은 사실들이야. 이 코트는 안쪽이건 바깥쪽이건 전체적으로 다음과 같은 물질이 평균적으로 분포해 있네. 그 가운데서도 쌀의 전분이 가장 많았고, 그 다음이 밀가루 전분이야. 그리고 양은 조금 적은 편이지만 생강과 단맛이 나는 붉은 피망과 통계피의 전분질이 묻어 있고, 계피의 안쪽 섬유, 여러 가지 종자껍질, 피망, 계피, 검은 후추 등의 세포, 그리고 비슷한 환경에서 묻었다고 생각되는 다른 여러 종류의 단편, 이를테면 수지세포라든가 생강색소 따위——이것은 당황이 아니다——도 발견되었어. 게다가 오른쪽 어깨 부근과 소매에 코코아와 홉의 흔적이 있고, 어깨에 가까운 등에서는 소량이지만 흑연의 파편도 발견되었네. 대충 이 정도의 자료가 모인 셈인데, 이것을 바탕으로 어떤 추측이 가능할지가 사실 더 중요하겠지? 이것은 단순히 표면적인 먼지가 아니라 몇 개월에 걸쳐 축적되어 여러 번의 솔질을 피해서 천에 달라붙어 쌓이게 된 먼지라네. 진공청소기 외에는 절대 추출할 수 없는 먼지라는 것을 우리는 잊어서는 안 되겠지." 손다이크가 말했다.

"분명한 것은 코트에 전면적으로 분포하고 있는 분말은 이 코트가 늘 걸려 있는 장소의 공기 중에 떠다니는 먼지라는 것이야." 내가 말했다. "흑연은 틀림없이 의자에 걸터앉았을 때 생긴 것이고, 코코아와 홉은 그 인물이 자주 다니는 공장에서 나온 것이겠지. 그런데 어찌된 노릇인지 오른쪽에만 묻어 있다는 것이 나는 영 이해가 안 되네."

"그건 아무래도 시간과 관계가 있는 듯하네." 손다이크가 말했다. "그리고 그 인물의 일상습관과도 무슨 관계가 있겠지. 집에서 나올 때 아마 그 인물은 공장의 왼쪽을 지나는가 보지. 그리고 집으로 돌아갈 때는 오른쪽으로 지나가는데 그때는 아마 공장의 일이 끝나 있을 시간이고. 그러나 무엇보다도 제일 처음에 잡아 올린 먼지가 가장 중요한 의미가 있을 거네. 그것에 따라서 그 인물이 어떤 곳에서 살고 있는지 판명될 테니까. 그 인물이 공장노동자나 공장관계 직원은 아니라는 사실은 분명하니까. 그럼 다음에 쌀의 전분이나 밀가루의 전분, 그리고 '향신료'를 모두 모아 놓은 것 같은 그 물질들은 쌀이나 밀가루 제분공장과 향신료 공장과 관계가 있을 거라고 시사하는 셈이지. 폴튼, 우체국의 인명부를 보여주지 않겠나?"

그는 직업란을 팔랑팔랑 넘기면서 계속해서 말했다.

"여기를 보면 런던에는 쌀가루 공장이 네 곳이나 있네. 가장 큰 것은 독헤드의 커버트 회사로군. 이번에는 향신료 공장을 살펴볼까?" 그는 다시 페이지를 빠르게 넘기면서 회사이름이 나열된 리스트를 살펴보았다. "런던에는 향신료 공장이 모두 여섯 곳 있네. 그 가운데 하나인 토머스 윌리엄 사는 독헤드에 있군. 여기 말고는 쌀가루 공장 근처에 있는 향신료 공장은 하나도 없어. 다음 문제는 밀가루 공장이야. 잠깐 살펴볼까? 여기에 몇몇 제분공장의 이름이 나와 있는데 단 하나의 예외를 제외하면 쌀가루 공장이나 향신료 공장 근처에 있는 것은 전혀 없네. 그 예외라고 하는 것이 바로 시스 테일러가 경영하는 센트 자비어 제분공장으로 이것은 독헤드에 있어."

"흠, 일이 점점 재미있어지는군!" 내가 말했다.

"이미 충분히 재미있어졌지 않은가?" 손다이크가 말했다. "독헤드에 가면 이 코트에 부착되어 있는 여러 가지 먼지를 발생시키는 공장이 죽 늘어서 있을 거야. 게다가 이 인명부를 보면 그런 공장이 한데 몰려 있는 곳은 런던에서도 다른 곳에서는 찾아볼 수 없는 모양이군. 그리고 흑연과 코코아와 홉이 발견된 사실도 그런 추정을 뒷받침한다고 보네. 그런 종류의 물질은 모두 그쪽 공장들에서 나오는 것이니까. 게다가 내가 알기로 독헤드를 지나는 전차는 로웰 로드에 있는 피어스 더프 흑연제조공장에서 그리 멀지 않은 곳을 통과하고 있다네. 그러니 바람의 방향에 따라서는 전차의 좌석에 분말이 부착되어 있을 가능성도 충분히 있지. 그리고 서쪽으로 향하는 전차 오른쪽에——분명 고트 거리라고 생각하지만——페인스라고 하는 코코아 공장이 있고, 사우스워크 거리 오른편에는 홉을 넣어 둔 창고가 몇 개 있을 거야. 그러나 이것들은 어디까지나 참고 정도의 자료일 뿐 진짜로 중요한 자료는 분말과 밀가루 제조공장과 향신료 공장이라네. 이것들이 틀림없이 독헤드를 가리키고 있는 것 같네."
"독헤드에 개인 주택도 있나?" 내가 물었다.
"그 점은 거리지도를 보지 않으면 모르겠네." 손다이크가 대답했다. "이 예일 열쇠는 아무래도 셋집에서 사용하는 열쇠 같군. 그것도 일인용 셋방 말이야. 모습을 감춘 친구의 습관으로 미루어 대충 그렇게 생각해도 크게 문제는 없을 것 같군."
그는 거리지도를 재빠르게 훑어보았다. 이윽고 그가 어느 페이지를 손가락으로 가리켰다.
"이제까지 내가 알아낸 사실은 필요조건으로 신기하게 딱 일치했는데 그것이 만약 우연의 일치에 지나지 않는다고 하면 여기에도 우연의 일치가 하나 더 있네. 독헤드의 남측 향신료 공장 바로 근처에, 그것도 커버트 쌀가루 공장 바로 맞은편에 노동자들이 살고 있는 임대건물이 하나 있구먼. 하노버 빌딩이 바로 그것이야. 이곳은 여러 가지 조건에 모두 일치한다네. 이 건물 셋방에 코트를 걸어둔 채로 창을 열면——이런 계절에는 대개 창을 열어두는 게 보통이지——그 코트는 우리가 발견한 먼지와 거의 똑같은 성분의 먼지가 떠도는 공기 속에 노출되게 되네. 물론 독헤드의 이 지역에 있는 다른 건물에서도 같은 조건이 만족되겠지만 우선은 이 건물이라고 생각해도 좋을 것 같군. 지금 당장 할 수 있는 말은 대충 이 정도일세. 아직 확실한 것은 아니야. 내 추정에 근본적인 잘못이 없다고는 장담할 수 없을 테니까. 그러나 그럼에도 그 열쇠가 딱 들어맞는 문이 독헤드 어딘가에, 그것도 아마 하노버 건물 속에 있을 거라는 사실만은 굉장히 가능성이 높다는 말이지. 그 확인은 밀러 총경에게 맡겨야 하겠지만."
"전차표도 조사해봐야 하지 않겠나?" 내가 말했다.
"아! 그렇지." 손다이크가 소리쳤다. "그 차표는 까맣게 잊어버리고 있었군. 그래, 그것도 반드시 조사해보지 않으면 안 되지."

그는 봉투를 열고 내용물을 벤치 위에 늘어놓고는 꾀죄죄한 종이쪽지를 하나 건져 올렸다. 그리고 그것을 들여다보더니 내게 건네주었다. 토우리 거리에서 독헤드까지 가는 차표에 검표구멍이 뚫려 있었다.

"우연의 일치가 하나 더 발견된 셈이군." 그가 말했다. "게다가 덤이 하나 더 있군! 밀러 총경의 노크소리."

총경이었다. 우리가 그를 방으로 안내한 순간 튜더 거리에서 자동차 소리가 가까워지더니 체터 부인이 도착했다는 전갈이 왔다. 우리는 문을 열어둔 채로 부인을 기다렸다. 부인은 들어오자마자 우리 손을 꼭 잡았다.

"어떻게 되었습니까, 손다이크 박사님?" 부인은 높은 소리로 물었다. "알아내신 것이 있습니까?"

"일단 추리는 해 보았습니다." 손다이크가 대답했다. "총경이 이 열쇠를 들고 독헤드의 하노버 빌딩으로 가보면 아마 이것에 딱 맞는 문이 발견되지 않을까 생각합니다만."

"이런 놀라울 데가!" 밀러 총경은 말했다. "정말 죄송했습니다, 부인. 그러나 나도 그 코트는 상당히 꼼꼼하게 살펴본다고 보았습니다만 도대체 무엇을 보지 못한 것일까요, 박사님? 코트 속에 편지라도 들어 있었습니까?"

"먼지를 보지 못하셨더군요, 밀러 총경님. 그뿐입니다."

손다이크가 대답했다.

"먼지라고요?" 총경은 눈이 둥그레지며 소리를 질렀다. 그러더니 희미하게 실실 웃었다. "아! 그렇습니까? 좀 전에도 말씀드렸지만 난 마술사가 아닙니다. 그저 경찰관일 따름이지요." 그는 열쇠를 집으면서 이렇게 물었다. "혹시 박사님도 저와 함께 결과를 지켜보러 가시지 않겠습니까?"

"물론 가실 겁니다." 체터 부인이 말했다. "그리고 저비스 선생도 확인하러 가주셨으면 합니다. 범인이 누군지 알았으니까 이번에는 달아나지 못하도록 해야 하지 않겠습니까?"

손다이크는 차갑게 웃었다.

"원하신다면 그렇게 하지요, 체터 부인. 그러나 우리의 추리가 절대 옳다는 말은 아닙니다. 어쩌면 전혀 잘못 짚은 것인지도 모르고요. 사실대로 말씀드리면 나도 그 결과가 맞는지 어떤지 빨리 알고 싶습니다. 그러나 설령 범인을 잡는다손 치더라도 그 남자를 고소하기에 충분한 증거를 당신이 들고 있다고는 생각할 수 없습니다. 당신이 증언할 수 있는 것은 그 남자가 그 집에 있었다는 사실과, 급하게 저택을 빠져나갔다는 사실밖에는 없지 않습니까?"

체터 부인은 잠시 입을 다물고 경멸하듯 손다이크의 얼굴을 보았으나 곧 스커트를 들어올리더니 도도한 자세로 방을 나갔다. 일반적으로 여자들이 가장 싫어하는 상대가 바로 이렇게 따지고 묻는 남자일 것이다.

커다란 자동차는 우리를 태우고 순식간에 블랙프라이어스 다리를 지나 사우스워크 시로 들어갔다. 그곳에서 토우리 거리로 나가 버몬지로 향했다.

독헤드가 보이자 총경과 손다이크와 나는 차에서 내려 걸었다. 그리고 베일로 얼굴을 가린 우리의 의뢰인은 차에 그대로 타고 조금 더 따라오도록 했다. '세인트 자비아 독'이라는 이름의 바닷가 절벽 근처에서 손다이크는 걸음을 멈추고 낭떠러지를 올려다보면서 높이 솟아오른 빌딩의 뒷모습과, 밀가루며 쌀가루 등을 적재한 거룻배의 갑판이 눈처럼 새하얀 가루를 뒤집어쓰고 있는 것을 눈여겨보라고 내게 눈짓했다. 그리고 길을 건너서는 향신료 공장 지붕 위에 붙어 있는 목제 각등을 가리키며 그 주석 판이 잿빛과 탁한 황색 같은 먼지로 뒤덮여 있는 것을 손짓했다.

그가 마침내 결론을 내렸다.

"보다시피 상업은 이처럼 정의의 목적에 봉사하고 있는 셈이지. 남들은 어떨지 몰라도 아무튼 우리로서는 그렇게 해주었으면 하는 마음이 간절할 뿐이야."

그가 서둘러 말을 마쳤을 때, 밀러 총경이 건물 반지하로 모습을 감췄다.

우리가 건물에 첫발을 디뎠을 때 반지하에서 조사하고 돌아오는 총경과 딱 마주쳤다.

"그곳은 아닙니다." 이것이 그의 보고였다. "위층을 살펴보십시다."

위층은 1층인지 2층인지 분간이 안 가는 곳이었다. 여하튼 이곳에서도 흥미를 끌만한 것은 전혀 없었다. 그는 계단참에 붙어 있는 몇몇 문을 슬쩍 둘러보더니 기세 좋게 돌계단을 올라갔다. 다음 층도 역시 헛수고로 끝났다. 열심히 조사해 보았지만 열쇠구멍은 한결같이 흔해 빠진 것들뿐이었다.

"누구를 찾고 있습니까?" 갑자기 꾀죄죄한 공장노동자가 얼굴을 내밀고 이렇게 물었다.

"막스라는 사내일세." 밀러 총경이 기지를 발휘하여 그렇게 둘러댔다.

"그런 사람은 없을 걸요." 노동자가 말했다. "더 위층이 아닙니까?"

그리하여 우리는 한 층 더 위로 올라갔지만 어느 문에서도 크게 변화가 없는 열쇠구멍이 멍청한 낯짝으로 씨이 웃으면서 아주 지긋지긋할 정도로 단조로운 인사만 건넬 뿐이었다.

나는 점점 불안해지기 시작했다. 이윽고 이렇다할 수확도 없이 4층까지 탐험을 끝냈을 즈음에는 완전한 불안에 휩싸였다. 열면 깜짝 놀라게 하는 장치가 되어 있는 상자에서 고작 희미한 연기 한 자락만 나온대서야 꼴이 말이 아니기 때문이다.

"혹시 무슨 착각을 하신 것은 아닙니까, 박사님?"

밀러 총경은 이마의 땀을 훔치던 손길을 멈추고 그렇게 물었다.

"그럴지도 모르지요." 손다이크는 눈썹 하나 까딱하지 않고 태연히 대답했다. "나는 그저 시험 삼아 여기를 수사해보자고 제안했을 뿐이니까요."

총경은 신음했다. 그는——나도 마찬가지지만——손다이크의 '그저 시험 삼아'가 다른 사람들의 확신에 필적할 만하리라는 것을 잘 알고 있었던 것이다.

"만약 여기서 범인이 발견되지 않으면 체터 부인에게 엄청나게 닦달을 당할 겁니다."

우리가 마지막 계단으로 향하고 있을 때 총경은 신음하듯 그렇게 한탄했다.

"그 부인에게 걸리면 그야말로 처참하게 뭉개지니까요."

총경은 한동안 멈춰 서서 계단참을 둘러보았다. 그러더니 갑자기 진지한 얼굴로 우리를 뒤돌아보았고, 손다이크의 팔을 잡고 가장 끝에 있는 문을 가리켰다.

"틀림없이 예일 자물쇠다!"

총경은 흥분을 억누르며 작은 소리로 말했다. 그는 발걸음을 죽이고 우리 뒤를 따라왔다. 총경은 한동안 열쇠를 손에 들고 만족스러운 얼굴로 청동으로 된 열쇠의 둥근 손잡이 부분을 내려다보고 있더니 드디어 홈이 들어간 열쇠 끝을 실린더 구멍에 살짝 들이댔다. 열쇠는 아무런 저항 없이 쑥 들어갔다. 총경은 승리자의 미소를 얼굴 가득 띠면서 우리를 뒤돌아보았고, 슬며시 열쇠를 다시 빼서 우리 곁으로 되돌아왔다.

"박사님의 예언이 적중했습니다." 총경은 귀에 대고 속삭였다. "그러나 여우 같은 녀석은 지금 방에 없는 듯하군요. 분명 아직 돌아오지 않은 것이겠지요."

"왜 그렇게 생각하십니까?" 손다이크가 되물었다.

총경은 손을 들어 문을 가리켰다.

"저 문을 억지로 열고 들어간 흔적이 없으니까요. 페인트에도 아무런 자국이 없습니다. 범인은 열쇠를 가지고 있지 않을 것이므로 저 실린더 자물쇠는 열지 못합니다. 그렇다면 범인은 자물쇠를 부수고 들어가지 않으면 안 되는데 억지로 만진 흔적은 전혀 없습니다."

손다이크는 문가로 걸어가더니 우편함 뚜껑을 살짝 밀어 그 사이로 방 안 풍경을 들여다보았다.

"우편함이 문에 붙어 있는 것이 아니군. 이봐요, 밀러 총경님, 나라면 30센티미터짜리 철사만 있으면 이런 문쯤 5분 안에 열어보이겠소이다."

밀러 총경은 고개를 절레절레 젓더니 다시 한 번 웃었다.

"당신이 도둑이 아니어서 정말 천만다행입니다, 박사님. 안 그랬으면 분명 우리로서도 대책이 없을 테니까요. 그럼 체터 부인에게 신호를 보내서 올라오시게 할까요?"

나는 베란다로 나가서 밑에서 기다리고 있는 자동차를 굽어보았다. 체터 부인은 내내 건물을 올려다보고 있었던 모양이다. 자동차 주위에는 사람들이 몇몇 몰려들어서 부인과, 부인이 올려다보고 있는 건물을 차례로 힐끔거리고 있었다. 나는 손수건으로 얼굴을 닦았다. 미리 이런 신호를 보내기로 약속해 두었다. 그러자 부인은 바로 차에서 내려와 순식간에 계단을 올라왔다. 얼굴은 새파랗게 질려 숨결도 거칠었으나 눈에는 험한 불꽃이 타올랐다.

"범인의 방을 발견했습니다, 부인." 밀러 총경이 말했다. "지금 안으로 들어가려던 참입니다. 설마 직접 나서겠다는 말씀은 하시지 않겠지요?" 총경은 부인의 험악한 기세에 눌려 다소 불안해진 듯 미리 다짐을 받았다.

"물론 그런 일은 하지 않습니다." 체터 부인이 말했다. "미국에서는 여인의 손으로 모욕의 보복은 하지 않는 법이니까요. 하지만 만약 당신들이 미국인이라면 악한을 침대에서 끌어내어 당장 목을 매달아 주셨겠죠?"

"우리는 미국인이 아닙니다, 부인." 총경은 퉁명스럽게 내뱉었다. "법률을 존중하는 영국인이지요. 더욱이 약간의 차이는 있지만 모두 법에 속해 있는 인간들이지요. 손다이크 박사는 법률가이시고 나는 경찰관이니까요."

정색을 하고 오금을 박은 뒤 총경은 다시 한 번 열쇠로 문을 열었다. 우리는 그 뒤를 따라 들어갔다.

"어떻습니까? 내 말대로지요, 박사님?" 총경은 문을 살짝 닫으면서 말했다. "범인은 아직 돌아오지 않았습니다."

틀림없이 그가 말한 대로였다. 셋방에는 아무도 없었다. 우리는 아무의 방해도 받지 않고 수사를 계속했다. 참으로 비참한 광경이었다. 지저분하고 누추한 거실을 조사하면서, 우리가 잠입한 이 서글픈 방에 살고 있을 한 남자의 가련하고 애처로운 모습이 떠올라 그가 저지른 끔찍한 범죄마저도 다소 이해가 되는 듯했다. 어디를 보더라도 빈곤——도저히 구원할 길 없는 처참한 극도의——이 우리를 마주보고 있었다. 벌겋게 드러난 바닥, 달랑 하나뿐인 의자, 전나무로 만든 작은 탁자, 아무런 장식도 없는 벽, 블라인드며 커튼도 없는 창, 이 살벌한 방에 가난이 우리를 허망한 눈길로 물끄러미 지켜보는 것이었다. 탁자 위에서 발견한 신문지처럼 얇게 썰어낸 작은 네덜란드 치즈 부스러기가 방주인의 배고픔을 속삭이고 있었다. 아무것도 없는 텅 빈 선반에도, 텅텅 빈 빵 접시에도, 바닥에 먼지가 쌓인 차(茶) 통 속에도, 콩알만한 빵 부스러기가 붙어 있었다. 빵 가장자리로 깨끗이 닦아먹은 것 같은 텅텅 빈 잼 단지 속에도 마찬가지로 처절한 가난이 몸을 웅크리고 있었다. 식량이라고는 눈을 씻고 보아도 없어, 이 방에는 건강한 생쥐 한 마리도 키울 만한 여력이 없어 보였다.

침실도 얼만큼 차이가 있을지언정 마찬가지로 빈곤을 대변하고 있었다. 짚으로 된 매트리스와 싸구려 담요를 덮어둔 초라한 받침대가 딸린 침대, 화장대 대신 사용하는 밀감상자, 세면대 대용의 또 다른 밀감상자, 이것이 이 가련한 집에 놓인 가구의 전부였다. 그러나 두 개의 못에 걸려 있는 옷은 좀 닳기는 했지만 좋은 곳에서 재단한 고급 맞춤옷이었다. 이것 외에도 장소와는 전혀 어울리지 않는 것으로는 화장대 위에 놓여 있는 은으로 된 담배케이스가 있었다.

"이 방주인은 어째서 이토록 비참한 생활을 하지 않으면 안 되는 걸까?" 내가 말했다. "은으로 된 담배 케이스라면 전당포에 맡기면 어느 만큼 돈이 될 법도 한데……."

"아니, 그런 짓은 하지 않을 겁니다." 밀러 총경이 말했다. "장사 도구를 전당포에 내다팔면 되겠습니까?"

체터 부인은 도저히 눈뜨고 볼 수 없는 처참한 가난을 처음으로 목격한 부유한 부인답게 입도 뻥긋 못할 정도로 놀라서 주위만 둘러보더니, 비로소 총경을 뒤돌아보고 소리쳤다.

"이 방에 사는 사람은 범인이 아닙니다. 틀림없이 무슨 착각을 하셨어요. 이토록 가난한 사람이 어떻게 윌로딜처럼 호화로운 저택에 들어올 수 있었겠습니까? 절대 아니에요!"

손다이크는 신문지를 들어올렸다. 그 아래에는 정성들여 주름을 편

뒤 단정히 개어놓은 셔츠와 컬러, 타이 같은 야회복이 놓여 있었다. 손다이크는 셔츠를 펼쳐 가슴 부근에 기묘한 주름이 잡혀 있는 것을 손가락으로 가리켰다. 갑자기 손다이크는 그 셔츠를 얼굴에 갖다대더니 다이아몬드가 장식된 단추에서 틀림없이 머리카락 한 올——여자의 머리카락——을 집어 올렸다.

"참으로 의미심장하군요." 손다이크는 그 머리카락을 엄지와 검지로 들어올리며 말했다. 체터 부인도 그렇게 생각하는 것이 분명했다. 부인의 얼굴에서 갑자기 연민과 후회의 기색이 사라졌다. 부인의 눈은 다시 복수의 불길로 훨훨 타올랐다.

"빨리 돌아와야 할 텐데." 부인은 증오에 가득 찬 목소리로 소리쳤다. "이런 생활을 할 정도니 감옥이라 한들 그리 괴로울 것도 없겠지만 어쨌든 나는 이 자가 피고석에 서는 것을 꼭 봐야 직성이 풀리겠어요."

"그래야지요." 총경도 맞장구를 쳤다. "생활이 이 모양이니 거처가 포틀랜드 형무소로 바뀐다한들 범인으로서는 눈도 꿈쩍 안 하겠군, 젠장!"

문에 열쇠가 꽂히는 소리가 들렸다. 우리가 돌처럼 굳어서 그 자리에 서 있으려니 한 남자가 들어와서 손을 뒤로 문을 닫았다. 그는 아무런 낌새를 채지 못한 것인지 아니면 너무 피곤해서인지 발을 질질 끌며 축 늘어진 모습으로 침실 문을 열고 들어왔다. 그 다음은 부엌으로 가서 그릇에 물을 따르는 소리가 났다. 이어서 그는 거실로 돌아왔다.

"자, 갑시다." 조용히 문으로 걸어가면서 총경이 말했다. 우리는 모두 총경의 뒤를 따랐다. 총경이 벌컥 문을 열었을 때 우리는 총경의 어깨 너머로 방 안을 살펴보았다.

사내는 탁자에 붙어 있었다. 탁자 위에는 식빵 한 덩어리가 펼쳐진 종이 봉지 위에 놓여 있었고, 그 옆에는 물이 든 컵이 보였다. 문이 열리는 순간 사내는 엉거주춤 몸을 일으키더니 그대로 화석처럼 굳어 버렸다. 파랗게 질린 얼굴로 밀러 총경을 바라보는 그의 눈에는 공포가 가득했다.

그 순간 누군가의 손이 내 팔에 닿은 듯한 느낌이 들었다. 체터 부인이 나를 밀치면서 방으로 들어오려고 한 것이다. 그러나 부인은 거실에서 바닥에 못이라도 박힌 듯 그대로 얼어붙었다. 그러자 남자의 파랗게 질린 얼굴에도 기묘한 변화가 일어났다. 너무도 역력한 변화에 나도 모르게 부인에게로 눈길을 돌렸다. 부인의 얼굴에서 점점 핏기가 가시더니 서서히 자기 눈을 의심하는 듯한 공포로 일그러졌다.

극적인 침묵은 총경의 사무적인 말로 깨어졌다.

"나는 경찰이다." 총경은 말했다. "너를 체포한다. 이유는……."

체터 부인의 갑작스럽고 히스테릭한 웃음소리가 총경의 움직임을 멈추게 했다. 총경은 놀라서 부인을 보았다.

"잠깐! 기다려요!"

부인은 떨리는 목소리로 소리쳤다.

"우리는 어떤 실수를 하고 있는 것이에요. 이 사람은 절대 범인이 아닙니다. 이 신사는 저의 오래된 옛 친구 로랜드 대위예요."

"이 사람이 당신의 친구라니 정말 유감스런 일이군요." 밀러 총경이 말했다. "당신에게는 이 남자에 대한 고소인 대우를 하지 않을 수 없으니까요."

"당신이 무슨 말을 하든, 이 사람은 범인이 아닙니다."

체터 부인의 대답이었다.

총경은 코를 문지르면서 금방이라도 달려들 듯한 눈으로 먹잇감을 노려보았다.

"그럼……." 총경은 딱딱한 표정으로 물었다. "그러시다면 이 고소를 취하하는 겁니까?"

"고소라고요?" 부인이 소리쳤다. "내가 아무 죄도 없는, 오래된 제 옛 친구를 고소라도 한다는 말씀이신가요? 절대 그런 일은 없습니다. 아무렴요!"

총경은 손다이크를 보았다. 그러나 내 친구 손다이크의 얼굴은 부동의 상태로 굳어져 네덜란드 시계의 문자반마냥 아무 표정이 없었다.

"이런! 잘 알겠습니다." 밀러 총경은 떫은 표정으로 몸시계를 꺼내 보면서 말했다. "그렇다면 저희들로서는 아무 할 일이 없습니다. 그럼 이만 실례하겠습니다, 부인."

"소란을 피워서 정말 죄송합니다." 체터 부인이 말했다.

"정말입니다." 총경이 무뚝뚝하게 대꾸했다. 그길로 총경은 열쇠를 탁자 위에 집어던지고 성큼성큼 방을 나갔다. 바깥문이 닫혔을 때에야 사내는 비로소 당황한 얼굴로 엉거주춤 자리에 앉았다. 그리고는 양팔을 탁자 위로 털썩 내던지더니 얼굴을 묻고 흐느껴 울었.

참으로 어찌해야 좋을지 모를 거북한 광경이었다. 손다이크와 나는 살짝 빠져나가려고 했다. 그러자 체터 부인은 우리에게 그대로 방에 있어달라는 눈짓을 했다. 부인은 그 남자에게 다가가더니 손으로 그의 팔을 잡았.

"왜 그런 짓을 하셨어요?"

부인은 다정하게 나무라는 투로 물었다.

남자는 자세를 고치고 한 손을 들어 처참한 방 풍경이며 하품이나 하고 있는 텅 빈 식기 선반을 가리키면서 대답을 대신했다.

"잠시 눈이 뒤집혔습니다." 사내는 말했다. "나는 한 푼 없는 거렁뱅이 신세입니다. 그런데 그 저주받을 다이아몬드가 눈에 들어왔어요. 손만 뻗치면 잡을 수 있는 곳에 그것이 있었습니다. 아마 내가 제정신이 아니고 뭔가에 씌었나봅니다."

"그런데 왜 그 다이아몬드를 가져가지 않았지요?" 부인이 물었다. "왜 그랬어요?"

"모르겠습니다. 광기가 비로소 내 몸을 스쳐 지나갔던 거지요. 그래서 나는 그제서야 당신이 쓰러져 있는 것을 보게 된 것이고요. 그런데…… 왜 당신은 저를 경찰에 넘기지 않았습니까?"

사내는 다시 얼굴을 묻고 흐느껴 울었다.

체터 부인의 아름다운 잿빛 눈에도 눈물이 고이면서 사내를 다독였다.

"하지만 말씀해 주십시오. 어째서 다이아몬드를 가져가지 않았습니까? 훔칠 생각이었다면 얼마든지 훔칠 수 있지 않았습니까?"

"다이아몬드를 훔친다한들 무슨 소용 있겠습니까?" 사내는 몸서리를 치면서 말했다. "그때 나는 다른 일 같은 것은 전혀 머릿속에 없었습니다. 나는 그저 당신이 죽은 줄로만 알고……."

"아니에요, 전 죽지 않았어요. 보시다시피 이렇게 멀쩡해요." 부인은 눈물로 얼룩진 미소를 지으면서 말했다. "비록 이렇게 아줌마가 다 되었지만 난 너무 지나칠 정도로 건강하답니다. 나중에 편지를 보내 무언가 당신에게 도움이 될 만한 조언이라도 드리고 싶으니 꼭 주소를 알려주십시오."

그는 자세를 똑바로 하더니 호주머니에서 꾀죄죄한 명함집을 꺼내 들었다. 그리고 명함을 몇 장 꺼내들고 능숙한 솜씨로 부채처럼 펼쳤을 때, 나는 손다이크의 눈이 번쩍 빛을 발하는 것을 놓치지 않았다.

"제 이름은 오거스터스 베리입니다." 남자는 말했다. 그는 적당한 명함을 꺼내 몽당연필로 주소를 적어 넣더니 다시 자세를 바로잡았다.

"고마워요." 체터 부인은 한동안 탁자 옆에 서 있었다. "그럼 전이만 실례하겠습니다. 안녕히 계십시오, 베리 씨. 내일 편지를 보낼 테니 부디 옛 친구의 조언을 진지하게 들어주십시오."

나는 부인을 위해 문을 열어주면서 그녀의 뒤를 따라 나가려고 하다가 문득 뒤돌아보았다. 베리는 아직도 팔에 얼굴을 묻고 조용히 흐느끼고 있었다. 탁자 한 옆에는 금화가 작은 더미를 이루고 있었다.

"박사님은 내가 너무 감상적인 여자라고 생각하시겠죠?"

손다이크가 내미는 손을 잡고 자동차에 오를 때 체터 부인이 작은 소리로 물었다.

다소 엄격해 보이는 손다이크의 얼굴이 여느 때와는 달리 조금 부드러운 빛을 띠면서 부인을 보며 이렇게 대답했다.

"아닙니다. 저는 자비로운 부인이 꼭 행복해지기를 빌었습니다."

모아브어 암호

 엄청난 군중이 열을 지어 모여 있는 옥스퍼드 거리를 손다이크와 나는 동쪽으로 느릿느릿 걸어갔다. 이 나라에서는 자비롭게도 이따금 정부가 주최하는 의식이 거행되어 보행자에게는 치장을 하고 거리를 걷는 재미를 안겨주고, 벌이가 신통찮은 소매치기에게는 한몫 챙길 기회를 제공해주는데, 오늘도 꽃 장식을 단 깃발이 펄럭이는 것을 보니 아무래도 이제부터 그런 의식이 거행될 모양인 듯했다. 알고 보니 어느 러시아 대공이 너무도 압도적인 군중의 위세에 두려움을 느껴 환송파티가 한창일 때 회장을 빠져나와 길드홀로 향하고 있는데, 얼마 안 있으면 이곳을 통과할 것이라고 했다. 게다가 화려하게 장식한 영국의 황태자도 공용마차를 타고 이곳에 모습을 보일 거라는 이야기였다.

 손다이크는 래스본 광장 가까운 곳에 걸음을 멈추고 날카로운 인상을 한 어떤 남자를 주목하라고 나에게 일러주었다. 그 남자는 어느 건물 입구에서 담배를 손에 들고 한가롭게 서 있었다.

 "옛 친구 바저 경감이야." 손다이크가 말했다. "아무래도 건너편에 있는 밝은 오버코트를 입은 신사에게 상당히 흥미를 가지고 있는 듯하군. 어이, 뭐하고 있나, 바저?"

경감은 손다이크를 보더니 눈인사를 했다.

"저 신사는 뭐하는 사람인가?"

"나도 그게 궁금하다네." 경감이 대답했다. "벌써 30분 넘게 미행하고 있는데도 영 모르겠네. 틀림없이 어딘가에서 본 남자인데 말이야. 외국인은 아닌 것 같고 호주머니에 뭔가 불룩한 것을 넣고 있는데, 대공이 무사히 통과할 때까지는 가까이 못 가도록 녀석을 제압해야만 한다네. 그게 내 임무야." 그는 얼굴을 찡그리면서 덧붙였다. "저런 꺼림칙한 러시아인들은 그저 우리나라에서 쫓아내는 게 상책인데. 러시아인들은 그야말로 사고만 일으키거든."

"그럼, 이번에도 뭐가 일어날 것 같다는 말인가?"

손다이크가 물었다.

"천만의 말씀!" 바저는 큰 소리로 대답했다. "구석구석 사복형사가 진을 치고 있네. 하지만 몇몇 성가신 사람들도 대공의 뒤를 쫓아 영국까지 들어왔다는 소문이 있다네. 우리나라에서 소리 소문도 없이 숨어 지내는 방법은 수도 없을 뿐더러 그럴 마음을 먹는다면 대공을 습격하는 것도 얼마든지 가능한 일이니까. 저, 저런! 저 작자가 도대체 무슨 짓을 하려는 거지?"

코트를 입은 그 남자가 너무도 날카로운 경찰의 시선을 알아차리고는 도로 끝에 몰려 있는 군중들 틈으로 갑자기 몸을 숨겨버린 것이다. 그런데 너무 서두르다보니 거칠게 생긴 어떤 덩치 큰 남자의 발을 밟았고, 그래서 눈 깜짝할 사이에 바닥에 얼굴을 묻고 내동댕이쳐졌다. 불운은 거기에 그치지 않았다. 그때 말을 타고 있던 경관이 군중들 사이에서 뒷걸음질하며 그에게 다가온 것이다. 가까이 있던 사람들이 커다란 비명을 질렀으나 경관이 그 비명의 의미를 채 이해하기도 전에 말이 쓰러진 남자의 등을 한쪽 발로 짓밟아버렸다.

경감은 다른 경관에게 말해 군중들을 헤치고 우리가 지나갈 수 있도록 길을 틔워주었다. 부상당한 사람 옆에 가자 그는 간신히 몸을 일으키더니 파랗게 질린 멍한 얼굴로 주위를 둘러보았다.

"다친 데는 없습니까?" 손다이크는 깜짝 놀라 어안이 벙벙한 상대의 눈을 열심히 들여다보면서 상냥하게 물었다.

"아니오." 상대가 대답했다. "그저 좀…… 어딘가로 빨려드는 듯한 이상한 느낌뿐입니다. 바로 이 부분인데……."

그는 떨리는 손으로 오른쪽 뺨을 어루만졌다. 손다이크는 그런 그를 변함없이 다정하게 배려하는 눈길로 들여다보면서 낮은 목소리로 경감에게 말했다.

"최대한 빨리 포장마차나 구급차를 불러주게나."

뉴먼 거리에서 마차를 불러와 부상자를 태웠다. 그 마차에 손다이크와 바저 경감, 그리고 내가 올라탄 뒤 래스본 광장을 뒤로했다. 시간이 갈수록 환자의 얼굴은 점점 핏기가 가시더니 종잇장처럼 창백해졌고, 마침내 우려할 만한 상태로 변했다. 호흡이 약해지더니 불규칙해졌고, 이빨이 조금 덜덜 떨리기 시작했다. 포장마차가 구디 거리에 들어섰을 때 갑자기 순식간에 환자에게서 놀라운 변화가 일어났다. 눈꺼풀과 턱이 늘어지면서 눈동자가 흐려지고 몸 전체가 오그라들었다. 그러면서 조직은 살아 있는데도 전체적으로는 죽어 있는 듯한 기묘한 젤라틴 상의 흐물흐물한 몸뚱이로 변해가는 것이었다.

"큰일이야! 죽어버렸어!"

경감은 충격을 받고 크게 비명을 질렀다. 경찰이라고 해도 감정은 있는 법이다. 짐마차가 굴러가는 대로 가볍게 몸을 흔들면서 경감은 사체를 물끄러미 들여다보며 자리에 앉아 있었다. 그러나 얼마 안 가 미들섹스 병원 가운데뜰에 도착하자 경감은 평소처럼 절도 있는 동작으로 밖으로 뛰어나가더니 갑자기 활기를 되찾고는 들것을 든 사람들이 사체를 싣는 것을 거들어주었다.

"여하튼 이 남자가 누구인지 이제 곧 알게 되겠지."

경감은 들것을 따라 구급실로 걸어가면서 말했다. 손다이크는 어쩐지 동감할 수 없다는 표정으로 고개를 끄덕였다. 이 순간은 손다이크도 의사로서의 본능이 법률가로서의 재능보다 훨씬 더 강했던 것이다. 병원에서 기거하고 있는 외과의는 들것을 들여다보며 사고에 관한 우리의 설명에 귀를 기울이면서 재빨리 검사에 들어갔다. 이윽고 그는 몸을 일으켰고, 손다이크를 보고 말했다.

"뇌출혈인 모양인데 이미 사망했습니다. 가엾게도 네부카드네자르(신바빌로니아의 왕. 기원전 605~562 예루살렘을 파괴하고 유대인을 바빌론으로 강제 이주시킴)처럼 죽었군요. 아, 저기 경찰이 오는군요. 뒷일은 경찰들이 알아서 하겠지요."

그때 경관 하나가 방으로 들어왔다. 그는 숨을 몰아쉬더니 깜짝 놀란 표정으로 사체를 보았고, 경감에게로 눈길을 옮겼다. 그러나 경감은 시간을 헛되이 쓰고 싶지 않았다. 죽은 사람의 호주머니를 하나하나 뒤집어서 제일 먼저 애초부터 신경 쓰이던 그 물건부터 조사했다. 붉은 끈으로 묶어놓은 갈색 종이봉투였다.

"설마 포크 파이는 아니겠지?" 경감은 실망한 기색이 역력해서 중얼거리면서 끈을 자른 뒤 봉투를 열었다. "이보게, 다른 호주머니도 살펴보게."

빈틈없이 조사한 결과 작은 잡동사니의 산이 만들어졌지만, 단 하나를 제외하면 남자의 신분을 증명할 만한 단서가 될 물건은 거의 나오지 않았다. 그 유일한 단서라고 하는 것이 바로 편지였다. 봉인은 되었지만 우표는 붙어 있지 않았다. 받는 사람은 굉장히 교양 없는 필체로 '소호 마을 그릭 거리 213번지, 아돌프 셰인베르크'라고 적혀 있었다.

"이 남자는 편지를 자기가 직접 전해 줄 생각이었나 보군."

경감은 봉인된 편지를 손에 들고 의심스러운 눈길로 바라보면서 자기 생각을 계속 이야기했다.

"이 편지는 내가 전해주기로 하지. 자네도 함께 와주게나."

경감은 편지를 호주머니에 넣고, 다른 유류품을 경관에게 맡긴 뒤 건물을 빠져나왔다.

"그런데 박사, 함께 가지 않겠나? 세인베르크를 만나보고 싶은 생각은 전혀 없는가?"

베르나스 거리로 건너가면서 경감이 말했다.

손다이크는 잠시 생각해 보았다.

"흠, 그리 먼 거리도 아니니 이 사고의 결말을 지켜보는 것도 나쁘지는 않겠지. 좋아, 함께 가기로 하지."

그릭 거리 213번지는 한눈에도 교회 오르간을 모방한 듯한 인상을 주는 건물이었다. 입구에 있는 양쪽 기둥이 모두 소리마개처럼 생긴 청동제 초인종단추로 나란히 장식되어 있었기 때문이다.

경관은 이 초인종을 숙련된 음악가 같은 자세로 진지하게 조사하면서 마치 악기의 성능을 시험하듯이 오른손 중앙의 소리마개를 골라 강하게 눌렀다. 곧 2층 창이 열리면서 머리 하나가 불쑥 튀어나왔다. 그러나 그것은 곧 사라졌다. 그리고 이게 어찌된 영문인지 우리가 미처 생각할 틈도 주지 않고 도로로 면한 문이 벌컥 열리더니 한 남자가 뛰쳐나왔다. 남자가 문을 닫으려고 했을 때에는 이미 경감이 그 앞에 떡 버티고 서 있었다.

"아돌프 세인베르크 씨가 여기 살고 있소?"

이 새로운 등장인물은 빨간 머리를 한 전형적인 유대인으로 경감이 말한 이름을 되풀이하면서 금테 안경너머로 살피듯 우리를 훑어보았다.

"세인베르크…… 세인베르크라…… 세인베르크…… 아! 알고 있습니다. 4층에 사는 사람이군요. 조금 전에 올라가는 것을 보았어요. 4층 뒤쪽에 붙은 방입니다."

그는 손가락으로 열려 있는 문을 가리키더니 모자를 들어올려 인사를 한 뒤 거리로 나갔다.

"역시 올라가 보는 편이 좋겠군."

초인종단추를 다시 수상쩍은 눈으로 노려보면서 경감이 말했다. 경감이 계단을 올라가자 우리도 그 뒤를 따랐다.

4층 뒤쪽에는 문이 두 개 있었는데 그 하나는 열려 있어서 아무도 없는 침실이 보였다. 경감은 다른 한 문을 세게 두드렸다. 기다릴 틈도 없이 문이 열렸고, 날카로운 표정의 작은 남자가 나와 적의에 가득 찬 눈길로 우리를 노려보았다.

"뭡니까?" 남자가 물었다.

"아돌프 세인베르크 씨입니까?" 경감이 말했다.

"뭐요? 그 자가 무슨 일이라도 저질렀소?"

상대는 물어뜯을 듯이 되물었다.

"세인베르크 씨에게 두세 가지 물어볼 것이 있어서 왔소."

바저 경감이 말했다.

"그렇다면 왜 내게 찾아와서 이 난리요?"

상대도 호락호락하지 않았다.

"그 자가 여기 살고 있지 않은가?"

"아니오. 2층 바깥쪽 방이오."

상대는 그렇게 대답하고 문을 닫으려고 했다.

"잠깐." 손다이크는 말했다. "세인베르크 씨라고 하는 사람은 어떤 풍채요? 그러니까……."

"어떤 풍채라니?" 상대는 되물었다. "흠, 글쎄올시다. 한마디로 당근 같이 생긴 턱수염을 기르고 있고, 금테 안경을 쓴 영락없는 유대인처럼 생긴 녀석이지." 문제의 인물의 풍채를 이렇게 설명하더니 그는 할말 다 했다는 얼굴로 문을 쾅 닫더니 소리 나게 잠가버렸다.

경감은 화난 듯한 소리를 지르면서 계단으로 향했다. 그리고 어느새 쿵쾅 발소리를 울리면서 전속력으로 계단을 뛰어 내려갔다. 손다이크와 나도 올 때처럼 그의 뒤를 따라갔다. 먼저 내려갔던 경관이 현관 발판에서 멋을 부린 젊은이에게 숨을 몰아쉬면서 무언가를 묻고 있는 모습이 눈에 들어왔다. 나는 청년을 본 기억이 났다. 우리가 이 건물에 들어왔을 때 잘생긴 한 청년이 포장마차에서 내렸는데, 바로 그였다. 지금 청년은 옆구리에 노트를 끼고 열심히 연필을 깎으면서 서 있었다.

"여기 제임스 씨가 녀석이 나가는 것을 목격했다는군요." 경관이 말했다. "광장으로 돌아가더랍니다."

"서두르는 기색이었소?" 경감이 물었다.

"상당히요." 제임스라는 신문 기자가 대답했다. "당신들이 이 건물에 들어서자 곧 서둘러 도망간 것 같습니다. 아마 체포하려고 해도 지금은 어려울 겁니다."

"잡으려는 것이 아니야." 경감은 퉁명스럽게 대꾸했다. 그리고 이 열성적인 신문 기자에게는 들리지 않을 정도로 뒤로 물러나서 낮은 소리로 속삭였다. "그 남자가 세인베르크였네. 틀림없어. 게다가 무언가 구린 구석이 있다는 것도 확실해졌고, 덕분에 우리가 이 편지를 열어볼 정당한 이유도 생겼다네."

경감은 그 말대로 행동했다. 공무원답게 아주 신중하게 봉투를 뜯더니 편지를 꺼냈다.

"아니, 이게 뭐야!"

휘둥그레진 눈으로 내용물을 들여다보면서 경감은 비명을 질렀다.

"이게 도대체 뭐라고 쓴 거야? 속기도 아니고…… 도대체 무슨 말이지?"

경감은 그 편지를 손다이크에게 건네줬다. 손다이크는 그것을 햇빛에 비춰보더니 주의해서 종이를 만지며 강한 호기심을 나타냈다. 종이는 얇은 노트용지를 반으로 자른 것으로 양면에는 판독하기 어려운 기묘한 글자가 갈색이 도는 검은 잉크로 죽 이어져 적혀 있었지만, 구절을 나타내는 공간 같은 것도 전혀 보이지 않았다. 종이 자체는 현재 사용하는 오늘날의 물건이지만 글자는 고대문헌이나 사본의 일부처럼 보였다.

"박사, 뭔지 짐작이 가는가?"

손다이크가 이마에 주름을 모으면서 이 기묘한 문서를 자세하게 조사하는 것을 기다렸다가 경감이 조심스럽게 물었다.

"잘은 모르겠지만 이것은 모아브인이나 페니키아인이 사용하던 문자——초기의 셈 문자——로 오른쪽에서 왼쪽으로 읽는다네. 언어는 헤브라이어라고 생각하네. 그리스어는 아무데도 보이지 않지만 내가 알고 있는 얼마 안 되는 헤브라이어처럼 보이는 글자가 이 편지에서 가끔 보이기 때문일세. 가령 이 badim, 즉 영어의 'lies'라고 하는 의미의 말들이 바로 그런 것이네. 그러나 역시 이것은 전문가에게 해석을 부탁하는 것이 가장 좋은 방법이겠지."

"헤브라이어라면 얼마든지 부탁할 데가 있어. 해독을 부탁할 유대인이 잔뜩 있으니까." 경감이 말했다.

"아니, 대영박물관으로 가져가는 편이 좋을 것 같은데?" 손다이크가 말했다. "그곳에서 페니키아인 고문서보관 담당자에게 이 문서의 해독을 부탁하는 것은 어떻겠나?"

바저 경감은 수첩에 이 문서를 끼운 뒤 교활한 미소를 지었다.

"우리 힘으로 할 수 있는 것은 먼저 우리가 해 보아야지. 그러나 여하튼 자네 말은 대단히 고맙게 생각하네, 박사. 어이, 제임스 씨, 지금 당장은 아무 말도 할 수 없지만 병원을 먼저 조사해보는 것이 어떻겠소?" 경감이 말했다.

집으로 돌아오면서 손다이크가 말했다.

"내 생각이지만 제임스 씨는 원하는 자료를 충분히 손에 넣은 것 같더군. 그는 병원에서 우리를 뒤쫓아 온 것이 틀림없어. 그리고 지금은 이미 '사건의 구석구석'까지 마음속에서 문장을 만들고 기사를 완성시켰을 것이 분명하네. 게다가 경감은 감추려고 했지만 그가 그 비밀문서를 보지 못했다고는 아마 단언하기 어려울걸?"

"그럴 수도 있겠지. 그런데 자네는 그 문서를 어떻게 생각하나?"

"암호겠지. 그 가능성이 가장 커." 손다이크가 대답했다. "그것은 원시적인 셈 문자로 적혀 있네. 셈 문자라고 하는 것은 자네도 알겠지만 초기 그리스어와 실용상에서는 가장 닮은꼴이야. 쓰는 방법만 하더라도 페니키아어, 헤브라이어, 모아브어, 그리고 초기 그리스어도 물론이지만 다 오른쪽에서 왼쪽으로 쓰네. 종이는 흔해 빠진 크림색 노트용지이고, 잉크는 제도가가 흔히 사용하는 내수성이 있는 먹물이 사용되었네. 이것만큼은 확실하니까, 앞으로 좀 더 상세하게 그 문서를 조사해보더라도 크게 틀린 결론은 나오지 않을 걸세."

"자네는 어째서 그 문서를 헤브라이어로 된 문헌이라고 생각지 않고 단박에 암호라고 생각하는가?"

"그것이 어떤 비밀 연락문서가 분명하기 때문이지. 현대 교양 있는 유대인이라면 정도의 차이는 있지만 모두 헤브라이어에 대한 지식을 갖고 있네. 그리고 현대의 체제에 맞춘 헤브라이어밖에 읽고 쓸 줄 모른다손 치더라도 최소한 하나의 알파벳에 하나하나로는 전혀 의미가 없는 또 다른 알파벳을 집어넣는 일쯤은 굉장히 간단히 할 수 있을 걸세. 따라서 가령 전문가가 그것을 번역하더라도 판독하기 어려운 무의미한 언어만 긁어모은 것에 지나지 않을 거야. 그러나 그것은 이제 곧 알게 되겠지. 그것은 그렇다 치고, 현재 우리가 알고 있는 사실만으로도 충분히 생각해 볼 수 있는 몇 가지 흥미로운 사실이 드러나 있지."

"이를테면?"

"잘 듣게, 저비스."

손다이크는 충고라도 하는 사람처럼 나를 향해 검지를 흔들면서 말했다.

"부탁이니까 정신적인 게으름은 피우지 말게. 하나하나의 사실을 정확히 관찰하고 상황에 맞게 관련만 지으면 된다네. 자신의 우수한 두뇌를 활용한다면 충분히 지식을 얻을 수 있는데도 내게서 그저 빼앗아가겠다는 생각만 하고 있는 것은 너무 게으른 사고라네."

나는 이튿날 아침 신문을 보고 박사가 제임스 씨에 대해 했던 말이 그대로 완전히 적중했음을 알게 되었다. 사건의 전모가 샅샅이, 하나도 남김없이 자세하고 상세하게, 또 생생하게 그려져 있었다. 그리고 그 비밀문서가 '죽은 아나키스트의 소지품에서 발견되었다' '사적인 속기 내지는 암호문'이라고 소름끼칠 정도로 자세한 설명이 덧붙여져 있었다.

기사의 마지막은 기쁜 듯한 어투로 '이 뒤얽힌 중요한 사건에서 경찰은 현명하게도 일찌감치 존 손다이크 박사에게 조력을 요청했다. 박사의 정확한 지식과 풍부한 경험으로 이 불길한 암호는 반드시 곧 해명되어 그 비밀은 풀릴 것으로 기대된다'고 끝맺음했다.

"대단한 과찬이군!"

병원에서 돌아온 손다이크에게 이 기사의 일부를 읽어주니 그는 웃어넘기며 말을 이었다.

"그러나 이 기사 때문에 일당이 이곳 중앙계단이나 방에 초산화합

물이라도 뿌릴지 모른다고 생각하니 사실 좀 걱정스럽군그래. 그런데 갑자기 엉뚱한 얘기지만, 런던브리지에서 밀러 총경님을 만났다네. 제임스 씨가 말한 '암호문서' 때문에 런던경시청이 발칵 뒤집혔다는군."

"당연하겠지. 도대체 그들은 이 사건을 어떻게 처리했다던가?"

"자기들끼리 해결할 수 있는 문제가 아니라는 것을 깨닫고 결국 내 조언을 받아들였다네. 다시 말해 대영박물관으로 들고 간 것이지. 박물관에서 위대한 고문서학자 포페르바움스 교수를 소개해주었고, 지금은 그냥 그 교수만 쳐다보고 있는 중이라네."

"그래서 교수가 무슨 의견이라도 말했다던가?"

"그렇다네, 아주 긍정적인 의견을 말이야. 교수는 일련의 무의미해 보이는 문자들 가운데 헤브라이어를 집어넣은 문장이 틀림없다고 자신의 조사결과를 밝혔네. 교수는 있는 그대로 그 말을 번역해서 경찰에게 건네주었고, 밀러 총경님은 그 자리에서 그 젤라틴판 복제본을 잔뜩 만들어서 자기 부서 상급경관들에게 모두 배포했네. 지금은 이 정도밖에 나도 모르네(손다이크는 여기까지 말해놓고 저도 모르게 쿡쿡 웃음을 참았다). 런던경시청에서는 잃어버린 언어를 찾느라 난리법석을 떨고 있는 모양일세. 아니, 잃어버린 문장 찾기라고 하는 편이 훨씬 올바른 표현이겠지. 모두 경쟁적으로 달려들고 있다고 하는군. 밀러 총경님은 내게 이 스포츠에 참여해달라고 하면서 문제의 문서사진과 함께 그 젤라틴판의 카피본을 한 장 주었네. 이것으로 지혜의 훈련을 하라는 의미겠지만."

"그래서 자네도 참여할 생각인가?" 내가 물었다.

"그럴 리 있나?" 그는 웃으면서 대답했다. "무엇보다 공식적으로 요청을 받은 것도 아니지 않나? 방관자로서의 흥미는 갖고 있지만 결국 어디까지나 소극적인 입장이란 말이지. 그리고 두 번째로는 기회가 있으면 시험해보고 싶은 내 나름대로의 이론이 있기 때문이지.
그러나 만약 자네가 이 경기에 참여하고 싶다면 사진과 카피본은 내
가 제공할 수도 있네. 전부 건네줄 테니까 재미삼아 해보는 것도 좋
겠지?"

손다이크는 사진과, 수첩에서 꺼낸 종이 한 장을 내게 건네주었다.
그리고 내가 그 첫 몇 줄을 읽고 있는 동안 싱글벙글 나를 계속 바라
보고 있었다.

"Woe, city, lies, robbery, prey, noise, whip, rattling, wheel, horse, chariot, day, darkness, gloominess, clouds, darkness, morning,

mountain, people, strong, fire, them, flame."
(저주, 도시, 거짓, 도적, 포획물, 소음, 채찍, 덜컹덜컹, 차, 말, 이륜마차, 날, 암흑, 음울함, 구름, 암흑, 아침, 산, 사람들, 강함, 불, 그들, 불꽃)

"언뜻 보아서는 전혀 가망이 없어 보이는군!" 내가 말했다. "교수의 의견은 어떤가?"

"교수의 의견은, 물론 잠정적인 의견이지만 이 말에 의미가 있고, 일련의 다른 글자들은 단순히 이 말 사이에 의미 없이 들어가 있는 것에 지나지 않다고 했네."

"하지만 그 말이 사실이라면 암호치고는 너무 단순하지 않은가?" 내가 반문했다.

손다이크는 웃었다.

"그렇지. 참으로 어린애들이라도 속이는 듯 단순하기 그지없네. 하지만 실로 매력적이지 않은가? 물론 찬성은 할 수 없지만. 어쩌면 말은 그저 미끼에 불과하고 문자에 의미가 있다고 생각해보는 편이 오히려 훨씬 더 가능성이 크지 않겠나? 그렇게 되면 전혀 다른 해석이 나올지도 모를 걸세. 어, 마차가 온 모양이군."

친구의 말대로였다. 마차는 우리 사무실 정면에 도착했다. 잠시 후 쿵쾅거리며 단숨에 계단을 오르는 발소리가 들렸고, 세차게 문 두드리는 소리가 났다. 내가 문을 열어보니 단정한 옷차림의 낯선 신사가 눈앞에 서 있었다. 그는 나에게 한번 눈길을 주더니 어깨 너머로 방 안을 살피듯 들여다보았다.

"다행입니다, 저비스 박사." 그가 말했다. "당신도 손다이크 박사도 모두 사무실에 계셨군요. 두 분의 전문분야에 해당하는 일로 긴급하게 상담하고 싶은 일이 있습니다. 제 이름은……" 들어오라는 내 눈짓에 따라 그는 방으로 들어오면서 말을 계속했다. "버튼이라고 합니다. 저는 선생들을 알고 있지만 아마 두 분은 저를 잘 모르실 겁니다. 실은 두 분 가운데 누구라도, 사실 두 분이 모두 와주신다면 그보다 더 좋을 수는 없겠지만, 오늘 밤 저의 형을 만나봐주실 수 없을지 부탁드리러 왔습니다."

"그거야 상황에 따라 달라질 일이고, 당신의 형님이 어디 계시느냐에 따라 결정될 일입니다." 손다이크가 대답했다.

"제가 보기에는 실로 의혹에 찬 상황이라고 생각됩니다. 지금부터 그 상황이란 것을 모두 말씀드리겠습니다. 물론 중대한 비밀을 털어놓는 일이 되겠지만……." 버튼은 이렇게 말했다.

손다이크는 고개를 끄덕였고, 손님에게 의자를 권했다.

"제 형은……." 권하는 대로 의자에 엉덩이를 내리면서 버튼 씨는 말을 계속했다. "최근 두 번째 결혼을 했습니다. 형은 55살이고 상대는 26살입니다만, 제게 말하라고 하면 그 결혼은 절대로 성공적이라 할 수 없다고 하겠습니다. 왜냐하면 최근 2주 동안 형은 이상하게도 위병을 심하게 앓게 되었는데 의사들은 병명조차도 알지 못하고 있습니다. 모든 치료방법을 동원해보아도 전혀 효과가 없습니다. 날마다 고통만 더해갈 뿐, 무언가 결정적인 방법을 강구하지 않는 한 얼마 안 가 형은 죽고 말 것 같아 너무나 걱정스럽습니다."

"그 통증은 식후에 훨씬 심해지지 않습니까?"

손다이크가 물었다.

"선생님 말씀대로입니다!" 상대는 고함을 질렀다. "당신이 무엇을 생각하고 있는지 저는 압니다. 사실은 저도 같은 생각을 하고 있었거든요. 그래서 형이 먹는 음식을 샘플삼아 입수하려고 여러 번 시도했습니다. 그래서 마침내 오늘 아침에야 그것을 손에 넣게 되었습니다."

버튼 씨는 호주머니에서 아가리가 넓은 병을 꺼내더니 그 안에서 다시 종이로 싼 물건을 탁자 위에 내놓았다.

"나를 부르기에 가보았더니 형은 갈분으로 된 아침을 들고 있었는데 어쩐지 뭔가 입에서 까끌까끌하게 씹히는 맛이 난다고 불평을 하더군요. 형수는 '아마 설탕 때문일 거예요'라고 했습니다. 나는 이 병을 미리 준비해두었으므로 형수가 자리를 뜬 사이에 형이 남긴 갈분을 조금 채취했습니다. 이걸 검사해봐서 혹시 들어가지 말아야 할 것이 들어간 건 아닌지 가르쳐주실 수 없겠습니까?"

버튼은 병을 손다이크 앞으로 밀었다. 박사는 병을 창가로 가져가서 유리봉으로 내용물을 조금 찍어 점액 덩어리를 돋보기로 먼저 살펴보았다. 그리고는 창가 탁자에 올려둔 현미경의 둥그런 유리덮개를 벗기고는 프레파라트 위에 그 물질을 조금 묻혀 현미경에 얹었다.

"아주 작은 결정이 많이 보입니다."

손다이크가 잠시 들여다보더니 말했다.

"보아하니 아비산염인 듯하군요."

"아!" 버튼 씨가 비명을 질렀다. "두려워하던 일이군요. 정말 확실합니까?"

"아니오." 손다이크가 대답했다. "그렇지만 간단한 테스트로 쉽게 알 수 있습니다."

손다이크는 연구실로 통하는 초인종을 눌러 급히 조수를 불렀다.

"머쉬 장치를 준비해주지 않겠나, 폴튼?"

"한 대 준비되어 있습니다." 폴튼이 대답했다.

"그럼 여기에 산을 넣어서 타일과 함께 갖다 주게."

폴튼이 말없이 고개를 끄덕이고 나가자 손다이크는 버튼 씨를 돌아보았다.

"이 갈분에 예상대로 비소가 들어 있다고 하면 우리가 어떻게 해주기를 바랍니까?"

"제 형을 만나주십시오." 의뢰인이 대답했다.

"주치의에게 메모를 건네주면 안 되겠습니까?"

"안 됩니다. 그건 곤란합니다. 당신이 꼭 가주셔야 합니다. 특히 두 분이 함께 가주셨으면 합니다. 그리고 이 놀라운 음모를 당장에라도 멈추게 해주십시오. 생각해 보십시오. 한 사람의 인생이 걸려 있는 중대한 문제입니다. 설마 못하신다고는 하지 않겠지요? 제 부탁을 부디 거절하지 마시고 꼭 형을 그 끔찍한 상황에서 구해주십시오."

다시금 조수가 모습을 보이자 손다이크가 말했다.

"여하튼 테스트 결과부터 먼저 보기로 하지요."

폴튼은 앞으로 나와 탁자 위에 작은 플라스크와 도자기로 만든 하얀 타일을 놓았다. 플라스크 안은 비등상태였고 바깥에는 '차아염소산칼슘'이라고 적힌 라벨이 붙어 있었다. 폴튼은 이 플라스크에 안전깔때기와 정교한 분출구가 달린 유리관을 연결하더니 조심스럽게 분출구에 불을 붙였다. 곧 그곳에서 파르스름한 자색 불꽃이 튀어나왔다. 손다이크는 타일을 들어올려 2, 3초 정도 불꽃에 갖다댔다. 표면에는 아무런 변화가 없었으나 원형의 작은 액화증류가 붙었다. 다음은 증류수를 부어 갈분을 완전히 액체상태로 만든 뒤, 그것을 소량 깔때기에 부었다. 그것은 유리관을 타고 천천히 플라스크 속으로 흘러들어갔고, 비등한 액체와 빠르게 뒤섞였다. 그와 동시에 불꽃에 변화가 일어났다. 파르스름한 자색이던 불꽃이 점차 약한 청색으로 바뀌었고, 희미하게 하얀 연기마저 피어오르는 것이었다. 손다이크는 다시 한 번 분출구에 타일을 갖다댔다. 그러자 파르스름한 불꽃이 차가운 타일 표면에 닿자마자 이번에는 번쩍번쩍 빛나는 검은 녹이 타일 위에 나타났다.

"상당히 결정적이군." 시약을 넣은 병뚜껑을 들어올리면서 손다이크는 말했다. "이제부터 최종적인 테스트를 해보지."

그는 타일 위에 차아염소산 용액을 몇 방울 떨어뜨렸다. 그러자 곧 검은 녹이 깨끗이 없어져 버렸다.

"자, 이것으로 당신의 질문에 대답할 수 있게 되었소이다, 버튼 씨." 그는 병뚜껑을 닫으면서 의뢰인에게 말했다. "당신이 지참하신 샘플에는 틀림없이 비소가 들어 있습니다. 그것도 상당한 양이 말입니다."

"그렇다면……." 버튼 씨는 의자에서 벌떡 일어나며 소리쳤다. "형을 그런 놀라운 위기에서 구해주러 가시겠다는 말씀입니까? 부디 아니라고는 하지 마십시오, 손다이크 박사님. 부탁입니다. 안 된다는 말씀만은 마세요."

손다이크는 잠시 생각에 잠겼다.

"대답하기 전에 선약이 있는지 살펴봐야 합니다."

그는 내게 의미 있는 눈짓을 하더니 사무실로 들어갔다. 나도 잠시 기다렸다가 그의 뒤를 따라갔다. 오늘 저녁은 아무 약속도 없는 것을 나는 벌써 알고 있었던 것이다.

"저비스," 사무실 문을 닫으면서 손다이크가 말했다. "어떻게 할까?"

"당연히 가야지. 상당히 긴급한 사건 같지 않은가?" 내가 대답했다.

"그야 그렇지." 그는 고개를 끄덕였다. "물론 저 남자가 진실을 말하고 있다면 말이야."

"그럼 저 사람이 거짓말을 하고 있다는 말인가?"

"그래. 아주 그럴듯한 이야기이지만 그 갈분에는 비소가 너무 많이 들어 있었네. 그러나 어찌되었건 일단 가보기로 하지. 내 직업상

피할 수 없는 위험이니까. 그러나 자네마저 끼어들 필요는 없다고 생각하네."

"고맙구먼." 나는 다소 볼멘소리로 대답했다. "하지만 정말로 위험이 있는지 어떤지 모를 뿐더러, 설령 있다고 해도 나 역시 위험을 나눌 권리는 있다고 생각하네. 그렇지 않은가?"

"알겠네." 그는 미소를 지으면서 대답했다. "그럼 둘이서 함께 가보기로 하지. 자기 몸은 스스로 챙기리라 믿으니까."

손다이크는 다시 거실로 가서 버튼 씨에게 대답을 했다. 버튼 씨는 안심한 표정을 짓더니 감사의 말을 전했다.

"그건 그렇고 아직 형님의 주소가 어딘지 듣지 못했군요."

"렉스포드입니다." 버튼 씨의 대답이었다. "에섹스 주 렉스포드지요. 외진 곳이지만 리버풀 스트리트 역에서 7시 15분발 열차를 타면 1시간 반이면 도착할 수 있습니다."

"그럼 돌아오는 것은요? 돌아오는 열차편도 알고 계시겠지요?"

"물론입니다. 돌아오실 열차에 절대 늦지 않도록 충분히 주의하겠습니다." 의뢰인이 대답했다.

"그럼 당장 떠납시다."

손다이크는 그렇게 말하고 여전히 거품이 일고 있는 플라스크를 들고 실험실로 들어가더니 잠시 후 모자와 오버코트를 들고 되돌아왔다.

의뢰인이 타고 온 포장마차가 여전히 기다리고 있었다. 이윽고 우리는 덜컹덜컹 흔들리는 마차에 몸을 싣고 거리를 빠져나갔다. 저녁식사 대신으로 도시락을 사거나, 느긋하게 차량을 고를 정도의 시간적 여유가 충분하게끔 역에 도착했다.

버튼 씨는 열차가 막 출발했을 때에는 기분이 아주 좋아보였다. 역에서 파는 도시락에서 차가운 닭고기를 싹싹 먹어치우더니 그다지 맛이 없어 보이는 적포도주도 거침없는 태도로 굉장히 맛있게 단숨에 마셔버렸다. 그는 저녁식사 후 내내 기분이 좋은지 느긋한 표정을 띠고 있었다. 그러나 시간이 흐르면서 눈에 띄게 초조한 모습을 보이기 시작했다. 말없이 생각에 잠겨 시계를 몇 번이나 힐끔힐끔 훔쳐보았다.

"왜 이렇게 늦는 거야!" 그는 초조한 기색으로 불평을 했다. "벌써 7분이나 늦었는데!"

"7분이나 8분쯤이야 그리 대단한 영향은 없을 겁니다."

손다이크가 말했다.

"물론 그거야 그렇지만…… 아! 다행이야. 드디어 도착했군."

버튼 씨는 반대쪽 창으로 목을 내밀고 열심히 노선을 지켜보았다. 그리고 미처 열차가 채 멈추기도 전에 벌떡 일어나서 서둘러 홈으로 뛰어내렸다.

우리가 열차에서 내리자마자 상행선에서는 경고 벨이 귀가 따갑도록 울려 퍼졌다. 버튼 씨가 재촉하는 대로 인적 없는 개찰구를 빠져나와 역 밖으로 나왔을 때, 우리 열차가 멈추는 소리와 함께 방금 도착한 열차의 기적소리가 길게 울려 퍼졌다.

"차가 아직 도착하지 않은 모양이군요." 역 입구에 쉴새없이 눈길을 주면서 버튼 씨는 큰 소리로 말했다. "여기서 잠깐 기다려주십시오. 제가 가서 살펴보겠습니다."

버튼 씨는 개찰구로 되돌아가더니 그곳을 지나 플랫폼으로 향했다. 마침 그때 상행열차가 기적소리와 함께 홈으로 들어왔다. 손다이크는 재빨리 소리 나지 않게 발소리를 죽이고 버튼 씨의 뒤를 따라가 개찰구 문에서 그의 행동을 몰래 관찰했다. 그러더니 손짓으로 나를 불렀다.

"보게, 바로 저기야!"

손다이크는 철로 된 가교를 손가락으로 가리켰다. 올려다보니 희미한 밤하늘을 배경으로 상행열차 홈을 향해 맹렬히 달려가는 사람의 그림자가 뚜렷이 보였다.

우리가 가교를 3분의 2도 채 건너기 전에 차장의 호각소리가 주위 공기를 날카롭게 진동시켰다.

"서둘러, 저비스!" 손다이크가 소리쳤다. "열차가 출발해!"

손다이크는 선로로 뛰어들었다. 나도 즉시 그 뒤를 따라갔다. 그리고 선로를 몇 개나 가로지르면서 텅 빈 일등실의 발판으로 뛰어올랐다. 손다이크는 어느새 철도열쇠며, 그 밖의 다른 도구를 조합하여 만든 나이프를 손에 들고 있었다. 그리고 재빨리 열쇠로 문을 열고 뛰어오르더니 반대로 달려가서 플랫폼에 눈길을 주었다.

"좋았어! 제대로 했다구!" 손다이크가 소리쳤다. "그 자는 앞 차량으로 뛰어들었네."

손다이크는 다시 문을 잠그고 의자에 앉아 파이프를 채우기 시작했다.

열차가 역을 출발할 즈음에 내가 입을 열었다.

"그런데 이 우스꽝스런 작은 연극에 대해서 내게도 설명해주지 않겠나?"

"기꺼이." 손다이크가 대답했다. "굳이 설명이 필요하다면 말이야. 자네는 제임스 씨가 그릭 거리 사건의 앞잡이가 되어 나를 엄청나게 띄워주면서, 마치 내가 그 비밀문서를 들고 있는 것 같은 인상을 뚜렷이 주는 기사를 실었던 것을 기억하겠지? 그것을 읽고 나는 어떻게 해서든 그 문서를 탈취하려고 하는 음모가 있을 거라고 짐작했네. 하긴 이토록 빨리 시작될 줄은 미처 몰랐지만 말이야. 그렇지만 버튼이라는 남자가 누구의 소개나 약속도 없이 갑자기 들이닥쳤을 때부터 나는 사실 조금은 의심하고 있었네. 게다가 우리 두 사람이 함께 와주었으면 한다는 말을 꺼냈으므로 그 의심은 한층 더 깊어졌지. 게다가 그가 들고 온 샘플에는 도저히 상상도 할 수 없는 양의 비소가 들어 있었기 때문에 의심은 점점 확신으로 바뀌었다네. 그래서 우리가 어떤 열차를 탈 것이냐고 물은 뒤 그의 대답을 실험실에서 시각표로 조사해보니, 그에 대한 의혹은 거의 결정적인 것이 되었네. 왜냐하면 런던행 마지막 열차는 우리가 렉스포드에 도착해서 10분 뒤면 출발하는 것으로 나와 있었기 때문이야. 이 사실은 곧, 그 남자가 누군가와 함께 우리 방을 뒤져서 없어진 문서를 찾을 때까지 우리를 방해하지 못할 장소에 멀리 떼어두기 위한 작전이라는 말이었지."

"알겠네. 그래서 그자가 이상할 정도로 열차가 늦어지는 것을 신경 쓰고 있었군그래? 하지만 '작전'인 줄 뻔히 알면서 왜 자네는 따라 나왔나?"

"왜냐하면 나는 어떤 즐거운 체험을 할 수 있는 기회를 절대 놓치고 싶지 않기 때문이지. 이 사건에도 그럴 가능성이 있다네. 이해하겠지?"

"하지만 녀석의 패거리가 이미 우리 방을 다 들쑤셔놓지 않았겠나?"

"뜻밖의 재난은 이미 각오가 되어 있네. 그러나 내 생각에는 녀석들도 일단은 버튼 씨가 돌아올 때까지는 기다릴 것 같아. 이제는 우리의 귀가도 기다리는 셈이 되었지만."

우리가 탄 상행선은 마지막 열차였으므로 모든 역마다 멈춰 섰을 뿐 아니라 이런저런 모든 배려를 하며 느긋하게 시간을 조정해서 운행하고 있었다. 그래서 리버풀 스트리트 역에 도착했을 때는 이미 11시가 넘어 있었다. 우리는 조심해서 차에서 내려 군중 속에 섞여 아무것도 모르고 플랫폼으로 향하고 있는 버튼 씨를 미행하면서 개찰구를 지나 거리로 나왔다. 상대는 특별히 서두르는 기색도 없이 입담배에 불을 붙인 뒤 느릿느릿 뉴 블로드 거리를 향해 걸어갔다.

손다이크는 깔끔한 마차를 세우고 타라고 눈짓하더니 클리포드 인 거리로 가라고 마부에게 지시했다.

"아주 느긋하게 긴장을 풀고 편하게 앉게나."

마차에 흔들리면서 뉴 블로드 거리를 지날 때 손다이크가 말했다.

"이제 곧 우리가 맹랑한 배반자를 추월할 테니까. 흠, 아닌 게 아니라 바로 코앞에 상대의 지혜를 얕본 어리석은 녀석의 살아 있는 견본이 걸어가고 있군!"

클리포드 인 거리에서 우리는 포장마차로 갈아타고 어둡고 좁은 골목길 어둠 속에 몸을 숨긴 채 인너 성당으로 들어가는 입구를 지켜보았다. 약 20분 뒤, 버튼 씨가 플리트 거리 남쪽에서 걸어오는 모습이 눈에 들어왔다. 그는 골목길 입구에서 걸음을 멈추더니 손잡이로 문고리를 두들겨 야근하던 문지기와 짧은 대화를 나눈 뒤 출입문으로 들어가 모습을 감추었다. 우리는 그로부터 5분을 더 기다려 그에게 입구를 통과할 여유를 준 다음에 도로를 건너갔다.

문지기는 좀 놀란 기색으로 우리를 보았다.

"방금 어떤 신사가 선생님 방으로 간 참입니다." 문지기가 말했다. "선생님이 기다리신다고 했는데?"

"그 말이 맞네." 손다이크는 마른 웃음을 떠올리면서 말했다. "그 신사를 기다리고 있었어. 그럼 잘 자게나."

우리는 살그머니 좁은 길로 들어가 교회를 지나고 어두침침한 골목길로 빠져나왔다. 불빛이 훤한 곳은 모두 피했다. 마침내 페이퍼 빌딩 앞으로 나와 킹스 워크 산책로로 통하는 가장 어두운 장소를 가로질렀다. 손다이크는 우리 방 바로 위에 있는 친구 앤스티의 방으로 직행했다.

"왜 이리로 가는 거지?" 나는 계단을 오르면서 물었다.

그러나 계단참까지 와서 이 질문에는 굳이 대답이 필요 없음을 알게 되었다. 열린 문 너머로 방 한가운데 앤스티와 두 제복경관, 그리고 사복경관 두 명이 보였기 때문이다.

"아직 아무런 신호도 없습니다." 사복경관이 말했다. 보아하니 이 지역 형사부장 같았다.

"그런 모양이군." 손다이크가 말했다. "그러나 지금 막 주역이 도착했습니다. 우리보다 한 5분쯤 전에요."

"그럼," 앤스티가 소리를 높였다. "이제 곧 무도회가 시작되겠군요! 바닥은 반들반들 닦아놓았고, 바이올린 연주자는 분위기에 맞춰……."

"부디 그런 큰 목소리 좀 삼가 주십시오." 형사부장이 말했다.

"크라운 오피스 거리에서 누군가 오는 것 같은데?"

무도회는 정말로 시작되었다. 우리가 어두운 방에 몸을 숨기고 열어둔 창문으로 주의 깊게 바깥을 내다보고 있자니, 수상쩍은 사람그림자가 어둠 속에서 기어 나오더니 도로를 가로질러 소리 없이 손다이크의 방으로 숨어들었다. 사이를 두지 않고 다음 인물도 곧 그 뒤를 따랐고, 제3의 인물도 나타났다. 우리를 끌어들인 의뢰인인 듯했다.

"자, 조심스레 신호를 기다리기로 하지." 손다이크가 말했다. "녀석들은 시간을 쓸데없이 낭비하지는 않을 거야. 거 참, 시계 소리가 조금 신경에 거슬리는군!"

인너 성당의 부드러운 시계 소리가 성 던스턴 성당과 재판소의 거친 시계 소리와 뒤섞여 천천히 한밤중을 알렸다. 그리고 그 여운이 사라짐과 동시에 어떤 금속——틀림없이 동전——이 우리 창 밑 포도에 부딪히면서 날카로운 소리를 냈다.

그 소리와 함께 감시자들은 일제히 행동에 들어갔다.

"자네 둘이 제일 먼저 가게." 형사부장은 제복경관에게 지시했다.

두 사람은 고무창을 댄 신발을 신고 있어서 소리 하나 없이 돌계단을 내려가 포도를 따라 걸어갔다. 남은 사람들은 크게 발소리에 신경 쓰지 않고 두 경관의 뒤를 따라 손다이크의 방으로 향했다. 이때 위층에서 재빠른, 비밀스레 움직이는 발소리가 들려왔다.

"녀석들이 일을 시작하는군." 커다란 쇠지렛대를 사용한 흔적이 역력한 거실 바깥 철문에 손전등을 비춰보면서 경관이 속삭였다.

형사부장은 씩 웃으며 고개를 끄덕이더니 경관들에게 계단참에서 대기하도록 명령하고 앞장을 섰다.

그동안에도 희미한 소음이 위에서 들려왔다. 우리는 3층 계단참에서 서둘지도 않고 원기왕성하게 4층에서 내려오는 한 남자를 만났다. 버튼 씨였다. 두 경관을 만나도 전혀 놀라는 기색 없이 태연한 그 태도에 나는 속으로 정말 찬탄을 보냈다. 그런데 갑자기 손다이크의 존재를 알아차리고는 그 태연한 평정심도 순식간에 무너져 내렸다. 믿기 어렵다는 놀라움을 가득 담은 눈이 휘둥그레지더니 갑자기 돌이 된 듯 그 자리에 몸이 굳어버렸다. 그것도 한순간 그는 곧 몸을 돌리더니 필사적으로 계단을 뛰어 내려갔다. 곧 아래에서 간신히 새어 나오는 듯한 억눌린 비명과 격투하는 소리가 들리더니 그가 잡힌 듯했다. 다음 순간 우리는 다시 두 남자와 만났다. 이자들은 버튼 씨보다는 훨씬 당황한 기색이어서 금세 제정신을 못 차리고 무조건 밀치고 지나가려고만 했다. 형사부장이 그들을 막으며 말했다.

"허, 이게 누군가? 모키가 아닌가? 그리고 넌 톰 해리스고."

"네, 그렇습니다. 선생님." 모키는 형사부장의 손에서 벗어나려고 몸부림을 치면서 애처로운 목소리로 대답했다. "좀 불리한 상황에서 만난 것 같군요……."

형사부장은 관대한 미소를 지었다.

"그런 셈이지. 넌 언제나 안 좋을 때 만난단 말이야. 자, 내가 좋은 곳으로 데려가 주지."

형사부장은 상대의 코트 안쪽으로 손을 집어넣더니 재빨리 커다란 접이식 쇠지렛대를 찾아냈다. 일이 이렇게까지 되자 진퇴양난에 빠진 두 악당은 더 이상 저항을 포기했다.

2층으로 돌아가자 버튼 씨가 퉁퉁 부은 얼굴로 기다리고 있었다. 수갑을 찬 떫은 표정의 버튼 씨 옆에서 한 경관이 그를 지키고 있었다.

"오늘 밤은 더 이상 힘들게 하지 않겠습니다, 박사."

형사부장은 경관과 체포자들로 구성된 작은 무리를 정렬시키면서 말했다.

"내일 아침에 다시 연락드리겠습니다. 안녕히 주무십시오."

음험한 일행은 계단을 따라 내려갔다. 우리는 앤스티와 함께 마지막 파이프를 피우려고 방으로 들어갔다.

"그 버튼이란 자는 상당히 유능하군." 손다이크가 말했다. "기민하고, 화술도 뛰어나고, 암튼 재주가 좋아. 오랜 세월을 바보들과 사귀다보니 묻혀 있는 것뿐이야. 과연 경찰이 이 작은 사건의 의미를 파헤칠 수 있을지 좀 의심스럽군."

"마음만 먹는다면 녀석들은 나 같은 것보다야 훨씬 머리가 좋은 행동을 할지도 모르지." 나는 말했다.

"그건 사실이죠." 앤스티가 말했다. 그는 존경하는 선배를 향해 '독설'을 퍼붓는 것을 좋아하는 편이다. "이 사건은 아무런 의미도 없는 게 아닐까? 혹시 손다이크 혼자 괜히 문제를 과장하고 있는 식의 그런 '외로운 몸부림'은 아닐까? 어쩌면 손다이크도 오리무중일지 모를 일이지."

설령 그의 말이 사실이라 할지라도 어쨌든 경찰은 이 사건으로 상당히 애를 먹은 모양이었다. 왜냐하면 다음날 아침 놀랍게도 런던경시청의 밀러 총경이 직접 우리를 찾아온 것이다.

"참으로 기묘한 사건입니다."

밀러 총경은 그렇게 입을 연 뒤 곧바로 본론으로 들어갔다.

"말 안 해도 내가 왜 찾아왔는지 짐작하겠지만 이번 빈집털이 사건 말입니다, 녀석들이 왜 이곳을 덮쳤다고 생각하십니까? 그것도 이 템플 사무소를? 여기에 무슨 녀석들이 탐낼 만한 값어치 있는 물건이라도 있는 겁니까? 어떤 '값나갈 물건'이 말입니다."

"값나갈 물건이라고는 은 스푼 하나도 없습니다." 손다이크가 말했다. 그는 갖가지 종류의 은제식기에 대해서는 양심적인 반감을 품고 있는 사람이다.

"의외로군요." 총경은 말했다. "참으로 의욉니다. 박사님의 메모를 받았을 때 우리는 시시한 아나키스트 녀석들이 이번 사건——아마도 신문으로 알게 되었겠지만——에 당신을 끌어들이려고 하는 것은 아닌가 의심했습니다. 그런 연유로 박사님을 찾아온 겁니다. 우리는 이 사건의 악당을 반드시 잡을 생각입니다. 그런데 사건의 범인은커녕 보기만 해도 실망하지 않을 수 없는 좀도둑이나 잡게 된 겁니다. 박사님도 좀 생각해 보십시오. 연어를 잡았다고 생각했는데 고작 시시한 붕장어나 건졌으니 내가 얼마나 신경질이 날지……."

"그럴 때는 틀림없이 실망할 테지요."

손다이크는 엷게 웃으면서 대답했다.

"그렇긴 하지만, 그 좀도둑을 잡아서 전혀 기쁘지 않은 것도 아닙니다. 특히 하르케트, 자칭 버튼이라는 자 말입니다. 하르케트라는 자는 실로 빈틈이 없고 교활해서 늘 요리조리 법망을 빠져나가고 있었습니다. 그래서 이번에야말로 유치장에 처넣어 주리라 단단히 벼르고 있던 참이었습니다. 실은 피카딜리의 더블린 앤드 폰스 상점에서 상당히 큰 보석강도 사건이 있었습니다. 내 솔직히 털어놓고 말하지만 그 사건은 도저히 어떻게 손을 써볼 도리가 없었습니다. 바로 이번의 아나키스트들이 저지른 짓인데 말이죠. 하여간 우리는 두 손 두 발 다 든 상태였으니까요."

"그 암호는 어떻게 되었습니까?" 손다이크가 물었다.

"그것은 아직 결착이 나지 않았습니다." 총경은 초조한 기색으로 소리쳤다. "포페르바움 교수는 대단히 학식이 있는 훌륭한 학자이지만 우리에게는 별로 도움이 안 되었습니다. 그 문서는 헤브라이어로 쓰여진 거라고 하면서 알아들을 수 없는 소리로 번역은 해 주었지만 말입니다. 자, 이것 좀 봐 주십시오."

총경은 호주머니에서 종이다발을 꺼내 그 비밀문서를 먼저 살짝 꺼내놓더니 교수의 보고서를 읽기 시작했다.

"'이 문서는 아주 유명한 모아브의 왕 메시아의 비문(碑文) 문자로 적혀 있다. ——메시아가 도대체 누굽니까? 아주 유명하다고는 하지만 난 도무지 들어본 적이 없는 왕입니다! ——헤브라이어를 이용하여 일련의 무의미한 문자가 제각각 흩어져서 배치되어 있는데, 이것은 틀림없이 읽는 사람을 혼동시켜 본의미를 알지 못하도록 유도하기 위한 것이다. 여기 적힌 말은 일관된 의미를 가지는 것은 아니지만, 다른 언어라든지 알기 쉬운 문장을 보족하여 해석하면 명료하지는 못하더라도 어느 정도 그 의미를 추정할 수 있을 것이다. 해석의 방법은 첨부한 표에 따라 이루어졌고, 전체 번역문을 동봉한 문서에 기록하여 참고할 수 있도록 하였다. 또한 이 문서의 문법과 문장력에 상당히 틀린 점이 많은 것으로 미루어보아 집필자는 틀림없이 헤브라이어에는 상당히 무지한 사람으로 생각된다.'

이것이 교수의 보고문입니다, 박사님. 그리고 여기 있는 것이 해독 순서를 표시한 표이고요. 보기만 해도 머리가 빙빙 돌다 저절로 터질 것 같지 않습니까?"

총경은 손다이크에게 종이다발을 건네주었다. 손다이크는 한동안 신중하게 그것을 들여다보고 있더니 나더러 한번 보라고 했다.

Analysis of the Cipher with Transliteration into modern square Hebrew characters va translation into English. N.B. The cipher reads from right to left.

	Space	Word	Space	Word	Space	Word
Moabite Hebrew Translation	٧٦	۸۶٣٩ כזבים LIES	٥٦	٩٢٠ עיר CITY	٩٤	٢٧٨ אוי WOE
Moabite Hebrew Translation	٦٢	٦٩٩ קול NOISE	٦٨٢	٦٩× טרף PREY	ዘ エ	٦٢٦ גזל ROBBERY
Moabite Hebrew Translation	៴٩	٦٦٨& אופן WHEEL	٩٨	۷٥٩ רעש RATTLING	٦٥٪	×٦٧ שוט WHIP
Moabite Hebrew Translation	۲٦	٦٢٦ יום DAY	٥٦	۶٩٦٩٦ מרכבה CHARIOT	٩٤×	۴۲۶ סוס HORSE

교수의 분석

"참으로 계통적이고, 게다가 정말 완벽하구먼!" 손다이크가 감탄했다. "하지만 어쨌거나 교수가 도달한 최종결론부터 좀 살펴볼까?"

"참으로 계통적인지 아닌지는 잘 모르겠지만." 총경은 문서를 고르면서 신음하듯 내뱉었다. "내가 보기엔 다 헛소리입니다!" 총경은 교수의 작업 결과를 탁자 위에 팽개치듯 던져놓으면서 아주 험악하고 깔보는 듯한 어조로 마지막 말을 토해냈다. "그런데 이것이 교수가 말한 '전체 번역'입니다. 박사님도 이것을 읽어보면 틀림없이 털끝이 곤두설 겁니다. 의심할 여지없이 이건 그냥 정신병원에서 보내온 미치광이의 메시지에 불과하니까요!"

손다이크는 마지막 문서를 집어 올려 완성된 번역문과 단어해석을 비교해 보았다. 무표정한 여느 때의 얼굴에 희미한 미소가 떠올랐다.

"과연 의미는 조금 불명확하군요. 그렇지만 이 재구성은 실로 교묘하게 만들어졌습니다. 아마 교수가 한 말이 옳을 겁니다. 그러니까 교수가 보족한 말은 이 암호문의 잃어버린 부분과 일치할 거라는 의미죠. 자넨 어떻게 생각하나, 저비스?"

손다이크는 종이 두 장을 내게 건네주었다. 한 장에는 암호문에 실제로 나온 말이 적혀 있었고, 다른 한 장에는 빠진 부분을 보족하여 재구성한 문장이 적혀 있었다.

첫 장에는 이렇게 적혀 있었다.

"Woe   city   lies   robbery   prey
noise   whip   rattling   wheel   horse
chariot   day   darkness   gloominess
clouds   darkness   morning   mountain
people   strong   fire   them   flame"
(저주   도시   거짓   도적   포획물
소음   채찍   덜컹덜컹   차   말
이륜마차   날   암흑   음울함
구름   암흑   아침   산
사람들   강함   불   그들   불꽃)

두 번째 종이를 펼쳐 나는 참고로 하라는 전문 해석을 읽어보았다.

"Woe *to the bloody* city! *It is full of* lies *and* robbery; *the* prey *departeth not. The* noise *of a* whip, *and the noise of the* rattling *of the* wheels, *and of the prancing* horse, *and of the jumping* chariots.

A day *of* darkness *and of* gloominess, *a day of* clouds, *and of thick* darkness, *as the* morning *spread upon the* mountains, *a great* people *and a* strong.

A fire *devoureth before* them, *and behind them a* flame *burneth.*"

(피로 얼룩진 도시에 저주 있으라! 거짓과 도적 떼가 들끓는 도시여, 사냥감은 죽지 않으리. 채찍과 자동차 소음, 사납게 날뛰는 말과 아래위로 덜컹거리는 이륜마차의 소음.

암흑과 음울, 어두운 구름, 두터운 암흑의 나날, 아침이 산 위로 펼쳐질 때 위대하고 강한 사람들이여.

그대들 앞에서 불길은 퍼져나가고, 불꽃은 그 너머에서 일렁이며 피어오르는구나.)

마지막 문장은 여기서 끝나 있었다. 내가 그것을 내려놓자 손다이크는 탐색하듯 나를 살펴보았다.

"원 재료를 재구성하면서 너무 많은 말을 사용한 듯하군." 나는 반발했다. "전체 문장에서 4분의 3이나 교수가 '보족'하여 완성하다니."

"동감입니다." 총경의 말투가 강경했다. "이것은 그의 작문이지 절대 암호문이 아닙니다."

"하나 나는 이 해독이 올바르다고 생각합니다. 지금까지는 말이야." 손다이크가 말했다.

"그게 무슨 말씀이십니까?" 총경이 허둥대면서 소리쳤다. "그럼 박사님은 이 바보 같은 해석이 이번 사건의 진상이라는 말씀이십니까?"

"그런 말은 하지 않았습니다." 손다이크가 대답했다. "나는 지금까지는 올바르다고 말했습니다. 그러나 그것으로 암호문 해독이 끝났다고는 믿을 수 없습니다."

"그렇다면 내가 보여준 사진을 연구해 봤습니까?"

밀러는 갑자기 열성적으로 손다이크에게 물었다.

"보기는 했습니다." 손다이크는 느릿느릿 대답했다. "그런데 만약 지금 진본을 갖고 계시다면 그것을 좀 살펴보고 싶군요."

"가지고 있습니다." 총경은 대답했다. "포페르바움 교수가 해독한 뒤 보내주었습니다. 보는 것뿐이라면 크게 상관없지만 특별한 허가 없이 빌려드릴 수는 없습니다."

총경은 수첩에서 그 문서를 꺼내 손다이크에게 건네주었다. 손다이크 박사는 그것을 창가로 가져가서 면밀하게 조사했다. 그리고 무심한 태도로 창가에서 옆 사무실로 걸어가더니 문을 닫았다. 이윽고 무언가 파열하는 듯한 소리가 희미하게 새어 나왔다. 나는 그가 가스에 불을 켜는 것이라는 것을 알았다.

"물론." 탁자에 놓인 해독문을 다시 집어 들면서 밀러 총경이 말했다. "도통 무슨 소린지 모를 이 물건이 미치광이 아나키스트의 소지품 속에서 발견되었다손 치더라도 나는 조금도 이상하게 생각지 않습니다. 어쨌거나 여기에는 특별한 의미가 없는 것 같으니까요."

"네, 우리에게는 그렇습니다." 나는 고개를 끄덕였다. "그러나 이 문장에는 의도적으로 집어넣은 의미가 들어 있을지도 모르지요. 게다가 말 사이에 문자가 들어 있는데 사실은 그것이 암호일 가능성도 있고요."

"그 점에 대해서도 교수에게 말해 보았습니다만, 전혀 귀를 기울여 주지 않더군요. 그것은 틀림없이 함정에 지나지 않는다고 하면서."

"그거야말로 교수의 착각이 아닐까요? 아마 손다이크도 저와 같은 의견일 겁니다. 이제 곧 들을 수 있을 테니 잠시만 더 기다려보십시다."

"아니, 박사가 무슨 말을 할지 나는 대충 짐작이 갑니다." 밀러 총경이 말했다. "현미경으로 문서를 조사해서 이것을 작성한 사람이 어떤 사람이네, 잉크의 성분은 무엇이네 하면서 가르쳐줄 겁니다. 하지만 결국 우리 수사에는 전혀 도움이 안 되는 소리만으로 끝나겠지요." 완전히 포기한 기색이 역력한 총경은 될 대로 대라는 식으로 아무렇게나 말했다.

그로부터 우리는 한동안 아무 말 없이 교수가 해석한 애매한 문장의 의미를 되씹고 있었다. 한참 뒤에 손다이크가 그 문서를 손에 들고 다시 우리 앞에 나타났다. 그는 총경 옆 탁자에 조용히 그 문서를 놓았다.

"이것은 공식적인 조사 의뢰입니까?"

"물론입니다." 밀러 총경이 대답했다. "그 해독문을 어떻게 해석할지 박사님께 조사를 의뢰할 권한이 내게는 있으니까요. 이 원본에 대해서는 아무 말도 못 들었지만, 조사하고 싶다면 원하는대로 하십시오."

"아니, 괜찮습니다. 이미 조사는 끝났으니까요. 그리고 내 이론이 올바르다는 것도 알게 되었습니다." 손다이크가 말했다.

"박사님 이론이라면?" 총경은 열에 들뜬 소리로 고함치듯 물었다. "도대체…… 무, 무슨?"

"공식적으로 의뢰했으니까 이것을 넘겨주겠습니다."

손다이크는 종이 한 장을 꺼냈다. 총경은 그것을 받아들고 읽기 시작했다.

"이게 뭡니까?" 의아한 얼굴로 손다이크를 보면서 총경은 이렇게 물었다. "이것을 어디서 손에 넣었죠?"

"그것이 바로 암호문을 조사한 결과입니다."

손다이크가 대답했다.

총경은 다시금 그 종이의 내용을 훑어보더니 더욱더 곤혹스런 빛을 띠면서 얼굴을 찌푸리고 손다이크를 바라보았다.

"농담하는 겁니까? 나를 놀리고 계시는 건 아니겠죠?"

총경의 목소리가 퉁명스러웠다.

"천만에요." 손다이크가 대답했다. "그것이 올바른 해답입니다."

"하지만 믿을 수 없습니다." 밀러 총경이 소리쳤다. "이걸 좀 보십시오, 저비스 박사."

나는 총경에게서 그 종이를 받아들고 잠깐 눈을 준 것만으로도 그의 놀라움을 단박에 이해할 수 있었다. 그곳에는 로마체 알파벳의 대문자 활자체로 다음과 같이 짧게 적혀 있었다.

피카딜리의 전리품은 와르두르 거리 416번지 3층 건물 안쪽 팀브리의 집에 있다. 늘 그렇듯이 모키 일당이 몰래 숨긴 것이지. 모키에게 속지 말게, 알고 보면 시시한 인간이니까.

"그럼 그 자가 아나키스트도 뭐도 아니었단 말인가?"

나도 소리쳤다.

"맞습니다!" 밀러 총경이 말했다. "그자는 모키 일당이었습니다. 실은 모키가 이 강도사건에 한몫 거들었다는 것은 알고 있었지만 확증이 없었습니다. 젠장, 그것도 모르고!" 총경은 무릎을 쳤다. "가만 있자, 만약 이것이 사실이면 빼앗긴 물건도 되찾을 수 있다는 말 아닌가? 여행가방을 빌려주시겠습니까? 당장 와르두르 거리로 가봐야겠습니다."

우리는 총경에게 빈 여행가방을 빌려주었다. 그가 뒤도 안 돌아보고 단숨에 미들 코트로 걸어가는 것이 창으로 내다보였다.

"약탈당한 것을 무사히 되찾았으면 좋으련만……." 손다이크가 말했다. "물론 성패여부는 그 장소를 아는 인간이 그 말고도 또 있느냐에 달렸겠지만. 그렇다 해도 참 기묘한 사건이었어. 굉장히 참고가 되었지. 이 흥미로운 문서는 분명 버튼과, 도망 중이던 세인베르크의 공동작품이겠지."

"어떻게 암호를 풀었는지 말해주지 않겠나? 별로 오래 걸린 것 같지도 않으니 말이야." 내가 부탁했다.

"그렇다네. 가설을 따라 실험해본 것뿐이지만 그렇다고 자네가 그런 말을 하다니 좀 의외로군." 손다이크는 나를 조롱하는 듯한 엄격한 말투로 덧붙였다. "어쨌든 이틀 전에 자네는 필요한 사실을 전부 손에 넣었네. 그렇다면 결론은 저절로 나오게 되어 있었을 텐데? 하지만 뭐 어쨌거나 그건 그렇다 치고, 내일 아침에 내가 증거를 준비하여 보여주겠네."

"밀러 총경님의 수색은 성공했다는군."

아침 식사 뒤 파이프를 피우면서 손다이크가 말을 이었다.

"총경의 말에 의하면 도둑 맞은 물품은 손도 대지 않고 고스란히 팀브리의 집에 있었다고 하네."

손다이크는 조금 전에 심부름꾼이 가져다준 메모와 빈 여행가방을 내게 돌려주었다. 내가 막 그것을 읽으려는 참에 문에서 다급하게 노크소리가 들려왔다. 상당히 초췌한 얼굴에 흐트러진 머리로 나타난 방문자는 나이가 지긋한 신사였다. 그는 들어오자마자 근시용 안경 너머로 탐색하듯 우리 얼굴을 번갈아 보았다.

"우선 제 소개부터 하겠소이다." 방문자는 말을 이었다. "런던경시청을 방문하여 당신의 놀라운 해독문을 보고, 더불어 그 정확함을 증명한 뚜렷한 증거도 보고 이렇게 찾아왔습니다. 그래서 나도 그 암호문을 빌려 와서 철야로 살펴보았는데 어느 글자를 보아도 해독결과와의 관련성을 찾아볼 길이 없었습니다. 그래서 부디 당신의 해독방법을 꼭 배워서 앞으로는 더 이상 철야를 계속하지 않았으면 하는 생각에 당신의 도움을 요청하러 온 것입니다. 그렇게 해주실 수 있겠습니까? 맹세코 비밀을 꼭 지키겠습니다."

"그 문서도 가지고 오셨습니까?" 손다이크가 물었다.

교수는 수첩에서 그것을 꺼내 손다이크에게 건네주었다.

"그런데 교수님, 이것이 구멍이 숭숭한 종이로, 불에 비춰 봐도 속이 비치지 않는 것을 알고 계십니까?" 손다이크가 말했다.

"네, 알고 있습니다."

"그리고 이 글자가 내수성이 있는 검은 잉크로 쓰여져 있다는 것도?"

"그것도 알고 있소이다." 교수는 점점 참기 어렵다는 투로 말했다. "내가 흥미 있는 것은 문자입니다. 종이나 잉크가 아니고 말이지요."

"저도 잘 알고 있습니다." 손다이크가 말했다. "그러나 사흘 전에 이 문서를 보았을 때 저의 흥미를 끈 것은 바로 잉크였습니다. 누구인지는 잘 모르겠지만 다른 좋은 잉크도 있을 텐데 굳이 이런 귀찮은 것을 사용했을까 싶어서요. 점착성이 있는 잉크를 사용한 듯이 보였거든요. 이 검은 잉크를 필기용 잉크로 사용할 경우는 어떤 유리한 점이 있을까 스스로에게 물어보았습니다. 만약 제도용 잉크라고 하면 다소 이점이 있겠지만, 필기용으로는 오로지 물에 젖어도 괜찮다는 이점밖에는 생각할 수가 없었지요. 그래서 이 문서는 어떤 이유로 물에 적셔질 가능성이 있지 않았을까 하는 추론이 꽤 선명하게 떠올랐습니다. 게다가 이 추론은 이미 다른 면에서도 알 수 있었습니다. 어제 실험을 해보았는데……. 잠깐 이것 좀 보아주십시오."

손다이크는 컵에 물을 넣어 그 문서를 둘둘 말아서 푹 집어넣었다. 그러자 바로 그 표면에 흥미로운 잿빛의 새로운 문자가 떠올랐다. 수 초가 지난 뒤 손다이크는 그 젖은 종이를 꺼내 불에 비춰보았다. 그곳에는 명료한 투명유리처럼 글자로 이루어진 문장이 선명하게 떠올랐다. 로마체 알파벳의 활자체 대문자로 쓰여진 그 문장은 다른 한 문장과 교차하듯이 다음과 같이 적혀 있었다.

피카딜리의 전리품은 와르두르 거리 416번지 3층 건물 안쪽 팀브리의 집에 있다. 늘 그렇듯이 모키 일당이 몰래 숨긴 것이지. 모키에게 속지 말게, 알고 보면 시시한 인간이니까.

교수는 이 문장을 더없이 괴로운 표정으로 노려보았다.
"어떻게 당신은 이런 눈속임으로 되어 있는지 알아낼 수 있었소?" 교수는 떨떠름한 어투로 물었다.
"실연해 보이기로 하지요." 손다이크가 대답했다. "실은 저비스 박사에게 이 과정을 실연해 보이기 위해 준비해둔 종이가 있습니다. 굉장히 간단하지요."
손다이크는 사무실에서 작은 유리접시와, 얇은 노트 용지 한 조각을 물에 적셔 넣은 사진 현상접시를 들고 왔다.
"이 종이는 하룻밤 정도 물에 담가두어서 지금은 거의 펄프화돼 있습니다."
현상접시에서 종이를 들어올려 유리접시로 옮기면서 손다이크는 말했다.
손다이크는 이 젖은 종이 위에 마른 종이를 한 장 올려 그 위에 단단한 펜으로 강하게 '모키는 시시한 인간이다'라고 적었다. 그 위에 종이를 얹으니 쓴 글씨가 젖은 종이 위에 엷은 재색으로 번졌다. 빛을 비추니 마치 기름으로 쓴 듯 뚜렷이 보였다.

"이것이 마르면 글자는 완전히 사라져버립니다. 그러나 젖으면 다시금 나타나는 것이지요." 손다이크가 말했다.

교수는 신음했다.

"실로 교묘하군!" 교수는 말했다. "인공적인 패림프세스트(palimpsest, 양피지 종이의 사본. 본래 글자를 지우고 그 위에 다시 쓴 것)라고 할 수 있겠군요. 그렇지만 그들이 어떻게 그토록 어려운 모아브 문자를 쓸 수 있었는지 나로서는 정말 이해할 수 없군요."

"그 남자가 쓴 것이 아닙니다." 손다이크가 말했다. "'암호서'는 틀림없이 그 일당의 리더가 썼을 것입니다. 리더가 비밀통신을 주고받을 경우 백지 대신에 이 사본을 사용하도록 동료들에게도 나눠주었겠지요. 물론 모아브어를 사용한 목적은 그 통신문이 행여 좀 불편한 사람 손에 넘어간다 하더라도 종이 그 자체에는 주의를 돌리지 못하게 하기 위함이 명백하고요. 실제로 그들의 목적은 보기 좋게 달성되었지 않습니까?"

교수는 갑자기 자기가 밤낮으로 일하던 모습을 떠올리며 순간 당혹한 표정을 지었다.

"그렇군요." 교수는 코를 킁킁거렸다. "그러나 나는 학자이지 절대 경찰이 아닙니다. 분야가 틀리면 일의 내용도 틀리는 것이 당연하지 않겠습니까?"

교수는 모자를 움켜잡더니 무뚝뚝하게 '실례한다'는 말만 간단히 남기고 기분 나쁜 모습으로 방을 나갔다.

손다이크는 소리 없이 웃었다.

"교수에게는 가엾은 짓을 했구먼!" 그는 중얼거렸다. "장난꾸러기 친구 버튼에게 톡톡히 배상하라고 해야겠군."

버너비 사건

 주치의가 진료를 하다보면, 어느 가정의 가족과 친구처럼 지내게 되는 것은 흔히 있는 일이다. 버너비 씨 집 사람들은 내가 개업했을 때부터의 환자로서, 서로 마음이 맞아 곧 친밀히 교제하게 되었다. 그들은 조용한 인정을 갖고 있는, 특히 뽐내지 않고 교양이 넘치는, 기분 좋은 가정을 이루고 있었다. 또 흥미로운 가정이기도 했다. 그것은 남편과 아내의 많은 연령 차라는 보통 가정과 다소 다른 면이 있어서, 억측의 씨앗이 되고 있었던 탓이다. 그리고 지금부터 하려는 이야기같이 다른 사정도 있었던 것이다.

 프랭크 버너비는 50살 전후의, 약간 허약 체질의 남자였다. 조용하고 좀 내성적이며 온화하고 친절한 성격인데다, 호인으로서 남을 잘 신용했다. 그는 영국 공문서보존소에 근무했는데, 자기 소관인 고문서(古文書)의 유래에 관한 색다르고 재미있는 지식에 조예가 깊었다. 그는 그 속에서 고른 이야기를, 가정의 단란한 모임에서, 언제나 진짜 같은 상상력과 조용한 유머를 섞어 이야기하여 듣는 사람을 사로잡았다. 나는 이렇게 매력적인 남자를 만난 일이 없었고, 이 남자

이상으로 경애하는 마음을 품게 하는 인물을 알지 못한다.

 전혀 다른 의미에서, 이에 못지않게 매력적인 사람이 그의 아내이다. 넘칠 듯 애교 있는, 눈부실 정도의 미인으로서, 나이는 아직 서른이 못 되었다. 사실 처녀 같은 부인이었다. 붙임성 있고 활기에 넘쳐 명랑하고 잘 떠드는데, 그러면서도 교양과 기품이 있고, 남편의 일에 강한 관심을 가지고 있었다. 이 두 사람은, 내 눈에는 몹시 행복하고 서로 깊은 애정과 공감으로 맺어진 매우 잘 어울리는 부부로 비쳤다. 버너비의 전처가 낳은 아이가 넷 있는데, 남자 아이가 셋, 여자 아이가 하나였다. 그 아이들이 젊은 계모를 따르는 모양은, 그녀의 아이들에 대한 자애를 무엇보다도 잘 말해 주고 있었다.

 그런데 이 가정에 옥에 티가 있었다. 적어도 나는 그렇게 느꼈다. 이 가정의 친구로서 또 한 사람, 시릴 파커라는 청년이 있었다. 내가 개인적으로 이 청년에게 반감을 품고 있었던 것은 아니지만, 청년과 이 가정의 관계는 썩 바람직한 것으로 생각되지는 않았다. 그는 이목이 수려한 청년으로서, 붙임성이 좋고 재기가 있으며 견문이 넓었다. 그는 어느 출판사의 공동 경영자인데, 원고를 읽는 것을 직업으로 하고 있었다. 그런 까닭으로, 그 또한 버너비 씨와 마찬가지로, 직업상의 독서에서 얻은 재미있는 화제에는 모자람이 없었다. 그런데 버너비 부인에 대한 그의 찬미와 애정이 확실히 위험한 지경에까지 이르러, 친밀의 정도가——청년 쪽에서——약간 기분 나쁠 정도로 높아가는 것을, 나는 모르는 체할 수 없었다. 부인 쪽에서도 더할 수 없는 우정을 가지고 있었지만, 그것은 절대 담담한 것이었다. 그러나 나는 두 사람의 관계를 의혹의 눈으로 보고 있었다. 부인은 어떤 남자가 연정을 품어도 이상할 것이 없을 정도의 여성이지만, 파커가 부인을 볼 때 가끔 그 눈에 떠오르는 표정이 내 마음에 들지 않았다. 그러나 두 사람의 행적에는 남으로부터 지탄을 받을 만한 점이 조금도 없었고, 또 어떤 면에서 보더라도, 그 뒤 바로 덮쳐 온 가공할 재액(災厄)을 예고하는 듯한 점도 전혀 없었다.

비극의 출발점은 비교적 사소한 일이었다. 버너비 씨는 어려운 고문서의 사본을 많이 숙독하는 탓으로 눈이 피로했다. 그래서 나는 진단과 적당한 안경 처방을 받게 하기 위해 그를 안과의에게 보냈다. 그가 안과의의 진찰을 받으러 간 날 저녁때, 나는 버너비 부인으로부터 서둘러 와 달라는 연락을 받았다. 집에 가 보니, 버너비 씨는 어쩐지 몹시 상태가 좋지 않았다. 병 상태에 조금 납득이 가지 않는 데가 있었다. 그것은 어떤 병명에도 해당되지 않았기 때문이다. 얼굴이 붉고, 체온이 약간 높고, 맥박은 빠른데 호흡은 완만하고, 목이 극도로 건조하고, 동공이 크게 확산되어 있었다. 이것은 놀라운 상태였다. 내가 아는 한 아트로핀 중독을 제외하고는 해당되는 것이 전혀 없었다.

"약을 드셨나요?" 나는 물었다.

버너비 부인은 고개를 저었다.

"선생님께서 처방해 주신 약 말고는 아무것도 드시지 않았어요. 그리고 뭘 드셨다고 생각되지도 않아요. 집에 돌아오신 뒤 바로, 음식을 드시기 전에 갑자기 발병하셨으니까요."

정말 이해할 수 없는 이야기였다. 환자 자신도 발병의 원인에 대해 짚이는 데가 전혀 없다고 했다. 그 의문을 생각하며 문득 맨틀피스를 보니, 그 위에 '안약'이라고 상표가 붙은 점적병(點滴瓶)과 처방전 봉투가 눈에 띄었다. 봉투를 열어 보니 안과의의 처방전이 들어 있었다. ──아주 묽은 아트로핀 설페이트 (황산아트로핀, 강력한 독성을 지님) 용액.

"이 안약을 넣으셨나요?" 나는 물었다.

"예." 부인이 대답했다. "주인께서 돌아오신 뒤 곧 제가 눈에 넣어 드렸어요. 양쪽 눈에 두 방울씩, 용법대로 했어요."

정말 이상했다. 이 네 방울의 안약에 포함된 아트로핀의 양은 100분의 1그레인(1그레인은 0.0648그램) 이하여서 그런 증상을 일으키기에는 불가능한 미량이었다. 버너비 씨는 독약을 복용한 갖가지 징후를 보이는데도, 실제로는 복용하지 않은 것이 명백했다. 안약병은 거의 가득 차 있었으니까. 도무지 까닭을 알 수 없었다. 그러나 나는 이것을 아트로핀 중독으로 처치했다. 그리고 눈에 띄게 효과가 있어서 나는 먼저보다 더 오리무중의 기분이 되어 돌아왔다.

이튿날 아침, 왕진을 가 보니, 환자는 회복되어 출근하고 없었다. 그런데 그날 밤, 나는 다시 서둘러 내진을 바란다는 연락을 받고 허겁지겁 버너비 씨 집으로 갔다. 환자는 어제와 비슷한 발병으로 괴로워하고 있었는데, 어제보다 중태였다. 즉시 필로카르핀 주사를 놓고, 그 밖에 적당한 치료를 했다. 나는 빠르게 그의 증상이 회복되어 가는 것을 보고 만족했다. 치료 효과는 병의 원인이 아트로핀에 의한 것임을 나타내는데, 안약에 함유되어 있는 미량 외에 아트로핀은 일체 복용하지 않았다.

이것은 정말 이해할 수 없는 일이었다. 철저히 조사해 보아도, 안약 말고는 독의 출처를 밝혀낼 수 없었다. 그리고 두 번에 걸친 발병은 모두 안약을 사용한 직후에 일어났기 때문에 비록 매우 적은 양일지라도 이 엄연한 관련성을 무시할 수는 없었다.

"이것은 내 추측에 불과하지만." 나는 버너비 부인과 사정을 알아보러 온 파커 씨에게 말했다. "버너비 씨는 특이 체질로 이 약에 대해서 이상하게 과민한 체질인 것 같군요."

"흔히 볼 수 있는 경우인가요?" 파커가 물었다.

"예, 그렇습니다. 사람의 약물에 대한 반응은 매우 갖가지니까요. 특정한 약, 이를테면 요오드팅크에 대해서 극도로 내성이 없기 때문에 독성을 나타내는 사람도 있고, 이상할 정도로 아무렇지 않은 사람도 있습니다. 크리스티슨은 그의 〈독약론집(毒藥論集)〉에서 아편을 먹은 일이 없는 남자가 거의 1온스나 되는 아편팅크——이것은 보통 사람에겐 치사량인데요——를 먹고도 태연하더라는 예를 들었습니다. 이러한 특이 체질은 환자를 잘 알지 못하는 의사에게는 무서운 함정입니다. 버너비 씨에게 만약 누군가가 벨라도나(가짓과의 유독식물)의 약을 대량으로 준다면 어떻게 될지 생각해 보십시오."

"벨라도나는 아트로핀(경련을 가라앉히거나 동공을 확대시키는 데 사용함)과 같은 효과가 있나요?" 부인이 물었다.

"같습니다. 아트로핀은 벨라도나의 주성분입니다."

"정말 다행예요." 부인이 소리쳤다. "큰일이 일어나기 전에 주인의 특이 체질을 알아서. 이제 안약은 사용하지 않는 것이 좋겠죠?"

"그렇습니다. 절대로 안 됩니다. 내가 하인스 씨에게 편지해서 아트로핀을 사용해서는 안 된다는 것을 알려 주겠습니다."

그래서 나는 안과의사에게 편지를 보냈는데, 안과의는 안약과 발병의 관련에 대해 은근히 의문의 뜻을 표했다. 그러나 버너비 씨가 더 이상 아트로핀과 관계 맺기를 딱 거절하여 이 문제를 해결했다. 그리고 그의 결단은 현재로서 옳다는 것이 입증되었다. 그 뒤로는 증상이 재발하지 않았기 때문이다.

두 달이 지났다. 이 사건은 나의 뇌리에서 거의 사라져 버렸다. 그런데 그 병이 또다시 재발해서, 나는 깜짝 놀랐고 매우 두려웠다. 마침 내가 오전 왕진을 가려는 참에, 버너비 씨 집의 하녀가 편지를 가지고 숨을 헐떡이며 오다가 현관에서 나와 마주쳤다. 편지는 버너비 부인이 쓴 것으로, 급히 왕진을 바란다는 내용과, 남편이 전번과 같은 병에 걸렸다는 내용이 적혀 있었다. 나는 구급 가방을 들고 서둘러 갔다. 버너비 씨는 얼굴이 매우 붉어져서 조금 놀란 듯한 표정으로 소파에 누워 있었다. 틀림없는 아트로핀 중독 증상이었다. 그러나 증상은 별로 심하지 않아서, 적절한 치료를 했더니 나아져 갔다.
 "그런데 버너비 씨." 나는 그가 안도의 한숨을 쉬며 일어나자 말을 꺼냈다. "당신은 또 그 안약에 손을 댔나요?"
 "아뇨." 그는 대답했다. "쓰지 않았습니다. 그 뒤로 하인스 의사한테는 안 갑니다."
 "그렇다면, 아트로핀이 함유된 무엇인가를 먹었군요?"
 "그런 것 같은데 기억이 안 납니다. 약은 일체 먹지 않았으니까요."
 "환약, 정제, 바르는 약, 고약, 연고 등은?"
 "의약품은 일체 사용하지 않았습니다. 사실 나는 아침 식사 외에는 오늘 아무것도 먹지 않았습니다. 발병한 것은 아침 식사 바로 뒤인데, 아침 식사 역시 아주 간단한 것이었습니다. 비둘기 알 두 개에 토스트와 홍차였습니다."
 "비둘기 알이라구!" 나는 싱긋 웃었다. "왜 참새 알로 하지 않고?"
 "시릴 씨가 보내 주셨어요. 장난일 테지만요." 버너비 부인이 설명했다(시릴이란 말할 필요도 없이 파커 씨다). "하지만 프랭크는 정말 그걸 좋아해요. 시릴 씨는 최근에 비둘기와 토끼, 그 밖의 가축을 기르기 시작했거든요. 아마 프랭크 때문에 그것을 시작했을 거예요. 선생님이 주인에게 특별한 식이 요법을 하라고 말씀하신 탓예요. 그 뒤로는 끊임없이 시릴 씨로부터 선물을 받고 있어요. 특히 비둘기나 토끼를요. 그것도 가게에서 살 수 있는 것보다 훨씬 어린 것들로요."
 "맞습니다. 그 사람은 선심 쓰는 것을 좋아하는 남자입니다. 내 식품의 반 이상을 그가 공급해 주고 있을 겁니다. 이렇게 많이 얻어먹는 일이 본의는 아니지만요."
 "이런 선물을 하는 일이 그분으로서는 즐거운 모양이에요." 버너비 부인이 말했다. "하지만 이왕이면 동물을 죽여서 보내 주셨으면 좋겠어요. 그분은 언제나 산 채로 가져 오거나 보내거나 하시거든요. 그래서 요리하는 여자가 죽여야 하는데, 싫어한답니다. 저도 도저히 죽이지는 못해요. 하지만 그 다음에 조리는 제가 해요. 전 프랭크의 음식물은 거의 제 손으로 요리하고 있어요."

"그렇답니다." 버너비 씨는 깊은 애정이 담긴 시선을 힐끔 아내에게 던졌다. "마거릿이 공들여 만든 요리는 예술 작품입니다. 내가 그 예술 작품을 처치하고 있지요. 정말이지 선생님, 나는 사치스럽게 살고 있습니다."

이것은 정말 재미있는 이야기였다. 그런데 핵심 문제와는 거리가 멀었다. 즉, 아트로핀의 출처는 어디냐 하는 문제 말이다. 버너비 씨가 아침 식사 외에는 먹지 않았다면, 아트로핀은 그 음식 속에 들어 있던 게 틀림없다는 얘기였다. 나는 그 점을 지적했다.

"그렇지만 선생님." 버너비 씨가 말했다. "그것은 불가능합니다. 알은 우선 제외됩니다. 껍질에 구멍을 뚫지 않고는 알 속에 독약을 넣을 수는 없습니다. 그런데 그 알엔 흠이 없었습니다. 그리고 빵, 버터, 홍차는 모두 같은 것을 먹었을 텐데 다른 사람은 이상이 없었습니다."

"그것은 그다지 결정적인 말이라고는 할 수 없는데요." 나는 말했다. "당신에게 중독 작용을 일으키게 하는 아트로핀의 용량이 다른 사람에게는 이렇다할 효과를 주지 않는 모양이지요. 말할 필요도 없이 정말 수수께끼는 어떻게 해서 아트로핀이 어느 식품엔가로 들어갈 수 있었는가 하는 사실입니다."

"그런 일은 있을 수 없습니다." 버너비 씨가 대답했다. 그것은 현실적으로 나 자신이 확신하는 바이기도 했다. 그러나 정말 석연치 않은 결론이었다. 수수께끼는 해명되지 않은 채 남기 때문이었다. 나는 다른 환자 집의 왕진을 계속해야 한다고 말한 뒤 겨우 버너비 씨 집에서 나올 수 있었다. 위험의 원인을 밝혀내지 못한 채 또한 병이 재발하지 않는다고 확신시켜 줄 수 없었다는 점에서 속으로 부끄럽고 창피했다.

이 걱정은 기우로 끝나지 않았다. 1주일쯤 지나서 버너비 씨 집에서 왕진해 달라는 내용의 당황과 불안에 찬 새로운 연락이 왔다. 확실히 불안을 느낄 만한 뚜렷한 이유가 있었다. 그것은 내가 도착해서 보니 버너비 씨는 말도 못하고 눈도 보이지 않는 상태로 누워 있었고, 파란 눈동자는 허탈한 검은 원반으로 변해서, 부자연스러운 〈벨라도나의 반짝임〉을 발산하고 있었기 때문이다. 나는 그의 빠른 맥을 짚고, 물 한 모금을 마시려는 그의 헛된 노력을 보고 있는 동안, 버너비 씨는 이제 회복될 수 없는 상태가 아닐까 의문이 솟았다.

그리고 똑같은 의문이 내가 방으로 들어갔을 때, 침대 머리맡에서 유령처럼 일어서는 부인의 겁에 질린 눈길에도 나타나 있었다. 그러나 환자는 지금까지보다 느리기는 해도 치료에 반응을 보였다. 나는 환자가 1시간 뒤에는, 여전히 중태이기는 해도, 당면한 위기에서 벗어난 것을 보고 일단 안심했다.

그 사이에 발병 원인을 밝혀내려는 조사는 완전히 실패로 끝났다. 증상이 나타난 때는 저녁 식사 바로 뒤였다. 간단한 식사였다. 메뉴는 버너비 부인이 직접 조리한 비둘기 찌개, 다른 가족도 같이 먹은 야채와 가벼운 푸딩, 그리고 식당에 봉을 뜯은 채 둔 병에서 샤블리(프랑스산 포도주)를 약간 마신 것뿐이었다. 다른 음식은 일체 먹지 않고 의약품 종류도 전혀 복용하지 않았다.

한편, 발병의 성질에 관한 의문은 내가 실시한 화학 검사에 의해서 해결되고, 임상연구협회에 의해서 확인되었다. 비교적 적은 양이기는 하나 아트로핀이 확실히 검출되었다. 그러나 출처는 여전히 풀 수 없는 수수께끼였다.

정말 염려스러운 사태였다. 이 최후의 발병은 아슬아슬하게 치명적인 파국에는 이르지 않았지만, 독(毒)의 출처는 아직도 밝혀낼 수 없었다. 동일한 미지의 어떤 곳에서 언제 어느 때 공격이 가해질지, 그 결과가 어떻게 될지 누가 알겠는가?

가엾은 버너비 씨는 만성적인 공포 상태에 빠지고, 그의 아내도 계속되는 불안과 염려로 안타까울 만큼 초췌한 얼굴이 되었다. 나도 정신이 없었다. 무슨 일이 일어나든 책임은 모두 나에게 있기 때문이었다. 나는 머리를 짜내어 가능한 설명을 찾았다. 이따금 무서운 생각이 머리에 떠오르기는 했지만, 이내 그 생각은 바로 머릿속에서 지워지곤 했다.

마지막 발병으로부터 2, 3일쯤 지난 어느 날 밤, 나는 버너비 씨의 형님의 방문을 받았다. 그는 런던의 어느 병원에 소속된 병리학자인데 진료는 하지 않았다. 버너비 박사는 온후하고 호인인 동생과는 아주 달랐다. 결단력 있고 정력적인 인품으로서 태도에도 솔직한 데가 있었다. 우리는 이미 안면이 있었으므로 인사는 필요 없었다. 박사는 타고난 단도직입적인 태도로 요점을 꺼냈다.

"내가 왜 왔는지 짐작이 가겠지, 쟈딘. 이 아트로핀 중독 건 때문이야. 그래 어떤 처치가 취해지고 있나?"

"아무런 처치도 취해지고 있지 않습니다." 내 대답은 돼먹지 않았다. "도무지 알 수가 없습니다."

"다음 발병과 검시 재판만 기다리고 있군. 흥! 그렇게는 안 돼. 이 일은 늦기 전에 막지 않으면 안 돼. 자네는 독의 출처를 모르지만 누군가는 알고 있어. 흥! 그리고 그 누군가의 정체를 밝혀내는 일은, 지금 말고는 할 수 없어. 대상자는 그리 많지 않아. 나는 지금부터 상황을 보러 가서 좀 조사해 볼 작정이야. 자네도 함께 가는 편이 좋을 걸세."

"저쪽에서는 당신이 오신다는 걸 알고 있습니까?" 나는 물었다.

"아니." 박사는 퉁명스럽게 대답했다. "그러나 나는 남이 아니야. 자네 역시 그렇고."

나는 동행하기로 했지만, 그의 방식에는 별로 호감이 가지 않았다. 예고없는 방문을 하겠다는 데서 그의 속셈을 분명히 짐작할 수 있었다. 그러나 반면 나와 같은 직업을 가진 사람, 더구나 환자의 육친인 사람과 책임을 분담한다는 사실이 싫지는 않았다. 그런 까닭으로 나는 기꺼이 그와 동행했다. 구급 가방을 가지고 갔다는 사실이 그때의 내 정신 상태를 나타내고 있었다.

우리가 도착했을 때, 버너비 씨와 부인은 마침 저녁 식사를 시작하는 참이었다——아이들은 따로 다른 식탁에서 저녁을 먹고 있었다——그들은 이 가정을 쾌적하게 만들고 있는 상냥한 태도를 보이며 우리를 환대했다.

버너비 박사의 자리는 내 자리의 정면에 마련되었다. 나는 슬금슬금 식탁 위를 헤매는 그의 눈을 보니 좀 재미있어졌다. 그는 분명히 하나하나의 식품을 아트로핀의 매개물로서 가능한가 어떤가를 평가하고 있었다.

"모처럼 오셨는데, 미리 알려 주셨으면 좋았을 텐데요, 짐." 버너비 부인은 식탁에 뼈달린 고기가 나온다며 말을 계속했다. "양의 등심보다 더 좋은 고기를 준비했을 텐데요. 하지만 지금은 있는 음식으로 참아 주셔야 해요."

"양의 등심이면 고급이야." 버너비 박사는 대답했다. "그런데 프랭크의 요리는 대체 무엇이지?" 동생 버너비가 작은 냄비 뚜껑을 열자 박사가 덧붙였다.

"토끼 프리카세(고기를 잘게 썰어서 삶은 요리)예요. 아주 어린 토끼였어요. 요리하는 여자가 이걸 죽일 땐 마치 울 것 같았어요."

"죽이다니!" 박사는 놀라서 큰 소리를 질렀다. "제수씨는 토끼를 산 채로 삽니까?"

"사온 토끼가 아녜요." 부인은 대답했다. "시릴 씨, 왜 그 파커 씨가 갖다 준 토끼예요." 부인은 의아스럽고 차가운 시선을 받자, 조금 볼을 붉게 물들이며 황급히 덧붙였다. "그분은 자기 농장에서 닭이며 토끼 따위를 프랭크를 위해 많이 보내 주시거든요."

"허!" 박사는 냄비 위에 의미심장한 시선을 쏟으며 말했다. "흠, 자기가 직접 사육하고 있군, 그렇지요? 그 농장이 어디에 있습니까?"

"에르삼예요. 그런데 제대로 된 농장이 아녜요. 토끼, 닭, 비둘기 따위를 자신의 뜰 안쪽에서 사육하고 있어요."

"이 집 요리사는 영국 사람입니까?" 버너비 박사는 다시 냄비로 시선을 돌리며 물었다. "프랭크의 요리는 프랑스식으로 보이는데."

"고맙게도 말입니다, 형님." 버너비 씨가 참견하고 나섰다. "저는 평범한 요리사에게는 부탁하지 않습니다. 저는 미식가여서요. 제 식사는 거의 마거릿이 손수 한 요리입니다. 요리사로서는 이런 음식을 못 만듭니다." 이렇게 말하고 버너비 씨는 냄비에서 또 고기를 건져 먹었다.

버너비 박사는 지금의 설명을 곰곰이 생각하는 모양이었다. 그러고 나서 박사는 당돌하게, 화제를 요리에서 린디스판 복음서로 돌렸기 때문에 동생은 새로운 기분으로 거침없이 지껄여댔다. 학자로서의 동생 버너비의 기호는 7, 8세기의 손으로 베낀 복음서의 사본에 있기 때문에, 그 지식도 관심 못지않게 깊었다.

"어머, 식사하세요, 프랭크. 당신은 이야기를 시작하면 정말 끝이 없어서." 부인이 큰 소리로 말했다. "다 식어 버리겠어요."

"그렇군." 그는 시인했다. "하지만 잠깐 자리를 떠야겠어. 형님에게 다람 북의 콜로타이프(사진제판 인쇄)를 보여 드려야겠어. 실례."

그는 테이블에서 일어나더니, 옆 서재로 들어가 금방 작은 종이철을 가지고 돌아왔다.

"이것이 그 사진판인데요." 그는 종이철을 형에게 넘겨 주며 말했다. "조금 보고 계십시오. 그 사이에 식사를 끝낼 테니까요."

그는 나이프와 포크를 들고 다시 식사를 시작했다. 그러더니 순간 나이프와 포크를 뚝 떨어뜨리고 의자 등받이에 몸을 기대었다.

"더 이상 먹고 싶지 않은데, 결국……" 그는 말했다.

그의 어조 때문에 나는 무심결에 그의 얼굴을 뚫어지게 바라보게 됐다. 나는 그가 좀 전에 형과 나눈 이야기로 인해 조금 신경질적이 되어 병이 재발하지 않을까 염려하고 있었기 때문이다. 나의 눈에 비친 그의 모습은 결코 보기좋은 표정이 아니었다. 얼굴은 약간 홍조를 띠고 표정에는 다소 불안한 빛이 있었다. 나는 겉으로는 냉정을 가장하면서도 속으로는 걱정이 되어 물었다.

"몸 상태는 괜찮나요, 버너비 씨?"

"글쎄, 별로 좋지 않습니다. 눈이 좀 흐리고, 목이……."

그는 입술을 움직여 열심히 마시는 시늉을 했다.

나는 황급히 일어났다. 그리고 겁에 질린 듯한 부인의 눈길을 느끼며 그의 옆으로 가서 눈 속을 들여다보았다. 나는 깜짝 놀랐다. 이미 동공은 평소의 두 배로 퍼지고, 검은 눈은 너무나 낯익은 번쩍임을 보이고 있었다. 나는 공포에 사로잡혔다. 버너비 씨의 틀림없이 놀란 듯한 얼굴을 바라보면서도, 그의 형이 한 불길한 말이 귓속에서 메아리치는 걸 느끼고 있었다.

'다음 발병과 검시 재판'을 나는 속수무책으로 기다려야 하는가?

증상은 일단 시작되자 급속하게 진행되었다. 용태는 시시각각으로 악화되고, 동공의 급격한 확산은 독성의 강도를 경종처럼 암시했다. 나는 가방을 가지러 홀로 뛰어나갔다. 내가 돌아와 보니 그는 일어나 장님처럼 두 손으로 앞을 더듬고 있고, 안면이 창백해서 떨고 있는 부인이 그의 한 팔을 잡고 문 쪽으로 인도해 가는 참이었다.

"곧 필로카르핀 주사를 놓는 것이 좋겠습니다."

나는 피하 주사기를 꺼내며, 태연자약하게 나를 지켜 보고 있는 버너비 박사를 힐끗 보았다.

"그렇지." 박사는 동의했다. "그리고 모르핀을 조금. 흥분제도 곧 필요하게 되겠지. 나는 침실에는 가지 않겠어. 방해가 될 뿐일 테니까."

나는 환자를 따라 2층 침실에 가서 곧 해독제 주사를 놓았다. 그리고 그가 아내의 도움으로 옷을 벗고 있는 사이에 아래층으로 내려와 브랜디와 더운물을 찾았다. 식당에 들어가려고 할 때, 조금 열린 문 사이로 맨틀피스 옆에 서 있는, 버너비 박사의 모습이 보였다. 박사는 연 손가방——홀에서 가져 왔다——을 자기 앞 테이블에 올려 놓고, 손은 맨틀피스에 있던 작은 보헤미안 유리 항아리를 쥐고 있었다. 본의 아니게 나는 잠시 발을 멈추었다. 박사는 작은 항아리를 신중히 가방에 넣고 뚜껑을 닫더니 작은 열쇠로 잠그고 열쇠를 주머니에 넣었다.

그것은 매우 기묘한 행동이었는데, 물론 내가 관여할 바가 아니었다. 그래서 나는 식당에 들어가는 대신, 발소리를 죽이며 부엌으로 가서 더운물을 직접 가져왔다. 돌아와 보니, 박사의 가방은 먼저대로 홀의 테이블에 놓여 있고, 박사는 딱딱한 얼굴로 식당 안을 왔다갔다 하고 있었다. 내가 브랜디를 찾고 있는 사이에 박사는 두세 가지 질문을 퍼부었다. 그러고 나서 박사는 놀랍게도, 침실로 가서 자기도 거들겠다고 했다. 우리 두 사람이 침실로 가 보니, 가엾은 버너비 씨는 옷을 반쯤 벗은 모습으로 침대에 누워 있었는데 보기에도 딱한 상태였다. 그는 육체적으로 괴로워하고 있었고, 정신이 혼미한 듯했다.

침대 옆에 무릎을 꿇고 있는 창백한 얼굴의 부인은 울어서 눈이 부어 있었다. 부인은 공포 상태였는데, 그래도 평정을 잃지 않으려고 애를 쓰고 있었다. 내가 박사와 들어가니까, 그녀는 일어나 비껴서더니 우리가 환자의 맥을 짚고 빨라진 심장의 고동을 듣고 있는 동안, 말없이 부지런히 흥분제를 먹일 준비를 하고 있었다.

"설마 남편이 죽는 것은 아니겠죠?" 버너비 박사가 청진기를 나에게 돌려 주자, 부인은 모기가 우는 듯한 목소리로 물었다.

"지금으로서는 알 수 없는 일입니다." 박사는 쌀쌀맞게 대답했다. 좀 냉정하다고 생각될 정도였다. "곧 알게 될 겁니다." 이렇게 말하더니 박사는 부인에게서 등을 돌리고, 수심에 찬 듯 미간을 찌푸리고 동생의 얼굴을 들여다보았다.

1시간이 넘도록 환자는 이렇다할 변화를 보이지 않았다. 미친 듯이 뛰는 맥박이 언제 꺼질지, 괴로운 듯한 호흡이 언제 끄득끄득하며 정지할지, 나는 조마조마할 뿐이었다. 가끔 우리는 신중하게 해독제를 늘리고 강장제를 주사했는데, 솔직히 말해, 거의 희망을 가질 수 없었다. 버너비 박사도 비관하고 있음을 조금도 감추지 않았다. 견딜 수 없는 시간이 각각으로 지나고, 사신(死神)의 사자가 올 것을 각오했을 때, 나의 가슴속에는 생각하기도 싫은 의문이 집요하게 솟아올랐다. 이 불상사가 뜻하는 것은 무엇인가? 독의 출처는 어디인가? 이 가정에서 왜 버너비 씨만이 중독되는가? 특히 아트로핀이 치명적인 사람에게?

겨우――정말로 겨우――용태에 변화가 나타났다. 처음에는 그렇다고 인정할 수도 없을 정도여서, 거의 자신을 가질 수 없었다. 이윽고 그 변화는 점점 확실해져갔다. 그리고 아주 빠르게 증상은 사라지기 시작했다. 환자는 마음 편히, 그리고 맛있게 커피를 마셨다. 심장 고동이 느려지고, 호흡도 자연스러워졌다. 이윽고 모르핀의 효력이 나타나기 시작하자 환자는 꾸벅꾸벅 졸더니, 서서히 조용한 잠으로 빠져들어갔다.

"이만하면 이제 걱정없겠지." 버너비 박사가 말했다. "나는 실례하겠네. 아슬아슬했어, 쟈딘. 정말 위기일발이었어."

박사는 문께로 걸어가다가 돌아보더니, 제수씨에게 어색하게 고개를 숙여 인사했다. 나를 방문한 목적에 관해서 그가 이야기를 되풀이하리라고 짐작한 나는 그의 뒤를 따라 계단을 내려갔다. 그러나 박사는 그 일에 관해 말하지 않았다. 그는 가방을 손에 들고 현관 앞 섬돌에 설 때까지는 사실 한 마디도 입을 열지 않았다. 그러더니 박사는 약간 함축성이 있는 말을 내뱉었다.

"이봐, 쟈딘." 박사는 말했다. "다람 북이 동생의 목숨을 구했어. 그 콜로타이프가 아니었다면 동생은 죽었을 거야."

이렇게 말하고 그는 떠났는데, 뒤에 남은 나는 아무리 생각해도 애매한 그 말을 이해하려고 고개를 갸웃거렸다.

15분쯤 뒤에 버너비는 푹 잠이 들었다. 모든 위기를 벗어났다는 사실이 분명해졌기 때문에 나도 돌아가기로 했다. 나는 집 밖으로 나오자 부랴부랴 그 1시간 동안 마음속에 떠올랐던 계획의 실행에 착수했다. 이번 사건에는 무언가 수수께끼가 있고, 나는 그것을 풀기에는 확실히 힘에 겨웠다. 나 자신에 관한 평판은 차치하더라도 버너비 씨의 생명을 구하기 위해서는 이 수수께끼를 풀지 않으면 안 되었다. 그래서 나는 친구이자 은사이기도 한 손다이크 박사에게 사실을 알려 그의 조언을 구하고, 필요하다면 협력도 구할 결심을 굳혔다.

이미 10시가 지났는데, 나는 그가 집에 있기를 기대하며 택시를 잡아 타고 운전사에게 이너템플 레인의 문까지 가달라고 했다. 나는 지금까지의 경험으로 손다이크 박사의 습관을 알기 때문에 희망을 가질 수가 있었는데, 아니나 다를까, 내 희망은 이번의 경우도 어긋나지 않았다. 나는 킹스 벤치 워크 넘버 5A의 2층으로 가서 안쪽 문의 노커를 두드렸다. 박사는 집에 있었다. 더구나 혼자 있고 다른 일을 하고 있지도 않았기 때문에 나는 가슴을 쓸어내렸다.

"이런 시간에 찾아와서 미안하네." 나는 손다이크와 악수를 하면서 말했다. "내가 지금 다소 궁지에 빠져 있다네. 매우 위급한 문제라서……."

"여전히 자네는 나를 친구로 대해 주고 있군. 좋아. 그래, 자네의 고민거리란 어떤 성질의 것인가?"

"아트로핀 중독 증상이 자주 반복되는 환자가 있네. 그런데 나는 통 알 수 없어."

여기서 나는 대강의 실상을 간단히 말하기 시작했는데, 1, 2분 뒤에 박사는 말을 막았다.

"개략적인 이야기로는 소용없어, 쟈딘. 아직 초저녁이야. 그 사건의 자초지종과 관계자 전원에 대한 상세한 이야기 및 상호 관계를 들려 주게나. 작은 점도 빼놓지 말고."

박사가 무릎 위에 노트를 펴고 앉아 파이프에 불을 붙였을 때, 나는 사건의 경과를 단숨에 이야기했다. 안약 이야기부터 시작해서 오늘 밤에 있었던 사고까지 전부 이야기했다. 박사는 세심한 주의를 기울이고 들으며 내 이야기를 중단시키지 않았는데, 이따금 날짜와 시간에 관해 질문을 던지며 그것에 대한 대답을 두세 가지 주(註)와 함께 노트에 적어 두었다. 내가 이야기를 마치자, 박사는 노트를 옆에 놓고 파이프를 두드리며 말했다.

"쉽지 않은 사건인데, 그리고 독의 신기한 성질로 보아 정말 흥미롭군."

"흥미가 문제가 아닐세!" 나는 무심결에 소리쳤다. "나는 독약학자가 아닐세. 일반 진료의지. 그리고 내가 알고 싶은 것은, 대체 어떻게 해야 좋은가 하는 걸세."

"자네가 해야 할 일은 뻔하지 않은가. 경찰에 신고하게. 자네 혼자 하던가, 아니면 가족의 누구와 연대해서 말야."

나는 실망해서 손다이크를 응시했다.

"하지만……." 나는 어물거렸다. "경찰에 무엇을 신고해야 하지?"

"자네가 나한테 이야기한 것을 하면 되지. 간단히 말해 이런 거야. 즉 프랭크 버너비는 아트로핀 중독인데, 안약 건을 제외하고도 세 번 발병했다. 발병은 어느 경우에도 시릴 파커 씨가 제공하고 버너비 부인이 조리한 음식물과 관계가 있는 모양이라고 말일세."

"지금 무슨 말을 하는 건가!" 나는 큰 소리를 질렀다. "설마 버너비 부인을 의심하는 건 아니겠지?"

"나는 아무도 의심하진 않네. 전혀 범죄적인 중독 사건이 아닐지도 모르니까 말일세. 그런데 버너비 씨는 보호할 필요가 있고, 이 사건은 아무리 보아도 조사를 요할 것 같군."

손다이크는 고개를 저었다.

"위험이 너무 크네. 자네가 결론에 도달하기 전에 그 남자는 죽을지도 모르고, 경찰의 간단한 수사가 사태의 진행에 스톱을 걸 것일세. 고의가 아닌, 뭔가 생각지도 않은 방법으로 중독된 게 아니라면 말일세."

그의 충고에 나도 같은 의견이었다. 그런데 그것은 나에게 불쾌하기 짝이 없는 의무를 지우는 일이었다. 나는 돌아오면서 그 불쾌함을 완화하는 방법을 생각해 내려고 골몰했다. 결국 나는 버너비 부인을 설득해서 그녀와 연대해 경찰에 통보하기로 결심했다.

그런데 그럴 필요는 끝내 생기지 않았다. 이튿날 아침, 그 집을 방문했더니 현관 앞에 서 있는 택시가 눈에 띄었다. 현관에 맞으러 나온 하녀는 유령이라도 본 사람처럼 얼굴이 창백했다. 잔뜩 겁에 질린 표정으로 하녀는 나를 객실로 안내했다.

"이런! 왜 그러지, 메이베르?"

하녀는 고개를 저었다.

"모르겠습니다. 뭔가 무서운 일 같습니다. 선생님이 오셨다는 말을 전하고 오겠습니다." 하녀는 문을 닫고 사라져 버렸다.

하녀의 태도와 전에 없이 딱딱한 응대가 나를 막연히 불길한 예감으로 꽉 차게 했다. 나는 대체 무슨 일이 생겼나 고개를 갸웃거리고 있는데, 사복을 입은 근위병처럼 보이는 키가 큰 남자가 방에 들어와 이 의문이 풀렸다.

"쟈딘 박사시군요?" 남자가 물었다.

내가 고개를 끄덕거리자 남자는 명함을 내밀며 말했다.

"저는 레인 형사 부장입니다. 실은 어느 부서로부터 정보를 입수하고 그것에 관해서 조사하라는 지시를 받았습니다. 그 정보에 따르면 프랭크 버너비 씨는 중독 증상으로 고생하고 계신다고 했습니다. 당신이 아시는 바로는 이것이 사실입니까?"

"버너비 씨는 벌써 회복되었으리라고 생각합니다. 그는 어젯밤에도 아트로핀 중독 증상을 보이며 앓았습니다."

"같은 종류의 발병이 그 전에도 있었습니까?"

형사 부장은 거듭 물었다.

"있었습니다. 어제까지 다섯 번째입니다. 그런데 처음 두 번은 분명히 버너비 씨가 사용하는 안약 때문이었습니다."

"그러면, 나중 세 번의 경우, 독물이 어떠한 경로를 거쳐 섭취되었는지, 짚이는 데라도 있습니까? 이를테면 음식물 속에 들어 있었다든가?"

"도무지 짐작이 안 갑니다, 형사 부장님. 당신에게 이야기한 이상의 것은 아무것도 모릅니다. 그리고 억측할 생각도 없고요. 그 정보를 전한 사람이 누구인지 물어도 괜찮을까요?"
"유감스럽습니다만 말씀드릴 수 없습니다. 그러나 곧 알게 되겠지요. 버너비 부인에 대한 명확한 혐의가 있어 방금 체포했습니다. 당신은 검사 측 증인이 되어 주셔야겠습니다."
나는 깜짝 놀라 형사를 응시했다.
"그럼." 나는 헐떡거렸다. "당신은 버너비 부인을 체포했단 말입니까?"
"그렇습니다. 남편을 독살하려고 한 혐의입니다."
나는 정말 놀랐다. 그러나 손다이크의 말과 나 자신이 황급히 뇌리에서 떨쳐 버린 어렴풋한 추측을 생각하니, 사태의 놀라운 급변도 그다지 뜻밖의 일이라고는 할 수 없었다.
"버너비 부인과 잠깐 이야기해도 되겠습니까?" 나는 물었다.
"혼자서는 안 됩니다. 그리고 이야기를 하지 않으시는 편이 좋습니다. 그러나 용건이 있으시다면……"
"있습니다."
형사 부장은 앞장서서 식당으로 갔다. 식당에는 버너비 부인이 창백한 얼굴로 몸을 굳히고 의자에 앉아 있었다. 그녀는 매우 고요해 보였으나, 약간 멍해 있는 것 같았다. 그녀의 맞은편 테이블에는 군인 같은 풍채를 한 사나이가 그녀의 존재 따위는 안중에 없다는 듯한 태도로 위엄 있게 도사리고 있었다. 내가 부인 옆으로 다가가 말없이 손을 잡아도 사나이는 거들떠보지도 않았다.
"부인." 내가 말을 꺼냈다. "나에게 용건이 있는지 없는지 여쭈어 보러 왔습니다. 주인께서는 이 터무니없는 사태를 아십니까?"
"아아뇨." 부인은 대답했다. "용태가 괜찮아진 것 같으면 선생님께서 알려 주세요. 좋아지지 않으면 저의 아버지에게 되도록 빨리 알려 주시고요. 용건은 그것뿐예요. 이만 물러가시는 게 좋아요. 여기 계신 분들에게 번거로움을 드려서는 안 될 테니까요. 안녕히 가세요."

부인은 아무런 느낌도 없이 내 손을 잡았다. 나는 격려와 동정의 말을 어물거린 뒤 식당에서 나왔다. 그러나 부인을 배웅하기 위해 홀에서 기다렸다.

형사들은 매우 예의 바르며 인정이 있었다. 부인이 나오자, 그들은 경의 어린 태도로 수행했다. 형사 부장이 현관 문을 열려는데 벨이 울렸다. 밖에 서 있는 사람은 파커 씨였다. 그는 버너비 부인에게 말을 걸려고 했으나, 부인은 살짝 고개를 숙이고 그 옆을 지나, 형사 부장을 따라 섬돌을 내려갔다. 그 뒤를 형사가 따랐다.

형사 부장은 부인이 탈 때까지 차의 문을 열고 있더니, 부인이 탄 뒤에 자기도 올라타고 문을 닫았다. 형사는 운전사 옆자리에 타고 차는 떠났다.

"이게 어떻게 된 일입니까, 선생님?"

파커는 놀란 표정으로 나를 보았다.

"저 사람들은 얼른 보기에 형사들 같은데요?"

"그렇습니다. 그들은 방금 버너비 부인을 남편 독살 미수 혐의로 체포했습니다."

나는 파커 씨가 쓰러지는 줄 알았다. 그는 홀의 의자 쪽으로 비틀거리며 가더니 허탈한 것처럼 털썩 주저앉아 버렸다.

"무슨 소리야!" 그는 헐떡거리며 말했다. "얼마나 무서운 일이야! 그러나 증거가 있을 리 없어요. 그녀를 의심할 뚜렷한 증거가 있을 리 없어요. 틀림없이 천한 관리들의 억측일 거예요. 그러나저러나 누구의 조종일까요?"

그 점에 관해서 나는 상당히 강한 심증을 가지고 있었지만 입 밖에 내지는 않았다. 나는 식당으로 가는 파커 씨에게 당면한 상황을 잠깐 설명한 다음, 귀찮기 짝이 없는 임무를 수행하려고 용기를 내어 2층으로 올라갔다.

버너비는 모르핀의 효력으로 조금 멍해 있기는 하나, 완전히 회복되어 있었다. 그리고 내가 전해 준 뉴스는 즉각적인 효과를 보여 그로 하여금 정신이 번쩍 들게 했다. 그는 눈 깜짝할 사이에 침대에서 일어나더니 황급히 옷을 입기 시작했다. 그의 창백하고 엄한 얼굴은 이 파국이 얼마나 심각한 타격을 주었는가를 여실히 말해 주었다. 그래도 그는 냉정하고 분별력을 잃지는 않았다.

"피차 고시랑거려 보았자 소용이 없습니다." 내가 한 동정의 말에 대해서 그는 이렇게 대꾸했다. "마거릿의 입장은 매우 위험합니다. 선생님 역시 집사람이 어떻고——젊은 미인이고——그에 반해 내가 어떤가를 생각하면 그 점은 짐작하시리라고 봅니다. 빨리 손을 쓰지 않으면 안 됩니다. 나는 장인을 만나고 오겠습니다. 장인은 매우 유능한 법률가입니다. 일류 변호사를 고용해야겠습니다."

나는 이때가 이런 사건에 있어서의 손다이크의 그 어떤 독특한 자격에 대해 이야기할 좋은 기회라고 여겨져 이야기해 보았다. 버너비는 주의 깊게 귀를 기울였는데, 별로 마음이 내키지 않는 모양이었다. 그래도 그는 신중하게 대답했다.

"변호사의 선택은 장인인 해러트에게 맡기겠습니다. 하지만 뭣하면 그때까지 손다이크 박사님과 의논해 주셔도 좋습니다. 당신에게 맡기겠습니다. 해러트에게는 그런 내용을 이야기해 두겠습니다."

나는 불길한 소식을 접한 사람 치고는 냉정한 버너비의 태도에 그나마 가슴을 쓸어내리며 그 집에서 나왔다. 나는 당장 급한 일을 처리하고 나서 손다이크한테 갔다. 마침 법정에서 돌아온 그를 만날 수 있었다.

"그래, 쟈딘." 내가 말한 오늘까지의 경위를 듣고 박사는 말했다.
"나더러 뭘 해 달라는 말인가?"
"자네의 힘으로 버너비 부인의 무고함을 입증해 주길 바라네."
손다이크는 생각하는 듯 나를 한참 바라보다가 이윽고 조용히, 약간 의미심장하게 입을 열었다.
"원고와 피고 가운데 한쪽만을 증언하는 것은 내 일이 아닐세. 감정인의 증언이란 변호사처럼 작용되지는 않으니까 말일세. 내가 이 사건의 증거를 조사하면 그것은 피고를 대리하는 자네의 책임이 되지 않을 수 없는 걸세. 왜냐하면 아무리 불리한 증거일지라도 감정인이 입수한 사실은 모두 선서 조항에 따라서 공개하지 않으면 안 되니까 말일세. 정의(正義)의 목적을 촉진하기 위한 한 사람 한 사람의 명백한 의무는 말할 것도 없고, 그래서 변호사로서 이야기한다면, 또한 이미 알려진 사실을 액면대로 받아들인다면, 이 사건을 상세히 조사하기 위해 나를 고용하는 것은 권할 수 없네. 검찰 측의 입장을 괜히 강조하는 결과가 될 염려가 있으니까 말일세.

그러나 한 가지 제안을 하겠네. 이 사건에는 매우 기묘하고 흥미진진한 가능성이 있다고 생각되네. 그래서 자네들과는 관계없이 나에게 조사를 할 수 있게 해주게. 내 조사가 적극적인 결과를 낳는다면 자네에게 알릴 테니까, 자네는 나를 증인으로서 소환하여 신문하면 되네. 결과가 소극적이라면 자네는 나를 사건 밖에 놓아 두면 되는 거고."

이 제안에 나는 어쩔 수 없이 찬성했다. 나는 손다이크의 집에서 나올 때 낙담하여 실패한 듯한 기분이었다. '이미 알려진 사실의 액면'에 대한 박사의 언급은 분명히 피고에게 불리하다는 사실을 의미한다. 그리고 '기묘한 가능성' 쪽은 손다이크 자신도 별로 기대를 가지고 있지 않은 일말의 희망을 암시하는 데 불과한 것이다.

진절머리나는 일정에 대해 자세히 이야기할 필요는 없다. 치안판사의 처음 신문에서, 검찰 측은 고발 내용을 말하고 체포 사실을 증언한 것에 그쳤다. 그리고 검찰 측이나 변호사 측이나 재구류를 요청했고, 양쪽 다 솜씨를 보이려고 노력하지 않는 게 분명했다. 그래서 심리는 1주일간 연기되고, 피고는 보석이 각하되자 신병을 구치당했다.

나는 그 지긋지긋한 1주일 동안, 되도록 많은 시간을 버너비와 함께 보냈다. 그의 의연한 태도와 자제심에는 탄복했지만, 초라하고 윤기가 없어진 얼굴은 보기에도 민망했다. 그는 요 며칠 동안에 완전히 늙어 버린 듯했다. 나는 그의 집에서 부인의 아버지인 해러트 씨도 만났다. 해러트 씨는 품위와 관록이 있는 보수적인 법률가였다. 나는 피고의 아버지와 남편이 불안과 걱정에 괴로워하면서도 서로 격려하는 것을 보고 있자니 말할 수 없이 비통한 기분이 들었다. 한번은 파커 씨가 그 자리에 왔었는데, 얼굴이 그녀의 아버지나 남편 이상으로 초췌하고 침통했다. 그런데 그를 대하는 해러트 씨의 태도가 서먹서먹하고 쌀쌀맞았기 때문인지, 그는 그 뒤로 다시 방문하지 않았다. 우리는 모여 있을 때면 숨김없이 사건을 검토했는데, 그것은 나에게 있어 한층 더한 고행이었다. 그것은 내가 할 수 있는 어떤 증언도 직접적으로 검찰 측의 소인(訴因)을 강하게 인정하는 결과가 된다는 사실을 싫어도 알게 되었기 때문이다.

이렇게 7일 가운데 6일이 경과했다. 그 사이 손다이크에게서는 연락이 없었다. 그런데 나는 6일째의 저녁때가 되어서 그로부터 편지를 받았다. 짧고 무뚝뚝한 내용이었으나, 그래도 한 가닥 광명을 주는 것이 있었다. 다음이 그 짧은 편지의 내용이다.

자네가 이야기한 그 건을 조사한 결과, 문제를 제기할 가치가 있다고 생각했네. 따라서 나는 이 취지에 따라 조언할 편지를 써 두었네.

다소 무미건조한 소식이었다. 하지만 나는 손다이크에 대해서 잘 알고 있었으므로, 그가 자기의 의향을 소극적으로 말하고 있다는 것을 알았다. 이튿날 아침, 법정에서 해러트 씨와 버너비 씨를 만났는데, 그들의 태도에는 뭔가 지금까지 없던 쾌활함과 기대감 같은 것이 엿보였다. 그것은 손다이크가 변호사 앞으로 보낸 편지에는 더 구체적인 설명을 했다는 사실을 암시하고 있었다. 그러나 그들 마음속에는 겉으로 드러나 보이는 용기와는 달리 극도의 불안이 깔려 있어 무정한 사람의 눈에도 안타까울 정도로 비쳤다.

개정(開廷)이 선포되고, 법정에서 나타난 광경은 그야말로 한 폭의 그림이었다. 그 장면은 지금도 나의 머릿속에서 지울 수 없는 색채를 가지고 선명하게 남아 있다. 비속(卑俗)과 비극, 경솔함과 엄숙함의 교착――착석한 엄숙한 재판관, 신경이 무딘 경관, 바쁜 듯이 일에 여념이 없는 변호사들, 피고석을 주시하며 센세이션을 기다리고 있는 방청인들의 속삭임――그것들은 내가 두 번 다시 보고 싶지 않은 대조의 혼합이었다.

나는 피고인인 그녀의 모습을 보고 깜짝 놀랐다. 두 사람의 교도관에게 호위된 그녀는 대리석 조각처럼 의연히, 거의 핏기없는 안색으로 피고석에 서 있었다. 그리고 이 잡다한 광경을 무표정한 태도로 바라보고 있었다. 그녀의 겉모습은 냉정했다. 그것은 죽음을 각오한 사람이 갖는 냉정함이었다. 그녀는 검사가 일어서서 논고를 시작하자, 교수대 위의 사형수가 사형 집행인을 보는 듯한 표정으로 검사를 바라보았다.

나는 짧은 모두의 진술을 듣고 있는 동안 마음이 무거워졌다. KC(칙선 법조인) 검사 해럴드 레이턴 경은, 영국 법정을 세계에서 비할 데 없는 곳으로 만드는 특유의 공명정대함으로 피고에 대한 소인을 말하기 시작했다. 그런데 주석없이 있는 그대로 진술된 모든 사실은 섬뜩하게 만드는 데가 있었다. 그 사실들은 파멸적인 결론을 끌어내는 데 새삼스럽게 설득력이 풍부한 웅변이 필요 없을 듯했다.

젊고 아름다운 여인과 결혼한 초로의 남자 프랭크 버너비는 세 번에 걸쳐 어떤 종류의 독, 그러니까 아트로핀을 복용당했다. 그가 그 독의 작용으로 병이 난 사실은 나중에 증명될 것이다. 그 증상은 어느 특정한 식사를 한 뒤에 발생하고, 그 식사는 그만이 먹었다. 그리고 그 음식물 속에는 실제로 앞에서 말한 독이 들어 있었다. 독이 함유된 음식은 피고인 아내의 손으로 조리되었다. 현재로서는 피고가 어떻게 그런 독약을 손에 넣었는지를 나타내는 증거나 범행의 동기를 보여주는 단서가 없다. 그러나 검사는 실제로 독이 넣어졌다는 증거에 의해서 피고를 공판에 붙일 것을 요구했다. 검사는 모두의 진술에 이어 증인들에게 신문하기 시작했다. 그 필두는 나였다. 나는 선서를 하고, 주소, 성명, 직업 등을 진술했다. 이어 검사는 나에게 이 사건의 경과를 묻는 두세 가지 질문을 했는데, 여기서는 그것을 반복할 필요는 없을 것이다. 그 뒤 검사는 질문을 계속했다.

"버너비 씨의 병의 원인에 대해서 당신은 무슨 의심을 품었습니까?"

"아뇨, 그것은 확실히 아트로핀 중독에 의한 증상이었습니다."

"버너비 씨는 아트로핀에 대한 특이 체질의 소유자입니까?"

"그렇습니다. 그는 아트로핀의 효과에 대해서는 이상하게 민감합니다."

"그 특이한 과민증은 피고도 압니까?"

"예, 제가 알려 주었습니다."

"당신이 아는 바로는, 다른 사람도 알고 있었습니까?"

"내가 부인에게 알렸을 때, 파커 씨가 그 자리에 있었습니다. 버너비 씨와, 그의 형인 버너비 박사도 알고 있습니다."
"당신이 아는 바로는, 피고가 아트로핀을 입수할 수 있는 방법이 있다고 생각하십니까?"
"안약을 만들기 위한 안과의의 처방전에 의한 것뿐이겠지요."
"아트로핀이 버너비 씨의 체내에 들어가는데, 음식물 이외의 다른 매체를 생각할 수 있습니까?"
"생각할 수 없습니다."

이것으로 내 증언은 끝났다. 나는 나의 증언 한 마디 한 마디가 피고석에 있는 말없는 그녀의 구속을 점점 더 굳힐 뿐이라는 암담한 생각으로 증인석에서 나왔다.

다음 증인은 요리하는 여자였다. 그녀는 그 토끼를 죽이고 껍질을 벗겨서 피고에게 넘겨 주고, 피고는 그것을 프리카세로 만들어 식탁에 내놓았다는 내용을 증언했다. 증인은 조리에는 일체 손을 대지 않았고, 매번 5, 6분 동안 부엌을 떠나 있었으며 그 시간에 피고는 혼자 있었다고 했다.

요리인의 증언이 끝나자 제임스 버너비의 이름이 불렸다. 버너비 박사는 확실히 곤혹스러운 얼굴이었는데, 그래도 단호한 태도를 유지하고 있었다. 처음의 두세 가지 질문에 의해서 그가 동생 집을 방문한 것과 갑작스러운 발병 상황이 설명되었다. 그는 그 증상을 바로 급성 아트로핀 중독으로 꿰뚫어 보고, 독은 특별히 조리된 음식물 속에 있다고 짐작했다는 증언을 했다.

"증인은 그 견해를 입증하기 위해서 무슨 조치를 취했습니까?"
검사가 질문했다.
"취했습니다. 나는 혼자가 되자 곧 토끼 고기의 나머지를 난로 위에 있던 유리 항아리 속에 넣었습니다. 항아리는 사전에 물로 씻어 놓았습니다. 나는 나중에 그 음식물을 베리 교수에게 가져갔습니다. 교수는 나의 입회 아래 그것을 분석해서 아트로핀을 검출했습니다. 교수가 검출한 것은 30분의 1그레인의 아트로핀 설페이트입니다."

"그것은 유해한 양입니까?"

"보통 사람에게라면 유해한 양이라고 할 수는 없지만, 그래도 의약품의 기준은 훨씬 넘는 양입니다. 그런데 프랭크 버너비에게는 유해한 양이 되었을 겁니다. 이미 먹은 양에 그만한 양을 더 먹었다면, 그가 생명을 잃었을 것은 의심할 여지가 없습니다."

이로써 검찰 측 진술은 일단락되었다. 아무리 보아도 피고 측에 불리한 형세였다. 반대 신문은 하지 않았다. 그보다 조금 전에 손다이크가 도착해서, 해러트 씨와 변호사와 구수회의를 하고 있었기 때문에, 나는 변호사 측이 새로운 논점을 제기해서 반격으로 나올 것이라고 생각했다. 아니나 다를까, 그렇게 되었다. 손다이크가 증인석에 앉아 수속을 마치고 나자, 변호사는 '증인의 자유에 맡기기로' 했다.

"당신은 이 사건에 대해서 어떤 종류의 조사를 했군요?" 손다이크가 고개를 끄덕거리자, 변호사는 계속했다. "그럼 질문은 그만두고, 증인으로부터 그 조사 결과를 듣기로 하지요. 그리고 무슨 이유로 증인이 조사에 착수했는지도 말해 주십시오."

"이 사건에 대해서는……." 손다이크는 이야기를 시작했다. "쟈딘 의사가 나한테 자기가 알고 있는 모든 사실을 전해 주었습니다. 그 사실들은 정말 주목할 만했는데, 종합해 보니 중독의 설명을 암시하고 있었습니다. 이 사건엔 네 가지 두드러진 점이 있습니다. 첫째는 독물의 매우 신기한 성질입니다. 둘째는 이 특정한 독물에 대한 버너비 씨의 이상한 과민 체질입니다. 셋째는 독물의 매개체가 되었다고 생각되는 식품들이 출처가 모두 동일하다는 사실입니다. 그러니까, 그것은 시릴 파커 씨가 보낸 것들입니다. 넷째, 그 식품이란 달걀,

비둘기 알, 토끼 고기, 이 세 가지라는 점입니다."

"거기에 뭔가 주목할 만한 점이 있습니까?" 변호사가 질문했다.

"주목할 점은 비둘기와 토끼는 아트로핀에 대해서 뛰어난 면역력을 가지고 있다는 사실입니다. 초식하는 새나 동물은 대부분 많든 적든 식물성 독에 대해서는 면역력을 가지고 있습니다. 많은 새나 동물들이 그렇습니다. 그리고 새 중에서는 비둘기가, 동물 중에서는 토끼가 두드러지게 면역력이 강합니다. 한 마리의 토끼는 아트로핀을 아무 아픔도 느끼지 않고 사람 하나를 죽일 수 있는 양의 100배를 취할 수가 있습니다. 토끼는 습성상 벨라도나나 그 비슷한 성분을 갖고 있는 가짓과 식물의 잎과 열매를 자유롭게 먹고 있습니다."

"가짓과 식물은 아트로핀을 함유하고 있습니까?"

"예, 아트로핀은 벨라도나 식물의 주성분으로, 독성을 지니고 있습니다."

"그렇다면 만약 토끼와 같은 동물이 벨라도나로 사육되고 있다면 그 고기는 독이 있다는 말입니까?"

"그렇습니다. 토끼를 먹음으로써 생긴 벨라도나 중독 사건은 훼이스와 벤틀리에 의해서도 기록되고 있습니다."

"그래서 증인은 본건에서의 독이 비둘기 알과 토끼 그 자체에 함유되어 있지 않나 의심했군요?"

"그렇습니다. 중독 증상이 이 두 가지, 특히 면역력이 강한 동물을 먹은 뒤에 일어나는 것은, 현저한 우연의 일치입니다. 그리고 이 양자를 결부시키는 이유가 또 있습니다. 각각의 경우, 증상은 독의 추정량과 엄밀히 비례하고 있습니다. 이를테면 비둘기의 알을 먹은 뒤에는 아주 가벼운 증세를 보입니다. 독성을 가진 비둘기가 낳은 알에는 아주 적은 양의 독밖에 함유되어 있지 않기 때문입니다. 비둘기 그 자체를 먹었다면 증상은 훨씬 중해집니다. 벨라도나로 사육된 비둘기의 몸에는 알의 경우보다도 훨씬 다량의 아트로핀이 함유되어 있기 때문입니다. 그리고 토끼를 먹었다면 더 강한 증세를 보입니다. 토끼는 최고의 면역성을 갖고 있고, 벨라도나의 잎을 다량으로 먹었을 확률이 크니까요."
"증인은 자신의 설을 테스트하기 위해서 무슨 조치를 취했습니까?"
"취했습니다. 요전 월요일에 나는 에르삼에 가서 시릴 파커 씨가 그곳에 살고 있다는 사실을 확인하고, 그의 부지를 외부에서 점검했습니다. 그의 뜰 안쪽에 담으로 둘러싸인 작은 땅이 있었습니다. 꼴밭을 가로질러 그곳에 가 담 너머로 보니까, 거기엔 닭장, 비둘기장, 토끼장이 있었습니다. 움막은 모두 개방되어 있고, 닭이나 토끼는 울타리 안을 돌아다니고 있었습니다. 한쪽 울타리 가에는 담 높이만한 벨라도나가 2미터쯤의 넓이에 빽빽이 나 있었습니다. 그곳 일부에 철망이 쳐 있고, 안에는 다섯 마리의 새끼 토끼가 들어 있었습니다. 거기에 양배춧잎과 다른 식물을 조금 넣은 바구니가 놓여 있었는데, 내가 관찰해 보니 새끼 토끼들은 철망 안에 있는 먹이보다는 벨라도나의 새싹을 즐겨 먹고 있었습니다. 이튿날 나는 다시 에르삼에 갔는데 이번에는 토끼 새끼 한 마리를 넣은 바구니를 든 조수와 함께 갔습니다. 우린 그 부근에서 인적이 없어질 때까지 기다렸습니다. 그런 뒤 조수가 담을 넘어가 철망 안에서 토끼 새끼 한 마리를 꺼내어 나에게 넘겨 주었습니다. 그리고 조수는 바구니에 속에 든 토끼를 꺼내어 철망 속에 넣었습니다. 꼴밭을 떠난 뒤, 우리는 곧 그 붙잡은 토끼를 죽였습니다. 토끼가 먹은 풀에 무슨 독이 있다면 그것이 배설될 가능성을 막기 위해서였습니다. 나는 런던에 도착하자, 그 길로 죽은 토끼를 성 마거릿 병원으로 가져갔습니다. 나는 그곳 화학연구소에서 우드포드 교수 입회 아래 껍질을 벗기고 요리를 만들 때와 똑같이 내장을 제거했습니다. 그러고 나서 고기를 뼈에서 떼어내고, 그 고기를 우드포드 박사에게 넘겨 주었습니다. 박사는 아트로핀을 검출하는 철저한 화학 시험을 했습니다. 그 결과 토끼의 모든 근육에서 아트로핀이 함유된 사실이 판명되고, 정량 분석 결과, 근육에서만도 1.93그레인이나 검출되었습니다."

"그것은 위험한 양입니까?" 변호사가 물었다.

"그렇습니다. 정상적인 사람에게도 위험한 양입니다. 버너비 씨와 같은 이상하게 과민 체질인 사람에게는 확실히 치사량이라고 할 수 있는 양입니다."

이것으로 손다이크의 증언은 끝났다. 반대 신문은 없고, 재판관도 일체 질문을 하지 않았다. 우드포드 교수가 소환되어 손다이크의 증언을 입증했다. 그러자 버너비 부인의 변호사는 판사석을 향해 발언을 계속하려고 했다. 그러나 재판관은 그것을 막으며 말했다.

"논의할 소인은 사실상 없습니다. 감정인의 증언은 고기가 피고의 손에 넘어오기 전에 이미 그 속에 아트로핀이 있었다는 사실을 분명히 밝히고 있습니다. 따라서 독을 넣었다는 피고에 대한 혐의는 성립되지 않으며, 고소는 각하하지 않으면 안 됩니다. 본관은 모든 사람들이 이와 같은 이상한 정황의 희생양이 된 불행한 여성을 동정하고, 또한 본관과 마찬가지로 수수께끼가 해명되었음을 기뻐하리라고 확신합니다. 피고에게 무죄 방면을 선고합니다."

박수 치는 방청인들 사이를 지나 버너비 부인이 피고석에서 나와 남편이 내민 두 손을 잡았을 때의 장면은 실로 극적이었다. 나는 갑작스러운 사태의 호전에 감격하고 있는 두 사람이 간단한 축하 인사를 하고 나면 손다이크와 함께 얼른 나오는 편이 좋겠다고 생각했다.

그런데 나오기 전에 나는 시원스러운 장면을 보게 되었다. 버너비 박사는 다소 창피한 듯이 조금 떨어져 서 있었는데, 갑자기 버너비 부인이 그에게 달려가 손을 내민 것이다.

"마거릿, 당신은 나를 몰인정하다고 생각하겠지요?"

박사가 무뚝뚝하게 말했다.

"천만의 말씀이에요." 부인이 대답했다. "당신은 적절히 행동하셨어요. 저는 그렇게 하실 수 있는 정신적 용기를 가지신 당신을 존경해요. 그리고 말예요, 짐. 당신의 행위가 프랭크의 생명을 구했다는 사실을 잊어서는 안 돼요. 당신이 안 계셨다면 손다이크 박사님도 등장하지 않으셨겠죠. 그리고 손다이크 박사님이 안 계셨다면, 또다시 독이 든 토끼가 등장했을 거예요."

"자네는 이 사건을 어떻게 생각하나?" 나는 법정을 나오면서 손다이크에게 물었다. "중독은 우연이라고 생각하나?"

"아닐세. 우연의 일치가 너무 많아. 파커 씨가 자네에게서 버너비가 아트로핀의 이상 과민 체질이고, 따라서 보통 복용량으로도 중독된다는 사실을 알기까지는 독성 동물이 등장하지 않았어. 그 뒤 그는 동물을 산 채로 보내왔는데, 이것은 자기에게 혐의를 두지 않게 하려는 목적과 독의 출처를 혼란케 하려는 목적에서 그런 것 같네. 그리고 벨라도나가 무성한 옆에 토끼장을 만든 점도 수상쩍으며, 식물 자체가 이상하게 무성할 뿐 아니라, 그 대부분이 아직 어리고 옮겨 심은 것처럼 보였네. 게다가 파커 씨의 회사가 작년에 독물학에 관한 책을 출판한 사실을 우연히 알게 되었네. 그 책 속에는 비둘기와 토끼의 면역에 관한 내용이 씌어 있는데, 파커는 틀림없이 그것을 읽었을 걸세."

"그럼, 자네는 파커 씨가 버너비 부인을——그가 반한 여성을—

―자기 범행의 희생물이 되게 하려고 했다는 말인가? 그렇다면, 엄청나게 악랄하고 비열한 행위라고 생각되는데."

"나는 그렇게 생각하지 않네." 손다이크는 대답했다. "파커 씨는 내가 붙잡은 토끼나, 아니면 다른 토끼를 며칠 사이에 버너비 씨에게 보낼 예정이 아니었나 싶네. 그러면 요리사가 그 토끼를 가지고 주인을 위해 조리할 것이고, 그렇게 되면 버너비 씨는 확실히 살해되었겠지. 그리고 그의 죽음은 버너비 부인의 무죄를 증명하게 되었겠지. 혐의는 요리인 여자에게 돌려졌을 거고. 그러나 파커가 고발당하는 일은 없을 걸세. 그것은 어떤 배심원일지라도 나의 증언에 입각해서 그의 유죄를 인정하는 일은 절대로 없을 테니까 말야."

손다이크의 말대로였다. 파커 씨를 고발하는 수속은 아무것도 취해지지 않았다. 그러나 그는 버너비 씨의 집에 두 번 다시 모습을 나타내지 않았다.

현실적·과학적 도서미스터리의 창시자 프리먼

도서미스터리소설(倒敍−, 범인의 입장에서 이야기를 서술해 나가는 방식)이라는 새로운 수법은 프리먼이 1912년에 펴낸 《노래하는 백골(The Singing Bone)》에서 비롯되었다. 이것은 먼저 범죄를 묘사한 뒤 탐색과 해결로 이어지는 그때까지의 미스터리소설과는 완전히 반대되는 중편작품집으로 〈오스카 브러트스키 사건〉 외에 5편을 수록하였는데, 그 머리글에서 프리먼은 자신의 포부를 다음과 같이 쓰고 있다.

이제까지의 미스터리소설에서는 모든 흥미가 '누가 범인인가'라는 의문에만 집중되어 있다. 범죄의 해결은 비밀로 다뤄지고, 마지막 순간까지 열심히 가려진다. 그리하여 이 비밀이 폭로되는 순간이 바로 작품의 클라이맥스와 연결되는 것이다. 나는 늘 이러한 일이 무언가 잘못되어 있다고 생각했다. 현실생활에서 범죄의 해결이라고 하는 것은 실제적인 이유로 굉장히 중요한 문제가 된다. 그러나 그럴 이유가 전혀 없는 소설이라고 하는 테두리 안에서라면 독자의 흥미는 단순한 행동의 의외의 결과라든지, 한 치의 의심도 없었던 우연한 관계가 의미심장하게 드러난다든지, 또는 더 나아가 겉모습은 지리멸렬한 숱한 사실에서 계통이 잡힌 어떤 증거를 찾아내는 것에 향해져야 하리라 생각한다. 독자는 '누가 범인인가'라는 문제에는 사실 그리 큰 호기심을 갖고 있지 않을 것이다. 오히려 '어떻게 그 범죄를 파헤치는가' 하는 점에 더 많은 흥미를 안고 있다고 생각한다. 바꿔 말하면 총명한 독자는, 마지막 결과보다 책 속에서 사건을 추적하는 제 동료의 행동에 특히 더 많은 관심을 갖고 있다는 말이다.

이 제안에 대해 고개를 갸웃한 독자도 많았는데, 우선 《미스터리작가론》의 저자 더글러스 톰슨이 제일 먼저 불만을 표명하였다. 그는 프리먼이 범죄수사 과정을 흥미롭게 그려내는 능력을 갖고 있어서 너무 독단적이 되어버렸다, 자랑처럼 들릴지도 모르겠지만 결코 그런 것은 아니라고 말을 하면서도, 독자가 '총명'해졌다고 하여 두려움, 흥분, 극적인 대단원을 희생시키고 대신 '눈물 없는 과학'으로만 작품을 채웠다고 개탄했다.

미스터리소설의 흥미는 분명 '누가 범인이냐'는 문제만이 아니다. 단지 그것만 알고 싶을 뿐이라면 마지막 페이지를 넘겨보면 충분히 만족할 것이니까. 그러므로 범죄를 밝혀가는 추리 과정이 당연히 가장 중요한 요소가 되겠고, 그런 조건 위에서 '범인이 누구냐'는 요소가 하나 더 추가됨으로써 한층 더 흥미를 자극하고 효과를 발휘하게 된다고 볼 수 있다.

《노래하는 백골》중에서 최우수작으로 꼽히는 〈오스카 브러트스키 사건〉은 제1부가 '범죄의 수법'이고 제2부가 '발각되는 과정'으로 나눠져 있는데, 전반에서는 범인의 완전범죄계획을 그리고 있는 것처럼 보이게 해놓고 2부에서는 그 범죄의 허점을 과학적 수사로 파헤쳐보이는 재미를 노리고 있다.

'범인은 누구인가'라는 면을 너무 중요시하는 데서 생각도 못한 기이한 범인을 제공하려는 눈물겨운 노력이 유발하는 나쁜 버릇들이 더러 눈에 띄는데, 그런 점에서 범죄 추적과정에 더 중점을 주어야 한다는 의견이 설득력을 얻는다.

결국 프리먼이 창시한 새로운 형식은 다만 어떤 새 분야를 개척했다는 열렬한 야심적인 의도에 경의를 나타낼 수 있을 뿐, '누가 범인인가'라는 요소를 완전히 버리고 돌아보지 않는 데 문제점이 생겼다. 프리먼 자신이 그 뒤로 이런 종류의 작품을 더 이상 쓰지 않았던 것은 톰슨이 말한 바와 같이 '그가 자신의 새로운 연구에 싫증이 나버렸기 때문'이 아니라 반향이 너무도 미미했던 탓이다. 그리하여 그로부터 20년이나 지나서야 이 방면으로 눈을 돌린 작가들이 나오게 되었던 것이다.

리처드 오스틴 프리먼(Richard Austin Freeman)은 1862년 영국 런던에서 태어났다. 미들섹스 병원 부속 의과대학에 들어가 6년 동안 공부하고 의사자격증을 얻자 곧 그 병원의 이비인후과 과장으로 취임했다. 1887년 식민지 의무부주임으로 임명되어 그즈음 열병이 맹렬한 기세를 떨치던 서아프리카 황금해안의 아크라에 부임했다. 그곳에서 1년쯤 지낸 뒤 의사 겸 토지측량원 겸 박물학자로서 아샨티 및 자만 지방 탐험대에 참가하여 토지측량, 천문관측, 박물학 등에 공헌했다. 이 원정에서 무사히 돌아온 그는 토고랜드 지방의 영독 국경 확정위원으로 뽑혀 세 번째로 열대지방을 향해 떠났다가 열병에 걸려 1892년에 아프리카에서의 모든 임무에서 벗어났다.

고국으로 돌아와 5년 동안 모교인 미들섹스 병원의 이비인후과 과장을 지내다가 마침내 개업했다. 이 개업의 시기는 1904년까지 계속되었다. 그런데 나빠진 건강이 좀처럼 회복되지 않고 더욱이 개업의로서의 격무가 겹쳐서 병원을 닫지 않으면 안되었으므로 그의 눈이 글쓰는 일로 돌려졌다. 이미 아상티 및 자만 탐험기행을 책으로 펴낸 적이 있었던 그는 1902년 어떤 의사와 함께 쓴《롬네이 프링글의 모험》을 출판했다.

독서와 고대 보석수집과 자전거타기를 즐거움으로 삼으며 은퇴생활을 보내던 주인공 프링글이 정말은 신사도둑으로 그가 죽은 뒤 생전에 실제로 행한 위계를 기록으로 남겼다는 색다른 구성으로 써낸 단편집으로서, 거기에 사용된 저자 이름 클리퍼드 애슈다운(Clifford Ashdown)이 프리먼임을 밝혀낸 것은 엘러리 퀸의 공로였다.

의사직을 그만두고 처음으로 써낸 것은 범죄소설도 미스터리소설도 아닌 모험소설《황금 못(The Golden Pool)》으로, 1905년에 간행되었다. 그리고 그의 의학자로서의 소양과 그즈음 성공을 거두고 있던 홈즈 이야기에 힘입어 미스터리소설로 방향을 바꾸어 써낸《붉은 엄지손가락 지문(The Red Thumb Mark)》에서 손다이크 박사가 처음으로 등장하게 되었다. 사람마다 다른 지문에 의한 개인감별법의 발견은 그 무렵의 범죄수사상 획기적인 것이었는데, 그 지문감별법을 작품 속에 도입하여 호평을 받았던 것이다.

이에 눈을 돌린 피어슨 지──그 무렵 홈즈이야기를 연재하던 스트랜드 지의 경쟁사였다──의 권유로 단편을 쓰기 시작하여《오실리스의 눈》《새 31여인숙의 수수께끼(The Mistery of 31 New inn)》 등의 장편을 연달아 발표하여 오늘날 두 작품 다 프리먼의 대표작으로 꼽히고 있다.

1912년에 나온 제2단편집《노래하는 백골》로 도서미스터리소설 형식을 창시한 기념비적인 업적을 이룩했으나, 손다이크 박사가 여러 가지 도구를 사용하여 모든 것을 속속들이 꿰뚫어보는 평탄함과 빈틈없음에 불만을 품는 사람도 있다. 그러나 그 뒤 아일즈와 크로프츠의 작품에 의해 그 혜안을 높이 평가받은 그는 미스터리소설의 새 분야를 개척한 공로자이다.

제1차 세계대전이 일어나자 프리먼은 국방의용군 소속 육군군의가 되어 일하고, 또 야전병원 구호반의 지휘관으로 맹활약을 했다.

1922년 제대한 그는 켄트주에서 다시 병원을 개업하는 한편 틈틈이 창작과 취미생활을 했다. 그의 취미는 납이며 점토며 석고세공으로부터 목공예·금속공예에 이르기까지 아마추어의 경지를 넘어섰을 뿐 아니라 제본, 장정, 컷, 도안 제작 등에도 뛰어난 재능을 지니고 있어 온갖 능력을 갖춘 작중인물의 만능이 결코 허구가 아님을 보여주고 있다.

그는 세계대전이 끝난 뒤 《사회의 피폐와 재건》이라는 논문으로 경제사적인 일면을 파헤치기도 했으며, 미스터리소설도 규칙적으로 발표하다가, 제2차 세계대전 중 독일군의 영국 본토 폭격 아래의 지하 방공호 생활을 겪은 뒤 1943년 9월 30일 세상을 떠났다.

저서는 모두 39권으로 그 가운데 네 권을 빼고는 모두 미스터리소설이며, 6권의 단편집을 빼고는 모두 장편이다.

프리먼의 작품은 실로 현실적이고 과학적이며 그 신빙성은 달리 예를 찾아볼 수 없을 정도로 정확하다. 손다이크 탐정 이야기의 소재가 믿을 만한 진실에 그 바탕을 두고 있다는 것을 법률 및 의학 관계자들이 인정하는 사실에 그는 무척 자부심을 느꼈다. 즉 이야기 자체는 가공적이지만 하나하나의 작은 사건은 어디까지나 엄격한 근거가 있는 사실로서, 더욱이 많은 경우 학계에 대해 아직 밝혀지지 않은 새로운 사실을 제공하기까지 했던 것이다.

그는 엄밀한 실험의 결과 확인된 일만을 작품 속에 사용하는 주의로 다양한 취미가 밑바탕을 이룬 학자적 양심의 산물이라고 할 수 있다. 아무튼 신기한 이야기를 제공해야 하는 미스터리소설에 있어 그가 될 수 있는 대로 현실적인 입장을 무너뜨리지 않으려고 한 것은 그의 장점인 동시에 단점이 되었으며, 그만큼 독창적인 방법으로 미스터리소설에 도전한 작가는 없었다고 할 수 있다. 그러니만큼 장난스럽고 선정적인 것에 물들지 않고 비속함에 빠지는 일도 없이, 남이 따르지 못하는 어렵고 힘든 현실적이고 과학적인 미스터리소설의 제일인자가 된 것이다.